Danksagung

Mein Dank gilt in erster Linie meiner lieben Freundin Melissa und meiner Mutter Erika, den beiden wichtigsten Frauen in meinem Leben. Nur dank Ihrer Hilfe konnte dieses Projekt zur Vollendung kommen. Nicht weniger danke ich allen fleißigen Lesern. Ich hoffe sehr, dass Ihnen das Lesen dieses Buches Freude bereitet.

Nick Judgeman

Bibliografische Information der Deutschen
Nationalbibliothek: Die Deutsche Nationalbibliothek
verzeichnet diese Publikation in der Deutschen
Nationalbibliografie; detaillierte bibliografische Daten
sind im Internet über dnb.dnb.de abrufbar.

© 2017 Dominik Richtermeier

Herstellung und Verlag: BoD – Books on Demand,
Norderstedt

ISBN: 978-3-7448-2043-1

4

Athgarat

Prolog

Die Dämmerung brach herein im Dorf Gabori, das südlich an den ersten Ausläufern des Berothatgebirges lag. Der Bauer Beret stand vor seinem Haus und betrachtete seine Felder, in denen der auffrischende Wind mit seiner unsichtbaren Hand das Meer aus Weizen hin und her bewegte. Die Tür des einfachen Holzhauses, in dem er und seine Familie lebten, öffnete sich. Seine Frau Sagritt stellte sich zu ihm "Die Nacht bricht gleich an und ich denke ein Sturm zieht herauf. Wir sollten das Vieh in den Stall bringen und die Fenster verriegeln."

"Du hast Recht, wir sollten uns beeilen, bevor das Dunkel der Nacht alles nur erschwert."

"Sind die Kinder schon im Bett?" erwiderte Beret, ohne den Blick von seinen Feldern zu lösen. "Ja" antwortete Sie.

Das Land in dem sie lebten war einfach und bis auf das nahe Berothatgebirge äußerst unspektakulär. Viele Felder vermischt mit kleinen Wäldchen und von Zeit zu Zeit bekam man ein kleines Dorf zu Gesicht, wenn man diesen nördlichen Teil von Saratan durchreist.

Berets Felder sind schon seit Generationen im Besitz seiner Familie. Das Land wird immer vom Vater an seinen Erstgeborenen weiter vererbt. Doch Beret wurde diese Ehre nur zu Teil, weil sein älterer Bruder Marat damals von der Jagd aus den Bergen nicht zurückgekehrt war. Sein Vater Beros hatte damals, Tage nach seinem Fernbleiben mit fast allen Männern des Dorfes in den Bergen nach ihm gesucht, doch die Suche blieb erfolglos. Der Suchtrupp hatte lediglich

6

seinen Beutel und seinen, von ihm selbstgebauten Bogen gefunden. Bitter waren die Tränen, die seine Mutter zu dieser Zeit weinte. Wenige Jahre später starb Beros und von diesem Tag an führte Beret den Hof.

Geübt waren die Handgriffe, mit denen Sagritt die Fenster verbarrikadierte, während Beret seine vier Schafe und die zwei Kühe in den kaum als das zu bezeichnenden Stall trieb. Die Tiere schienen den nahenden Sturm schon zu spüren, aber da war noch etwas, etwas anderes was sie beunruhigte. Sie kannten das raue Wetter in den nördlichen Landen. Auch Beret lief ein kalter Schauer über den Rücken, wenn sein Blick in die immer stärker zunehmende Dunkelheit fiel.

Später am Abend saß der Bauer gemeinsam mit seiner Frau am Kamin. Beret war so in das Schnitzen neuer Zinken für seine Harke vertieft, dass er die Geräusche des immer heftiger wütenden Sturms schon gar nicht mehr wahrnahm. Die Blitze und der darauf folgende Donner ließen Sagritt jedes Mal erneut zusammenfahren. Obwohl sie schon ihr ganzes Leben in dieser Gegend lebte hatte sie sich nie an diese ständigen Gewitter gewöhnt. Nur um ihrem Gatten nicht bei seiner Arbeit zu stören, unterdrückte sie bei jedem Donnern ein lautes Aufschreien, fuhr aber immer wieder zusammen, als würde das Haus über ihr zusammenbrechen.

So zog der Abend dahin und das Feuer brannte langsam herunter. Sagritt sah noch einmal in die Kammer der Kinder, ehe sie sich zu Bett begeben wollte. "Warte noch mein Schatz, ich bin sofort fertig", meinte Beret in ruhigem fast flüsterndem Ton, um die Kinder nicht zu wecken. Seine Frau hatte die zusammen gezimmerten Bretter, die sie als Tür zur Kammer der Kinder benutzten, noch nicht gänzlich geschlossen. "Beeil dich bitte, es war ein langer Tag, ich hoffe nur, dass ich bei dem schrecklichen Gewitter auch nur ein

Auge zu bekomme." Nach kurzem nachdenklichen Zögern, gefolgt von einem langen Seufzer, den Beret sehr gut kannte, sage sie: "Wann kommt denn endlich mal wieder so richtig die Sonne hervor? Ich kann dieses Grau in Grau am Himmel nicht einen Tag länger ertragen." "Nun beruhige dich wieder, du wirst die Sonne schon noch oft genug zu Gesicht bekommen. Was mir Sorgen macht ist, wie wir ein Ferkel für den Winter in nur drei Monaten so fett bekommen sollen, dass es uns durch den Winter bringt. Ein fettes Schwein zu kaufen können wir uns beileibe nicht leisten." Als Sagritt aus ihrer nachdenklichen Starre erwachte, und ihren Mann mit dem Schnitzmesser in der Hand vor sich im Stuhl sitzen sah, legte sie ein freundliches beinahe mütterliches Lächeln auf ihre Lippen. Sie drehte sich um, schloss die Tür und sagte leise und besonnen: "Mach dir das Herz heute nicht mehr schwer, darüber lässt es sich am morgigen Tag genauso gut nachsinnen. Komm zur Ruhe mein lieber Beret." "Du hast Recht, wir gehen zu Bett, möge die Nacht und der Schlaf uns neue Kraft geben, den morgigen Tag so zu meistern wie den heutigen", entgegnete Beret, nachdem er aus seiner Denkstarre aufwachte. Er stand aus seinem alten Stuhl auf, den er vor einiger Zeit aus ein paar alten Holzresten gefertigt hatte.

Mit Holz zu arbeiten war seine große Leidenschaft. Er würde gerne für das Dorf, neben seinem Hof, als Schreiner arbeiten, aber es gibt bereits einen Zimmerer im Ort und Beret will auch niemandem im Ort Konkurrenz machen. Dafür hatte er nicht die Zeit und schon lange nicht das Geld, um sich das nötige Werkzeug anzuschaffen.

In ihrem Schlafraum angekommen, zog Sagritt ihr einziges Nachthemd an. Es war einfach genäht und bestand zum Teil aus zusammengenähten anderen Kleidungsstücken, die schon ausgedient hatten. Das Bett der beiden war, genau wie das der beiden Kinder, die zusammen in einem Bett schliefen, aus einem einfachen Holzrahmen, der mit Brettern bedeckt war und auf dem einige Felle lagen. Als Kissen musste ein zusammen gebundenes Bündel alter Tücher und Stofffetzen ausreichen. Sie hatten nicht viel, aber was sie besaßen gehörte auch wirklich ihnen. Sie mussten keine Pacht an jemanden entrichten, nur die anfallenden Steuern an den König, die zu ihrem Glück in Saratan nicht sehr hoch waren. Sagritt schlief sehr schlecht in dieser Nacht. Der Sturm und quälende Albträume raubten ihr den Schlaf. Beret hingegen schlief wie immer, tief und fest. Ein lauter Knall und das darauf folgende Brüllen und Gejaule der Tiere im Stall ließ selbst seinen Schlaf ein jähes Ende finden. Sofort saß er aufrecht im Bett und blickte zu seiner Frau herüber, die völlig verängstigt neben ihm lag und die Augen weit aufgerissen hatte. "Der Blitz hat in unseren Stall eingeschlagen" gab sie fast hysterisch von sich. Doch Beret kannte das Geräusch wenn ein Blitz in den Boden fährt, und das war es seiner Meinung nach nicht gewesen. Ein beklemmendes Gefühl stieg in ihm auf, doch um seine Frau nicht noch weiter aufzuregen, sagte er ihr nichts davon. In dem Moment sprang die Tür zu ihrem Zimmer auf und der nächste Schreck führ durch ihre Glieder. Laut durcheinander redend und mit einem Ausdruck auf ihren jungen Gesichtern, als hätten sie einen Geist gesehen, kamen Mortett und Karis, die beiden Mädchen der beiden ins Zimmer gestürmt. Sagritt erwachte aus ihrer angstgeschürten Starre und fing an, die Kinder zu beruhigen. Immer noch über das ungewöhnliche Geräusch des Blitzschlags nachdenkend, zog Beret seine Kleider an und fing an, sich die Schuhe zu binden. "Gehst du nach dem Vieh sehen, Beret?" "Ja sicher, es hört sich so an, als wären die

9

Tiere frei gekommen, außerdem muss ich nachsehen, ob Feuer ausgebrochen ist. Es hört sich so an, als entfernen die Tiere sich vom Hof, ich will hoffen, dass sie noch in der Weide sind" entgegnete Beret. "Ich kann hören, wie das Blöken der Schafe sich immer weiter entfernt, und noch ein anderes Geräusch, das nicht von unseren Tieren stammt" seine letzten Worte hatte er beim Hinausgehen für sich selbst gemurmelt.

Als Beret das Haus verließ, umfing ihn Dunkelheit. Ein kalter Wind blies ihm den Regen ins Gesicht. Mit seiner Rechten griff er neben die Tür und bekam den Stiel seiner alten Holzfälleraxt zu fassen. Er packte sie mit der linken unter dem Kopf und mit der rechten ganz unten am Stiel, immer bereit, einen gezielten Schlag auszuführen. Aber gegen wen? Das Dorf war zwei Kilometer entfernt, und wer sollte schon bei so einem Wetter hier raus kommen? Aber das beklemmende Gefühl blieb. Etwas stimmte nicht.

Der Regen ließ nach, doch immer noch zuckten Blitze, wenn auch einige Kilometer entfernt und erhellten für einen kurzen Augenblick die Nacht. Beret machte sich auf den Weg über den Hof zum Stall, dabei wäre er fast gefallen, als er über einige vom Wind herbei gewehte Äste stolperte. Als er den Stall erreichte, war nach seinem ersten Blick zu urteilen, kein Schaden zu sehen, doch die einzige Lichtquelle waren die Blitze in der Ferne, die jetzt immer weiter nach Osten zogen. Der Bauer ging um den Bretterverschlag herum und öffnete die Pforte zum Gehege der Tiere. Die rostigen Nägel, die das aus alten Brettern zusammen gezimmerte Gebilde in den Angeln hielten, gaben einen kratzenden Ton von sich und Beret dachte nur, wenn wirklich jemand hier draußen ist, dann weiß derjenige jetzt, dass ich hier bin. Mit vorsichtigen

Schritten bewegte er sich weiter um den Stall herum, um zum Eingang zu gelangen. Als er endlich sein Ziel erreicht hatte, konnten seine Augen in der Dunkelheit keine Veränderung feststellen. Plötzlich durchbrach ein weiterer Blitz die Finsternis und es traf ihn wie ein Schlag ins Gesicht. Das Tor, das die Tiere von der Weide trennte, war weg, es war komplett verschwunden. Als der nächste Blitz die Nacht erhellte, konnte er das ganze Ausmaß der Zerstörung sehen. Das Tor war einfach aus den Angeln und mit einem kleinen Teil des Stalls herausgerissen worden. Aber es waren keine Brandspuren oder sonstige Anzeichen eines Blitzschlags vorhanden, und wo ist das Tor? Dieser Gedanke spukte Beret immer wieder durch den Kopf. In der Nähe hörte er immer noch seine Schafe blöken, doch plötzlich nicht mehr. Stille umfing ihn, der Wind hatte abgeflaut, nur ein gelegentliches Donnern in der Ferne war zu hören. Das Gefühl, dass etwas nicht stimmte, wurde langsam aber sicher zur Gewissheit. Was ist hier passiert und warum hörte er die Schafe nicht mehr? Er bewegte sich rückwärtsgehend von seinem Stall weg, um sich den Schaden aus einigen Meters Entfernung anzusehen, als er unverhofft über etwas fiel. Etwas verwirrt versuchte Beret, sich wieder hoch zu stemmen, als er unter sich Holz spürte. Es waren einige Bretter des Tores. Sie lagen überall verstreut. "Bei meiner Treu und Glauben, welche Kraft hat das Tor denn so verwüstet?" flüsterte der Bauer leise vor sich hin. Nachdem Beret wieder auf seinen Füßen stand, wand er sich Richtung Norden, die Richtung, aus der er die letzten Laute seiner Schafe gehört hatte. Nach einigen hundert Metern unbeholfenen Stapfens durch die Dunkelheit sah er bei einem erneuten Blitz ein helles Fellknäuel einige Schritte vor ihm auf dem völlig durchnässsten Boden liegen. Er näherte sich vorsichtig dem Tier, es könnte ja noch am Leben sein

11

und er wollte es nicht erschrecken. Doch als er sich dem Tier nähert, muss Beret zu seinem Entsetzen feststellen, dass sein Schaf tot war.

Was der Bauer nicht bemerkt hatte, war, dass das Tier von oben bis unten aufgerissen war und die Augen des Schafs aus ihren Höhlen entfernt wurden. Beret kniete sich neben das Tier und versuchte es in der Hoffnung, dass es noch lebte zum Aufstehen zu bewegen. Erst als er das Schaf anfasste und seine Hände bei dem darauf folgenden Blitz betrachtete, traf ihn die Wahrheit wie ein Hammerschlag in den Rücken. Entsetzt und verwirrt zugleich sprang er auf und sah sich um. Ein Blitz schlug ganz in der Nähe ein und erhellte die Weide. Jetzt sah er auch die anderen Tiere, denen das gleiche Schicksal wie ihren Artgenossen widerfahren war. Auch die beiden Kühe waren auf dieselbe Weise verstümmelt worden. Mark und Bein zerfressende Angst und Fassungslosigkeit nahmen, wie ein schwarzer Schatten Besitz von Berets Seele und Verstand. Nach wenigen Augenblicken bekam er wieder einen klaren Kopf und dachte darüber nach, was nun werden sollte, ohne die Tiere. Beret sann noch darüber nach was den vier Schafen und zwei Kühen wohl zugestoßen sei, als ihm der Gedanke kam, was die Tiere auf so entsetzliche Weise getötet hat, könnte auch ihm und seiner Familie gefährlich werden. Beret nahm die Beine in die Hand und lief so schnell er konnte zum Haus zurück. Er stolperte oft und verletzte sich dabei an Händen und Knien, doch schließlich erreichte er wieder den Stall und wollte ihn umrunden, als er erneut stolperte und mit der linken Hand in einen scharfen metallischen Gegenstand fiel. Blut lief aus der klaffenden Wunde in seiner Hand. Er spürte kaum einen Schmerz vor Aufregung. Als der Bauer den Gegenstand betrachtete, der ihn so stark verletzt hatte, lief ihm ein kalter Schauer durch jede

Faser seines Körpers. In seiner Rechten hielt Beret eine
Waffe, halb Axt halb Schwert, nur kürzer. Noch nie hatte er in
seinem vom Krieg weitgehend verschontem Leben eine
derartige Waffe gesehen. Panik überfiel ihn und alle Wunden
und Schmerzen waren vergessen, er wollte nur noch zu seiner
Frau und den Mädchen, um sich ihrer Unversehrtheit zu
vergewissern. Wenige Augenblicke später hat er das
Wohnhaus erreicht und steht vor der Eingangstür und zögert.
Was wenn ihnen dasselbe widerfahren war wie seinem Vieh,
konnte er den Anblick ihrer geschundenen Körper ertragen?
Und wie sollte es dann weitergehen? Er konnte doch nicht
ohne sie leben. Schnell fasste Beret sich wieder und
schüttelte den Herz und Seele zerreißenden Gedanken ab und
betrat das Haus. Zu seiner Verwunderung waren weder die
Leichen, noch seine völlig verängstigten Kinder, noch seine
Frau im Haus. In rasender Panik durchsucht Beret jeden
Raum seiner kleinen Hütte, doch ohne Erfolg. Nur von dem
Gedanken bestärkt, seine Familie zu retten, schloss er den
Griff um seine Axt fester und stürmte aus dem Haus. In
seinem Kopf gab es nur eins: seine Frau und die Kinder.
Völlig planlos rannte er in das nahe gelegene Weizenfeld
hinein. Er lief einfach weiter, Tränen quollen aus seinen
Augen bis er plötzlich auf eine Spur von platt getretenem
Weizen traf. Wie besessen folgte Beret der Spur bis zum
einzigen Baum, der in seinem Feld stand. Fassungslosigkeit
und schier unendliche Trauer nahmen von Beret dem Bauer
besitz, als er seine Familie, sein ein und alles, verstümmelt,
nackt und mit Schlamm beschmiert in der allein stehenden
Zeder hängen sah.
Völlig am Boden zerstört kniete Beret vor dem Baum an dem
seine Frau und die beiden Mädchen hingen. Dunkelheit. Erst
als er Geräusche aus östlicher Richtung auf ihn zukommen

hörte, hörte Beret auf zu weinen und kommt wieder zu sich. Er richtet sich auf und umschließt seine Axt, die er noch immer bei sich hatte, mit beiden Händen. Beret dreht sich in einer schnellen Bewegung um und will in die Richtung seines Feindes losstürmen. Sein Angriff hatte ein Ende gefunden, bevor er überhaupt begonnen hatte. Er sah in das Gesicht einer Kreatur, zur Hälfte Mensch, dem Körper nach zu urteilen, aber mit einer entsetzlichen Fratze und langen von unten nach oben ragenden Hauern. Die Haut des Wesens war grünbraun und seine Körperhaltung war gebeugt. Entsetzen und Furcht bestimmten die Gesichtszüge des Bauern, der in seinem Leben noch nie einem solchen Wesen begegnet war. "Deine Zeit ist abgelaufen Mensch, genau wie die deiner Rasse, euch wird alle der Tod ereilen " gab das Wesen mit einer tiefen und rauen Stimme von sich.

Das nächste und letzte was der Bauer aus Saratan spürte war ein kalter durchdringender Schmerz in seinem Rücken, bevor er tot in sein Weizenfeld fiel.

1

Kalter Morgentau lag noch auf dem Land Aritea als
Prinz Antario aus seinem tiefen Schlaf erwachte. Er
öffnete seine Augen und sofort erhöhte sich sein
Pulsschlag. Heute war der Tag der Tage in seinem
Leben. Heute wurde ihm zu Ehren ein großes Fest
veranstaltet. Es war der Tag seines Baralat, die Schwelle
eines jeden Mannes in Aritea vom Jungen zum Mann.
Mit dem Erreichen der Baralat, bekam er seine
Mündigkeit zugesprochen. Lange schon sehnte er diesen
Tag herbei. Rasch zog er sich seinen feinsten Rock an
und lief aus seinem Zimmer auf den langen Flur. Der
Palast seines Vaters Bario war ein gewaltiger Bau im
Süden von Aritea. Antario war ein junger Mann von
stattlichem Körperbau mit schwarzen langen Haaren.
Sein Vater war Bario König von Aritea, zudem hatte er
noch fünf Brüder und eine Schwester. Ihr Name war
Melest und Antario war gerade auf dem Weg zu ihr,
denn er wollte diesen Tag mit ihr an seiner Seite
verbringen. Als Antario an der Tür zu Melests
Gemächern ankam und klopfte, war sie nicht da. Eine
Dienstmagd sagte ihm, dass er sie im Garten finden
würde, wo sie sich Blumen für einen Haarkranz pflücken
wollte. Sofort machte sich der junge Prinz auf den Weg.
Unterwegs lief er Morset einem sehr alten und weisen
Mann über den Weg. Morset hatte schon König Bestet,

15

Barios Vater mit seinem Rat zur Seite gestanden. Die Last der Jahre hatte seinen Rücken gebeugt und viele Winter hatten ihre Spuren in seinem Gesicht hinterlassen doch seine Augen strahlten stets wachsam. Mit einem finsteren Blick beäugte er den Jungen Prinzen und brachte ihn mit einer kurzen Geste zum Stehen.

„ Warum haben wir es denn so eilig? " wollte der alte Mann wissen.

„ Ich wollte zu Melest, sie ist im Garten. Wisst ihr denn nicht welcher Tag heute ist?" entgegnete Antario aufgeregt.

„ Doch, wie könnte ich das vergessen? Ihr sprecht seit Wochen über nichts anderes, und doch ist es kein Grund wie ein wild gewordener Wolf durch die Flure zu hetzen. Ab dem heutigen Tag wird man euch kindisches und unpassendes Verhalten nicht mehr mit einem Lächeln verzeihen, soviel sei euch gesagt. Aber heute ist wohl nicht der richtige Tag euch zu tadeln oder zu belehren. Geht zu eurer Schwester sie erwartet euch sicher schon".

Antario verabschiedete sich von Morset und lief weiter den Flur entlang, bis zum Eingang in den Palastgarten. Er sah seiner Schwester noch eine Weile beim Blumenpflücken zu, ehe er zu ihr ging. Sie trug eine tiefgrüne Tunika und einen goldenen Gürtel darüber. Sie war wunderschön anzusehen. Manche sagten: Sie sei die schönste Frau, die je in Aritea gelebt hätte. Antario und seine Schwester verband eine sehr tiefe Freundschaft. Viele Sommer hatten sie zusammen bei ihren Verwandten auf dem Land verbracht, wo es so manche Abenteuer zu bestehen galt.

Antario näherte sich seiner Schwester und sie sah ihn an und lächelte. Ihr Lächeln war so wunderschön, dass es wohl niemanden gab, der ihm hätte widerstehen können.

16

„Melest meine geliebte Schwester deine Schönheit scheint sich von Tag zu Tag selbst übertreffen zu wollen. Wie geht es dir an diesem wundervollen Morgen?" sagte Antario.

„Besser denn je, aber es geht heute wohl eher darum wie du dich fühlst, schließlich ist das dein Tag heute" antwortete sie etwas sarkastisch. Melest hatte nie ein Geheimnis daraus gemacht, dass sie das Baralatfest, welches nur für Männer ausgerichtet wurde, für ungerecht hielt. Frauen könnten ebenso gute Entscheidungen fällen wie Männer und ebenso tapfer sein, wenn man sie ließe.

„Ich bin so aufgeregt" sagte Antario und überspielte ihre Bemerkung einfach.

„Ich habe dich aufgesucht, um dich zu fragen, ob du nicht diesen Tag mit mir an meiner Seite verbringen möchtest. Ich bin mir nicht sicher, ob ich das alleine durchstehe und ich möchte, dass du diesen Tag ebenso genießen kannst wie ich." sagte Antario. Melest willigte etwas widerwillig ein und machte sich auf zu ihren Gemächern, um sich für die Festlichkeiten fertig zu machen. Die Stunden bis zum Beginn der Feierlichkeiten kamen Antario vor wie Tage.

Am späten Nachmittag betraten Melest und Antario endlich zusammen den großen Saal in der Mitte des Palastes. Viele hundert Gäste aus allen Teilen Ariteas waren gekommen, um Antario zu gratulieren. Die Gäste bestanden aus hochrangigen Offizieren und Adeligen mit ihren Familien. Jeder begrüßte den jungen Prinz und wünschte ihm alles Gute für seine Zukunft. Als alle begrüßt und alle Glückwünsche ausgesprochen waren, begann das Ritual.

Alle Anwesenden bildeten einen Kreis um den Thron Barios und Antario kniete sich vor ihn. Bario stand auf und blickte auf seinen Sohn herunter. Bario war ein großer Mann mit breiten Schultern und einem ernsten Gesicht. Nur seine grauen Harre ließen auf sein hohes Alter schließen. Ein Diener reichte ihm ein Schwert auf einem Kissen. Bario nahm es und hielt es hoch, der blanke Stahl strahlte im Fackelschein. Bario rief den Reim für seinen Sohn, welcher schon seid vielen Jahren beim Baralat gesprochen wird in den Saal und seine Worte schmetterten durch den Raum wie Donnerschläge.

„Vor zwanzig Jahren erwacht,
vom Land und vom Leben zum Manne gemacht.
Führe dies Schwert mit Stolz und Verstand,
Beschütze die Schwachen in deines Vaters Land"

Antario stand auf mit gebeugtem Kopf und sein Vater reichte ihm das Schwert. Er nahm es und bewunderte das Schwert eine Weile ehrfürchtig. Antario drehte sich um und sah in die Runde, er wusste nicht recht, wie er sich jetzt verhalten sollte. Er verbeugte sich vor seinen Gästen und anschließend vor seinem Vater und alle Anwesenden jubelten und klatschten in die Hände. Nachdem der Jubel verhalt war, setzten sich alle an die langen Tische im Saal und die zahlreichen Diener begannen das Essen aufzutragen. Musik spielte und die Menschen feierten und tanzten. Die Feier nahm einen ausgelassenen und friedlichen Verlauf, bis ein Mann den Saal betrat, der offensichtlich nicht aus Aritea zu stammen schien. Er hatte blondes Haar und trug einen grünen Mantel, der seine besten Tage schon lange hinter sich hatte. Er trat vor den König und verneigte sich bevor er sich als Markur vorstellte.

„ Seid gegrüßt ehrenwerter König Bario aus Aritea Sohn Bestets. Ich bin Markur aus Saratan, erster Bote meines Königs Eofelt und bin den weiten Weg aus dem Norden hierher geritten, um euch um Hilfe zu ersuchen „ sagte Markur und verneigte sich erneut.

„Nun, dann sprich Markur aus Saratan" antwortete Bario, dem diese Störung ganz offensichtlich nicht gefiel.

„Verzeiht mein Herr, aber die Nachricht, die ich zu überbringen habe ist ganz gewiss nicht für Jedermanns Ohren bestimmt".

„Dann muss sie warten, denn wie ihr wohl seht, gibt es eine Feier meines Sohnes zu Ehren. Ich werde mir später anhören, was ihr zu sagen habt". Der Bote verbeugte sich und trat zurück, um sich an einen Tisch abseits der anderen zu setzten und etwas zu essen, während die Feier ihren normalen Verlauf wieder aufnahm. Die Nacht verstrich und es war schon weit nach Mitternacht, ehe die letzten Gäste sich zu Bett begaben. Der Bote aus Saratan saß immer noch an seinem Tisch und wartete darauf, seine Nachricht zu überbringen. Mit einem Wink bat Bario ihn vorzutreten. Es waren nur noch Bario, seine Söhne und seine Tochter Melest anwesend und warteten darauf, was Markur zu sagen hatte.

„ Ich trete vor euch König Bario mit dem Ersuch um Hilfe in höchster Not. Krieg ist heraufgezogen, unser Land wird überfallen und wir können uns nicht mehr aus eigener Kraft dagegen wehren. Orkverbände kommen aus dem Norden und brennen unsere Dörfer und Höfe nieder. Aus diesem Grund bittet mein König Eofelt euch um Unterstützung" sagte Markur.

„Orks sagst du? Selbst mein Vater könnte sich nicht mehr daran erinnern, wann zuletzt ein Ork einen Fuß über die Berge gesetzt hat" antwortete Bario ungläubig. „Niemand weiß, wie sie über die Berge kommen. Doch sie kommen zu Tausenden und verwüsten unser Land. Wenn wir sie nicht aufhalten, kann jedes Land in Athgarat das nächste sein. Niemand wird mehr sicher sein".

„Das ist eine schlimme Nachricht, die du uns bringst. Wer sagt mir, dass sie wahr ist?".

„König Eofelt schickte mich mit dieser Nachricht zu euch weil die Zeit drängt. Er setzt auf euer Vertrauen und darauf, dass ihr das Richtige tut". Lange dachte König Bario angestrengt nach, ehe er antwortete.

„ Ich kann euch nicht helfen. Zu frisch sind die Wunden, die mein Volk und die Menschen aus Armaßien einander zugefügt haben. Wenn ich meine Streitkräfte in den Norden schicke, werden sie über uns herfallen. Nur in allergrößter Not würde ich dies tun. Ohne Beweis kann ich eurer Bitte nicht nachkommen. Es tut mir leid".

„Ich kann euch keinen Beweis geben, mein Herr".

Antario lauschte den Worten des Boten und verspürte bei jeder Silbe eine größere innere Unruhe. Er wusste, dass er etwas tun musste. Erst gegen Ende des Gesprächs wurde ihm klar, was er zu tun hatte.

„Ich werde gehen" sagte er entschlossen. Alle Beteiligten sahen ihn an und ganz besonders seine Schwester suchte seinen Blick.

„Ich werde nach Norden reiten und dir Nachricht bringen. Wenn es noch nicht zu spät ist, werden wir gegen die Orks reiten". Keiner sagte ein Wort, bis Bario aufstand und zu seinem Sohn ging und ihm tief in die Augen sah.

„Du bist jetzt ein Mann, mein Sohn und ein schlechter Vater wäre ich, würde ich von dir verlangen zu gehen, doch du wählst aus freien Stücken diesen Weg. Ich werde dich nicht aufhalten und du erweist deinem König einen großen Dienst. Wenn dies also dein Schicksal ist, so soll Lester dich begleiten. Stets war er dein Weggefährte und Lehrmeister". Der Bote war mit dieser Entscheidung nicht sonderlich zufrieden, hatte er doch gehofft, dass der König seine Streitmacht auf den Weg schicken würde. Doch er musste sich dem Willen des Königs beugen. Markur machte sich am selben Abend noch auf den Weg, um seinem König zu berichten. Antario und seine Familie saßen noch lange an diesem Abend zusammen und sprachen über die Aufgabe, die vor ihm lag.

2

Die ersten Sonnenstrahlen streichelten lautlos übers Land. Antario war schon lange wach. Er konnte diese Nacht eh nicht schlafen. Er stand am Fenster seiner Gemächer, und seine Gedanken wanderten umher. Er dachte viel über die bevorstehende Aufgabe nach, aber auch über ihre Konsequenzen. *Sollte sich die Aussage des Boten bewahrheiten, was würde aus dieser Welt werden, sollte es den Menschen nicht gelingen, die schwarzen Horden aus dem Norden zu bezwingen? Wäre er schnell genug wieder zu Hause, um seine Familie zu warnen oder war jetzt schon alles zu spät? Haben die Orks die nördlichen Drei schon überrannt?* Sein Herz war schwer und voller Angst als es plötzlich an die Tür klopfte. Er wusste sofort wer vor der dicken Eichentür

21

auf Einlass wartete und mit einer Stimme, die nicht gleich auf seinen Gefühlszustand schließen ließ, bat er die Person einzutreten. Es war der alte Morset, der in schleichendem Tempo und leicht gebückt den Raum betrat. „ Guten Morgen junger Prinz, wie fühlt ihr euch heute Morgen kurz vor dem Beginn eurer großen Reise?" fragte er mit seiner kratzigen alten Stimme. „ Ich fühle mich großartig, ich könnte Bäume ausreißen." entgegnete Antario und versuchte, seinen Worten so viel Schwung wie möglich mitzugeben. „ Ihr seid ein sehr schlechter Lügner mein junger Freund. Und aus diesem Grund empfehle ich euch, den Weg der Lüge nur dann zu wählen, wenn ihr keine andere Wahl habt. Also was beschäftigt euch?" „ In all den Jahren habe ich es noch nie geschafft euch etwas vor zu machen mein Freund, und natürlich habt ihr Recht, wie immer. Es geht um meine bevorstehende Reise. Was ist wenn ich zu spät komme oder versage?" „ Ich denke, dass nichts dergleichen eintreffen wird. Wenn die nördlichen Länder schon gefallen wären, dann hätten wir schon früher davon erfahren und nicht erst durch einen Boten, den sie selbst geschickt haben. Versagen werdet ihr nicht. Ihr seid zu dieser Reise berufen. Als ihr euch gestern Abend für diese Aufgabe gemeldet habt, da sprach das erste Mal der Mann aus euch und ein ehrenhafter Mann seid ihr. Ehrenhafte Männer, die sich aus eben solchen Gründen in ein Abenteuer stürzen, deren Reisebegleiter sind Glück und Mut. Aus diesem Grund hege ich gegen euer Vorhaben nicht die geringsten Zweifel." Ein ermutigendes Grinsen machte sich auf Morsets altem Gesicht breit. Antario bedankte sich bei seinem Freund mit einem Lächeln und die beiden fielen sich zum Abschied in die Arme. Antario bemerkte, dass selbst bei dem Mann, von dem er dachte, dass er die Kraft ewiger Jugend in seinem Herzen besaß, die Haltung und Stärke nachgelassen hatten. „Bevor ich alter Greis es wieder vergesse, ich wollte euch noch ein Geschenk geben, dass euch auf eurer Reise Glück bringen soll." Morset redete noch während er in seinem Umhang kramte. „ Ich bekam dieses Messer vor sehr langer Zeit, als ich etwa in deinem Alter war, von jemanden ganz besonderem geschenkt, und jetzt möchte ich, dass ihr es tragt. Ich hoffe, es gibt euch genauso viel wie mir." Das Messer war eine halbe Elle lang und hatte einen kunstvoll verzierten Holzgriff, die Scheide war aus dunkelrotem Leder. Als Antario das Messer aus der Scheide zog, schien es grünlich zu leuchten, kein richtiger Schein, nur ein leichtes Glühen von dem man nicht genau sagen konnte, ob man es nun gesehen hatte oder nur gedacht man hatte es zu sehen. Ehrfürchtig betrachtete er das Messer, während er es ganz vorsichtig in seinen Händen wiegte. Die Verzierungen und Zeichen, die auf die Schneide geätzt waren, waren schon sehr alt und doch wies das Messer keinerlei Macken oder sonstige Verschleißerscheinungen auf. „Es ist wunderschön, von wem hast du es bekommen?" fragte Antario während er das Messer weiter ehrfürchtig betrachtete." Dieses Messer gehörte einst Artis dem Kriegerkönig. Er gab es mir einige Jahre bevor er verschwand. Kennst du noch die Geschichte der sieben Unsterblichen Krieger?" fragte der Alte." Nur die, die man uns als Kinder erzählt hat." „ Dann werde ich sie dir erneut erzählen, denn dieses Wissen über diese uralten Helden darf niemals in Vergessenheit geraten. Die sieben Kriegerkönige lebten in einer Zeit tausend Jahre vor deinem Urgroßvater. In einer Zeit voller Krieg und

Leid. Eine Zeit, in der die sieben Königreiche gegeneinander Krieg führten. Dieser Krieg tobte auf ganz Athgarat, die Orks lebten damals noch viel weiter im Norden, nur wenige von ihnen wagten sich zu den Menschen. Der Krieg dauerte so lange bis sieben mutige Krieger, die besten und gefürchtetsten aus jedem Land, sich trafen und den Frieden beschlossen. Als die sieben Krieger ihre Waffen niederlegten, folgten alle Soldaten aller sieben Königreiche ihrem Beispiel. Die Könige, die es niemals geschafft hätten, ihre Differenzen beizulegen, hatten nun keine andere Wahl, als untereinander Frieden herrschen zu lassen. Athgarat konnte sich erholen und eine lange Zeit des Friedens untereinander brach an. Dafür belohnte Athgarat die sieben mutigen Männer mit der Gabe der Unsterblichkeit und verlieh ihren Schwertern große Macht, auf dass sie ewig den Frieden bewahren." Antario sah den alten Mann mit großen Augen an. Er konnte es nicht glauben, dass dieser Mann, den er schon sein ganzes Leben lang kannte, mit einem der sieben Kriegerkönige befreundet war oder wohlmöglich noch ist. Denn nur weil niemand weiß wo Artis sich aufhielt, muss dass noch lange nicht heißen, dass er tot war. „Was ist aus ihm geworden?" fragte Antario. „ Ich weiß es nicht mein Junge. Er hat dieses Land vor vielen Jahren verlassen, niemand hat ihn seit her gesehen." „Was ist passiert, warum ist er gegangen? Er könnte uns im Kampf gegen die Orks, sollte es einen geben, eine große Hilfe sein." „Sein Herz war schwer und sein Geist müde von den ewigen Entbehrungen des Kampfes " sagte Morset. „ Aber du sagtest doch, dass viele Jahre Frieden herrschte" entgegnete der junge Prinz. „ Das war auch so. Doch dieser Frieden musste verteidigt werden. Es gab und wird immer dunkle

Mächte geben, die versuchen werden den Frieden zu stören und die Macht an sich zu reißen. Aber genug von der Vergangenheit, du bist jung und solltest dir nicht zu viele Sorgen machen über Dinge, die waren. Vielmehr über die Aufgabe, die vor dir liegt, junger Prinz". „Ich danke dir mein Freund für alles und hoffe, dass wir uns bald wieder sehen"." Das hoffe ich auch junger Prinz."". Mit diesen Worten verabschiedete sich der alte Mann und verließ den Raum genauso leise wie er ihn zuvor betreten hatte. Antario sah noch eine kleine Weile aus dem Fenster, bevor er sich fertig machte. Als er in den Hof hinaustrat, hatte die Sonne schon begonnen das Land mit goldenen Strahlen zu fluten. Er trug einen dunklen Lederharnisch mit einem dunkelgrünen Umhang darüber. Sein Schwert und das Messer, das Morset ihm zuvor gegeben hatte, hing an einem alten abgetragenen Ledergürtel. Wer es nicht besser wusste, hätte ihn niemals der königlichen Familie zuordnen können. Nur das königliche Amulett, das er unter seiner Kleidung trug, verriet seine Herkunft. Es behagte ihm nicht seine Abstammung zu verleugnen, aber außerhalb dieser Burg konnte es einem Mitglied der Königsfamilie schnell zum Problem werden. Man könnte ihn gefangen nehmen und ein Lösegeld fordern oder ihn gar aus politischen Motiven heraus töten. Alle waren versammelt, um sich von ihm zu verabschieden. Und das tat er ausgiebiger als es seinem Begleiter, dem Schwertmeister Lester, behagte. Doch er hielt sich mit Einwänden zurück. Viele Tränen liefen über die Wangen Antarios, seiner Schwester und seiner Mutter. Als der Prinz und Lester schließlich das Tor der Festung passierten, sah Antario sich noch einmal um und erkannte den Stolz, der im Gesicht seines Vaters zu sehen war. In diesem Moment wusste er, dass er die richtige Entscheidung getroffen hatte. Seite an Seite ritt er mit seinem Freund und Begleiter Lester voller Hoffnung dem strahlenden Sonnenaufgang entgegen.

3

Nachdem Antario und Lester die Festung Barios hinter sich gelassen hatten, brach Lester das seit einiger Zeit vorherrschende Schweigen und sagte: " Mein Prinz, das Amulett, das ihr um den Hals tragt, zeigt es niemandem. Ich werde euch auch nur noch bei eurem Namen ansprechen. Ihr müsst, solange wir unterwegs sind, auf euren Titel verzichten. So leid es mir tut aber euer Vater hat nicht nur Freunde in diesem Land." " Das sehe ich ein, begrüße es sogar, zum einen kann ich mich mit dir unbefangener unterhalten und zum anderen hatte ich für die offiziellen Anreden für mich eh nichts übrig. Also bin ich einfach nur Antario und du einfach nur Lester, zwei Reisende auf dem Weg in den Norden." entgegnete Antario. „ Wir sollten uns einen guten Grund für unsere Reise in den Norden überlegen, denn niemand begibt sich freiwillig in Kriegsgebiet." Beide schwiegen und überlegten eine Weile.
Schließlich sagte Lester:" Es wird wohl am besten sein, wenn wir den Leuten erzählen, dass wir Jäger sind und wollen in den nördlichen Wäldern die großen Bären und Hirsche jagen, von denen man schon so viel gehört hat. Wir müssen so tun als ob wir an die Gerüchte über den Krieg mit den Orks nicht glauben, sollte uns jemand darauf ansprechen." " Aber wenn wir gerade erst durch einen Eilboten von dem Krieg erfahren haben, wie sollen

dann die Menschen auf der Straße davon wissen?" " Je nördlicher uns unser Weg führt, desto eher wissen die Leute davon." " Du hast recht, ich denke wir sollten am besten so wenig wie möglich von uns preisgeben." Wortlos setzten beide ihren Weg fort. Sie ritten vorbei an einigen kleinen Ortschaften mit den anliegenden Feldern und kleinen Baumgruppen, die zwischen den Wiesen standen. Die wenigen Bauern, denen sie begegneten, beachteten sie kaum. Der eine oder andere grüßte höflich, doch die Mehrzahl der Leute ging stumm ihren Beschäftigungen nach. Die Sonne hatte schon einige Stunden ihren höchsten Zenit überschritten, als sie den großen Wald erreichten. Ein Mann mit einem Eselskarren kam ihnen entgegen. Er hatte Stroh auf seinem alten von der Witterung stark mitgenommenen Wagen, geladen. Er begrüßte die Beiden mit dem Abnehmen seines zerknitterten Hutes. „Wohin des Weges meine Herren?" sagte der Mann mittleren Alters." Warum fragt ihr mein Herr?" gab Lester misstrauisch zurück, und beäugte den Mann und sein Karren eingehend. „Es sieht mir so aus, als ob ihr auf dem Weg in den Wald seid." "Und wenn es so wäre, was würde dagegen sprechen den Wald zu bereisen?" gab Lester dem Bauern, nun leicht gereizt zur Antwort. „Keine Sorge junger Herr ich habe nichts Böses im Sinn, ich wollte euch nur warnen. Es geschehen seltsame Dinge dieser Tage im Wald." „Wovon sprecht ihr?" fügte Antario sich in das Gespräch mit ein. Leicht irritiert sagte der Mann:" Menschen verschwinden und immer wieder hört man von den Überfällen der Banditen. Diese Kerle, eine Gruppe von etwa einem Dutzend Männern, hat ihr Versteck irgendwo in diesem Wald. Ich an eurer Stelle würde, sollte ich heute noch in

27

den Wald gehen, sehen dass ich vor Einbruch der Nacht wieder draußen bin. Das ist nur ein gut gemeinter Rat." Dem Mann nun merklich wohl gesonnener, bedankte sich Lester bei dem Bauern und versprach seinen Rat zu beherzigen. Mit einem gleichgültigen Schulterzucken verabschiedete sich der Mann und zog mit seinem Esel weiter.

Nach kurzer Absprache über das Für und Wider entschlossen sich die Beiden zu versuchen den Wald noch vor Sonnenuntergang zu durchqueren.

Die Sonne war stetig auf ihrem Weg nach Osten und Antario und Lester auf dem Weg nach Norden. Die Straße zog sich schlängelnd durch den Wald und die dunkelgrünen Nadeln der dicht stehenden Tannen ließen so gut wie keinen Sonnenstrahl zum Waldboden durch. Je weiter der Tag voranschritt, desto finsterer wurde es. Ein beklemmendes Gefühl befiel den jungen Prinzen und ließ ihn schaudern." Ob es wohl die richtige Entscheidung war, den Wald heute noch zu durchreiten?" sagte er mit leiser Stimme. Er traute sich nicht seine Bedenken lauter auszusprechen, denn der Gedanke beobachtet oder gar verfolgt zu werden, bemächtigte sich seines Verstandes zunehmend mit jedem Schritt, den sein Pferd machte. „ Ich denke nicht, dass wir etwas zu befürchten haben mein Freund. Dieser alte Mann war nichts weiter als ein abergläubischer Schwarzseher. Mag sein, dass sich in diesen Wäldern Banditen herumtreiben, aber der Wald ist groß und wer weiß, wo diese Leute solche Geschichten her haben." Doch der Versuch von Lester, Antario zu beruhigen, verfehlte seine Wirkung.

Die Dämmerung brach an und es war immer noch kein Ende des immer grünen Tunnels vor ihnen in Sicht.

Die Zeit verstrich und das gleichmäßige Geräusch der Pferdehufe ließ Antario seine Gedanken über die möglichen Gefahren fast vergessen. Plötzlich stellte sein Pferd die Ohren auf und fing an zu bocken. Sofort waren seine Bedenken über einen möglichen Banditenüberfall wieder da. Erst als Lesters Pferd ebenfalls etwas zu wittern schien, schwangen seine Gedanken in panische Angst um. Beide Pferde waren stehen geblieben und trippelten nervös auf der Stelle. Das dumpfe Surren einer vorschnellenden Bogensehne übertönte die Stille des Waldes. Das Geräusch lies Lesters Blick blitzschnell nach links schnellen, als gleich darauf ein Pfeil in einem leichten Bogen zwischen Lester und Antario hindurch, auf der anderen Seite des Weges in den Wald flog. Im nächsten Moment drangen aus allen Richtungen Stimmen zu den beiden Reisenden vor. Lester zog blitzschnell sein Schwert aus der Scheide. Antario tat es ihm gleich, nur nicht mit seiner Schnelligkeit. Gespannt auf die weiteren Geschehnisse warteten sie mit gezogenen Schwertern auf die Männer, die sich langsam aus dem dunklen Wald näherten. „ Wer ist da und wagt es auf uns zu schießen?" rief der junge Prinz in den Wald hinein. „ Ich denke nicht, dass ihr eine Antwort bekommen werdet, mein Freund." sagte Lester. „ Doch das wird er, denn schließlich soll der junge Herr ja wissen, wer in Zukunft sein Geld und sein Pferd besitzen wird." Als beide Reiter ihren Blick erschrocken wieder auf die Straße richteten, stand ein Mann vor ihren Pferden und blickte sie mit einem Grinsen und einem Ausdruck von Triumph und Genugtuung im Gesicht an. Er war von enormer Statur, mit breiten Schultern und einem, trotz seiner Größe viel zu großen Bauch. Der Bandit trug ein schweres Beil mit einem langen Stiel an seinem Gürtel. Sein Auftreten und seine Haltung wiesen offensichtlich darauf hin, dass der Mann, der vor Antario und Lester Stellung bezogen hatte, der Anführer der Banditen sei. Er war einfach gekleidet und trug ausgelaufene alte Lederstiefel. „ Ich denke, eure Reise ist hier vorerst beendet, meine Herren" sagte der Anführer, der sein selbstzufriedenes Grinsen noch nicht abgelegt hatte. „Was ist ihr Begehr und warum bei allen Geistern schießen sie auf uns?" entgegnete Lester entschlossen. „ Wie ich schon sagte, ich will eure Pferde und euer Geld. Der Pfeil war schlicht eine Warnung, dass jeder Versuch zu fliehen sinnlos wäre." " Und wie kommt ihr auf den Gedanken, dass wir euch unser Hab und Gut freiwillig aushändigen?" sagte Lester mit ernster Miene. " Nun ich gehe nicht davon aus, dass ihr mir eure Sachen freiwillig gebt aber euch bleibt leider keine Wahl." In diesem Moment kamen ein Dutzend Männer aus dem Wald und stellten sich in einem großen Kreis um die beiden Reisenden auf. Panik überfiel Antario.

Noch keinen ganzen Tag unterwegs und schon ist unsere Reise vorbei. *„Wenn sie haben was sie wollen, hängen sie unsere toten Körper im Wald auf und die Krähen nehmen uns die letzte Würde":* dachte der junge Prinz.

Die finster aussehenden Gestalten ließen nicht darauf schließen, dass sich wohl doch noch alles als Missverständnis entpuppt. Ihrem Aussehen nach lebten diese Gestallten schon mehr als ein Jahr im Wald. Einer der Männer sah schon gar nicht mehr aus wie ein Mensch, eher wie eine Mischung aus Mensch und Schwein. Sein Gesicht hatte schon die Form eines Tieres. Seine ganze Erscheinung erinnerte an ein

Schwein. Auch die übrigen Banditen boten keinen viel besseren Anblick. Mit gezogenen Messern und schartigen Beilen standen die Banditen um die beiden Reisenden verteilt. Es schien keinen Ausweg zu geben. Jetzt verlor Antario seine anfängliche Panik, fasste sich ein Herz und sagte mit energischer Stimme: " Macht den Weg frei Gesindel, wisst ihr denn nicht wen ihr vor euch habt?" Lester gebot ihm zu schweigen, doch der junge Prinz ließ sich nicht beirren und sprach weiter." Ich bin Prinz Antario, Barios Sohn, gebt den Weg frei oder es wird euch schlecht bekommen." Das Grinsen auf dem Gesicht des Banditenanführers wurde noch breiter. Er sagte: „ Sieh an, einen Prinzen haben wir hier. Wer sollte mich dazu veranlassen, euch auch nur ein Wort zu glauben?" „Niemand, der Junge redet wirr" entgegnete Lester schnell. Doch in diesem Moment zog Antario das königliche Amulett unter seinem Harnisch hervor und hielt es vor sein Gesicht. Der Banditenanführer schlitzte seine Augen und sah genau auf das goldene Amulett, bevor er laut loszulachen begann. Seine Kameraden stimmten in sein Gelächter mit ein." Das ändert sie Sache ungemein, jetzt steht mehr auf dem Spiel als nur euer Geld und die Pferde. Euer Vater wird ein beachtliches Lösegeld für euch bezahlen." In diesem Moment wurde Antario sein törichtes Verhalten erst bewusst. Hätten sie den Banditen ihr Geld und die Pferde gegeben, hätten sie wenigstens noch eine Chance mit dem Leben davon zu kommen. Doch jetzt stand viel mehr auf dem Spiel.

Das Gelächter verstummte und der erste der zwölf Banditen machte einen Schritt auf die Beiden zu, als plötzlich ein schriller Pfeifton durch den Wald schallte. Die Banditen drehten sich hektisch um und suchten mit ihren Blicken die Umgebung ab. Das Pfeifen stammte offensichtlich von einem weiteren Banditen, der die Ankunft eines weiteren Reisenden ankündigte. Einen Augenblick später bog ein Mann in einem einfachen braunen Kapuzenmantel um die Biegung hinter ihnen. Sofort machte sich Unruhe bei den Banditen breit und alle warteten auf einen Befehl ihres Anführers." Er ist es, lasst uns schnell verschwinden": hörte Antario einige Banditen sagen, und dann gab der Anführer das Zeichen zum Rückzug. Und genauso wie sie gekommen waren, verschwanden die Banditen wieder.

Der Mann, der ihnen scheinbar die Gefangennahme erspart hatte und die zwölf Banditen in die Flucht geschlagen hatte, machte keinen besonders gefährlichen Eindruck. Er hatte einen leicht wackeligen Gang und führte ein altes braunes Pferd am Zügel hinter sich her. Der Mann kam langsam auf sie zu und Antario beschlich ein Gefühl der Vertrautheit, so als würde er diesen Mann schon sein Leben lang kennen und doch sah er ihn heute zum ersten Mal. Als der unbekannte Mann die beiden Reisenden erreicht hatte, blieb er nicht stehen, er verlangsamte nicht mal seine Schritte, er trottete einfach weiter. Antario und Lester sahen sich verwundert an. Nach einem kurzen Schulterzucken von Lester setzten die beiden ihre Reise an der Seite des Unbekannten fort. „Wir danken euch mein Herr für unsere Rettung. Wenn ihr nicht gekommen wäret, hätte es böse enden können für uns. " begann Lester das Gespräch. Der Mann, dessen Gesicht zur Hälfte von seiner Kapuze verdeckt wurde, antwortete nicht. Eine kurze Weile verging. Antario und Lester sahen sich erneut verwundert an, als der Mann sagte: "Ihr braucht mir nicht zu danken, ich habe nichts getan, um euch zu retten. Die Banditen in diesen Wäldern sind leicht zu verscheuchen, aber sie kommen wieder und dann etwas entschlossener vom Alkohol und ihrem eigenen dummen Geschwätz. Bei eurem zweiten Treffen mit diesen Gesellen dürfte es euch nicht leicht fallen, mit ihnen fertig zu werden." " Keine Sorge, wir haben nicht vor diesen Kerlen ein weiteres Mal zu begegnen." gab Lester zurück. " Ihr hört euch an wie ein kluger Mann, ganz im Gegensatz zu eurem jungen Freund, der sich offensichtlich für einen der Sprösslinge Barios unseres Königs hält. " sagte der Reisende in einem herausfordernden Ton. Sofort stieg Antario die Zornesröte ins Gesicht und er entgegnete energisch: " Ich halte mich nicht für den Sohn Barios meines Vaters sondern ich bin es und das kann ich beweisen mit diesem Amulett, seht her. " Der Mann mit der Kapuze machte keine Anstalten sich das Amulett anzusehen, was den jungen Prinzen nur noch mehr auf die Palme brachte. " Na schön, dann ist es wohl so, ihr seid der Sohn Barios. Ihr solltet es euch in Zukunft verkneifen mit diesem Amulett zu hausieren, denn es bringt euch mehr Nachteile als Vorteile, wenn jeder weiß, wer ihr seid." sagte der Mann. Antario wollte gerade zu einer Antwort ansetzen, da kam Lester ihm zuvor. "Ich denke, unser Freund hat recht was die Sache mit dem Amulett angeht, wir sollten wirklich etwas vorsichtiger sein. Das hat uns der Banditenüberfall mehr als deutlich gemacht." „ Also schön vielleicht hat er Recht. Jetzt wisst ihr wer ich bin und das ist Lester mein Freund und Begleiter. Ich hoffe, du kannst die Tatsache über meinen Stand für dich behalten?" sagte Antario. „ Mach dir keine Sorgen, dein Geheimnis ist bei mir in guten Händen." antwortete der Mann. „So jetzt weißt du wer wir sind. Verrätst du uns auch deinen Namen?"

fragte Lester in höflichem Ton." Meine Name ist Mortim, ich bin ein einfacher Reisender auf dem Weg in die nächste Stadt. " antwortete er. „Wir sind ebenfalls auf dem Weg nach Gisa. Wollen wir den Rest des Weges gemeinsam gehen?" fragte Lester. „ Wenn es euer Wunsch ist! " gab Mortim zurück.

Etwas Geheimnisvolles war an diesem Mortim, und doch strahlte er Vertrautheit und eine allumfassende Ruhe aus, die keinen Zweifel daran ließ, dass ihm so schnell nichts in Angst versetzen würde, dachte Antario.

4

Gemeinsam setzten die Drei ihre Reise fort. Antarios anfängliche Bedenken, sich Mortim anzuschließen, bestärkten sich zusehends.

Mortim war ein Mann mittleren Alters mit schwarzen kurzen Haaren, die er sich offensichtlich, wenn es nötig wird, selbst schnitt. Er scheint in seinem Leben schon sehr viel gereist zu sein. Das schloss Antario aus seiner vom Wetter gegerbten rauen Haut und seinen von den langen Wanderungen beanspruchten Kleidern. Sein Gang war wackelig und schief und doch trat er fest mit beiden Füßen auf. Er ließ sich von seinem Pferd nicht abdrängen, wenn es am Wegesrand etwas Essbares sah. Mortims Kleider würde man als die eines Bettlers bezeichnen, zumindest die man sehen konnte. Er trug immer noch seinen braunen alten Umhang. Er machte im Ganzen eine sehr ärmliche Erscheinung und doch strahlte Mortim Würde und Ehre aus. Waren die Zeiten seiner großen Taten schon vorbei und wartet er nur auf die Gelegenheit, sich erneut verdient zu machen?

Die Dämmerung hatte schon fast ihr Ende erreicht, als die drei Reisenden, zu Antarios Erleichterung, endlich den Wald verließen. Sie konnten noch einen letzten Blick auf die am Horizont verschwindende Abenddämmerung werfen, bevor der vergangene Tag sich mit tödlicher Endgültigkeit vor der herangerückten Nacht versteckte.

„ Ich schlage vor, wir sitzen auf und reiten den Rest bis nach Gisa, bevor uns die Nacht endgültig unserer Sicht beraubt": sagte Lester.

„ Reitet ruhig voraus. Ihr wollt bestimmt in der Stadt übernachten. Ich für meinen Teil kann mir solchen Luxus nicht leisten. Ich kampiere vor der Stadt und werde erst morgen bei Tagesanbruch nach Gisa gehen": gab Mortim zur Antwort.

„ Betrachtet euch als unser Gast, mein Freund." entgegnete Lester.

„ Nein danke, ich werde die Stadt erst morgen betreten."

„ Wie ihr wünscht. Dann nochmals vielen Dank für unsere Rettung und eure Gesellschaft, mein Herr. Ich hoffe inständig, dass sich unsere Wege nochmals kreuzen." sagte Lester. Er und Antario saßen auf und bevor die beiden den Weg vorausritten, warf Antario noch einen letzten Blick auf Mortim, der zum ersten Mal seinen Kopf hob und unter seiner Kapuze hervor sah. Die Blicke der beiden Männer trafen sich und Antario erschrak so, dass er fast vom Pferd gefallen wäre. Die Augen des Mannes, der vor seinem Pferd stand, waren schwarz, so tief schwarz wie er es noch nie gesehen hatte. In diesem einen Moment schnellten ihm so viele Gedanken durch den Kopf. Zu tausenden rauschten sie durch seinen Verstand und doch blieb nur einer haften und brannte sich auf ewig fest. *Diese Augen haben das*

Ende der Welt gesehen, Athgarat selbst hat ihm diese Augen gegeben. Mit einem dunklen Fleck auf seiner Seele behaftet ritt Antario hinter Lester her, der schon ein Stück vorausgeritten war.

Nach wenigen Meilen überquerten Lester und Antario einen leichten Hügel, von da konnten sie die Lichter der Stadt schon sehen. Gisa war keine große Stadt doch ihr Ruf war mehr als schlecht, die Leute nannten sie den Schandfleck Ariteas. Die Stadt bestand aus ein paar hundert Holzhütten und nur wenigen gemauerten Häusern. Der Geruch von Verwesung und Unrat wurde schlimmer je näher die Beiden der Stadt kamen. Die Palisade, wenn sie denn den Namen verdiente, bestand aus in die Erde getriebener, verwitterter Holzpfähle. Die Nacht hatte gänzlich das Land eingehüllt und man konnte durch die spärliche Beleuchtung nicht mehr viel erkennen. Doch Antario sah, dass dies kein Ort war an dem er lange verweilen wollte.

Antario und Lester näherten sich dem Stadttor, als sie unfreundlich aus einer dunklen Ecke heraus zum Halten aufgefordert wurden. Beide stoppten ihre Pferde und aus der Dunkelheit traten zwei Soldaten, mit den typischen Lanzen bewaffnet.

„ Was wollt ihr in Gisa?" fragte einer der Wächter barsch. „ Wir sind auf der Durchreise, wir suchen eine Herberge für die Nacht." gab Lester zurück. Einer der beiden Soldaten trat einige Schritte näher. Er hatte sich eine der Fackeln genommen, die neben dem Stadttor hingen. Sein Blick wanderte zwischen Lester und Antario hin und her. Der andere der Beiden stand mit der Lanze im Anschlag, einige Schritte entfernt. Die Beiden trauten der nächtlichen Ruhestörung offensichtlich nicht. „ Wer sagt uns, dass ihr beide nicht von den Banditen im Wald geschickt wurdet, um hier Ärger zu machen?" sagte der Mann der mit der Lanze. Der andere der Beiden stimmte mit einem einfachen „Ja" seinem Kollegen zu. Die beiden schienen nicht die hellsten zu sein. „ Wir sind keine Banditen, wir sind einfache Reisende auf dem Weg nach Norden." gab Lester zurück. Seine Geduld schien fast am Ende zu sein, schließlich waren sie den ganzen Tag geritten und dann der Banditenüberfall. Lester schien sich nicht mehr lange beherrschen zu können. Nach einer kurzen Bedenkpause ließen die Beiden Lester und Antario passieren. Langsam, mit knarrenden Geräuschen öffnete sich das Stadttor. Gisa war eine kleine Stadt, die nicht viel zu bieten hatte. Außer einem Schmied, einer Gerberei und zwei Nähereien und einigen Händlern gab es etliche Kneipen, in denen die umliegenden Bauern ihr Geld versoffen. Die Beiden suchten sich das Lokal aus, das den besten Eindruck auf sie machte und brachten ihre Pferde direkt davor zum stehen. Müde ließen sich beide von ihren Pferden herab und betraten das Lokal. Es roch nach Pfeifenkraut und Schnaps, die Kneipe machte von innen längst nicht so viel her wie von außen. Der Boden bestand aus alten stark abgenutzten Holzdielen, deren letzte Reinigung schon einige Zeit zurücklag. Das Mobiliar bestand aus einer langen Theke und einigen Tischen mit den dazugehörigen Stühlen, deren Zustand auf viele Jahre strapaziösen Einsatz schließen ließ. Lester ging direkt zur Theke um mit dem Wirt zu sprechen. Antario blieb im Eingang stehen und beobachtete die Leute, die sich im Lokal befanden. Es waren nicht viele, nur ein paar Bauern und einige Arbeiter aus der Stadt selbst, die vor ihren Bierkrügen saßen, sich unterhielten oder einfach nur stumpf in den Raum starrend an ihren Krügen nippten. Antario folgte Lester zur Theke der gerade mit dem Wirt sprach, ein kleiner dicker Mann mit einer völlig verdreckten Schürze bekleidet. Seine Erscheinung ließ keinen Zweifel daran zu, dass, sollte jemand versuchen ihn übers Ohr zu hauen, er nicht scheute demjenigen eine Tracht Prügel zukommen zu lassen. Er war mürrisch, laut und seine Laune war offensichtlich nicht die beste. Als Lester ihm jedoch einige Münzen in seine dicken Hände drückte, wandelte sich sein Gemütszustand von einen auf den anderen Augenblick. Von jetzt an war er zuvorkommend und höflich.

Nach einigen Minuten hatten Lester und Antario ein Zimmer und Jemanden, der sich um ihre Pferde kümmerte. Nachdem Antario und Lester ihre Zimmer in Augenschein genommen hatten und ihr Gepäck verstaut hatten, fanden sie sich wieder im Gastraum im Erdgeschoss ein. Die Beiden setzten sich an einen freien Tisch ganz in der Ecke und warteten auf ihr Abendessen. Nach einer Weile trat der Wirt an ihren Tisch und brachte etwas Speck mit Brot und Käse. Beide ließen sich das Essen schmecken und gingen früh zu Bett.

Nach einer kurzen Nacht in einem durchgelegenen Bett wachte Antario mit starken Kopfschmerzen auf. Sein Kopf fühlte sich an als ob jemand mit einem Pferdewagen darüber gefahren wäre. Nach einer kurzen Wäsche begaben die Beiden sich nach unten um ein schnelles Frühstück einzunehmen und sich dann wieder auf den Weg Richtung Norden zu machen.

Antario hatte den Treppenabsatz noch nicht ganz erreicht, da stockte ihm der Atem. Die Stimme, die lauthals nach dem Wirt schrie war die des Banditenanführers vom Vortag. Sofort spürte er Lesters Hand auf seiner Schulter. „ Was machen wir jetzt?" flüsterte Antario seinem Gefährten zu. Lester überlegte, doch es gab nur einen Weg nach draußen, Sie mussten durch die Kneipe an dem Banditen vorbei. Lester ging voran, er versuchte sich so unauffällig wie möglich zu geben. Als er die Theke erreicht und auf den Ausgang zu steuerte, dicht gefolgt von Antario, ertönte die Stimme des Banditen durch die Kneipe. „ Hey, wen haben wir denn da, die beiden Vögel von gestern. Ihr schuldet mir noch euer Gold und zwei Pferde." Antario blieb das Herz fast stehen. Lester schob sich an Antario vorbei zwischen ihn und den Banditen. Lester dachte, dass der Mann es kaum wagen würde unter Zeugen einen Raubüberfall in der Stadt zu verüben, denn obwohl es früher Morgen war, waren schon einige Gäste in der Kneipe und starrten ihn an. Lester irrte sich, der Bandit kam direkt auf ihn zu und seine Hand griff nach seinem Beil. Sofort glitt Lesters Hand zu seinem Schwert, doch so weit kam es nicht. Zwei weitere Männer hatten die Kneipe betreten und der eine hielt Lesters Arm fest während der andere neben Antario stand und aufpasste, dass er keine Waffe zog. Ihre Lage war aussichtslos. Sobald einer von ihnen sich wehren würde, würde es dem anderen schlecht bekommen. *"Jetzt bekommen diese Dreckskerle doch noch was sie wollten"*: dachte Antario. Der Anführer hatte wieder sein selbstgefälliges Grinsen aufgelegt und kam mit gezücktem Beil auf die beiden Wehrlosen zu. Plötzlich stand ein Mann auf und stellte sich vor den Banditenanführer mit dem Rücken zu

Lester gewandt. „ Noch einen Schritt Strauchdieb und dein Kopf rollt über die Theke": gab der Mann mit ruhiger und doch entschlossener Stimme von sich. Sofort blieb der Bandit stehen und betrachtete den Mann. Antario hatte ihn an der Stimme wiedererkannt. Es war Mortim. „ Halt dich daraus, das geht dich nichts an, du bist uns schon gestern in die Quere gekommen. Verschwinde. " brummte der Bandit zurück. Der Bandit machte einen weiteren Schritt nach vorn um Mortim dazu zu bewegen den Weg frei zu geben. Dann ging alles blitzschnell. Mit einer einzigen Bewegung zog Mortim sein Schwert und enthauptete den Banditenanführer. Im Bruchteil eines Augenblicks drehte Mortim sich um und hob sein Schwert. Die Spitze zeigte genau zwischen die Augen des Mannes, der neben Lester stand. Ein dicker Tropfen Blut löste sich von der Klinge und fiel zu Boden, während die Schwertspitze eine Hand breit vor den Augen des Banditen im Raum zu schweben schien. Völlig außer Fassung über die wahr gemachte Drohung und den Tod ihres Anführers wagten die beiden anderen Banditen nicht, sich zu rühren. Ihre ungläubigen Blicke ruhten noch auf dem rumpflosen Kopf der auf der Theke lag. Die Zunge hing aus dem Mund und die Augen waren geschlossen und ein Meer aus Blut tropft von der Theke und breitet sich auf dem Boden aus.

„ Verschwindet, wenn ihr nicht seinem Beispiel folgen wollt." gab Mortim mit ruhiger Stimme von sich. Die Blicke lösten sich von dem Anblick ihres Anführers und sahen den Mann, der ihnen sein Schwert entgegen streckte in die Augen, doch sie konnten seinem finsteren Blick nicht lange standhalten. Selbst Antario konnte den Anblick dieser tiefschwarzen Augen nicht lange ertragen. Der Griff des Banditen löste sich von Lesters Handgelenk und im selben Moment verschwanden die beiden Banditen durch die Tür.

„ Wir müssen selber sehen, dass wir diese ungastliche Stätte verlassen ehe Gabo der Wirt zurückkehrt. Von ihm haben wir wahrlich mehr Ärger zu erwarten als von diesen Strauchdieben. Er kann sehr unangenehm werden." sagte Mortim. Daraufhin verließen die Drei die Kneipe. Antario und Lester holten ihre Pferde aus dem Stall und machten sich auf den Weg, die Stadt Richtung Norden zu verlassen.

„ Lasst uns hoffen, dass die Nachricht unserer Bluttat bei den nördlichen Stadtwachen noch nicht angekommen ist ehe wir außer Sichtweite sind, das könnte unangenehm werden. " sagte Mortim. Schweigend und noch immer fassungslos von den Ereignissen in der Kneipe trottete Antario neben den anderen her. Er musste an den gerade getöteten Banditenanführer denken. *Hatte er wirklich den Tod verdient? Hätte die Situation nicht noch einen anderen Ausgang genommen, wenn sie vernünftig mit ihm verhandelt hätten?* Ein Gefühl der Hilflosigkeit machte sich wie eine dunkle Wolke über seiner Seele breit. Nie wieder wollte er so hilflos der Laune eines anderen ausgeliefert sein, wie am heutigen Tag. Es gab nur zwei Möglichkeiten, entweder das Ende seiner Fahrt, sich in den väterlichen Schoß zurückziehen und hoffen, dass die Orks aufgehalten werden oder er musste lernen, sich zu verteidigen. Er hatte zwar schon seit einiger Zeit den Kampf mit dem Schwert geübt, Lester hatte ihm eine Menge beigebracht, doch mit seinen Fähigkeiten konnte er sich im Höchstfall gegen ein paar Bauern behaupten, keinesfalls gegen einen gestandenen Mann mit Kampferfahrung, geschweige denn gegen einen Ork.

Er selbst hatte noch nie einen Ork gesehen, lediglich Geschichten über diese uralte Rasse aus dem Norden gehört. Mächtige Krieger sollen unter ihnen sein, furchtlos und gnadenlos ihren Feinden gegenüber. Mit abscheulichem Aussehen bestraft und langen schartigen Schwertern, mit denen sie gnadenlos über ihre Feinde herfallen.

Als sie am nördlichen Tor ankamen war die Nachricht von dem Vorfall in der Gaststädte noch nicht bekannt geworden. Die Soldaten ließen Antario und seine Begleiter unbehelligt passieren. Tief in seine Gedanken versunken ritt Antario nun an der Seite von Lester und ihrem neuen geheimnisvollen Gefährten. Lang war der Weg, den sie für den Rest des Tages zurücklegten. Erst als die Dämmerung sich über die Wälder Athgarats legte, machten sie Halt und bauten ihr Lager unter einer kleinen Gruppe von Zedernbäumen auf, die etwas abseits vom Weg in einer Wiese standen. Einige umherstehende Büsche verdeckten ihr Lager, so konnten sie ein Feuer machen. Das Essen war mager an diesem Abend, ihr hastiger Aufbruch aus Gisa ließ ihnen keine Zeit für Besorgungen. Etwas Dörrfleisch und ein paar getrocknete Früchte mussten reichen.

Antario fühlte sich unsicher in Mortims Gegenwart, er wusste fast gar nichts über diesen Mann. Dazu kam noch der Vorfall in der Kneipe. Antario kannte diese Brutalität nicht, frei von Gewissen und Skrupel. Er wusste nicht ob dieser Mann den Tod verdient hatte, trotz des Überfalles am Vortag. Antario bezweifelte, dass Mortim das Recht hatte, über sein Leben zu entscheiden. Und doch hatte er ihn ohne zu zögern getötet. Antario wollte Mortim auf die Sache in Gisa ansprechen, er wusste nur nicht wie er

das anstellen sollte. Schließlich hatte der Mann einen Menschen getötet.
„ Wir haben euch noch nicht gedankt, dass ihr uns heute schon wieder vor den Banditen gerettet habt.“ sagte Antario leise. Lester der gerade dabei war Holz aufs Feuer zu legen, unterbrach seine Arbeit, um Mortims Reaktion zu sehen. Mortim saß ganz ruhig da, an eine der Zedern gelehnt, seine Augen waren geschlossen. „ Ihr braucht euch nicht zu bedanken. Dieser Halunke hat wehrlose Bauern und Händler überfallen. Durch seinen Tod haben wir der Stadt und ihrer Umgebung einen wertvollen Dienst erwiesen. Durch sein Dahinscheiden werden die Banditen es Monate nicht wagen, sich aus dem Wald zu trauen“: erwiderte Mortim. Antario war entsetzt wie schnell und einfach er eine Entschuldigung für den Tod des Banditen gefunden hatte, traute sich aber nichts darauf zu erwidern.
„Ihr seid sehr geübt mit dem Schwert, wenn nicht sogar perfekt. Ich habe noch nie jemanden ein Schwert so führen sehen. Wart ihr bei der Armee?“ fragte Lester schließlich. „Vor sehr langer Zeit habe ich mein Schwert für den König geschwungen.“ „ Und warum jetzt nicht mehr? Euer Können wäre eine Bereicherung für unsere Streitkräfte?“ „Zu viele schlimme Erinnerungen verbinden mich mit der Armee. Und damit ist das Thema beendet.“ Jetzt hatte er seine Augen geöffnet und sah Lester eingehend an. Sofort wandte Lester seinen Blick ab und richtete seine Aufmerksamkeit wieder dem Feuer zu. Eine Weile sagte niemand mehr etwas, bis Lester sagte, dass es an der Zeit wäre, sich schlafen zu legen. Mortim stellte sich für die erste Wache zur Verfügung und ließ keine Widerworte zu.

5

Die Sonne war kurz davor ihre ersten Strahlen von Osten
her über das noch im Nebel liegende Land zu schicken,
als Antario seine Augen öffnete. Er schrak hoch und
dachte sofort, dass er seine Wache verschlafen hat. Doch
dann wurde ihm bewusst, niemand hatte ihn geweckt.
Lester war gerade dabei, sein Schlaffell zusammen zu
rollen. „Warum hat mich niemand geweckt?" fragte er
Lester. „ Mortim dachte wohl, du wärest zu erschöpft für
deine Wache. Mich hat er auch nicht geweckt. Ich bin
zwei Stunden vor Sonnenaufgang von selbst wach
geworden und habe dann die Wache übernommen."
erwiderte Lester. „Dann hat er ja nur zwei Stunden
geschlafen" sagte Antario leicht verwundert." Nein,
Mortim hat gar nicht geschlafen, er ist weggegangen und
kam kurz vor Tagesanbruch zurück."
Antario setzte sich auf und dachte nach, über diesen
Mann, den er kaum kannte und der ihm Tag für Tag
unheimlicher wurde. „Braucht er keinen Schlaf?" fragte
Antario. „Doch, jeder Mensch braucht seinen Schlaf!"
dröhnte Mortims Stimme über ihr Lager. Er kam gerade
um eine der Zedern und sah ihm direkt in die Augen.
„Doch es gehört viel Selbstbeherschung dazu, um seine
Ruhephasen auf ein Minimum zu reduzieren. Und
außerdem schien es mir sinnvoll wachsam zu bleiben,
schließlich sind wir nur einen Tagesritt von Gisa entfernt
und die Soldaten des Königs geben nicht so schnell auf.
Aus diesem Grund sollten wir unser Frühstück kurz
halten und uns bald wieder auf den Weg machen."

Antario nahm seine Worte erstmal so hin. Er war zu müde, um zu widersprechen. Er hatte zwar das Glück, die Nacht durchschlafen zu können, doch hatte er schlecht geträumt und höllische Kopfschmerzen. Antario konnte sich an seinen Traum nicht erinnern und doch wusste er, dass es ein Albtraum war, er spürte ein beklemmendes Gefühl ins sich, als würde er an eine schlechte Tat erinnert, die sehr lange zurück lag und schon fast aus seinem Gedächtnis verschwunden war. Wie Mortim es prophezeit hatte, brachen sie nach einem sehr kurzen Frühstück auf. Der Himmel war klar und es versprach ein sehr schöner Tag zu werden. Die Stunden vergingen und der Weg floss unter den Hufen ihrer Pferde dahin wie ein brauner, staubiger Bach. Die Gespräche mit Mortim beschränkten sich bis auf ein paar Fragen mit darauf folgenden sehr kurz gehaltenen Antworten. Doch Antario und Lester unterhielten sich eine Weile angeregt über den Schwertkampf, an dem Antarios Interesse seit dem Vorfall in der Kneipe in Gisa von Tag zu Tag zu wachsen schien. Mortim schien den Beiden keinerlei Beachtung zu schenken und doch war er stets wachsam und verfolgte jedes Wort.
Gegen Abend erreichten die drei Reisenden ein kleines Wäldchen an dessen Rand, etwas abseits des Weges sie ihr Lager aufschlugen. Schnell war ein Feuer geschürt und die Pferde versorgt. Lester kümmerte sich um das Abendessen. Antario saß da und dachte über sich und die ihm bevorstehende Aufgabe nach. Nach einiger Zeit bemerkte er, dass Mortim ihn die ganze Zeit beobachtete. Als sich ihre Blicke trafen, erschrak Antario und fühlte sich ertappt. „Möchtest du wirklich das Kämpfen lernen junger Prinz?" fragte Mortim ihn. „Ja " entgegnete er. „Dann steh auf und besorg uns zwei

45

Äste etwa gleich lang." befahl Mortim. Sogleich stand der junge Prinz auf und schnitt zwei gerade Äste eines nahe stehenden Baumes ab. „Nun, mein Junge, ich habe schon hunderte Krieger ausgebildet, also stellst du meine Methoden niemals in Frage oder wirst jähzornig, verstanden?" sagte Mortim. Mit einem kurzen Nicken stimmte Antario den Bedingungen seines neuen Lehrers zu. „ Dann komm ein paar Schritte weg vom Lager." Mit diesen Worten erhob Mortim sich und stellte sich vor Antario. „Ein Krieger wird man nicht über Nacht. Also erwarte nicht von mir, dass ich dich schon heute zu einem Orkschlitzer mache." sagte Mortim. „Wie kommt ihr auf Ork?" fragte Lester, der den Beiden zugehört hatte. Mortim ignorierte die Frage und ging einen Schritt auf Antario zu. Antario ging in seine Grundstellung. Mortim ließ weiterhin beide Arme hängen. Antario wollte gleich zu Beginn seines Trainings glänzen, indem er einen Angriff von Mortim erwartete und ihn parierte. Doch was er nicht erwartete war die blitzschnelle Bewegung seines Gegenübers, der ihm seinen Stock an sein linkes Ohr hielt. *„Wäre das ein Orkhieb gewesen, hätte der mir den Schädel gespalten."* dachte der junge Prinz. „ Reaktion und Schnelligkeit sind eines Kriegers stärkste Waffen. Lass dich nicht von Größe und Kraft abschrecken. Ein Ork ist stark doch ebenso plump und unbeholfen. Wenn deine Klinge scharf ist, kannst du mit Schnelligkeit jeden besiegen." sagte Mortim. Antario verfolgte aufmerksam die Worte seines Lehrers. Jetzt ging Antario auf Mortim los und versuchte das gleiche zu machen wie er, doch daraus wurde nichts. Mortim parierte den Schlag und schickte Antario zu Boden. Als Lester mit dem Abendessen fertig war, fand das Training ein schnelles Ende. Nachdem die Mahlzeit

verspeist war, legten Lester und Mortim sich hin.
Antario hatte die erste Wache. Die Nacht war kühl und
Nebel zog auf, Antario stand etwas abseits des Lagers
und hatte sein Schwert in der Hand. Er lauschte den
Geräuschen des Waldes, die je mehr er sich darauf
konzentrierte immer lauter zu werden schienen. Nach
einer guten Stunde Wache, hörte Antario das Geräusch
von zertretenen Ästen im Wald, sofort hatte er Angst
davor von den Soldaten aus Gisa aufgespürt worden zu
sein. Doch seine Panik stellte sich als unbegründet
heraus, die Geräusche hatte ein im Wald streunendes
Wildschwein verursacht. Nachdem das Tier
verschwunden war, beruhigte sich Antario auch wieder
und der Rest seiner Wache verlief völlig ereignislos bis
Mortim ihn ablöste und er sich schlafen legen konnte.
Am nächsten Tag wachte Antario auf, weil ihm kalt war,
trotz des dicken Fells, das über ihm lag. Der Morgen war
bewölkt und es hatte zu regnen begonnen. Mortim und
Lester waren schon auf den Beinen und brachen hektisch
das Lager ab. „Steh auf Schlafmütze, wir müssen
aufbrechen, die Zeit drängt" sagte Lester in einem etwas
schärferen Ton, als Antario es von ihm gewohnt war.
„Was ist den los, warum diese Eile, stimmt etwas nicht?"
fragte Antario. „ Die Soldaten kommen, in wenigen
Minuten sind sie hier. Also beeil dich oder willst du die
nächste Nacht im Gefängnis verbringen?" gab Lester
forsch zurück.
Ohne weitere Fragen zu stellen packte Antario seine
Sachen zusammen. Einige Augenblicke später saßen die
Drei auch schon auf ihren Pferden und waren wieder auf
dem Weg Richtung Norden. Als sie das Wäldchen links
hinter sich gelassen hatten, stieg die Strasse leicht an und
führte auf einen kleinen Hügel hinauf. Oben

angekommen blieben sie stehen und blickten nach Süden. Eine Gruppe Reiter war zu sehen, die im vollen Galopp hinter ihnen über die Strasse preschten. „Wir sollten uns beeilen, die Soldaten sind schnell unterwegs. In etwa einer Stunde haben sie uns eingeholt." Die drei Reisenden gaben ihren Pferden die Sporen und ritten Richtung Norden davon. Nach einer guten Stunde im vollen Galopp gönnten sie ihren Pferden und sich eine Pause und verlangsamten ihr Tempo. „Morgen um diese Zeit haben wir die Landesgrenze überschritten und die Soldaten sind keine Gefahr mehr für uns." sagte Mortim. Ihr Frühstück nahmen die Drei im Sattel ein. Nach zwei weiteren Stunden im Trab ritten sie wieder im Galopp weiter. Den ganzen Tag über sprachen sie nicht viel und Antario drehte sich oft im Sattel um und spähte die hinter ihnen liegende Strasse entlang, um die Verfolger zu entdecken. Gegen Mittag ereichte die Gruppe einen Bauernhof, der etwas abseits des Weges mitten in einem riesigen Weizenfeld lag. Im Ungewissen wie weit ihre Verfolger noch entfernt waren, kehrten die drei Reisenden doch bei dem Bauer ein, um etwas zu essen und ihre Pferde zu tränken. Der Bauer war ein kleiner untersetzter Mann, der schon zu viele Winter erlebt hatte. Wie sich herausstellte, lebte er mit seiner Frau und seinen zwei Söhnen auf dem Hof. Das Essen, das die Frau den Reisenden gab war gut und reichlich. Mit Genuss aßen die Drei ihr großzügiges Mahl, während der Bauer sich um ihre Pferde kümmerte. Nachdem sie ihr Mahl beendet hatten und ihre Pferde sich wieder erholt hatten, brachen die Reisenden wieder auf. Antario war wachsam, aber von ihren Verfolgern war nichts zu sehen. Antario und seine Begleiter setzten ihre Reise fort, bis nach einigen Metern Mortim sein

Pferd zum Halten brachte. Er starrte wie gebannt auf die Strasse.

„Was ist los, warum hast du gehalten? Wir sollten uns lieber beeilen, bevor die Soldaten uns einholen." sagte Lester. „Ich denke nicht, dass wir auf diesem Weg weiter reiten sollten." gab Mortim zur Antwort. Lesters Augen folgten Mortims Blick und er erkannte sofort, warum Mortim gehalten hatte. „Aber ich verstehe das nicht, warum sollen wir auf dieser Strasse nicht weiter reiten? Die Soldaten haben uns bestimmt bald eingeholt." sagte Antario. „Das ist es ja, sie haben uns schon überholt. Die Reiter die hinter uns waren haben diesen Weg schon passiert." gab Mortim zur Antwort. Jetzt bemerkte Antario auch die frischen Hufspuren, die in Richtung Norden verliefen. „Aber warum haben sie uns nicht in der Stube des Bauern gestellt, während wir beim Essen waren?" fragte Lester. „ Ich denke, weil sie fürchteten wir könnten den Bauern und seine Frau als Geisel nehmen und das würde die Sache nur unnötig komplizieren." sagte Mortim. „Also werden wir einen anderen Weg nehmen, um den Soldaten aus dem Weg gehen." sagte Antario. „So einfach ist das nicht, denn sie könnten genau das erwarten und uns so in eine Falle locken." knurrte Mortim nun leicht gereizt. „Uns bleibt keine Wahl, wir müssen uns durch den Wald schlagen." „ Aber dieser Wald ist noch gefährlicher, dort hausen blutrünstige Wesen." entgegnete Lester. „ Entweder wir versuchen unser Glück mit den Wesen dieses Waldes oder wir werden für lange Zeit ins Gefängnis gehen." sagte Mortim.

Mortim setzte sein Pferd in Bewegung und verließ die Strasse in Richtung Osten. Antario und Lester folgten ihm kommentarlos, tauschten jedoch vielsagende Blicke aus. Sie ritten einen kleinen Feldweg Richtung Osten am Rand des Gorwaldes entlang. Nach einigen Meilen bogen die drei Reisenden wieder nach Norden ab direkt in den Gorwald hinein. Bevor sie den Wald betraten, blieben sie stehen und ließen ihre Blicke durch den Wald schweifen.

„Was sind das für Wesen, die hier leben sollen und warum sind sie so gefährlich?" fragte Antario. „Man nennt sie Kerlinge, sie sind sehr gefährlich. Verhaltet euch ruhig und macht keinen Lärm. Wollen wir hoffen, dass wir unbemerkt den Gorwald durchqueren können." sagte Mortim und setzte sein Pferd wieder in Bewegung in den Wald hinein. Antario atmete einmal tief durch und folgte ihm.

Der Gorwald war alt und unberührt, es gab keine Strasse. Lange schon hatte sich kein Holzfäller mehr in diesen Wald getraut, zu groß war die Angst vor den Kerlingen. Die Luft war stickig und warm, es war still. Kein Laut war zu hören außer den Geräuschen, die ihre Pferde beim Treten auf den Waldboden verursachten. Alle Tiere schienen den Gorwald schon vor langer Zeit verlassen zu haben, nicht mal ein Vogel war zu sehen. Antario war dieser Wald sehr unheimlich. Ein Mark und Bein durchziehendes Gefühl verwirrte Antario. Es kam ihm so vor, als ob er beobachtet wurde, als würden stets ein Paar ruhelose Augen auf ihm und seinen Gefährten liegen, jede ihrer Bewegungen verfolgend. Und dann ein Rascheln in den Baumkronen direkt vor ihnen. Antario erschrak, selbst Lester schien beunruhigt zu sein, doch Mortim blieb ganz ruhig und ritt weiter ohne das Tempo zu verringern.

„Was weißt du über die Kerlinge?" fragte Antario flüsternd an Lester gewandt. „Nicht viel, nur was die

Bauern und Soldaten sich schon seit Jahren erzählen. Die Kerlinge kamen vor einigen Jahren aus dem Nichts, sie waren plötzlich da und machten den Wald unsicher. Nach wenigen Wochen trauten sich nicht einmal die Tapfersten in den Gorwald. Diese Wesen, obwohl ich noch nie eines gesehen habe, sollen kleine zweibeinige Männchen sein, die sich in den Baumkronen von Ast zu Ast hangeln. Sie sollen blutrünstige Geschöpfe sein, die keine Gnade ihren Opfern gegenüber kennen, sie zerfleischen alles und jeden den sie erwischen bei lebendigem Leib. Wie Mortim schon gesagt hat, sollten wir hoffen, dass unsere Anwesenheit in diesem Wald unbemerkt bleibt, obwohl ich die bittere Vermutung habe, dass es dafür etwas spät ist." sagte Lester. „ Da könntest du Recht haben." sagte Mortim, der sein Pferd zum Stehen gebracht hatte und seinen Blick auf die Baumkronen direkt vor ihm fixierte. Sofort stoppten Antario und Lester ebenfalls ihre Pferde und versuchten seinem Blick zu folgen, konnten aber nicht erkennen, warum Mortim sein Pferd angehalten hatte. Die Kronen der Bäume bewegten sich ganz leicht im flauen Westwind. Antario wagte es nicht, sich zu rühren. Kein Laut war zu hören. Mortim machte keine Anstalten weiter zu reiten und starrte ohne Unterlass in die Baumkronen. Plötzlich wie aus dem Nichts ließ sich ein Kerling aus einem Baum fallen und landete direkt vor ihnen.

Der Kerling war grau und haarig und nur halb so groß wie ein ausgewachsener Mensch. Seine Arme waren lang und kräftig, sie reichten fast bis auf den Boden. Der Kerling war erschrocken stehengeblieben und starrte die drei Reisenden an. Antario war fassungslos. Noch nie zuvor hatte er so ein Wesen gesehen. Er fand es abstoßend, wenn nicht abscheulich, mit vorstehenden spitzen Zähnen und kleinen finsteren Augen, alles in allem eine furchterregende Fratze.

Nach einem kleinen Augenblick der Verwirrung machte der Kerling einen großen Sprung an einen nahe stehenden Baum und versuchte, am selbigen nach oben zu klettern. Als der Kerling die Hälfte des Weges bis zum ersten Ast geschafft hatte, zog Mortim mit artistischer Geschwindigkeit ein Messer und warf es dem Kerling in den Rücken. Sofort hallte ein lauter, schriller Schrei durch den Wald. Die Kreatur ließ den Stamm los und fiel zu Boden. Sofort war Mortim über dem Kerling mit gezogenem Schwert. Die Kreatur versuchte sich kriechend von Mortim zu entfernen. Doch allzu weit kam er nicht. Ein einziger Streich mit dem Schwert und Mortim hatte den Kopf des Wesens vom Rumpf getrennt. Schnell entstand eine Lache aus tiefschwarzem Blut, das aus dem Hals des Kerlings sprudelte. Das auf den Boden gefallene Laub der Vorjahre saugte das Blut auf wie ein Schwamm und sofort machte sich ein stechender Gestank um die drei Reisenden breit, der Antario Übelkeit brachte. Angewidert drehte er sich um und versuchte tief durchzuatmen, um gegen seine Übelkeit anzukämpfen. Immer wieder drehte er den Kopf und sah sich die Gebeine der Kreatur an, der Mortim wenige Augenblicke zuvor so kaltblütig das Leben genommen hatte.

Mortim und Lester waren damit beschäftigt, den Leichnam des Kerlings zu begraben, um seinen Geruch möglichst lange unter Verschluss zu halten, während Antario immer noch versuchte, Herr über seinen Körper zu werden. Das Loch auszuheben, um den Kerling darin zu begraben, stellte sich als äußerst mühsam heraus, denn der Wald bestand in diesem Teil hauptsächlich aus Buchen deren Wurzeln stark ineinander verwachsen waren. „Was machen wir jetzt?" fragte Antario immer noch keuchend an einen Baum gelehnt. „Wir sollten sehen, dass wir unseren Weg fortsetzen, das Geschrei dieser Bestie wird sicher noch andere anlocken. Und wenn der Rest der Kerlinge, die noch in der Nähe sind, über uns herfällt, geht es uns an den Kragen." antwortete Mortim streng.

Nach einer Weile war der tote Kerling begraben und die Drei machten sich mit der Hoffnung auf, trotz des Zwischenfalls unbemerkt durch den Gorwald zu reisen. Einige Stunden vergingen und Antario hatte sich wieder weitestgehend beruhigt und dachte genauso über den Tod des Kerlings wie über die Sache mit dem Banditenhauptmann nach. Langsam und möglichst leise ritten sie dahin, jeder horchend, ob nicht doch etwas in den Bäumen sitzt und sich auf sie stürzen könnte. Antario blickte sich ständig um und untersuchte mit seinem rastlosen Blick die Baumkronen hinter ihnen. Das schräg einfallende Licht und der Wind der die Baumkronen tanzen ließ, ließ Antario überall in den Ästen weitere Kerlinge sehen, wo keine waren. Zweimal gab er falschen Alarm und Mortim hatte ihn dafür mit einer strengen Bemerkung bestraft. Stunde um Stunde waren sie unterwegs und die Bäume zogen an ihnen vorbei.

Sie schienen die seltenen Gäste zu beobachten und nur darauf zu warten, bis die Kerlinge zuschlugen. Doch nichts geschah, kein Geräusch, kein knacken der Zweige oder ein entfernter Ruf waren zu hören. Sollte Mortims Täuschung mit dem Vergraben des Kerlings doch funktioniert haben? Der Abend brach an und das Licht

des Tages wich einer stärker werdenden Dunkelheit.
Mortim machte trotz der schlechten Sicht keine
Anstalten zu rasten. Erst als die Pferde unübersehbare
Ermüdungserscheinungen aufwiesen, ließ er halten und
das Nachtlager aufbauen. Als Antario aus dem Sattel
glitt und seine Füße den Boden berührten und er
versuchte zu stehen, fingen seine Beine an zu zittern und
er wäre fast zusammengebrochen. Antario war völlig am
Ende seiner Kräfte er war todmüde und wollte nichts
anderes mehr als schlafen. Selbst Mortim schien
erschöpft zu sein. Ohne es überhaupt zu erwähnen, ließ
er das all abendliche Kampftraining ausfallen. Mortim
übernahm die erste Wache und Lester die Zweite. Als
das Lager aufgebaut war, legte Antario sich hin und
schlief sofort ein und begann zu träumen.
*Antario lief durch die Dunkelheit in diesem verfluchten
Wald. Die Nacht war vollkommen und undurchdringlich.
Unbeholfen tapste er Schritt für Schritt durch den Wald.
Angst lähmte seinen Verstand und ließ ihn einfach
weitergehen, ohne sich umzusehen. Plötzlich verschwand
der Boden unter seinen Füßen und Antario fiel einen
Abhang hinunter. Als er nach einigen Metern zum Stehen
kam, hatte er völlig die Orientierung verloren. Nichts
war zu sehen, kein Laut war zu hören. Angst und Panik
lähmten Antario. Er konnte sich nicht rühren, für eine
ganze Weile, bis Antario ein Rascheln und Kratzen
hörte. Er sah sich um, er suchte die Baumkronen ab,
konnte aber nichts sehen, die Dunkelheit war
allumfassend. Die Geräusche nahmen zu und wurden
immer lauter, sie schienen näher zu kommen. Jetzt
konnte Antario sich wieder bewegen und rannte los.
Antario rannte so schnell er konnte in die Dunkelheit.
Die tief hängenden Zweige peitschten durch sein Gesicht*

und die Wurzeln ließen ihn stolpern. *Immer tiefer rannte der junge Prinz in den Wald, das Atmen fiel ihm immer schwerer, denn umso tiefer seine Angst ihn in den Wald trieb, umso stickiger wurde die Luft. Nur seine körperliche Erschöpfung zwang ihn, Halt zu machen. Völlig außer Atem lehnte er sich an einen Baum. Er lauschte in den Wald hinein, doch sein Keuchen und das Pochen in seinen Ohren übertönten jedes Geräusch. Erst nach einigen Augenblicken hatte Antario sich wieder gefasst und versuchte, das Rascheln in den Baumkronen auszumachen, welches ihn so in Panik versetzt hatte. Nichts war zu hören, der Wald war völlig ruhig und friedlich. Antario atmete tief durch. Endlich hatte er die Verfolger abgehängt. Er sah sich um, aber die Dunkelheit schien noch schwärzer geworden zu sein, es gab keinen Mond der den Wald in sein silbriges Licht hätte tauchen können, keine Sterne die ihm den Weg hätten weisen können. Er war ganz alleine in einem Wald, den er nicht kannte, verfolgt von grausamen Wesen. Was sollte er tun? Er konnte ja schlecht in die Richtung zurück laufen aus der er kam. Sie würden ihn finden und dann wäre sein Schicksal besiegelt. Also beschloss Antario in die entgegen gesetzte Richtung zu gehen, möglichst weit weg von diesen Kreaturen, die in den Bäumen lebten und sich von oben auf ihre wehrlosen Opfer stürzten. Mit schnellem Schritt setzte er sich in Bewegung. Jeder leichte Windstoß, welcher die Baumkronen rascheln ließ überschwemmte Antario mit Angst, und sofort lief er los bis er wenige Meter weiter seinen Irrtum bemerkte. Jegliches Zeitgefühl ist ihm abhanden gekommen, Antario hatte keine Ahnung, wie lange er schon durch den Wald wanderte und immer noch dieses Gefühl seine Verfolger nicht gänzlich abgeschüttelt zu haben. Was sollte er tun? Nach einer Ewigkeit erreichte Antario eine Lichtung im Wald auf die etwas Mondlicht fiel. Mitten auf der Lichtung standen Mortim und Lester, sofort fiel Antario ein Stein vom Herzen. Die Beiden sind noch am Leben und zusammen, dachte er. Endlich keimte wieder Hoffnung in seinem Herzen. Mit einer letzten Kraftanstrengung rannte er los auf die Lichtung. Als er die Beiden erreicht hatte und zu ihnen mit seiner atemlosen Stimme sprach, reagierten sie nicht auf ihn, als wäre er nicht da. Ihre Blicke waren stur auf den Wald um sie herum gerichtet. Als Antario den Wald ebenfalls in Augenschein nahm, wurde ihm auf einmal ganz schlecht, fast hätte er sich übergeben. Alle Bäume rund um die Lichtung waren besetzt mit Kerlingen. Es waren hunderte von diesen abscheulichen Kreaturen. Schlagartig wurde ihm klar, dass die Kerlinge von Anfang an nur mit ihm gespielt hatten. Sie haben ihn nur zu seinen Freunden gejagt, um sie alle gleichzeitig töten zu können. Hilflos sah Antario zu wie die Kerlinge den Kreis um die drei Gefährten schlossen. Antario sah sich um, und immer noch keine Reaktion seiner beiden Gefährten. Die Kerlinge machten sich bereit zum Angriff. Panik machte sich bei Antario bemerkbar und Mortim und Lester starrten weiter in den Wald hinein. Jetzt starteten die Kerlinge ihren Angriff. Lautes Knurren und Kreischen aus hunderten Kehlen überfiel die Stille des Waldes. Alle Kerlinge ließen sich gleichzeitig von den Bäumen fallen und rannten auf die Drei zu, die in der Mitte der Lichtung standen. Antario sah entsetzt zu wie eine Gruppe von fünf der blutrünstigen Wesen direkt auf ihn zu lief. Plötzlich rief jemand seinen Namen und Antario sah sich um, weil er dachte einer seiner Freunde hätte ihn gerufen, doch dem*

*war nicht so. Beide standen immer noch reglos da, mit
sturem Blick auf den Waldrand gerichtet.
Schon wieder rief jemand seinen Namen, aber Antario
konnte nicht ausmachen von wo die Stimme kam. Er
kannte die Stimme, die ihn rief, konnte sie aber nicht
richtig einordnen. Die Kerlinge kamen immer näher
gestürmt, laut kreischend und mit unstillbarem Blutdurst
in den Augen. Unruhig sah Antario sich um, sein Ende
schien gekommen, es gab keinen Ausweg. Dann wieder
sein Name, die Kerlinge waren bis auf wenige Schritte
herangekommen und machten sich bereit, sich auf ihn zu
stürzen. Antario fiel auf die Knie schützte seinen Kopf
mit den Armen und fing an zu schreien, und dann wieder
sein Name etwas lauter und klarer. Der erste Kerling
hatte ihn erreicht und griff ihn direkt an. Antario schrie
nur noch lauthals.*

Im nächsten Moment fand er sich schreiend auf seinem
Fell liegend. Über ihn gebeugt kniete Lester und rüttelte
ihn wach.

„Antario wach auf" rief Lester und rüttelte sanft an ihm.
Antario schlug die Augen auf und sah seinem Freund
direkt in die Augen. Lester konnte die panische Angst
noch sehen die in Antarios Augen stand. „Alles in
Ordnung mein Freund, das war alles nur ein Traum."
sagte Lester beruhigend zu ihm.

Antario nickte und richtete sich auf, er war schweiß
gebadet. Er musste an sein zu Hause denken und an
seine Mutter, wenn sie ihn getröstet hatte, nachdem er
aus einem bösen Traum aufgewacht war. Ein warmes
Gefühl machte sich in ihm breit, wenn er an seine
Familie dachte. Doch dieses Gefühl wurde von der
gleichen Angst verdrängt, die ihm in seinem Traum
schon die Sinne geraubt hatte. Er bemerkte, dass er

immer noch im Gorwald war. Trotz des Schlafs fühlte er sich müde und schlapp. Seine Knochen taten ihm weh und sein Kopf fühlte sich an, als hätte jemand darauf Trommel gespielt. „Bist du bereit für deine Wache?" fragte Lester ihn.

„Ja ich denke schon, wie spät ist es?"

„Etwa drei Stunden vor Sonnenaufgang. Ich habe dich etwas länger schlafen lassen."

„Danke, ich wecke euch dann bei Tagesanbruch." Lester legte sich hin und schlief wenige Minuten später schon tief und fest. Jetzt war es an Antario seine Freunde vor einem Angriff der Kerlinge zu warnen. Die Vorstellung die Verantwortung über zwei Menschenleben zu haben, gefiel ihm gar nicht. Was wäre, wenn er den Angriff nicht kommen sah, oder noch schlimmer, wenn er einschlief. Antario schüttelte sich einmal und verbannte diese Gedanken aus seinem Kopf. Die Stunden verstrichen und der Wald war still und friedlich, kein Laut war zu hören. Selbst der Wind, der den ganzen Tag über sein Spiel mit den Baumkronen getrieben hatte, schien zu schlafen. Antario ging ein paar Schritte vom Lager weg und lehnte sich an einen Baum. Er lauschte immer wieder in den Wald hinein, doch immer noch kein Laut. Die Sterne wanderten blass scheinend und die Nacht näherte sich ihrem Ende. Im Osten begann ein schwaches Licht zu leuchten. Die wenigen Wolken über ihnen wurden in ein helles Rosa getaucht. Der Tag brach an, noch nie in seinem Lesben war Antario so froh, die Sonne zu sehen.

6

Mortim war der erste, der wach wurde. Er stellte sich neben Antario und spähte in den Wald hinein. Außer einem Meer aus braunen toten Blättern und einer sie umzingelnden Armee von Bäumen, war im morgendlichen Dämmerlicht nichts zu sehen. „Wir sollten machen, dass wir diesen Wald so schnell wie möglich verlassen. Ich habe ein sehr ungutes Gefühl. In diesem Wald sind schlimme Dinge passiert und uns droht dasselbe Schicksal, wenn wir nicht vor Einbruch der Nacht den Gorwald verlassen haben." sagte Antario, ohne seinen Blick von den Bäumen abzuwenden. Mortim wandte sich ihm zu und sah ihm tief in die Augen. Antario versuchte ebenfalls Mortim in die Augen zu sehen, konnte seinem Blick aber nicht lange standhalten. Sein finsterer Blick und seine tiefschwarzen Augen machten ihm immer noch Angst. "Du hattest einen Traum" sagte Mortim mit seiner dunklen Stimme. Antario fühlte sich ertappt und schämte sich ein bisschen. „Ja, du hast Recht. Ich hatte wirklich einen Traum: Sie sind über uns hergefallen und wir konnten nichts tun. Ich hatte panische Angst. Aber das war nur ein Traum sonst nichts." Mortim sagte nichts mehr, er sah Antario nur noch intensiver an. Lester wurde wach und unterbrach die für Antario sehr unangenehme Situation. Die Gefährten brachen das Lager ab und sattelten die Pferde. Nach einem kurzen Frühstück, das aus ein paar Früchten und etwas Dörrfleisch bestand, setzten die Drei ihren Weg in Richtung Norden fort. Es gab keinen Weg und der Wald wurde immer dichter und unwegsamer. Nach ein paar Meilen mussten sie ihre Pferde am Zügel führen, um einen Sturz zu vermeiden und die Tiere nicht zu stark zu verausgaben. Es ging nur langsam voran und bis zum Mittag wurde nur wenig gesprochen. Das Mittagessen viel ebenso sparsam aus wie das Frühstück. Der Tag verflog und immer noch kein Ende des Gorwaldes in Sicht. Der Wald hatte sich gelichtet und das Gelände erlaubte es ihnen, wieder zu reiten. Lester und Antario ritten nebeneinander her, während Mortim einige Meter voraus ritt. „Was hältst du von unserem neuen Begleiter? Warum legt er mit uns diesen gefährlichen Weg zurück? Er hätte doch genauso gut von Gisa aus nach Osten fliehen können?" fragte Antario Lester in einem leisen Flüsterton.

"Seine Gründe kann ich dir nicht nennen, aber wenn er Schlechtes mit uns im Sinn hätte, würde er sich anders verhalten und schließlich hat er uns zweimal vor den Banditen aus Gisa gerettet. Ich denke, wir sollten ihm vorerst vertrauen und uns von ihm durch diese Gegend führen lassen. Er scheint sich hier gut auszukennen. Aber nichts desto trotz sollten wir auf der Hut bleiben, bis wir mehr über ihn wissen."

„Vielleicht hast du Recht, aber ganz geheuer ist mir die Sache nicht, warum macht er das Ganze, doch nicht nur weil er uns helfen will."

Für einige Minuten dachten die Beiden über die ganze Geschichte nach und keiner sprach ein Wort. Noch während Antario über Mortim und seine Absichten nachdachte, bekam er ein ganz schlechtes Gefühl in der Magengrube und seine Nackenhaare stellten sich auf. Etwas stimmte nicht und das hatte nichts mit Mortim zu tun. Er wollte gerade zu Lester etwas sagen, als Mortim sein Pferd schlagartig zum Stehen brachte und in die Baumkronen hinter ihnen starrte.

„Was ist los, warum halten wir?" fragte Lester.

„Wir werden angegriffen" entgegnete Mortim kurz.

Schlagartig drehten sich Antario und Lester um und

versuchten, in den Bäumen etwas zu erkennen. Nichts, keine Bewegung war zu erkennen, und doch wusste Antario instinktiv, dass Mortim recht hatte. „Rasch wir müssen weiter" rief Mortim und beschleunigte den Schritt seines Pferdes. Antario und Lester sahen sich einen Moment an und taten es Mortim nach und ritten los. So schnell es die dicht stehenden Bäume zuließen, ritten die Drei durch den Wald in Richtung Norden. Antario und Lester hatten nicht das Geringste gesehen oder gehört, doch die Angst vor einem Angriff aus den Bäumen ließ sie Mortim kommentarlos folgen. Ihre Pferde schnauften und der Wind wehte ihnen entgegen. Die Bäume rasten an ihnen vorbei, wie stumme Zuschauer eines Rennens auf Leben und Tod. Mortim trieb sein Pferd gnadenlos an und trotz seines hohen Alters legte es ein beachtliches Tempo vor, Antario und Lester hatten Mühe ihm zu folgen. Nach etwa zehn Minuten im vollen Galopp gebot Mortim mit einer klaren Geste zu halten. Alle drei Reisenden hielten an und Antario sah Mortim an. Seine finsteren Augen waren stur auf die Baumkronen im Süden gerichtet. Immer noch war kein Laut zu hören, geschweige denn eine Bewegung zu sehen.

„Sind sie hinter uns her" fragte Antario ihren Führer.

„Ja" sagte Mortim knapp.

„Wo denn? Ich kann überhaupt nichts sehen"?

„Etwa eine Meile südlich von uns. Sie kommen schnell näher." Antario fragte sich, ob er sie gesehen hatte oder woher er das wusste. Er selbst konnte beim besten Willen kein Anzeichen für einen bevorstehenden Angriff erkennen. Lester schien es ebenso zu gehen und auch sein Pferd war bis auf das Schnauben nach dem kurzen

Sprint ganz ruhig. Doch Mortim schien sich ganz sicher zu sein, der Mann wurde Antario immer unheimlicher. „Können wir ihnen entkommen" fragte Lester. Stille legte sich für einen Augenblick über den Wald um sie herum, während Lester auf eine Antwort wartete. Antario dachte schon, dass Mortim ihm nicht mehr antworten würde, als er plötzlich sagte: "Nicht hier im Wald, das ist eben ihr Revier, hier haben wir keine Chance, wir müssen so schnell unsere Pferde uns tragen aus dem Wald heraus."

„Wie weit ist es noch bis zum Waldrand?" fragte Antario.

„Etwa zehn Meilen. Wir müssen uns beeilen, gebt euren Pferden die Sporen, blickt nicht zurück, seht nur nach vorne, gleich was geschieht oder wir werden diesen Wald nicht lebend verlassen." Antario wollte gerade eine Frage von seinen Lippen lassen, als Mortim ihn unterbrach."Nichts mehr, kein einziges Wort mehr, es eilt." Mit diesen Worten gab Mortim, wie prophezeit, seinem Pferd die Sporen und der alte Wallach preschte los. Antario und Lester taten es ihm gleich und folgten seinem Schweif.

Grobe Stücke des Waldbodens, von den Hufen seines Pferdes ausgerissen, flogen hinter Antario in die Höhe. Ihr Tempo war mörderisch und Antario wusste nicht wie lange ihre Pferde das noch durchhalten würden. Der Drang nach hinten zu sehen wurde immer stärker, doch Antario besann sich auf die Worte von Mortim. Nach etwa acht Meilen im vollen Galopp durch unebenen Waldboden und zwischen Bäumen und Sträuchern hindurch waren ihre Pferde völlig am Ende. Mortim trieb sein Pferd unbarmherzig an und das Tier schien zu spüren, dass es um Leben und Tod ging. Doch mehr zu geben als es hatte, vermochte kein Pferd der Welt. Und so verlangsamte sich das Tempo zusehends. Da sich das Tempo etwas verlangsamte und der Wald vor ihnen es zuließ, wagte Antario trotz Mortims ausdrücklicher Warnung einen Blick über seine Schulter. Ihm stockte der Atem und er wäre fast vom Pferd gefallen, als er sah wie hunderte Kerlinge, von Baum zu Baum springend, hinter ihnen her waren. Er fragte sich, wie sie den Abstand zwischen ihnen nur so schnell verringern konnten. Und wieder breitete sich Panik in ihm aus wie ein Lauffeuer, sie wollte die Kontrolle über seinen Körper und nur der Wille den Kerlingen zu entkommen und zu überleben hielt sie davon ab. Die Kerlinge kamen immer näher. Antario fing an, sich instinktiv immer öfter umzudrehen, deswegen verlor er langsam den Anschluss zu Mortim und Lester. Auf einmal fingen die Kerlinge an zu schreien und zu knurren, ein Gekreische wie aus tausend Kehlen war zu hören. Jetzt hatten auch die beiden Pferde ihre Verfolger bemerkt und zogen die Geschwindigkeit wieder an. Der Abstand vergrößerte sich wieder. Antario widerstand dem Drang sich umzusehen und versuchte zu seinen Freunden aufzuschließen.

Der Wald flog an ihnen vorbei und doch wussten die Drei, dass, wenn sie den Wald nicht innerhalb der nächsten zwei Meilen verlassen würden, ihr Schicksal besiegelt wäre.

Nach einem flüchtigen Blick über seine Schulter erkannte Antario, dass die Kerlinge bis auf fünfzig Meter an die drei Reiter herangekommen waren. Antario verlangte seinem Pferd alles ab. Eine weitere Meile hatten sie hinter sich gebracht und Antario hörte ihre Verfolger jetzt direkt hinter sich. Antario brachte jetzt nicht mehr den Mut auf sich umzusehen, er rechnete jeden Moment damit, dass sich einer der Kerlinge auf ihn stürzen würde und seine spitzen Zähne in sein Fleisch versenkt. Er zog den Kopf ein und folgte einfach nur seinen Gefährten, so schnell er konnte. Vor Vorfreude auf die bevorstehende Beute ließen die Kerlinge ein schrilles Siegesgeschrei los, Antario wusste sofort, dass sein Ende gekommen war, er sah keinen Ausweg aus seiner Lage. Langsam wurden die Abstände zwischen den Bäumen immer größer und es traf auch mehr Sonnenlicht auf den Waldboden. In Antario keimte Hoffnung auf. Wenige hundert Meter, der Waldrand war zu sehen. Einige Kerlinge hatten Antario bereits überholt, der etwa hundert Meter hinter seinen Freunden ritt, und machten sich bereit, sich auf ihn zu stürzen. Die ersten Kerlinge sprangen aus den Bäumen runter auf ihn zu, doch sie verfehlten ihr Opfer nur knapp und landeten unsanft auf dem Waldboden. Antario wusste, dass sie ihn beim nächsten Angriff erwischen würden. Wieder hatten ihn einige der scheußlichen Kreaturen überholt und machten sich bereit, sie saßen in den letzten Bäumen vom Waldrand. In letzter Sekunde preschte Antario aus dem Wald, kurz bevor sich die Kerlinge aus den Baumkronen fallen lassen konnten.

Mortim und Lester standen mit ihren Pferden etwa hundert Meter vom Waldrand entfernt und warteten auf Antario. Völlig erschöpft und nass geschwitzt kamen Antario und sein Pferd bei Lester und Mortim an. Antario drehte sich um und sah zurück zum Waldrand, nichts war zu sehen. Alle Kerlinge hatten sich spurlos in den Wald zurückgezogen. Sein Herz raste immer noch wie verrückt. Langsam kamen die Drei wieder zu Atem, auch ihre Pferde schienen sich wieder zu beruhigen.

Mit jeder Minute, in der sich sein Herzschlag verlangsamte, stieg die Gewissheit, dem Tod nur um Haaresbreite entronnen zu sein. Das Gefühl breitete sich wie Fieber in seinem Körper aus und lähmte jeden seiner Muskeln. Steif, wie aus Stein gehauen, mit weit aufgerissenen Augen saß Antario im Sattel, während Mortim und Lester abstiegen und dankbar für die tolle Leistung, ihre Pferde streichelten. Lester ging zu Antario und berührte ihn leicht am Arm, um ihn aus seiner Starre zu befreien. Antario verließ die Welt aus Angst und Panik in seinem Kopf und kam langsam wieder zur Realität zurück.

„Ist alles in Ordnung?" fragte Lester.

„Ja, ich denke schon." erwiderte Antario. Immer noch geistesabwesend ließ Antario sich aus dem Sattel gleiten. Erst als er wieder festen Boden unter seinen Füßen spürte, kehrte sein Verstand endgültig auf den selbigen zurück. Er sah sich um und stellte fest, dass sie auf einer endlosen Graslandschaft standen, die bis zum Horizont reichte. Es war schon später Nachmittag und der Himmel war bewölkt. Dicke tiefgraue Wolken wanderten leise Richtung Osten, es sah so aus, als könnte es jeden Moment anfangen zu regnen. Der Wind kam stark und kühl von Westen. Antario war nass geschwitzt und fing direkt an zu frieren. Er zog seinen Mantel aus einer Satteltasche und zog ihn an. Sofort stieg wieder Wärme in ihm auf.

„Wir sollten unseren Weg fortsetzen. Unsere Pferde brauchen Wasser." sagte Mortim. Kommentarlos nahmen die Drei ihre Pferde am Zügel und setzten ihren Weg Richtung Norden fort. Langsam aber sicher neigte sich der Tag dem Ende zu und immer noch kein Wasser für die Pferde, bis schließlich ein kleiner Weiher in Sicht kam. Die Wasserstelle war umringt von Schilf und ein paar Holunderbüschen.

„Vielleicht finden wir auch etwas Holz für ein Feuer." sagte Lester. In stummer Übereinkunft kümmerte sich Antario um die Pferde, Lester um das Feuer und Mortim bereitete das Essen vor. Nachdem das Essen verzehrt und die Pferde stumm um ihr Lager herum grasten, fingen Antario und Mortim wieder an mit dem Training der Schwertkunst. Nach einer Stunde Training setzte die einbrechende Dunkelheit dem Training ein Ende. Antario saß mit seinen Gefährten am Lagerfeuer. Er sah zu Mortim hinüber und überlegte, welche Beweggründe ihn dazu veranlassten mit ihm und Lester diesen gefährlichen Weg zu gehen. Still saß Mortim da und schnitzte an einem Stück Holz herum. Antario saß da und betrachtete ihn bis plötzlich Mortim aufsah und ihre Blicke sich trafen. Da waren sie wieder diese tief schwarzen Augen, in denen man nicht lesen konnte.

„Du überlegst dir warum ich hier bin und nicht auf dem Weg Richtung Osten" sagte Mortim mit seiner tiefen Stimme. Antario fühlte sich ertappt und schämte sich ein bisschen.

„Ja, das tue ich. Warum bist du bei uns geblieben, wir sind seit wir meines Vaters Palast verlassen haben mehr als einmal in Schwierigkeiten geraten." sagte Antario.

„Die Zeiten haben sich geändert. Etwas Großes ist im Gange, die Welt wird sich wandeln. Ich wäre so oder so in den Norden gereist, da konnte ich das auch mit euch tun. Dass die Reise schwer würde wusste ich schon und das auch mit oder ohne euch."

Antario sah ins Feuer, er wusste, dass Mortim ihm nicht die ganze Wahrheit gesagt hatte. Es steckte noch eine andere Wahrheit dahinter. Er wusste nur nicht, wie er danach fragen sollte. Ein kurzer Blick zu Lester sagte ihm, dass er es vorerst dabei bewenden lassen sollte. Antario verabschiedete sich und legte sich auf sein Schlaffell. Er dachte noch einige Zeit über Mortim und seine Absichten nach bis er einschlief.

Am nächsten Tag waren alle ausgeschlafen und bester Laune. Das Frühstück wurde eingenommen und das Lager abgebrochen, die Pferde gesattelt und das Feuer gelöscht.

Wenige Minuten später saßen die Drei wieder im Sattel und setzten ihren Weg fort. Keiner der Reisenden sprach viel bis zum Mittag. Das Essen war dieses Mal vergleichsweise üppig, die Bauern bei denen sie Rast gemacht hatten, bevor sie in den Gorwald geritten waren, hatten ihnen reichlich Proviant verkauft. Sie ließen es sich eine Stunde lang gut gehen, ehe sie wieder aufbrachen. Antario ritt neben Lester und dachte wie so oft über Mortim nach und ob er dem geheimnisvollen Fremden trauen kann. Nach einer Weile gab er seinem Pferd einen leichten Tritt in die Flanken und schloss zu Mortim auf, der wie üblich vorausritt.

„Hast du schon mal einen Ork gesehen?" fragte Antario.

„Warum fragst du mich das?"

„Nun ja, ich habe über unser Gespräch von gestern nachgedacht und bin zu der Überzeugung gelangt, dass ich dir vertrauen will."

„Und wie kommst du da auf Orks?"

„Du reist mit uns und stellst dich den selben Gefahren, und das ohne den Grund für unsere Reise zu kennen. Ich denke du solltest erfahren wo unsere Reise hinführt und ihren Zweck. Wir sind auf dem Weg nach Norden, um meinem Vater Kunde über einen Angriff der Orks zu bringen, die das Land Saratan angegriffen haben sollen.

Deswegen sind wir auf dem Weg Richtung Norden.
Willst du uns jetzt immer noch begleiten?"
„Ich habe beschlossen mit euch zu reisen und zu helfen
wo immer ich kann. Warum sollte ich jetzt wo ich das
Ziel kenne meine Absichten ändern?"
„Wenn das mit den Orks wahr ist, reiten wir direkt in
einen Krieg und das finde ich ist ein guter Grund seine
Meinung zu ändern".
„Wenn die Orks wirklich Saratan angegriffen und Krieg
heraufbeschworen haben, dann ist es meine Pflicht, diese
Boten des Todes wieder hinter ihre Berge zu jagen."
„Du hast mir noch keine Antwort auf meine erste Frage
gegeben. Hast du nun schon mal einen Ork gesehen?"
„Ja, das habe ich. Aber das ist schon lange her. Damals
habe ich in Saratan eine Zeit gelebt. Dort sind Angriffe
der Orks nichts Besonderes, sie kommen immer in
kleinen Gruppen über die Berge und fangen Streit mit
den Dörflern oder den Soldaten des Königs an. Aber
dass sie kommen und einen ganzen Krieg entfesseln, das
hat es schon seit sehr vielen Jahren nicht mehr gegeben.
Du musst wissen, dass die Orks in Clans leben, die sich
selbst unter einender bekriegen. Die Orks sind sehr alte
Geschöpfe, es gibt sie schon so lange wie die Menschen,
vielleicht noch länger. Sie sind Krieger durch und durch,
immer im Krieg untereinander. Aber dass sie alle an
einem Strang ziehen, ist höchst seltsam und
beunruhigend."
„Wollen wir um unser aller Willen hoffen, dass sich das
alles als Irrtum herausstellt."
Antario fühlte sich gleich viel besser. Obwohl er
Mortims Absichten immer noch nicht genau kannte, war
er doch froh ihn ins Vertrauen gezogen zu haben.
Langsam schien der mysteriöse Mann auch Vertrauen zu

ihm und Lester auf zu bauen. Er erzählte mehr als nur die abgehackten Sätze, die er sonst von sich gegeben hatte, er weihte sie in Geheimnisse der Natur ein und erzählte viel über die Menschen an den Orten, die noch vor ihnen lagen. Die Geschichten über die Stadt Alkatis interessierten Antario am meisten. Er konnte gar nicht genug davon hören, geschweige denn es erwarten, die Stadt endlich zu sehen. Der Tag floss dahin und immer noch kein Ende der schier ewigen Graslandschaft in Sicht.

„Sind wir noch in Aritea?" fragte Antario. Der nun wieder neben Lester ritt.

„Wir haben vor gut zwei Stunden Aragatts Grenze passiert." entgegnete Lester.

„Was weißt du über dieses Land?"

„Aragatt ist das älteste Land in Athgarat, keiner kann mit Sicherheit sagen wie alt das Land wirklich ist. Aragatt wird regiert von König Rotar, dessen Palast in Alkatis steht. Er ist schon sehr alt und hat bis heute noch keinen Erben für seinen Thron. Er hat drei Töchter, zwei davon sind bereits verheiratet, aber Rotar hat noch keinen ihrer Gatten zu seinem Erben erklärt. Ganz Aragatt hofft nun auf den Mann seiner dritten Tochter, aber die scheint einfach nicht den Richtigen zu finden."

„Führt uns unser Weg nach Alkatis?" wollte Antario wissen.

„Ja, ich muss mich dort mit jemandem treffen. Er hat vielleicht wichtige Informationen für uns." sagte Mortim, über seine rechte Schulter hinweg.

„Ich bin schon ganz gespannt wie die große Stadt wohl ist. Ich habe schon so viel von ihr gehört. Ich möchte unbedingt den Markt sehen, die gewaltigen Tempel und den Palast. Meint ihr man wird uns vorlassen, ihr wisst schon wegen Barios Sohn und so." „Ich denke nicht, dass wir derart auffallen sollten. Umso weniger Menschen wissen wer du bist, desto sicherer sind wir." sagte Lester. Antario hatte ein Einsehen und war doch etwas enttäuscht. Schweigend setzten die Drei ihre Reise fort.

Als am Abend das Essen vertilgt und die Pferde versorgt waren, setzten Antario und Mortim ihr Training mit dem Schwert fort. Antario machte große Fortschritte, wie er fand. Doch gegen Mortims Kampfkünste wirkte er immer noch wie ein Schuljunge. Sechs lange Tage waren sie nun schon in Aragatt unterwegs, ohne auch nur einem einzigen Menschen zu begegnen.

Gegen Mittag des siebten Tages erklommen die Drei mit ihren Pferden am Zügel einen kleinen Hügel. Als sie den Gipfel erreicht hatten stockte Antario der Atem. Vor ihnen breitete sich die gewaltige Stadt Alkatis aus. Noch nie hatte Antario so etwas gesehen. Die Stadt erstreckte sich so weit er sehen konnte. Der gewaltige Auri Strom floss leise mitten durch die Stadt. Die Strasse, die entlang des Flusses verlief, war voller Menschen mit Ochsenkarren, zu Pferd oder zu Fuß. Aus zahllosen Kochstellen in der ganzen Stadt stieg Rauch auf. Noch nie hatte Antario so viele Türme gesehen, es mussten über hundert sein. Die Stadt war von einer gewaltigen Stadtmauer umringt, auf der ständig Soldaten patroulierten. Nicht weniger beeindruckend war das Stadttor, es bestand aus zwei riesigen mit starken Eisenbeschlägen besetzten Torflügeln. Ganz oben auf dem Hügel, auf dem die Stadt erbaut wurde, stand der pompöse Palast von König Rotar. Der Palast überstrahlte alles, wie ein Würfel aus Silber überragte er die Stadt.

Langsam setzten Antario und seine Begleiter den Weg Richtung Strasse fort. Auf der Strasse waren so viele Menschen unterwegs. Jeder schien schwer beschäftigt zu sein, Waren in die Stadt hinein oder heraus zu bringen. Niemand beachtete die drei Reisenden auf ihrem Weg in die Stadt. Langsam näherten sie sich dem gewaltigen Tor, überall standen Soldaten und beobachteten die vorbeiziehenden Menschen. Wagen wurden überprüft und Personalien überprüft. Niemand kam in die Stadt, ohne von einem Soldaten ausgefragt zu werden.

Auch Antario, Mortim und Lester wurden angehalten.

„Halt" rief ein großer Soldat, der sich aus einer kleinen Gruppe rechts vom Straßenrand gelöst hatte. Er trat näher und auch zwei weitere Soldaten traten einige Schritte auf die Reisenden zu. Sie trugen die typischen kleinen Helme und ein rotes Wams mit dem Wappen des Königs, dem springenden Löwen. Alle Soldaten hatten ein Schwert am Gürtel und trugen einen Holzschild und eine Lanze.

„Was wollt ihr in der Stadt?" fragte der Große, der schon direkt vor ihnen stand und den Weg in die Stadt versperrte.

„Wir wollen jemanden besuchen, einen alten Freund von mir, sein Name ist Gortos. Er ist Heiler in der Stadt." sagte Mortim zu dem grimmig dreinblickenden Soldaten. Misstrauisch beäugte der Soldat Antario und Lester, die hinter Mortim Aufstellung genommen hatten.

„Ich kenne niemanden mit diesem Namen, aber ist schon gut ihr könnt passieren. Macht keinen Ärger in der Stadt, das könnte euch schlecht bekommen." gab der Soldat grimmig zurück. Der Soldat trat einen Schritt zur Seite und die Drei setzten ihren Weg fort. Als Antario sich nach einigen Metern noch mal umsah, stand der Soldat

immer noch mitten auf der Straße und sah ihnen nach.
Als sie vor dem Stadttor standen wirkte das mächtige
Bauwerk noch beeindruckender als aus der Ferne. Wie
ein Zwerg kam Antario sich unter dem zehn Meter
hohen Torbogen vor. Er blieb einen Augenblick stehen
und blickte beeindruckt nach oben. Lester und Mortim
waren schon weitergegangen und dann stehen geblieben.
Sie wandten sich um und sahen zu Antario zurück. Als
der junge Prinz sich umdrehte, um weiter zu gehen,
konnte er für einen kleinen Augenblick ein Lächeln auf
Mortims Gesicht sehen.
„Es ist schon lange her als ich das erste mal durch dieses
Tor gegangen bin, ich habe genauso wie du reagiert."
sagte Mortim mit einem freundlichen Ausdruck auf
seinem Gesicht. Nach einem letzten Blick auf das Tor
gingen die Drei weiter in die Stadt hinein.

7

Die Sonne schien schräg auf die Stadt. Ihre Strahlen
spiegelten sich in den zahlreichen Fenstern wieder. Die
Menschen, die Antario und seinen Freunden begegneten,
waren stets gut gelaunt und freundlich, was sich auch
positiv auf die Stimmung der Gefährten auswirkte.
Langsam und gemächlich schlenderten die Drei durch
die Straßen von Alkatis, als hätten sie alle Zeit der Welt
und keinerlei Sorgen. Selbst Mortim, der sonst immer
die treibende Kraft war, schien etwas entspannter als
sonst. An jeder Ecke und jedem Brunnen, von denen es
etliche in der Stadt gab, standen Händler, die ihre Waren
anpriesen und darauf hofften, ein gutes Geschäft zu
machen. Interessiert blieb Antario so oft stehen wie er
konnte, um möglichst viel zu sehen. Noch nie hatte er so

viele Menschen auf so engem Raum gesehen. Er fand es fast schon beängstigend, wie die Menschen in dieser voll gestopften Stadt lebten. Antario wusste gleich, dass so ein Leben für ihn nicht das Richtige wäre. Im Palast seines Vaters war zwar auch immer jemand und es war immer was los, aber wenn man wollte konnte man sich zurückziehen und hatte seine Ruhe. In dieser pulsierenden Stadt hörte man ständig Rufe und Geschrei oder das Geräusch eines vorbeifahrenden Pferdewagens. Es herrschte ein stetiger Geräuschpegel, der selbst nachts kaum abnahm. Langsam aber dennoch zielsicher führte Mortim Lester und Antario durch die vielen Gassen und über die zahllosen Plätze. Nach gut zwei Stunden hatten die drei Reisenden das Viertel der Händler hinter sich gelassen. Sie hatten den Hafen erreicht, wo sich Kneipe an Kneipe reihte. Überall standen Hafenarbeiter herum oder trugen Kisten auf ihren Schultern oder zogen sie auf selbst geschreinerten Karren hinter sich her. Die Luft wurde zunehmend schlechter. Es wehte kein Wind in den engen Gassen. Der angenehme Duft der vielen Gewürze und Lebensmittel war einem klebrigen Geruch von Rauch, verfaultem Essen und Unrat gewichen. Sofort war das gute Gefühl von dem Geruch der Umgebung aus Antario herausgespült worden und hinterließ Abscheu und Wachsamkeit. Von Zeit zu Zeit kreuzten Soldaten ihren Weg, die offensichtlich schon in einer der vielen Kneipen gesessen hatten oder gerade auf dem Weg zu einer waren. Antario fragte sich, was Mortim an einem solchen Ort zu finden hoffte. Hier gab es doch nichts als anstehenden Ärger zu holen. Er schluckte seine Bedenken herunter und beschloss, Mortim zu vertrauen. Nach einer weiteren Stunde im Hafenviertel, bog

73

Mortim in eine kleine Straße ein. Die mehrstöckigen Häuser standen sich so eng gegenüber, dass kaum Licht bis auf die Straße fiel. Das mochte Antario gar nicht. In dieser Straße konnte man ohne dass es jemand bemerkte überfallen und ausgeraubt werden. Nach etwa zweihundert Metern machte die Straße einen leichten Knick. Sie gingen gerade noch um die Ecke, als Mortim plötzlich vor einem Haus stehen blieb.

Antario stockte der Atem. Die Häuser in dieser Straße sahen alle nicht sonderlich einladend aus, aber das, vor dem die Drei standen, war in einem noch schlechteren Zustand als die übrigen. Die kleinen Fenster waren mit schwarzen Vorhängen zugehängt worden und seltsame Schriftzeichen waren über die alte Holztür eingeritzt. Aber das war alles nicht so schlimm wie der Wasserspeier, der mittig vor dem Gebäude an der Wand hing. Es war eine scheußliche Kreatur mit Flügeln, die eine beängstigende Fratze schnitt. Ganz offensichtlich hatte der Eigentümer dieser Behausung nicht die geringste Lust auf Besucher.

Mortim trat auf die Tür zu und klopfte mit der Faust dagegen. Das Klopften hallte in dem Haus wieder, als wenn das gesamte Gebäude aus einem einzigen Raum bestünde. Als keine Reaktion zu erkennen war, schlug Mortim erneut gegen die Tür. Antario und Lester sahen sich an. Antario fühlte sich nicht besonders wohl bei dem Gedanken, in dieses unheimliche Haus zu gehen. Mortim wollte gerade erneut gegen die Tür hämmern, als sich ein kleiner Spalt auf Augenhöhe öffnete. Zwei dunkle Augen, die von vielen Falten und dichten, buschigen Brauen umringt waren, sahen durch den Spalt in der Tür.

„Was wollt ihr?" raunte eine alte rauchige Stimme. Mortim stand völlig reglos vor der Tür, er verzog keine Miene. „Öffne, alter Mann oder ich erschlage dich durch deine eigene Tür." sagte Mortim ohne den Klang seiner Stimme zu erhöhen. Sofort wurde Antario unruhig und trat nervös von einem Fuß auf den anderen, gleichzeitig sah er sich hastig um, ob Jemand Mortim gehört hatte. *Was dachte er sich, so mit dem Mann hinter der Tür zu sprechen.* Zu Antarios Überraschung begann der Mann hinter der Tür lauthals zu lachen. Antario und Lester sahen sich erneut, fragend an. Noch während der Mann lachte öffnete er die schwere Holztür. Im Türrahmen stand ein kleiner alter Mann mit einer Halbglatze. Er war in armselige Lumpen gehüllt und stank erbärmlich, doch trotz seiner offensichtlich schlechten Verfassung schien er doch bester Laune. Der Mann stand immer noch grinsend in der Tür und machte dann Platz und bat die Drei herein. Als Antario das Haus betrat überflutete ihn ein intensiver Geruch, den er nicht recht identifizieren konnte. Er wusste nur, dass er ihn nicht lange ertragen konnte. Mortim hingegen schien der Geruch nichts aus zu manchen. Er und der alte Mann begrüßten sich wie zwei alte Freunde. Das erste Mal das Antario Mortim so herzlich sah. Der Mann stellte sich als Gortos vor. Die Wohnung von Gortos war total vollgestellt mit Möbeln unterschiedlicher Art. Mal stand hier ein Tisch mit zwei Stühlen, mal einfach nur ein Tisch, der voll mit Schriftrollen und Büchern lag und mal einfach nur ein Regal oder eine Anrichte mit Flaschen oder anderen Gefäßen gefüllt. Die Wohnung war sehr dunkel zumal die Fenster mit schwarzen Tüchern zu gehängt und weil die vielen Möbel zu meist aus dunklem Holz gefertigt waren. Antario fühlte sich von Anfang an nicht wohl in der Behausung von Gortos, und Lester schien es ebenso zu gehen. Gortos führte sie tiefer in seine Wohnung hinein, und auch hier änderte sich an der Einrichtung nichts. Antario folgte Mortim und Gortos langsam und vorsichtig. Er wollte auf keinen Fall etwas umstoßen, schließlich kannte er Gortos ja nicht und er wusste nicht wie der alte Mann reagieren würde. Gortos führte seine Besucher in einen der größten Räume in seinem Haus. Der Raum stand wie die anderen voll mit Regalen, doch hatte man in der Mitte genug Platz gelassen für einen großen Tisch mit sechs Stühlen. Auf dem Tisch stand ein Teller mit einem Brei, den Antario nicht identifizieren konnte. Daneben stand ein Becher mit Wein. Offensichtlich hatten sie Gortos gerade beim Essen gestört. Der alte Mann bat die Drei sich zu setzten und fragte sie, ob sie auch etwas essen wollten, doch Antario und Lester, dem wohl auch der Teller aufgefallen war, lehnten dankend ab. Auch Mortim wollte nichts zu sich nehmen. „Was führt euch zu mir?" fragte Gortos nachdem alle an der rechteckigen Tafel saßen und schob sich genüsslich einen Löffel Brei hinein. „Wir sind auf dem Weg in den Norden:" gab Mortim ihm zur Antwort. Sofort hörte Gortos auf zu essen und sah Mortim eindringlich und finster an. „Das ist Lester ein Krieger aus Aritea und sein Begleiter Antario ebenfalls aus Aritea. Ich bin gekommen, um Es bei dir abzuholen." fuhr Mortim fort. Für einen langen Moment herrschte bedrückende Stille im Raum. Selbst Gortos schien das Essen vergessen zu haben. Dann brach er das Schweigen." Ich weiß was du dir holen willst mein alter Freund. Doch weiß ich auch, dass du nicht gehen solltest, es ist zu gefährlich. Du weißt was passiert, wenn

Es in die falschen Hände gerät, du besiegelst das Schicksal vieler Menschen." Mortims finsterer Blick ruhte auf Gortos. Doch der schien ihm ohne Probleme stand zu halten. „Die Zeit ist reif, Krieg zieht herauf und er wird schon bald hier sein. Die nördlichen Drei stehen kurz vor dem Fall. Wir können dem ein Ende machen bevor es noch schlimmer wird." sagte Mortim mit einer wilden Entschlossenheit in seiner Stimme. Gortos seufzte tief und lange, dann schien er nachzudenken. „Bist du dir sicher? Ich weiß wir kennen uns schon lange und du hast mir nie Anlass gegeben, an dir zu zweifeln, aber bist du dir wirklich sicher?" fragte Gortos schon fast flehend. Antario verstand die Welt nicht mehr, er hatte nicht den leisesten Schimmer worüber die Beiden sich unterhielten. Er sah Lester an. Doch der sah nur gespannt von einem zum anderen.

„Ob ich mir sicher bin? Nein. Aber wenn mein Gefühl mich nicht trügt, habe ich nicht mehr die Zeit Es später zu holen. Die Zeit für Taten ist gekommen. Vertrau mir alter Freund, wie damals." sagte Mortim nun etwas entspannter. „Also gut, ich gebe dir wonach du verlangst." sagte Gortos. Daraufhin stand der alte Mann auf und verließ den Raum. Antario hörte wie Gortos eine Tür öffnete, die wohl nicht sehr oft bewegt wurde, denn sie schliff über den Boden. Der Mann stieg eine Treppe herunter und öffnete weitere Türen. Dazu kamen einige merkwürdige Geräusche, die Antario nicht erkannte. Nach einer ganzen Weile kam Gortos wieder die knarrende Treppe hoch und betrat das Esszimmer. Er hatte ein Stoffbündel in der Hand, das ganz offensichtlich sehr alt zu sein schien. Gortos betrachtete Es noch eine kurze Weile in seiner Hand, bevor er es

Mortim aushändigte. Antario fragte sich, was wohl in
dem Bündel eingewickelt war. Mortim trat an den Tisch
und legte das Bündel darauf, bevor er anfing es
auszuwickeln. Antario platzte fast vor Anspannung.
Nach einem schier unendlichen Moment des Wartens
kam ein blankes wunderschönes, schlankes Schwert zum
Vorschein. Antario hatte schon so viele Schwerter
gesehen, doch dieses war anders. Er konnte sich nicht
erklären wieso, aber von diesem Schwert ging eine
Macht aus, die er nicht erklären konnte. Schließlich
nahm Mortim das Schwert und betrachtete es einen
Moment andächtig, ehe er es sich umschnallte. Antario
war etwas enttäuscht, dass Mortim das Schwert nicht aus
seiner Scheide zog, er hätte es gerne gesehen.
Die Vier unterhielten sich noch über den Weg, den sie
am besten Richtung Norden nehmen sollten. Gortos
holte noch eine alte Karte und zeigte sie Mortim. Auf der
Karte waren viele unlesbare Zeichen und
unverständliche Worte geschrieben. Antario fragte, was
die einzelnen Zeichen zu bedeuten hätten, doch keiner
gab ihm eine klare Antwort. Mortim meinte, das wären
längst vergessene Geheimnisse aus den alten Tagen. Als
alles gesagt war, saßen die Vier noch eine Weile am
Tisch und grübelten.
Gortos sah Antario an. Er erwiderte den Blick und sah
dem Mann direkt in seine grauen Augen. Für Antario
schien dieser Moment eine Ewigkeit zu dauern. Er
fühlte, wie Gortos tief in sein Bewusstsein eindrang und
nach etwas suchte, bis Gortos seine Augen schloss. Als
Antario wieder zu sich kam, standen Mortim und Lester
bereits. Gortos saß immer noch Antario gegenüber und
sah ihn an, bis Antario immer noch verwirrt aufstand.
Alle drei gingen Richtung Ausgang und Gortos folgte

ihnen. Mortim und Lester, der bei dem ganzen Besuch kein Wort gesagt hatte, waren schon aus der Tür, als Gortos Antario am Arm fest hielt. Er schaute Antario nochmals tief in die Augen und sagte: "Es liegt eine schwere Prüfung vor dir mein Junge, wenn du deine Entscheidung treffen musst, besinne dich deiner Freiheit und die aller Menschen in ganz Athgarat. Leb wohl Antario, Barios Sohn, und viel Glück." Mit diesen Worten drückte er Antario sanft aber bestimmt aus der Tür und schloss sie hinter ihm. Antario stand noch einen Moment verdutzt auf der Strasse und versuchte zu verstehen, was gerade geschehen war. Lester und Mortim warteten schon an der Straßenecke auf ihren Begleiter. Es begann bereits zu dämmern. Die Drei suchten sich eine billige aber annehmbare Unterkunft für die Nacht und legten sich schlafen. Antario fand in dieser Nacht nicht besonders viel Schlaf. Er lag lange wach und dachte über Gortos Worte nach, bis auch er endlich einschlief.

Als Antario erwachte, weil Lester ihn geweckt hatte, kam es ihm so vor als wäre er erst vor wenigen Minuten eingeschlafen. Dabei graute bereits der Morgen und die Sonne würde bald über den Rand der Welt sehen. Er hatte schlimme Kopfschmerzen und hatte nicht die geringste Lust aufzustehen. Doch Lester trieb ihn aus dem Bett. Antario wusch sich und zog seine Kleider an und verließ als Letzter das Zimmer. Lester hatte bereits das Zimmer bezahlt und die Drei traten gemeinsam auf die Straße, wo Antario von dem grellen Sonnenlicht geblendet wurde. Sie holten ihre Pferde aus dem Stall und machten sich auf, die Stadt im Norden zu verlassen. „Wir wollten doch den König besuchen." sagte Antario während er sein Pferd am Zügel führte. „Ich halte das für

keine so gute Idee. Umso weniger Menschen wissen wer wir sind umso besser. Nur um deine Neugier zu befriedigen sollten wir ein solches Risiko nicht eingehen." gab Lester zurück. „Wahrscheinlich hast du recht, und doch hätte ich den Palast gerne von innen gesehen und nicht nur aus der Ferne." sagte Antario und sah in die Richtung, in welcher er den Palast vermutete. Bekam ihn aber wegen der nahe stehenden Häuser nicht zu Gesicht. Die Drei näherten sich dem Nordtor, welches genauso beeindruckend war wie das im Süden. Die stetig mehr werdenden Menschenmassen auf den Straßen machten das Weiterkommen immer schwerer und die Sonne stand schon hoch am Himmel, als sie endlich etwa zwei Meilen vor der Stadtmauer waren. Auf der Straße war jetzt etwas mehr Platz und die Reisenden konnten aufsteigen und von hier aus reiten. Antario viel ein vermummter Reiter auf, der etwa eine halbe Meile stetig hinter ihnen her ritt. Doch dachte er nicht weiter über ihn nach. Schließlich war ja die Stadt immer noch in der Nähe. Vielleicht hatte er ja zufällig denselben Weg. Sie ritten den ganzen Rest des Tages ohne Pause. Doch der unbekannte Reiter war immer noch hinter ihnen. Antario wurde langsam unruhig und fragte die Anderen. Doch die schien der Reiter nicht weiter zu beunruhigen. Als die Sonne ihre tägliche Reise langsam im Westen beendete, schlugen die Drei ihr Lager nicht weit vom Weg auf. Noch während sie damit beschäftigt waren ihr Lager aufzuschlagen, ritt der unbekannte Reiter auf der Straße langsam weiter. Antario beobachtete ihn bis er um die nächste Biegung hinter ein paar Bäumen verschwand.
Am nächsten Morgen taten Antario noch die Knochen weh vom Training mit Mortim am Vorabend. Nach dem

Abbauen des Lagers und einem kurzen Frühstück setzten sie ihre Reise fort. Es war gerade Mittag, als der mysteriöse Reiter wieder hinter ihnen auftauchte, immer mit dem gewohnten Abstand von gut fünfhundert Metern. Langsam aber sicher wurde Antario die Sache unheimlich, selbst Lester sah sich nun immer öfter um und warf einen kritischen Blick auf ihren Verfolger. Nur Mortim schien das Ganze kalt zu lassen. Ganz im Gegenteil. Er schien von Tag zu Tag bessere Laune zu bekommen. Ab und zu pfiff er sogar ein lustiges Lied vor sich hin. Man konnte meinen, sie waren auf dem Weg in die Ferien und nicht mitten in einen Krieg. „In etwa einer Stunde erreichen wir einen Gasthof am Wegrand. Ich schlage vor, wir essen mal etwas Vernünftiges zu Mittag, ohne deine Kochkünste zu schmälern Lester. Aber ein richtiger Braten ist doch etwas anderes als Feldküche." sagte Mortim. Lester und Antario sahen sich verwundert an, stimmten Mortims Vorhaben aber mit Freuden zu.

Nach einer knappen Stunde erreichten sie den besagten Gasthof. Es war ein recht prachtvolles Holzhaus, das direkt am Wegrand stand. Der Hof war von einigen Bäumen umringt und bestand aus mehreren Gebäuden. Die Drei brachten ihre Pferde in den Stall, wo sich ein Stallbursche, wohl der Sohn des Wirtes, um sie kümmerte. Die Stube war groß und hell erleuchtet. Es gab viele Fenster, die das Tageslicht den Raum durchfluten ließen. Mortim suchte nach einem Platz. Trotzdem die Gaststube leer war, schien er nicht so recht zu wissen wo sie sich hinsetzten sollten. Nach einer kurzen Zeit der Unschlüssigkeit hatten die Drei ihren Platz gefunden. Nun wurde den Anderen klar, warum er sich für diesen Tisch entschieden hatte. Das Fenster, vor dem der Tisch stand, gewährte einen guten Blick auf die Straße. Während sie auf ihr Essen warteten blickte Mortim immer wieder auf die Straße. Dann kam der Reiter und blieb vor dem Gasthof kurz stehen, sah sich um und ritt dann langsam weiter. Nach einer halben Stunde hatte jeder sein Essen vertilgt und die Drei machten sich wieder auf den Weg. Nach etwa zehn Minuten sagte Mortim: "Reitet immer weiter auf dieser Straße bis ihr mich wieder trefft und nehmt mein Pferd mit." „Was? Wo willst du denn hin und dann auch noch ohne Pferd?" fragte Antario entrüstet. Doch Mortim antwortete nicht, stieg ab und verschwand im Wald. Lester zuckte mit den Schultern, nahm die Zügel von Mortims Pferd und band sie an seinem Sattel fest. Dann setzten sie ihre Reise fort. Stets versuchte Antario im Wald neben der Straße etwas zu erkennen, doch da war nichts außer Bäume und Sträucher.

Schnell und präzise wie eine Katze rannte Mortim durchs Unterholz, um den fremden Reiter zu überholen und ihm aufzulauern. Er wusste nicht mit wem er es zu tun hatte, hatte aber nicht die Spur von Angst vor ihm. Jemand der sich so offensichtlich an ihre Versen hängt ist entweder unerfahren oder will das man ihn bemerkt. Er dachte auch nicht weiter darüber nach und konzentrierte sich auf den Waldboden, um nicht über eine Wurzel zu stürzen und sich so zu verletzen. Nach einer Weile blieb er schlagartig stehen und hielt den Atem an. Am Waldrand in Richtung Straße hatte sich etwas bewegt, etwas was da nicht hingehörte. Er starrte auf die Stelle wo er glaubte etwas gesehen zu haben, doch Gewissheit hatte er noch nicht. Dann wieder eine Bewegung, jetzt konnte er auch erkennen, dass es der Mann war, den er verfolgte und der sich wieder im Wald versteckte, um Antario und Lester ihn überholen zu lassen. *Warum das Ganze? Konnte jemand wirklich glauben man würde seine Spielchen nicht bemerken? Es war doch sonst niemand auf der Straße unterwegs.* dachte Mortim. Als er wieder ruhig atmen konnte, schlich er sich an den Reiter, der in der Hocke hinter einem Baum saß. Fast völlig lautlos setzte er einen Fuß vor den anderen. Seine Hände kribbelten bei der Aussicht auf einen bevorstehenden Kampf. Es waren nur noch zwei Schritte bis zu dem Fremden, als Mortim sich bemerkbar machte, indem er auf einen trockenen Ast trat. Der Reiter schrak sofort hoch, drehte sich blitzschnell um und griff nach einem Dolch an seinem Gürtel. Doch seine Hand konnte nicht mal in die Nähe des Dolches kommen, denn Mortim hatte schnell wie immer sein Schwert gezogen und die blanke Spitze der Waffe stand wenige Zentimeter vor der Kehle seines Gegners in der Luft. Der unbekannte Reiter hatte sein Gesicht mit einer Kapuze verdeckt. Mortim befahl ihm sein Gesicht zu zeigen, was der Fremde nach einem kurzen Zögern dann auch tat. Etwas überrascht blickte Mortim in das Gesicht einer Frau, einer sehr hübschen Frau. Sie trug einen Ledermantel und ein mit Nieten besetzten Lederharnisch, eine Stoffhose und leichte Stiefel. Auf ihrem Rücken hingen Bogen und Pfeile und an ihrer Hüfte ein längerer Dolch. Ihr Pferd und ihre übrigen Sachen standen einige Meter tiefer im Wald. Antario und Lester folgten weiter dem Verlauf der Straße bis sie Mortim und die unbekannte Reiterin am Wegrand stehen sahen. Mortim hatte immer noch sein Schwert gezogen in der Hand. Die Beiden ritten etwas schneller. Als sie bei Mortim ankamen, war Antario verblüfft, eine Frau bei Mortim anzutreffen. Sie hatte lange dunkelblonde Haare und große runde Augen, die jeden Mann in ihren Bann zu ziehen vermochten. Antario war viel zu verwundert, um auch nur ein Wort zu sagen. Keiner der Anwesenden schien die richtigen Worte zu finden. Schließlich brach Antario das Schweigen und fragte: "Wer bist du und warum verfolgst du uns?"

„Könnt ihr mir nicht erstmal diesen Wilden vom Hals halten. Ich mag es nicht, wenn jemand mit gezogenem Schwert hinter mir steht?"

„Ich denke nicht, dass du hier Forderungen stellen kannst. Aber mein Name ist Antario und das ist Lester. Der Wilde, wie du ihn nennst, ist Mortim. Und jetzt solltest du uns deinen Namen nennen."

„Ihren Namen kenne ich. Das ist Astritt, Schildmaid Aragatts, Tochter Rotars."

„Sie ist die Tochter des Königs?" rief Antario verblüfft und sah von einem zum anderen bis sein Blick bei Astritt hängen blieb. Sie sah so einsam und verzweifelt aus. Sie hatte nicht damit gerechnet erkannt zu werden, sie hatte Angst den falschen in die Hände gelaufen zu sein und nun verschleppt zu werden oder noch schlimmer wieder, zu ihrem Vater zurückgebracht zu werden. Mortim schien das ganze nicht zu interessieren. Er ließ einen Blick in der Umgebung schweifen.

„Was machen wir denn jetzt?" wollte Antario wissen.

"Wir können sie doch nicht einfach zurücklassen, sie ist schließlich Rotars Tochter. Was wenn ihr etwas passiert?"

„Das hat sie sich selbst zuzuschreiben. Wir sollten unseren Weg fortsetzen bevor uns jemand mit ihr sieht, der sie ebenfalls kennt." gab Mortim mürrisch wie immer von sich.

„So leid es mir tut aber Mortim hat recht, das könnte eine Menge Ärger bedeuten und zurück reiten können wir nicht." sagte Lester.

„Und wer fragt mich? Was ich dazu sage scheint hier ja keinen zu interessieren." sagte Astritt barsch. „Du sagst es, du bist nicht in der Position für Forderungen und wenn du zehn mal die Prinzessin bist." maulte Mortim sie an, der sein Schwert wieder in der Scheide verschwinden ließ, aber immer noch ihren Bogen und Dolch in den Händen hielt. Astritt drehte sich kurz um und strafte Mortim mit einem bösen Blick. Dann wandte sie sich wieder Antario zu, der seine Augen nicht von ihrem Gesicht abwenden konnte. „Bitte last mich mit euch reisen, es ist meine Bestimmung an eurer Seite zu reiten" sagte sie. „Was weißt du schon von Bestimmung." maulte Mortim sie an. „Ich weiß auch nichts von meiner Bestimmung. Aber Gortos der Seher war dieser Meinung." sagte Astritt. Sofort war Mortim hell wach, jetzt achtete er genau darauf was Astritt sagte. „Woher kennst du Gortos?" wollte Lester wissen. „Vor ungefähr einer Woche war er bei meinem Vater im Palast, dort habe ich ihn getroffen. Er sagte mir, dass drei Männer in die Stadt kommen würden, die auf den Wegen des Schicksals wandeln. Ich begriff sofort, dass wenn ich die Fesseln meines Vaters ablegen wollte, dann nur an deren Seite. Ich sagte einem mir vertrauten Wachmann, er solle mir Bescheid sagen, wenn drei unbekannte Reiter in die Stadt kommen. Als ihr dann schließlich kamt, habe ich mich sofort auf die Suche nach euch gemacht und als ich euch dann gefunden hatte, bin ich euch gefolgt." sagte Astritt. Mortim stand da und dachte in sich gekehrt intensiv nach. Antario versuchte ebenfalls sich zu entscheiden, ob er ihr glauben sollte oder nicht. Vielleicht hatte sie sich die ganze Sache nur ausgedacht, aber tief in seinem Inneren wollte er ihr glauben. Es verstrichen einige Minuten bis Antario sagte: "Ich glaube ihr. Warum sollte sie lügen, wo sie noch nicht einmal weiß, wohin unsere Reise führt." „Eben, das macht mich stutzig. Niemand der klar bei Verstand ist gibt sein Leben im Palast auf und folgt drei wildfremden Männern in eine ungewisse Zukunft, nur weil ein Alter ebenfalls Unbekannter ihr das geraten hat." gab Lester zu bedenken. „Es war nicht was er gesagt hatte, sondern wie. Tief in mir wusste ich, dass es das Richtige war, seinem Rat zu folgen." sagte Astritt. „Ich glaube ihr. Ich weiß nicht wie es euch geht, aber von mir aus kann sie uns begleiten" sagte Antario. „Mir ist das zu gefährlich, der König wird diejenigen, die mit seiner Tochter durchbrennen schwer bestrafen. Und ich spreche hier nicht von Gefängnis, sondern vom Abtrennen einiger Gliedmaße oder Schlimmeres." sagte Lester. „Was ist mit dir Mortim? Was denkst du?" fragte Antario. „Ich denke, dass Gortos einen guten Grund gehabt hat, sie zu uns zu schicken." Mortim machte eine kurze Pause und dachte nach. "Also gut, du kannst mit uns reisen. Aber für Prinzessinnen Allüren haben wir keine Zeit, du wirst essen müssen was wir essen und schlafen müssen wo wir schlafen." Sofort trat ein Lächeln auf Astritts Gesicht. „Ich danke euch vielmals, ihr könnt euch nicht vorstellen was ihr für mich tut." „Du solltest dich erst bedanken, wenn du wieder gesund und munter zu Hause angekommen bist. Wie dem auch sei, willkommen in unserer kleinen Reisegesellschaft." sagte Lester, der sich wohl etwas alleingelassen fühlte, weil er der einzige war der gegen Astritts Beitritt gestimmt hatte. „Ich danke euch" gab die junge Frau mit einem breiten Grinsen zurück. „Den Rest könnt ihr unterwegs besprechen. Ich möchte vor Einbruch der Nacht noch ein paar Meilen zwischen uns und die Stadt bringen." sagte Mortim streng wie immer. Also setzten sich alle Vier gemeinsam in Bewegung. Während sie weiterritten, fragte Astritt Antario über den Zweck ihrer Reise aus. Als sie hörte wo sie hin wollten und was sie vorhatten, schien sie keine Angst zu haben oder sie konnte sich gut verstellen. Antario war froh ein neues Mitglied in ihrer Gemeinschaft begrüßen zu dürfen. Doch Lester schien seine Gefühle nicht zu teilen und machte keinen Hehl daraus. Genauso wenig wie Mortim, obwohl man nicht wissen konnte, ob das nur seine Art war oder ob ihm Astritts Gegenwart nicht gefiel. Gemeinsam ritten nun vier Reiter Richtung Norden in eine ungewisse Zukunft.

8

Seit Astritt der Gemeinschaft beigetreten war, sind schon vier Tage vergangen. Doch sie zeigte keine Anzeichen von Erschöpfung, noch schien sie ihre Entscheidung zu bereuen. Antario und Astritt führten lange Gespräche, während sie im Sattel saßen. Ihr war der junge Prinz von Anfang an sympathisch gewesen und je mehr Zeit sie mit Antario verbrachte, desto mehr mochte sie ihn. Lange beobachtete sie Antario, wenn er vor ihr ritt und sie genoss jede Minute in seiner Gegenwart. Aber sagen, was sie empfand, konnte sie nicht. Antario ahnte nichts von Astritts Gefühlen, obwohl er ihr auch sehr zugetan war. Sie war wunderschön und schlank. Ihr blondes, weiches Haar wehte im Wind wie der Schweif eines Wildpferdes und ihre Augen strahlten wie zwei Sterne. Ihr Lachen klang wie ein klarer, rauschender Bach im Gebirge, es war so herzlich, dass man einfach mitlachen musste.

Ihr Weg führte sie immer weiter Richtung Norden, vorbei an großen und kleinen Dörfern, Wäldern und einzelnen Höfen. Die Sommersonne verwandelte das Land in eine grüne Landschaft voll Frieden und Ruhe. Antario musste gegen den Drang ankämpfen zu halten und sich einfach für Stunden ins hohe Gras zu legen, um den Klängen der Welt zu lauschen. Doch Mortim trieb sie immer wieder zur Eile. Von Zeit zu Zeit fragte Mortim die Menschen, die sie auf dem Weg trafen. Sie erzählten immer mehr, dass sie Gerüchte von einem Angriff der Orks gehört haben. Man konnte die Furcht vor den Wesen, die hinter den Bergen lebten, in ihren Augen sehen. Langsam wurde Antario klar, dass sie direkt in einen Krieg ritten und er bekam von Tag zu Tag mehr Angst, sich mit seiner Aufgabe überschätzt zu haben. Er hatte nicht soviel Angst um sein eigenes Leben, sondern um das seiner Familie und seiner Freunde. *Was wenn die schwarzen Horden nicht aufzuhalten wären? Ganz Athgarat würde überrannt und Tausende müssten sterben.*

Antario verscheuchte die Angst und die Sonne begann bereits im Westen zu verschwinden, als sie ihr Lager aufschlugen. Mortim und Antario begannen noch vor dem Essen mit einer weiteren Stunde Training im Schwertkampf. Antario schwang seinen Stock, den er immer besser beherrschte und ging auf Mortim los. Der jedoch parierte den Schlag und versuchte selbst, seinen

Gegner zu treffen. Antario parierte ebenfalls. Ein wilder Schlagabtausch kam zustande. Antario gab alles und dennoch konnte er Mortim, mit seiner jahrelangen Erfahrung nichts entgegensetzen. Nach wenigen Augenblicken lag Antario am Boden und hatte einen blauen Fleck mehr.

„Woher kannst du so gut kämpfen?" fragte Antario, der immer noch keuchend auf dem Boden saß, während Mortims Atem ganz ruhig war.

„Ich war einst ein Soldat, das sagte ich dir doch schon." entgegnete Mortim.

„Ich weiß, aber das war Lester auch viele Jahre und er ist einer der besten Kämpfer in unserem Land. Doch mit deiner Schnelligkeit und Technik kann selbst er nicht im Entferntesten mithalten."

„Du solltest nicht so viele Fragen stellen, reicht es dir nicht, wenn ich dich im Schwertkampf unterrichte? Es gibt keinen Grund an meiner Ehre zu zweifeln, wenn ich dir sage, dass ich einst Soldat war, dann stimmt das. So und jetzt keine Fragen mehr, verstanden?" Mortims Blick wurde ernst. Er und Antario lieferten sich noch zwei weitere Duelle, bis Astritt sie zum Essen rief. Ihre Kochkünste waren weitaus besser, als die von Lester, was bei allen Beteiligten eine heitere Stimmung hervorrief. Astritt hatte sich nach anfänglichen Schwierigkeiten doch sehr gut in die Gemeinschaft integriert. Sie konnte sehr gut mit Pfeil und Bogen umgehen, was das Jagen um einiges vereinfachte.

Nach einigen Tagen wachten die vier Morgens auf und dichter Nebel hatte sie völlig umschlossen. Ihre Schlaffelle und ihre Kleidung waren klamm feucht und die Stimmung war schlecht. Die Luft, die sie atmeten, war stickig und schwer. Mit jedem Atemzug hatte man das Gefühl, etwas Schlechtes in sich aufzunehmen. Astritt und Lester schienen seine Sorgen nicht zu teilen, doch Antario hatte schon wieder so ein schlechtes Gefühl wie damals im Gorwald. Mortim schien der plötzlich aufgezogene Nebel auch nicht zu gefallen. Sie aßen kein Frühstück, um möglichst schnell aus dem Nebel heraus zu kommen. Aber nach Stunden war immer noch kein Ende der grauen Flut um sie herum zu sehen. Langsam aber sicher überkam Mortim die Gewissheit, dass der Nebel keinen natürlichen Ursprung hatte. Mortim zog sein Schwert und hielt es hoch, immer zum Kampf bereit. Antario und Lester sahen sich kurz an und taten es ihm gleich. Sie hatten ihr Tempo verlangsamt, bis sie schließlich stehen blieben. Plötzlich donnerten Hufschläge auf sie zu. Ein maskierter Reiter preschte auf sie zu und wollte Lester mit einem Schwerthieb den Kopf von den Schultern trennen. Dann ritt der Reiter wieder in den Nebel. Sofort gab Lester seinem Pferd die Sporen und machte sich bereit, den Mann zu verfolgen. Mortim schrie ihn an, auf keinen Fall den Reiter zu verfolgen. „Das hat er doch beabsichtigt. Sie wollen uns voneinander trennen, um uns leichter erledigen zu können." Seine Stimme war nun so leise, dass die Anderen ihn nur schwer verstanden. „Sie" sagte Astritt entsetzt. „Es sind mehrere, ich denke so acht bis zehn, auf keinen Fall mehr." flüsterte Mortim. Stille trat ein, nichts war zu hören, bis sich der Nebel um sie herum zu lichten begann und zehn vermummte Gestalten aus der grauen Mauer, um die Gefährten traten. Sie näherten sich aus allen Richtungen und blieben wenige Meter vor der Gruppe stehen. Astritt hatte ihren Bogen im Anschlag und die Anderen ihre Schwerter in der Hand, bereit sich den Männern in schwarz zu stellen. Einer der Männer trat einen Schritt vor. Mit einer dunklen, fast unmenschlich klingenden Stimme sagte der Mann: " Da bist du ja, lange schon sind wir auf der Suche nach dir A…" Keine weitere Silbe SCHATTEN oder dein Blut wird in diesem Boden versickern wie Regenwasser!" schrie Mortim den Unbekannten an. Der Mann fing an zu lachen und sagte: " Du hast wohl Geheimnisse vor deinen neuen Freunden? Das spielt jetzt auch keine Rolle mehr, euer Schicksal ist besiegelt. Eure Namen werden im Strudel der Zeit in Vergessenheit geraten, denn niemand wird eure Körper finden, um euch ein Grabmal zu errichten. Dafür sorge ich schon." In diesem Moment zogen die anderen Neun ihre Schwerter und kamen langsam auf Antario und seine Begleiter zu. Antario wusste, dass ein Kampf nun unmittelbar bevorstand. Sein Griff um das Heft seines Schwertes wurde enger. Er durfte es um keinen Preis der Welt im Kampf verlieren. Mortim stieg von seinem Pferd ab und ging auf den Mann zu, mit dem er gerade gesprochen hatte. Der blieb stehen und ließ seine Begleiter an ihm vorbei auf Mortim zugehen. Die drei Männer, die auf Mortim zustürzten, waren alle einen Kopf größer als er. Das nützte ihnen nichts. Einer nach dem anderen fiel Mortims Schwert zum Opfer. Doch das konnten die anderen sechs Gefährten nicht mit ansehen und griffen ebenfalls an. Einer von ihnen kam nicht mehr viel näher an sie heran, weil er mit einem Pfeil von Astritts Bogen im Gesicht zu Boden ging. Lester wendete sein Pferd und stellte sich den beiden Vermummten, die auf ihn zugelaufen kamen. Auch Antario hatte es mit zwei Kriegern zu tun. Er hielt sein Schwert in die Höhe und schlug, als sie in Reichweite waren, blind von seinem Pferd auf sie ein. Die beiden vermummten Gestalten hatten nur die Möglichkeit, ihre Schwerter in die Höhe zu reißen und die zahllosen Hiebe abzuwehren. Einer der Männer versuchte, einen Gegenangriff zu starten. Genau in dem Moment schnellte Antarios Klinge herunter und verletzte ihn so stark am Hals, dass der Mann blutend und schreiend zu Boden ging. Auch Lester war einen seiner Widersacher durch einen gekonnten Stich ins Herz losgeworden. Antario wurde von seinem Gegner vom Pferd gerissen und fiel unsanft zu Boden. Der Sturz trieb ihm die Luft aus den Lungen und er war für einen kurzen Augenblick orientierungslos. Er rappelte sich wieder hoch und stand dem Mann, der ihn vom Pferd gerissen hatte, gegenüber. Ein heftiger Zweikampf entbrannte, indem der junge Prinz all sein Können aufbieten musste, um dem Mann etwas entgegensetzen zu können.

Mortim hatte seine drei Gegner ohne große Mühe zu Boden geschickt. Jetzt stand er dem Anführer der Gruppe gegenüber. Mortim ging auf ihn los, sein Zorn war geweckt, sein Gegner konnte nun keine Gnade mehr erwarten. Mit wilder Entschlossenheit führte er einige Schläge gegen den Anführer, doch der parierte die Schläge gekonnt. Nun setzte der Maskierte eine Kombination von Schwerthieben an. Aber Mortim wehrte jeden Schlag ab. So kämpften die beiden eine Weile, bis ein Schrei den Kampflärm übertönte und alle für einen Moment innehalten ließ. Lester, der seinen zweiten Gegner getötet hatte und nun Antario zu Hilfe kommen wollte, blieb stehen. Mortim und der Anführer ließen für einen Augenblick von einander ab. Und auch Antario und sein Gegner ließen die Schwerter für kurze

Zeit schweigen. Antario drehte sich um und sah, dass der zehnte Krieger Astritt von hinten umklammert hielt und ihr einen verrosteten Dolch an die Kehle hielt. Antario blieb fast das Herz stehen, als er Astritt mit panischer Furcht in den Augen sah. Mortim stand da und ließ sein Schwert sinken, doch er wandte seinen Blick nicht von seinem Gegner ab. Tief blickte er ihm in die Augen und nicht mal die finstere Seele des Anführers konnte seinem schwarzen Blick lange standhalten. Dann, als der Anführer der Vermummten seinen Kopf abwandte, drehte Mortim sich blitzschnell um und zog noch in der gleichen Bewegung ein Messer und schleuderte es dem Mörder hinter Astritt in den Hals. Der Mann konnte nicht glauben wie schnell sich seine überlegene Position in eine für ihn tödliche verwandelt hat. Astritt hatte schnell reagiert und sich aus dem Griff ihres Widersachers befreit. Mortim stand wieder vor dem Anführer mit gehobener Klinge. Der Anführer traute seinen Augen nicht. Was war gerade geschehen? Alle seine Männer tot, getötet von drei Männern und einer Frau. Er trat einen Schritt zurück und sah sich ungläubig um. Was sollte er tun, weiterkämpfen bedeutete den sicheren Tod und fliehen und zu seinem Auftraggeber zurückgehen, ebenfalls. Er konnte sich nicht entscheiden, bis Mortim seine dunkle Stimme erhob.“ Geh zu deinem Herrn und sag ihm: „ Es bedarf mehr als nur zehn stinkender Krähen, um einen Falken zu jagen. Und jetzt gehe ohne ein weiteres Wort oder du wirst heute doch noch den Tod finden.“ Der andere Vermummte, der sich nun Antario und Lester gegenüber sah, hatte schon sein Schwert fallen gelassen und sich ergeben. Der Anführer sah Mortim finster an und wollte sich umzudrehen und gehen, als Mortim zu ihm sagte:“

Dein Schwert lass hier, du brauchst es nicht mehr. Er gewährt dir keine zweite Chance." Der Mann drehte sich erneut um und hob den Kopf. Jetzt konnte Mortim zum ersten Mal das Gesicht des Mannes sehen. Es war finster und voller Narben aus früheren Kämpfen. Ganz offensichtlich waren der Anführer und seine Leute schon in viele Kämpfe verwickelt gewesen, doch mit einem Kämpfer wie Mortim hatte selbst er nicht gerechnet. Wortlos ließ er sein Schwert fallen und verschwand im Nebel und sein letzter Begleiter folgte ihm.

Als die Angreifer eine Weile weg waren, lichtete sich der Nebel und die Sonne kam wieder zum Vorschein. Eine beklemmende Stille trat ein und keiner wollte etwas sagen. Alle starrten nur Mortim an und warteten, dass er etwas sagte. Doch das tat er nicht. Er ging wortlos zu seinem Pferd und stieg auf. Jetzt trat Lester an Mortim heran und hielt die Zügel des Pferdes fest. „Ich denke, du schuldest uns eine Erklärung." sagte Lester bestimmt. „Wenn die Zeit reif ist mein Freund. Doch jetzt sollten wir diesen Ort verlassen, ehe noch mehr Unheil über uns hereinbricht." Lester wollte sich mit dieser Antwort nicht zufrieden geben, doch er tat es, mit der Absich, ihn noch einmal zu einem späteren Zeitpunkt zu fragen. Alle anderen stiegen ebenfalls auf ihre Pferde und machten sich wieder auf den Weg. Der Tag verstrich und keiner sagte ein Wort. Alle dachten nur über Mortims Vergangenheit nach und was diese Männer von ihm wollten.

Gegen Abend erreichten die Reisenden ein kleines Dorf. Als sie auf dem Dorfplatz halt machten und von ihren Pferden abstiegen, kamen einige der Dorfbewohner auf sie zu. Sie blickten alle sehr grimmig und wenig gastfreundlich drein. Die ersten Dörfler stellten sich nach und nach um sie herum auf. Einige hatten Knüppel oder Mistgabeln in den Händen. Es kamen immer mehr aus ihren Häusern auf den Dorfplatz gelaufen. Sofort hatte Antario wieder dieses Gefühl, dass etwas Schlimmes geschehen würde. Wenn die Dorfbewohner sie angreifen würden, hätten Antario und seine Freunde keine Chance. Es waren einfach zu viele. Aber dennoch würde es ein Blutbad geben.

„Was wollt ihr in unserem Dorf? Ihr seid hier nicht willkommen!" sagte ein jüngerer Mann, der einen Schritt vor den anderen stand.

„Wir sind auf der Durchreise Richtung Norden. Wir haben keine bösen Absichten." sagte Lester.

„In diesen Zeiten reist niemand unter Waffen, so wie ihr, ohne sie auch benutzen zu wollen." entgegnete der Mann.

„Das stimmt. Warum sollte man ein Schwert tragen, ohne es benutzen zu wollen. Aber unsere Klingen sind nicht für das Töten von friedlichen Dorfbewohnern geschmiedet. Es gibt keinen Grund, uns als Feinde zu betrachten. Wir suchen lediglich eine Mahlzeit, einen Platz zum Schlafen und etwas Getreide für unsere Pferde."

„Warum sollten wir euch glauben? Die letzten Männer, die dieses Dorf durchreisten, haben schlimme Dinge getan. Sie nahmen sich was sie wollten und haben grundlos zwei unserer Männer getötet."

„Ich denke, du sprichst von den Vermummten."

„Ganz genau, dass ihr sie kennt wundert mich nicht. Ihr steckt bestimmt mit denen unter einer Decke und wollt euch jetzt den Rest holen, den wir noch haben."

„Ganz im Gegenteil. Wir erschlugen alle bis auf zwei, heute am Tage, ihre Körper liegen immer noch auf einer

Wiese südwestlich von hier." Lautes Gemurmel machte sich unter den Dorfbewohnern breit, einige schienen geneigt, den Fremden zu glauben und andere hatten immer noch Zweifel an deren Geschichte. Aber die Fremden nur zu viert und hatten eine Frau dabei. „Also gut, wenn ihr eure Waffen niederlegt, könnt ihr eine Nacht bei uns bleiben. Ihr müsst aber im Morgengrauen wieder aufbrechen." sagte der junge Mann.

Die Gefährten stimmten zu, selbst Mortim gab seine Waffen ab und sie folgten dem Mann in dessen Haus. Die Mahlzeit war einfach aber reichlich. Nachdem sie gegessen hatten, tranken alle noch ein Glas einfachen Wein. Der Mann und seine Frau stellten keine Fragen. Ganz offensichtlich wollten sie nicht wissen, was die Fremden vorhatten. Ihnen war erst wieder wohl, wenn sie auf ihren Pferden Richtung Norden hinter den Hügeln verschwanden. Die Nacht verbrachten Antario und seine Freunde in einer Scheune.

Die Sonne fing gerade an das Dorf in einem goldenen Licht zu fluten, als die Reisenden wieder auf ihren Pferden saßen und sich auf den Weg machten. Antario hatte dem Mann und seiner Frau einige Goldstücke für ihre Mühe gegeben, welche sie dankend annahmen. Beide schienen sich sichtlich zu entspannen, als sicher war, dass die Fremden, ohne Ärger zu machen, wieder abreisten.

Nach einem langen Tag im Sattel und einer kurzen Nacht, fanden die Reisenden sich inmitten eines Unwetters wieder. Unnatürlich starker Regen und Hagel ging auf Antario und seine Freunde nieder. Blitz und Donner durchbrachen den dunkelgrauen Himmel rundherum. Alle hatten sich dick in ihre Mäntel gehüllt und trotteten wortlos hintereinander her. Die Stimmung war schlecht, jeder wollte nur noch ins Trockene und sich an einem warmen Feuer wärmen. Sie hatten schon an zwei Höfen gehalten, aber die Leute in dieser Gegend müssen übermäßig misstrauisch sein, denn keiner gewährte ihnen Einlass. Weich und matschig zog sich die Straße endlos vor ihnen her. Immer wieder erhellte ein Blitz die Gegend. Die Stunden verstrichen doch der Regen ließ nicht nach. Erst gegen Abend besserte sich das Wetter und die Sonne streckte ihre goldenen Strahlen aus, als ob sie um Verzeihung bitten wollte, für einen regnerischen Tag.

Die Tage verstrichen, bis die Gefährten schließlich die Grenze zu Saratan überquerten.

Es hatte seit Tagen geregnet und der Boden war weich. Die Hufe ihrer Pferde hinterließen tiefe Spuren im Gras. Sie kamen nur langsam voran, denn sie wollten ihre Pferde schonen.

„Wir befinden uns jetzt im Königreich Saratan, dem Land der Bauern und Viehherden. Die Menschen hier blicken auf eine lange Geschichte voller Leid und Krieg zurück. Es ist nicht lange her, als der alte König von Aragatt versucht hat, dieses Land zu erobern. Doch die Menschen hier sind zäh. Auch wenn sie keine Krieger sind, lassen sie sich nicht aus ihrem Land vertreiben. Und jetzt versuchen die Orks, sich dieses Land untertan zu machen." sagte Mortim mit seiner dunklen Stimme.

„Mein Volk hat versucht, dieses Land zu erobern, das kann ich nicht glauben. Warum habe ich davon nie etwas gehört?" entgegnete Astritt entrüstet. „Nun, die Armeen aus Aragatt sind in dieses Land einmarschiert in dem Glauben, leichtes Spiel mit den Menschen hier zu haben. Doch sie haben sich getäuscht, sie stießen auf mehr

Widerstand und wurden vernichtend geschlagen. Die Sarataner sind zäh und unbeugsam. Sie würden lieber sterben, als ihr Land aufzugeben. Der damalige König Morotes, der schon lange tot ist, hat verboten, dass jemals wieder darüber gesprochen oder auch nur ein Wort darüber geschrieben wird." sagte Mortim. „Ich habe von ihm gehört. Man hängte ihn schließlich und mein Vater wurde König. Aber diese Geschichte kannte ich nicht. Ich kann sie auch nur schwer glauben. Noch nie hat eine Streitmacht meines Landes verloren. Warum sollte also ausgerechnet eine Armee von Bauern und Viehhirten gegen sie bestanden haben?" fragte Astritt. „In einer offenen Schlacht hätten die Sarataner keine Chance gehabt. Sie waren schlau und besiegten ihre Gegner mit List und Tücke."

Mortim gebot Astritt mit einer Geste, dass er keine weiteren Fragen mehr beantworten würde. „Folgt meinem Rat und begegnet den Menschen hier mit Achtung und Respekt oder wir werden schneller wieder hinausgeworfen, als uns lieb ist." sagte Mortim abschließend und gab seinem Pferd die Sporen. um das Tempo zu erhöhen.

9

Mit lockeren Zügeln setzten Antario und seine Gefährten ihre Reise fort. Sie überquerten Flüsse und Wiesen, kaum Bäume standen in diesem Land. Sattes Grün von einfacher Schönheit war Saratan. Mit jedem Tag, den sie durch Saratan ritten, gefiel Antario das Land besser und besser. Antario und Astritt vertrieben sich die Zeit mit langen Gesprächen über Alles und Jeden. Mit jedem Wort aus ihrem Mund wuchs seine Zuneigung für Astritt, die ganz offensichtlich das Gleiche für Antario empfand. Stets suchte sie seine Nähe und versuchte, ihn mit freundlichen Blicken auf ihre Seite zu locken, wenn sie sich mal wieder mit Mortim gestritten hatte. Gelegentlich erwischte Antario sie auch dabei, wie sie ihn eine ganze Weile einfach nur anstarrte. Er fühlte sich immer ganz unwohl in diesen Momenten, als ob sie die Geheimnisse in seinem Kopf lesen könnte. Auch Lester hatte diesen Umstand nicht übersehen und konnte sich die eine oder andere zweideutige Bemerkung nicht verkneifen.

An ihrem fünften Tag in Saratan, kamen sie an einem kleinen Dorf vorbei. Der Ort bestand lediglich aus ein paar Höfen und einem Schmied. Neugierig standen die Menschen an ihren Häusern und betrachteten die Neuankömmlinge. Sofort fiel Antario auf, dass, bis auf ein paar Alten, keine Männer zu sehen waren. Zuerst dachte er, es seien alle Männer auf den Feldern, um zu arbeiten. Aber mit jedem weiteren Schritt im im Dorf wurde es immer deutlicher: Es gab hier keine Männer. Die Gefährten stoppten und tränkten ihre Pferde am Dorfbrunnen. Sofort kam ein alter Mann auf sie zu und begrüßte sie freundlich. Sie grüßten zurück und fragten nach seinem Befinden.

„Es ist schwer dieser Tage, die Felder zu bestellen. All unsere Männer wurden in den Krieg entsandt und noch nicht einer ist zurückgekehrt." sagte der alte Mann.

„Dann ist es also wahr, die Orks sind in Saratan!" rief Antario entsetzt und erntete für seine vorschnelle Bemerkung einen bösen Blick aus Mortims tief schwarzen Augen, der ihn seine Worte sofort wieder bereuen ließ.

„So ist es mein Herr, die Orks sind über die Berge gekommen, um uns alle zu vernichten. Unser tapferer König Eofelt hat sich ihnen entgegengestellt, doch leider sind die Orks zu zahlreich. Und jetzt braucht er jeden Mann, um unser Land zu verteidigen."

„Die Berge werden seit tausend Jahren von den nördlichen Drei bewacht. Wie konnte es den Orks gelingen, über die Berge zu gelangen?" fragte Lester.

„In der Tat, die drei nördlichen Länder haben eine unüberwindliche Barriere in den Bergen errichtet und nie hat ein Ork lebend ein Bein auf unseren Boden gesetzt. Man sagt, dass die Orks einen Weg unter den Bergen gefunden haben, einen Tunnel. Vielleicht haben sie ihn auch selber gegraben. Ich traue diesen schrecklichen Kreaturen alles zu." Eine beklemmende Stille griff für einige Minuten um sich. Denn jetzt wussten sie es mit Sicherheit, die Orks haben einen Feldzug gestartet. Keiner der Reisenden wusste genau, wie er sich jetzt fühlen sollte.

Schließlich zerschmetterte Mortim mit seiner dunklen Stimme die Stille.

„Wenn die Pferde getränkt sind, lasst uns aufbrechen. Wir haben noch einige Stunden Tageslicht. Sag mir alter Mann: Wo hat Eofelt sein Lager aufgeschlagen?"

„Am Fuß der Berge, genau nördlich von hier. Drei ganze Tage im Sattel und ihr seid da. Ihr solltet jedoch in die andere Richtung reiten, mein Herr. Nur ein Narr reitet dem Krieg entgegen." Mortim schwang sich wieder in den Sattel und sah dem Mann tief in seine ängstlichen Augen.

„ Es gibt noch Hoffnung für euer Volk. Mein Freund, ihr müsst durchhalten. Tut es für euren König." Mortim sah sich um, ob alle aufgesessen waren und gab seinem Pferd die Sporen. Lange noch sah der alte Mann den Reitern hinterher. Er konnte sich nicht erklären warum, doch es hatte sich wieder Mut in seinem Herzen ausgebreitet. Er würde diese Augen niemals vergessen. Mortim trieb sein Pferd für die letzten Stunden des Tages noch einmal an, als ob er dem Kampf mit den Orks entgegenfiebern würde. Zu lange hatte er sich verkrochen, jetzt galt es, sich zu zeigen, wieder zu kämpfen.

In den nächsten Tagen wurde nicht viel gesprochen, nur wenn Antario und Mortim ihre Kampfkünste trainierten, war es etwas lauter. Selbst Astritt und Antario hatten sich in dieser Zeit nicht viel zu erzählen. Der einzige, der versuchte, gute Laune zu verbreiten, war Lester. Aber ihm gelang es nicht, die Schatten aus den Gedanken seiner Freunde zu vertreiben.

Nach einer regnerischen Nacht folgte ein klarer Morgen, als wenn der Tag das Wetter der Nacht zu entschuldigen versuche. Die Sonne kletterte langsam empor und alle waren früh auf den Beinen. Nach ein paar Meilen im Sattel erklommen sie einen leichten Hügel. Auf dessen Kamm angekommen sahen sie endlich die Berge. Eine große graue Wand aus Stein und Schnee, dessen Ende in einem Meer aus Wolken steckte. Drohend und unüberwindbar waren sie, die Grenze zum Land der Orks.

„Lange schon habe ich darauf gewartet, die alten Berge im Norden zu sehen. Für wahr, sie sind noch gewaltiger als sie mir beschrieben wurden." sagte Lester. Er konnte seinen Blick von den Bergen gar nicht abwenden, selbst als die Anderen bereits mit dem Abstieg des Hügels begonnen hatten. Erst auf Antarios Ruf hin setzte er seinen Weg fort. Gegen Abend erreichten sie das Lager der Streitkräfte Eofelts.

Eine kleine Stadt bestehend aus Zelten und Lagerfeuern. Hunderte von Zelten standen in Reihen nebeneinander. In den meisten schliefen die Soldaten. In einigen waren kleine Schmieden eingerichtet, in anderen wurden die Verwundeten versorg und in weiteren konnten die Soldaten sich stärken. Ein wildes Treiben herrschte im Lager. Jeder war mit etwas beschäftigt. Alle rannten durcheinander.

Ohne dass die Gemeinschaft es bemerkte, hatten sich einige Soldaten zu Fuß von Osten her genähert. Eine Gruppe, bestehend aus zehn Soldaten, hatte sich in geringer Entfernung zu Antario und seinen Gefährten aufgebaut und zielten mit ihren Bögen in ihre Richtung. Vier Soldaten lösten sich aus der Gruppe und kamen mit gezogenen Schwertern näher. Immer noch in sicherem Abstand blieben sie stehen.

„Wer seid ihr und was habt ihr hier zu suchen?" fragte einer der Soldaten schroff.

„Ich bin Mortim und das sind Lester, Antario und Astritt. Wir sind weit gereist, um mit eurem König zu sprechen."

„Hier kann nicht jeder dahergelaufene Strauchdieb bei unserem König vorsprechen!"

Mortims Blick verfinsterte sich, sodass selbst der Soldat seine Worte für einen kleinen Moment bereute.

„Ich steige gleich von meinem Pferd, dann zeige ich euch wer hier ein Strauchdieb ist." gab Mortim finster zur Antwort. Der Soldat wollte gerade etwas entgegnen, als Antario sich einschaltete.

„Ich bin Prinz Antario, Sohn des Bario aus Aritea. Wir kommen in friedlicher Absicht, hier seht mein königliches Siegel." Antario holte die Medallie hervor. Der Soldat blickte skeptisch drein und doch trat er näher, um das Siegel in Augenschein zu nehmen.

„Ich weiß nicht, ob ihr die Wahrheit sagt. Ich kenne das Siegel aus Aritea nicht. Aber hier ist jemand, der das weiß."

Der Soldat gab einen lauten Pfiff von sich und seine Kameraden kamen naher. Alle Soldaten behielten ihre Waffen kampfbereit in den Händen. Ganz offensichtlich trauten sie den Neuankömmlingen nicht. Die Soldaten führten die Gefährten ins Lager. In der Ferne konnte man einen Spähtrupp erkennen, der gerade aus östlicher Richtung in vollem Galopp auf das Lager zuritt. Im Lager angekommen ging es hektisch zu, alle rannten wild durcheinander. Man konnte die Schmiede hören, die unaufhörlich glühenden Stahl auf ihren Ambossen bearbeiteten. Einige Soldaten schrien Kommandos durch das Lager. Jeder schien beschäftigt zu sein und doch hörte man im ganzen Lager niemanden lachen, kein freundlicher Laut war zu hören. Jeder Soldat, an dem sie vorbeikamen, sah sie grimmig an. Keiner grüßte, nicht mal ein einfaches Nicken hatte man für die Neuankömmlinge übrig. Die Soldaten lebten hier mit der Gewissheit auf ein mögliches grausames Ende. An einen Sieg über ihren Feind glaubte hier wohl niemand. Die Gruppe ging an vielen kleineren Zelten vorbei. Aus einigen drangen Stimmen hervor, aus anderen hörte man den Klang von Hämmern, die Stahl bearbeiteten. Der Qualm von unzähligen Lagerfeuern hüllte das Lager in einen mystischen Dunst. Antario blieb einen Augenblick stehen, als er ein großes im Boden verankertes Kreuz sah, an dem ein Mann hing. Der Mann war fast nackt und völlig ausgehungert. Nur das Heben und Senken seines Brustkorbs ließ ihn noch lebendig erscheinen. Antario konnte seine Augen nicht von dem Anblick lösen, er hatte, ohne zu wissen was der Mann verbrochen hatte, Mitleid mit ihm. Am liebsten hätte er ihn von seinem Leid erlöst und vom Kreuz herunter geholt. Er blieb so lange stehen bis Lester einige Schritte zurück kam und ihn am Ärmel den Weg weiter hinter sich herzog.

„Du solltest nicht alleine gehen, wenn du dich hier nicht auskennst. In so einem Lager verläuft man sich schnell, wenn ein Zelt dem anderen gleicht." schalte ihn Lester.

„Was wirft man dem Mann vor, womit hat er eine so schlimme Strafe verdient?" fragte Antario. Lester wollte gerade zu einer Antwort ansetzen, als der Soldat, der sie führte Antarios Frage beantwortete.

„Er ist ein Verräter, er hat versucht, zum Feind überzulaufen."

„Zu den Orks"?

„Nun, es sind nicht nur Orks gegen die wir kämpfen. Es sind Menschen aus dem Osten, die sie führen. Sie haben die Orks zu einer Armee geeint und ihnen die Kunst des Krieges beigebracht. Der Verräter hat wohl gedacht, dass er sich ihnen anschließen kann. Bevor er zu ihnen gehen konnte, hat ihn einer unserer Spähtrupps abgefangen und zurückgebracht. Seit dem hängt er da."

Die Gruppe war vor einem großen Zelt angekommen, das von zwei grimmig dreinblickenden Wachen am Eingang bewacht wurde. Das Zelt war mit Fellen ausgelegt und von zahlreichen Lampen ausgeleuchtet. Der Soldat ging zu den beiden Wachen und sprach mit ihnen, während der Rest der Gruppe unter den Augen einiger Soldaten in einigem Abstand wartete. Nach einem kurzen Gespräch verschwand der Soldat im Zelt. Antario kam sich vor wie ein Gefangener, alle beobachteten ihn und schienen nur darauf zu warten, dass er oder einer seiner Freunde etwas machte, was ihnen Grund gab, sie nieder zu schlagen. Wenige Augenblicke später kam der Soldat wieder heraus und gab der Gruppe mit einem Handzeichen zu verstehen, sich ebenfalls ins Zelt zu begeben. Im Zelt angekommen fühlte Antario sich schon viel wohler. Es war warm und hell, da standen ein Bett und einige andere Möbel, die er schon seit geraumer Zeit nicht mehr zu Gesicht bekommen hatte. Er hätte sich am liebsten an den Tisch gesetzt und mit seinen Freunden ein ausgiebiges Mahl zu sich genommen, Wein getrunken und den Krieg und ihre Aufgabe nur für ein paar Stunden hinter sich gelassen. Doch der Tisch war mit zahlreichen Karten ausgelegt, über die sich ein älterer Mann in einer prunkvollen Rüstung beugte. Der Mann drehte sich um, er sah die Neuankömmlinge an und musterte sie eindringlich.

„Ihr seid also der junge Mann der sich als Prinz Antario aus Aritea ausgibt. Zeigt mir das Siegel." bat der Mann. Antario holte das Siegel hervor und überreichte es dem Mann. Der betrachtete es eine Weile und gab es Antario zurück.

„Angenommen ich glaube euch, dass ihr die Wahrheit sagt. Warum seid ihr nur zu viert? Wir brauchen eine ganze Armee, um gegen die Orks zu bestehen."

„Mein Vater wollte erst sichergehen, dass es sich wirklich um einen Angriff der Orks handelt. Er hatte Angst, sein Land könnte durch einen Schwindel in Gefahr geraten." sagte Antario.

„Dann kehrt zurück und sagt eurem Vater, er soll seine gesamte Armee auf den Weg nach Norden schicken. Doch ich befürchte, bis sie hier sind, ist für uns alles zu spät." sagte der Mann resigniert.

„Wann rechnet ihr mit einem Angriff der Orks?" mischte Mortim sich ein.

„In zwei bis drei Tagen. Zwei ihrer Versuche, uns zu überrennen, haben wir schon vereitelt. Doch ihre Zahl hat sich verdreifacht. Einem Angriff solcher Stärke haben wir nichts entgegen zu setzten. Unsere letzte Hoffnung galt den anderen Völkern. Alle haben uns im Stich gelassen."

„Wir müssen mit eurem König sprechen, es muss einen Weg geben." sagte Antario.

„ Der König hat das Lager verlassen. Er ist nach Alkatis gereist, um persönlich Hilfe zu erbitten. Ich führe solange die Geschäfte hier im Lager. Mein Name ist Lord Korto."

Ein unbehagliches Schweigen machte sich im Zelt breit. Niemand wusste, wie es weiter gehen sollte. Die Zeit war zu knapp. Keine Armee, aus welchem Teil Athgarats auch immer, würde rechtzeitig hier sein, um ihnen beizustehen.

„An eurer Stelle würde ich sehen, dass ich diesen verfluchten Ort so schnell wie möglich verlasse. Denn in wenigen Tagen werden sich die Orks in diesen Landen ausbreiten wie eine Krankheit. Sie werden nichts und niemanden verschonen." gab Lord Korto betrübt von sich.

„Auf keinen Fall, wir werden mit euch kämpfen." sagte Antario entschlossen. „Ich kann nicht für alle meine Gefährten sprechen, doch ich werde bleiben."

Einer nach dem anderen stimmte Antario zu. Alle wollten kämpfen.

„Was ist mit den Hoot, habt ihr die alten Krieger des Waldes schon um Unterstützung gebeten?" fragte Mortim.

„Nein unmöglich, die Hoot töten jeden, der sich in ihren Wald wagt."

„Ich werde gehen. Wir brauchen Unterstützung." sagte Mortim mit einem Funkeln in seinen dunklen Augen.

„Ihr untersteht nicht meinem Kommando. Ich kann euch euer Vorhaben nicht verbieten. Doch seid gewiss, die Hoot lassen nicht mit sich verhandeln."

„Ich werde gehen. Sie müssen uns helfen oder sie sind selbst dem Untergang geweiht. Haltet durch, in drei Tagen bin ich zurück. Lasst uns hoffen, dass ich nicht allein zurückkehre."

Mit diesen Worten verließ Mortim das Zelt.

„Wer ist dieser Mann?" fragte Lord Korto.

„Sein Name ist Mortim. Wir haben ihn unterwegs kennen gelernt und seitdem begleitet er uns. Er hat uns schon zweimal das Leben gerettet."

„Ihr solltet ihm nachgehen. Keiner unserer Unterhändler ist je von den Hoot zurückgekehrt."

Antario und Lester sahen sich kurz an und verließen dann ebenfalls das Zelt. Mortim war schon auf dem Weg zu seinem Pferd, als Antario und die anderen ihn abfingen.

„Was soll das? Du hast doch gehört, dass niemand von den Hoot zurückkehrt. Warum willst du zu ihnen gehen"? stellte Antario ihn zur Rede.

„Es ist unsere einzige Chance, die Orks zu besiegen."

„Dann werde ich dich begleiten."

„Nein dein Titel wird auf die Hoot nur wenig Eindruck machen. Sie werden dich in Stücke reißen. Bleib wachsam und halte deine Sinne geschärft. Ich will hoffen, dass ich rechtzeitig zur Schlacht zurück bin." Mit diesen Worten drehte Mortim sich um und ging. Antario sah ihm noch einen Augenblick nach. Er fragte sich, ob er seinen Freund jemals wiedersehen wird.

10

Der Tag neigte sich seinem Ende zu und Antario, Lester und Astritt hatten sich in einem der Gemeinschaftszelte eingefunden, um etwas zu essen. Es hatte sich im Lager bereits herumgesprochen, aus welchem Grund die Drei und ihr Freund Mortim sich im Lager eingefunden hatten. Die Soldaten brachten ihnen nun mehr Freundlichkeit entgegen, obwohl der eine oder andere immer noch nicht mehr als einen bösen Blick für die Neuankömmlinge übrig hatte.

Die drei Freunde ließen sich an einem einfachen Holztisch nieder und sahen zu, wie die anderen Soldaten aßen. Niemand redete viel. Es war so, als ob ein bedrohlicher Schatten jedem hier im Lager die Lust an einer Unterhaltung genommen hätte. Die Sonne war bereits untergegangen, als der Soldat, der sie vorm Lager abgefangen hatte, sich mit einer großen Platte Brot und Wurst und einigen Tellern zu ihnen setzte. Er sah in die Augen aller am Tisch Sitzenden und lächelte schwach. Es schien fast so, als könne er die Gedanken jedes einzelnen lesen.

„Hier, ihr müsst etwas essen. Auch wenn euch nicht danach ist. Ihr müsst bei Kräften bleiben." sagte er. Alle nahmen sich einen Teller und füllten sich etwas Brot und Wurst auf.

„Die Stimmung hier im Lager ist ansteckend, keiner redet viel. Man kommt sich vor, als wäre man von Geistern umgeben." unterbrach Astritt das Schweigen.

„Die meisten Männer hier sind keine Soldaten. Sie wurden aus ihren Familien gerissen, um gegen die Orks zu kämpfen. Nur die wenigsten sind freiwillig hier. Doch ohne diese Männer wäre unser Widerstand schon längst gebrochen. Ich fühle mich auch nicht wohl bei dem Gedanken, Bauern und Hufschmiede in die Schlacht zu führen."

„Wie lautet euer Name, mein Herr? Ihr habt euch noch gar nicht vorgestellt?" wollte Antario wissen.

„Ich bitte vielmals um Entschuldigung, mein Name ist Leutnant Marto. Ich befehlige eine kleine Gruppe Soldaten hier im Lager. Einen Teil meiner Männer habt ihr ja schon kennen gelernt." entgegnete Marto, der sich ein wenig schämte, dass er es versäumt hatte, sich vorzustellen.

Als alle etwas gegessen hatten, machten sie sich auf, das Lager zu erkunden. Sie kamen an großen Zelten vorbei, in denen die Männer trainierten und an kleineren in denen eine Schmiede eingerichtet war oder eine Küche. Doch in den meisten waren einfach nur Feldbetten, auf denen die Soldaten schliefen. Gegen Ende ihres Rundgangs kamen sie an einem großen Zelt vorbei, das anders war als die anderen. Es hatte rote Vorhänge an den Eingängen.

„Was ist in diesem Zelt?" wollte Antario wissen.

„Wenn ihr mit uns in die Schlacht ziehen wollt, müsst ihr auch diesen Ort gesehen haben." sagte Marto.

Sie betraten das Zelt und sofort stieg ihnen ein unangenehmer süßlicher Geruch in die Nase. Im ganzen Zelt waren Betten aufgestellt. Auf jedem Bett lag jemand, der mehr oder weniger schwer verwundet war. Ein ständiges Stöhnen und Klagen flutete das Zelt, welches von Zeit zu Zeit durch einen schmerzerfüllten Schrei durchbrochen wurde. Sie gingen tiefer in das Zelt hinein. Frauen und Männer in weißen Gewändern liefen unaufhörlich zwischen den Betten hin und her. Auf dem Weg zwischen den Betten kamen ihnen zwei Männer mit einer Trage entgegen. Als sie an Antario vorbeikamen, sah er, dass der Mann auf der Trage tot war. Mit Schrecken stellte er fest, dass der Mann auf der Trage in seinem Alter war. Sein Magen verkrampfte und ihm wurde schmerzlich bewusst, dass auch ihn dieses Schicksal ereilen könnte. Angst machte sich in ihm breit, panische Angst vor der bevorstehenden Schlacht.

„Warum habt ihr uns hier her gebracht?" fragte Antario.

„Es gehört Mut dazu, in eine Schlacht zu ziehen. Aber wer den Respekt vor dem Tod verliert, landet hier oder noch schlimmer unter der Erde. Ich wollte euch nur daran erinnern, euer eigenes Leben zu schätzen, bevor wir in die Schlacht ziehen".

Tief in ihre Gedanken versunken verließen sie das Zelt. Antario kamen wieder Zweifel, ob er die richtige Entscheidung getroffen hatte, seines Vaters Palast zu verlassen und sich auf diese Reise zu begeben. Was wäre, wenn er hier fallen würde? So fern ab von seiner Familie.

„Ich bringe euch jetzt zu eurem Zelt." sagte Marto.

Nach einigen Minuten Fußmarsch, vorbei an unzähligen Zelten und Soldaten, erreichten sie ihr Zelt. Es war spartanisch eingerichtet. Es lagen lediglich einige Felle auf dem Boden, die als Schlafplatz dienten. Vor dem Zelt waren eine Feuerstelle und etwas Brennholz aufgeschichtet.

„Ich begebe mich jetzt wieder zu meinen Männern. Bei Tagesanbruch hole ich euch wieder zum Frühstück. Ich hoffe, ihr findet etwas Ruhe." sagte Marto.

„Vielen Dank mein Herr, ihr seid sehr freundlich." sagte Astritt.

Als Marto gegangen war, begann Lester sofort ein Feuer zu entzünden, denn die Nacht brach herein und es wurde kühl. Nachdem alle ihr Nachtlager aufgeschlagen hatten, saßen sie zusammen am Lagerfeuer. Antario musste immer noch an den jungen Soldaten aus dem Krankenzelt denken. Er hatte stets ein behütetes Leben in seines Vaters Palast geführt, doch hier war er mit dem Schrecken des Krieges konfrontiert. Würde er die Schlacht überstehen? Hatte er wirklich genug Mut sich den Orks zu stellen oder würde sich schließlich doch herausstellen, dass er ein Feigling war. So viele Zweifel bedrängten sein Herz.

Auch Astritt und Lester waren in Gedanken versunken.

„Was werden wir jetzt tun?" durchbrach Lester das Schweigen.

„ Bei Tagesanbruch wirst du zurück reiten und meinem Vater Bericht erstatten. Er muss unsere Armee kampfbereit machen und nach Norden führen." sagte Antario leise.

„Und was werdet ihr tun mein Herr?".

„ Ich werde hier bleiben und mit diesen Männern kämpfen. Ich kann und will sie nicht im Stich lassen. Astritt du kannst natürlich gehen, wenn du willst. Du hast keinen Eid geschworen. Wenn du zu deinem Vater gehen willst, kannst du das tun."

„Ich bleibe an deiner Seite." sagte sie mit einem
Gesichtsausdruck, der keinen Widerspruch zuließ.
„Ich gehe nur schweren Herzens von eurer Seite, mein
Herr. Stets war ich da, um euch zu beschützen und jetzt
wo ihr mich am meisten braucht, schickt ihr mich fort."
„Und nichts fällt mir schwerer. Aber mein Vater muss
gewarnt werden. Wenn die Schlacht schlecht ausgeht
und Saratan fällt, muss unsere Armee bereit sein."
„Wenn das euer Wunsch ist, werde ich gehorchen."
Wieder machte sich Schweigen unter den Gefährten
breit, denn jeder dachte über die Zukunft nach. Die
Sonne war jetzt vollends untergegangen und sie
schnürten ihre Mäntel zu. Die Kälte der Nacht schlich
durch das Lager und ließ sie frösteln. Nach einer Weile
des Schweigens, legten sie sich zum Schlafen hin.
Antario war so erschöpft, dass er schnell in einen tiefen,
aber unruhigen Schlaf fiel. Er träumte von seinem Vater,
seiner Mutter und seinen Brüdern, die alle um einen
steinernen Sarg standen und weinten. Doch etwas
stimmte nicht. Da war jemand, den er nicht kannte. Ein
Mann, der ihn ständig ansah, während alle anderen
voller Trauer auf den Sarg starrten. Der Mann sah ihn
einfach nur an und grinste. Die Bilder verschwammen
und schon war Antario in einem anderen Traum. Er sah
Mortim, der inmitten einer Übermacht von Feinden
stand. Er kämpfte gegen hunderte der maskierten
Männer von der Hochebene. Mortim kämpfte und
kämpfte. Es waren zu viele, bis er schließlich fiel. Und
wieder war da der Mann in den Reihen der Maskierten
und sah ihn an und grinste. Und wieder verschwammen
die Bilder. Jetzt sah er Astritt, die durch den Gorwald
lief, auf der Flucht vor den Kerlingen, die sich jeden
Augenblick auf sie stürzen würden. Und wieder stand

der Mann da, an einen Baum gelehnt und grinste. Wer war dieser Mann und was wollte er? Antario war sich sicher, ihn noch nie zuvor gesehen zu haben. Und doch kam ihm etwas vertraut vor an seinem Gesicht, aber er konnte nicht sagen, was es war. Die Kerlinge hatten Astritt bereits gefasst und sich blutrünstig auf sie gestürzt, als ihm klar wurde, was ihm so vertraut vorkam. Es waren seine Augen, so schwarz und geheimnisvoll wie die von Mortim. In diesem Moment wachte Antario auf. Er war Schweiß gebadet und sein Kopf schmerzte, als wäre ein Pferd darüber gelaufen. Antario blieb noch eine Weile auf seinem Nachtlager liegen. Stand dann auf, um sich mit etwas Wasser durchs Gesicht zu waschen. Es war immer noch finsterste Nacht. Ein schwacher Lichtschein im Osten kündigte bereits einen neuen Tag an. Antario entschloss sich, einen kleinen Spaziergang durch das Lager zu machen. Er ging vorbei an den Zelten der anderen Soldaten, von denen ebenfalls vereinzelt welche wach waren und ihm misstrauisch hinterher sahen. Ganz offensichtlich traute ihnen hier im Lager noch längst nicht jeder. Antario hoffte inständig, dass sich das bald ändern würde. Antario ging noch einige Meter und ihm wurde wieder schmerzlich bewusst, warum die Soldaten so misstrauisch waren. Vor ihm stand das große hölzerne Kreuz mit dem gefangenen Verräter. Er betrachtete den Mann eine ganze Weile, er schien nicht mehr zu atmen. Antario lief ein eiskalter Schauer über den Rücken. Der Mann hatte die Nacht wohl nicht überlebt. Antario trat etwas näher. Der Mann öffnete plötzlich seine Augen und sah ihn eindringlich an. Der Mann versuchte zu sprechen, brachte aber nur flüsternd einzelne Wortfetzen heraus. Es dauerte eine Weile, bis Antario verstand, was er wollte. Der Gefangene war kurz vorm Verdursten und Antario gab ihm etwas Wasser aus einem nahe gelegenen Trog. Gierig trank der Mann jeden Tropfen des Wassers. Mit klagendem Blick sah er Antario an. Er musste unvorstellbare Schmerzen haben, er war schließlich an ein Kreuz genagelt worden. Antario hatte Mitleid mit ihm und hätte ihn am liebsten befreit. Der Gefangene versuchte zu sprechen, konnte aber nur flüstern. Antario ging näher heran, um zu verstehen, was er sagte.

„ Geh fort von hier, mein Junge, hier erwartet dich nur der Tod. Gegen den erbarmungslosen Hass, der auf euch zu marschiert, könnt ihr nicht bestehen. " flüsterte der Mann.

Antario wollte gerade etwas antworten, als eine tiefe Stimme hinter ihm rief: „Weg da Junge, mit dem Gefangenen darf niemand sprechen."

Antario drehte sich schnell um und sah einen großen Mann mit der Hand am Heft seines Schwertes, einige Meter vor ihm stehen. Antario senkte seinen Kopf und ging seines Weges. Doch die Worte des Gefangenen, gingen ihm immer wieder durch den Kopf.

Die Sonne war bereits aufgegangen und ihre Strahlen kündigten einen schönen sonnigen Tag an. Antario ging über einige Umwege zu den anderen zurück. Er setzte sich stumm ans Lagerfeuer.

„ Wo bist du gewesen" fragte sie.

„Ich habe mich nur im Lager etwas umgesehen. " sagte er und Astritt merkte sofort. dass er nicht gerade erpicht auf ein Gespräch war. Lester war bereits damit beschäftigt. sein Pferd zu satteln und seine Sachen und Proviant einzupacken. Als er fertig war. trat er ans Feuer und sah in die Runde.

„ Ich tue. was ihr mir befohlen habt. mein Herr. Wenn auch schweren Herzens. Ich lasse euch nur ungern in der bevorstehenden Schlacht alleine."

„Und doch ist es der richtige Weg, mein Freund. Mein Vater muss so schnell wie möglich Kunde von der Situation erhalten."

„ Ich hoffe, dass wir uns wieder sehen, junger Herr."

„ Das werden wir Lester, das werden wir."

Lester verabschiedete sich noch von Astritt und griff nach den Zügeln seines Pferdes, um das Lager in Richtung Süden zu verlassen. Oft drehte er sich um und sah zum Lager zurück, immer mit den Gedanken bei seinem Freund und Herrn. Als die Sonne höher stieg und das Lager in goldenes Licht tauchte, hob sich auch Antarios Laune und er geriet in ein tiefes Gespräch mit Astritt. Es tat ihm sehr gut und er genoss die langen Gespräche mit ihr. Astritt ging es ebenso, sie genoss jeden Moment, den sie mit Antario zusammen war. Den Rest des Tages verbrachten die beiden damit, ihre Fertigkeiten mit ihren Waffen zu verbessern. Antario übte sich im Schwertkampf mit einigen anderen Soldaten und Astritt beeindruckte ihre Zuschauer mit ihren Schießübungen. Der Tag verstrich und die Sonne begann im Westen unter zu gehen, als Antario und Astritt sich bei ihrem Zelt trafen. Beide bemerkten sofort das unruhige Treiben der anderen Soldaten im Lager. Jeder war damit beschäftigt, etwas einzupacken oder noch etwas zu besorgen. Keiner von beiden wusste, was er davon halten sollte, als Marto zu ihnen kam. Er hatte einen besorgten Gesichtsausdruck, als er sich zu ihnen stellte.

„ Schärfe deine Klinge junger Prinz und du Astritt aus dem Süden spanne deinen Bogen. Noch vor

Tagesanbruch ziehen wir los in den Krieg. Wir passen die Orks auf der Ebene von Maratas ab, etwa einen halben Tagesmarsch von hier. Sucht noch etwas Schlaf in dieser Nacht, wir sehen uns morgen." sagte Marto und ging. Antario und Astritt sahen sich an und jeder sah die Furcht in den Augen des anderen. Dies könnte ihre letzte Nacht sein.

Die Sonne war unter gegangen und beide saßen noch lange am Lagerfeuer. Das ohnehin schon ruhige Lager, lag nun in völliger Stille, keiner sagte etwas. Von Zeit zu Zeit war nur das Wiehern eines Pferdes zu hören. In dieser Nacht schlief Astritt in Antarios Armen ein, ohne dass er oder sie auch nur ein Wort gesagt hätten. Jeder wusste Bescheid. Es hätte auch keiner Worte bedurft. Antario fand in dieser Nacht nur wenig Schlaf, zu tief war er in seine Gedanken versunken. Er dachte an seine Mutter und seinen Vater, an seine Brüder und vor allem an seine Schwester und immer wieder dachte er an Mortim. Wo mochte er sein und wäre er rechtzeitig zur Schlacht wieder hier. Im Laufe der Nacht viel Antario dann doch in einen unruhigen Schlaf. Er erwachte vom aufgeregten Treiben vor ihrem Zelt. Astritt war bereits wach und lächelte ihn an, als er seine Augen öffnete. Astritt half Antario beim Anlegen seiner Rüstung und er half ihr beim Satteln ihres Pferdes.

Das ganze Lager war auf den Beinen. Erst jetzt konnte man sehen, wie viele Soldaten es wirklich waren, die in die Schlacht zogen. Ihre Zahl verdoppelte sich noch einmal, als Antario sah, wie viele sich bereits vorm Lager versammelt hatten. Eine gewaltige Armee, die bereit war, ihr Land gegen die schwarzen Horden zu verteidigen. Zwei Stunden nach Sonnenaufgang setzte sich die Streitmacht in Bewegung. Antario und Astritt hatten sich Marto und seinen Männern angeschlossen, die darüber sehr überrascht waren, dass ein Prinz sich lieber den einfachen Soldaten anschloss, als mit ihrem Kommandanten an der Spitze des Zuges zu reiten. Die meisten Soldaten waren zu Fuß unterwegs, nur wenige hatten ein Pferd. Unzählige Trommeln und Trompeten begleiteten sie auf dem Weg in ein ungewisses Ende.

11

Die Sonne stand hoch am Himmel, als sie die Ebene von Maratas erreichten. Die Reihen der Soldaten lösten sich auf, um sich in Position für die Schlacht zu bringen. Ständig wurden Befehle über die Ebene gerufen. Die Ebene lag dicht am Fuß der Berge, im Osten grenzte sie an einen kleinen Wald und im Süden wurde sie von einem Hügel flankiert. Tausende Soldaten liefen wild durcheinander, auf der Suche nach ihren Leuten und der richtigen Position für die Schlacht. Antario betrachtete noch eine Weile das wilde Treiben, das ihn an einen Ameisenhaufen erinnerte, ehe er von seinem Pferd abstieg. Er brachte sein Pferd und das von Astritt hinter die Linien und ließ sie auf einer Wiese grasen, damit sie, wenn die Schlacht schlecht ausging, entkommen konnten. Antario sah Astritt tief in die Augen und sagte: "Jetzt müssen wir wohl Abschied nehmen. Ich schließe mich den Soldaten in den Reihen an und du musst zu den Bogenschützen hinter uns. Bitte gib Acht auf dich. Sollte es danach aussehen, dass wir die Schlacht verlieren, ist es keine Schande, wenn du fliehst." Astritt sah ihn mit

Tränen in den Augen an und ging einen Schritt auf ihn zu und küsste ihn. Es war ein langer zärtlicher Kuss. „Wir werden uns wieder sehen." sagte sie mit heiserer Stimme und ging. Antario sah ihr nach, als sie sich durch die Reihen zwängte. Er hoffte von ganzem Herzen, sie am Ende dieses Tages wieder in seine Arme schließen zu können. Als er sie nicht mehr sehen konnte, drehte er sich um und hielt Ausschau nach Mortim. Doch von ihm war nichts zu sehen. War ihm etwas passiert oder hatte er die aussichtlose Lage erkannt und sich aus dem Staub gemacht? Nein das passte nicht zu ihm. Er würde kommen. Da war Antario sich sicher. Die Frage war nur, ob er rechtzeitig kommen würde. Leutnant Marto stellte sich zu Antario und legte ihm die Hand auf die Schulter. „ Ihr werdet eure Freunde wieder sehen, da bin ich mir sicher. Ihr seid ein tapferer Mann, Prinz Antario aus Aritea und ich wünsche euch viel Glück an diesem dunklen Tag."

„Das wünsche ich euch auch, mein Herr. Aber wo sind die Orks? Ich dachte, sie warten bereits auf uns?"

„Die kommen schon, macht euch darüber keine Sorgen." Die Angst im Herzen Antarios war nun fast unerträglich geworden. Am liebsten hätte er alles stehen und liegen gelassen und wäre mit Astritt fort geritten. Doch er konnte die Männer, die hier waren um ihr Land zu verteidigen, nicht im Stich lassen. Stille legte sich über die Ebene, als alle Soldaten in Stellung gegangen waren. Nun kam das Warten auf den Feind. Für Antario eine Zeit voller Bangen und Hoffen. Die Stunden verstrichen und die Sonne begann schon langsam aber sicher unter zu gehen, als hinter dem Wald im Osten Trommeln zu hören waren. Zu erst nur leise wie ein Donnern in der Ferne, doch schon bald dröhnten die Kriegstrommeln der

Orks unaufhörlich in Antarios Kopf. Lauter und immer lauter hämmerten sich die Schläge durch den Wald. Kurz darauf traten die ersten Orks zwischen den Bäumen hervor. Antario stockte der Atem, noch nie hatte er solche Kreaturen gesehen. Nach dem Angriff der Kerlinge im Gorwald war er auf das Schlimmste gefasst, doch der Anblick der Orks übertraf seine schlimmsten Befürchtungen. Ihre grünbraunen bulligen Körper waren von tief schwarzen Fellen bedeckt und ihre riesigen gelben Zähne ragten aus ihren Kiefern. Sie brüllten und keiften vor Kampfeslust und es kamen immer mehr, der Strom aus schwarzen Leibern schien gar kein Ende zu nehmen. Ein unruhiges Raunen und Gemurmel ging durch die Reihen der Soldaten. Antario war nicht der einzige, den der Anblick der Horde fast in Panik versetzte. Ihre Zahl war dreimal so hoch wie die der Soldaten. Die Hauptleute in den Reihen der Soldaten versuchten, durch strenge Befehle und gutes Zureden, die Soldaten zu beruhigen. Meist ohne Erfolg. Antario fragte sich, wie sie der gewaltigen Flut aus Fleisch und Stahl nur standhalten sollten, wenn sie erst einmal entfesselt war. Doch dann brach die Sonne durch die Wolkendecke und ihre Strahlen ließ die tausenden Rüstungen der Soldaten in goldenem Glanz erstrahlen. Neuer Mut umspülte sein Herz und der Griff um das Heft seines Schwertes wurde fester. In diesem Moment tauchte ein Ritter vor ihnen auf, hoch zu Ross. Es war Lord Korto, der stolz und scheinbar ohne Furcht in seiner strahlenden Rüstung vor dem Heer in Stellung ging. Er wandte sich seinen Soldaten zu und betrachtete sie eine Weile. Sein Pferd trat unruhig von einem Huf auf den anderen. Es schien zu spüren, dass in wenigen Augenblicken der Sturm losbrechen würde. Als Lord

Korto zu sprechen begann, hallte seine tiefe Stimme weit über die Reihen seiner Soldaten hinweg. Jeder auf dem Schlachtfeld konnte sie hören. „ Männer des Nordens, meine Brüder, habt keine Furcht vor der Dunkelheit. Wir sind nicht hier weil unser König uns dazu gezwungen hat. Es geht nicht um mehr Land zu besitzen oder wegen eines lächerlichen Streits. Nein, wir sind hier, um unser Land gegen die Orks zu verteidigen. Und ein Mann, der für Familie und Vaterland kämpft, ist stärker als jeder Ork aus dem Norden. Wir werden diese Kreaturen in die Dunkelheit zurückschicken, aus der sie gekommen sind. Wir werden kämpfen bis zum letzten Mann, auf das unsere Taten in tausend Jahren noch besungen werden."

Man konnte zusehen, wie die Furcht aus den Augen der Männer wich und sich Mut und Entschlossenheit zeigte. Jetzt waren sie kampfbereit.

Antario sah zu ihren Feinden hinüber und konnte sehen, wie ein Mann auf einem Pferd sich vor den Orks postierte. Er trug eine schwarze Rüstung und saß auf einem dazu passenden Pferd. *Es stimmte also doch, die Orks wurden von Menschen geführt. Wie sonst hätten sie einen sicheren Weg über die Berge finden sollen.* Der schwarze Krieger zog sein Schwert aus der Scheide und es blitzte kurz in der Sonne auf. Dann gab er das Zeichen zum Angriff. Ein ohrenbetäubendes Gebrüll brach los, so dass man glauben konnte, die Orks wollten ihre Gegner von der Ebene schreien. Die schwarze Horde setzte sich in Bewegung und wurde von Meter zu Meter schneller. Ein wallendes Meer aus finsteren Kreaturen, mit dem Ziel niemanden zu verschonen, raste auf die Soldaten zu. Die Schlacht begann.

Jetzt gab auch Lord Korto das Zeichen zum Vorrücken. Langsam setzte sich die Armee in Bewegung, immer wieder laut rufend. Die erste Reihe der Menschen bestand aus Soldaten mit breiten Schilden und langen Speeren. Das Gedränge in den Reihen der Soldaten war groß und Antario wurde hin und her geschoben. Es schien fast so, als könnte es niemand mehr erwarten, dem Feind entgegen zu treten. Antario konnte durch eine kleine Lücke zwischen den Köpfen die Orks auf ihn zu rasen sehen. Sein Herz begann wie wild zu schlagen. Die Orks waren keine hundert Meter mehr von ihm entfernt. Hinter ihm wurden etwa tausend Bögen gleichzeitig gespannt und schickten ihre tödlichen Pfeile auf einen lauten Ruf hin zu ihren Feinden. Ein lautes Surren übertönte für kurze Zeit das Gebrüll der nahenden Orks. Als der Pfeilhagel auf die Orks niederging, verwandelte sich ihr kriegslüsternes Gebrüll in ein Mark und Bein zermürbendes Geschrei, genährt von Schmerzen und Tod. Viele Orks fielen durch die Pfeile. Das schien den Kampfeswillen ihrer Nachfolger nicht zu mindern. Unbeeindruckt trampelten sie über die Toten und Verletzten. Ein zweiter Pfeilhagel folgte mit gleichem Ergebnis. Die Orks kamen immer näher. Unaufhaltsam wie ein Sturm auf See rasten sie auf ihre Widersacher zu. Als die Flut aus schwarzen Leibern auf die Schilde der Soldaten prallte, schoben sich alle Reihen ein Stück zurück. Ein lautes Stöhnen, durchzogen von einigen Schreien, ging durch die Reihen. Antario wäre fast gestürzt. Ihm wurde sofort klar, dass ein Sturz sein Ende bedeuten würde. Entweder würde er von seinen eigenen Soldaten tot getreten oder er würde so lange von den eng stehenden Soldaten zu Boden gehalten bis ein Ork über ihm auftauchte und seinem Leben ein Ende setzte. Der

Kriegslärm war ohrenbetäubend, Das Krachen der Schilde und das Schmettern von Stahl auf Stahl verschlang jedes andere Geräusch. Antario wurde weggestoßen und zur Seite gedrückt, alles stürmte und drängte auf die Feinde zu. Er wünschte sich Lester und Mortim wären bei ihm, um ihm zu sagen, was er tun sollte. Er war auf sich allein gestellt, das erste Mal war er allein. Zwischen tausenden Soldaten und doch allein. Da ihm nichts Besseres einfiel, tat er es den anderen Soldaten gleich und drängte nach vorne ihn den Kampf. Antario hatte sein Schwert fest in der Hand und war nun fast ganz vorne. Das schmerzerfüllte Geschrei der Gefallenen schwoll an zu einem grausigen Ton. Immer wieder fiel einer der Soldaten durchbohrt oder erschlagen von einem Ork. Doch sofort rückte der Nächste nach, um sein Schicksal zu erfüllen, mit der Hoffnung, es besser zu meistern als sein Vorgänger. Die Reihen lichteten sich und das Schlachtfeld zog sich in die Breite. Plötzlich stand Antario ganz vorn, an der Linie des Todes, gegen einen Feind, den er nicht kannte. Vor ihm stürmte ein großer Ork auf ihn zu mit einem wilden Ausdruck in seinen Augen. Antario hob sein Schwert und festigte seinen Stand. Der Ork versuchte, ihn mit einem einzigen Schlag zu enthaupten. Antario tauchte unter dem Schlag hindurch und stieß seinem Widersacher sein Schwert mit aller Kraft in den Magen. Er spürte wie seine Klinge Knochen und Fleisch zertrennte. Laut brüllend ging der Ork zu Boden und war tot. Antario hatte keine Zeit sich zu erholen, denn der nächste Ork stand vor ihm. Auch sein Schicksal war besiegelt, als Antario mit einer schnellen Schlagfolge seine Deckung durchbrach und ihm eine tödliche Wunde am Hals zufügte. Die Schlacht war in vollem Gange und

es hatte den Anschein, dass die Menschen die Orks zurücktreiben könnten. Doch die Übermacht der zahlenmäßig überlegenen Orks war zu groß. Antario hatte bereits zwei weitere Orks zu Boden geschickt, als er merkte, dass er sich fast mitten unter ihnen befand. Er zog sich einige Meter zurück in die Reihen der Soldaten. Antario wurde nach hinten gedrängt, wo er einige Augenblicke Zeit fand Luft zu schnappen. Er sah sich um und musste mit Bestürzung feststellen, dass die Orks an einigen Stellen bereits im Begriff waren, durchzubrechen. Schnell wurde ihm klar, dass sie gegen diese Übermacht aus blankem Hass nicht bestehen konnten. Er lief los, um die geschwächten Stellen in den Reihen zu unterstützen und stellte sich dort zwei weiteren Orks, von denen einer ihn bedrohlich am linken Arm verletzte. Doch er spürte den Schmerz nicht oder wollte ihn nicht spüren, nicht jetzt. Immer mehr Soldaten fielen in den grasigen Sumpf aus Blut zu ihren Füßen. Kummer und Bestürzung machten sich in ihm breit. Was sollte jetzt geschehen? Wie sollten sie sich jetzt noch retten? Wo bei allen Geistern war Mortim, hatte er sie wirklich im Stich gelassen?
In diesem Moment drang ein Geräusch an Antarios Ohr, das nicht in den Schlachtenlärm passte. Er konnte es zuerst nicht zuordnen, doch dann erkannte er es. Es war das Wiehern eines Pferdes. Wie von Geisterhand getragen, schallte das Wiehern über das gesamte Schlachtfeld. Es war Mortim, der hoch zu Ross auf dem südlichen Hügel stand. Auf einmal keimte wieder Hoffnung in Antarios Herz und auch andere bemerkten den Reiter auf dem Hügel. Der Anführer der Orks stand mit seinem Pferd am Waldrand im Osten und begann unruhig auf seinem Sattel hin und her zu rutschen. Dann

tauchte eine weitere Gestalt neben Mortim auf und stemmte die Hände in die Hüften. Der breitschultrige Mann trug einen langen Bart und stand mit Mortim, der immer noch auf seinem Pferd saß, auf Augenhöhe auf dem Hügel. Mortims finsterer Blick war auf die Ebene gerichtet. Nach und nach tauchten immer mehr dieser hochgewachsenen Männer auf dem Hügelkamm auf. Er hatte es geschafft, das mussten die Hoot sein. Er hat das alte Volk in die Schlacht geführt. Jetzt bemerkten auch die Orks die Männer auf dem Hügel und bildeten eine Verteidigungslinie nach Süden. In der Zwischenzeit hatten die Hoot sich zu hunderten auf dem Kamm eingefunden und ihre langstieligen Äxte gezogen. Jetzt zog auch Mortim sein Schwert und ein Lichtschein wie durch einen Blitzschlag flutete die Ebene für kurze Zeit in grelles Licht. Lautes Gebrüll aus hunderten tiefer Kehlen schallte los, bevor die Kolosse sich in Bewegung setzten. Mortim war von seinem Pferd gestiegen und rannte mit seinen Verbündeten den Hügel hinab. Das Raunen und Stöhnen, dass durch die Reihen der Orks ging, als die Hoot auf ihre Verteidigungslinie trafen, erstarb schnell in wildem Geschrei und Kriegslärm. Unbarmherzig pflügten die Äxte der Hoot durch die Reihen der Orks und säten Tod und Verzweiflung unter ihnen. Neuer Mut machte sich jetzt auch unter den Soldaten breit und sie kämpften mit mehr Entschlossenheit. Sie warfen ihre Feinde immer wieder zurück, die stets auf ein Neues gegen ihre breiten Schilde brandeten. Die Schlacht nahm eine neue Wendung, denn die Orks mussten nun an zwei Linien kämpfen und gegen die Brutalität und körperliche Überlegenheit der Hoot hatten sie nichts entgegen zu setzen. Antario warf sich mit neuem Mut wieder ins

Kampfgetümmel. Er versuchte, sich in Richtung Mortim durchzuschlagen. Auf seinem Weg kamen ihm zwei Orks in den Weg, die dafür mit ihrem Leben bezahlten. Jetzt endlich sah er seinen Freund mitten zwischen den Orks, von denen er einen nach dem anderen mit tödlicher Präzision blutend zu Boden schickte. Die Linien hatten sich bereits vermischt. Menschen kämpften zwischen den Reihen der Hoot und umgekehrt. Die Menschen. die in Mortims Nähe standen, konnten nur staunend zusehen, wie er sich furchtlos einer Gruppe von fünf Orks in den Weg stellte, die sich von hinten auf einen Hoot stürzen wollten. Keiner von ihnen überlebte den Versuch. Mortim schritt mit gesengtem Schwert durch das Schlachtgetümmel, keiner der umstehenden Orks hatte mehr den Mut, sich ihm entgegen zu stellen. Er kam auf Antario zu, der gerade mit einem Ork, der besser mit seiner Waffe umzugehen verstand, in einen wilden Kampf verstrickt war. Als Antario durch einen gekonnten Schlag gegen seine Rüstung mit Schmerzen zu Boden ging, beugte der Ork sich über ihn und holte zum tödlichen Schlag aus. Doch dazu kam er nicht mehr, Mortim schickte ihn mit einem gekonnten Stich mitten ins Herz zu seinen Ahnen. Er reichte Antario die Hand, um ihm auf zu helfen.

„Ich bin so froh dich zu sehen" sagte Antario, der völlig aus der Puste war.

„Ich bin auch froh dich mehr oder weniger gesund zu sehen, mein Junge." erwiderte Mortim.

Die beiden Freunde sahen sich in die Augen und zum ersten Mal kamen Antario Mortims Augen nicht so bedrohlich vor.

Immer wieder versuchten die Orks durch zu brechen, wurden aber stets von den Soldaten und ihren riesigen neuen Verbündeten zurückgeworfen. Eine Nachhut von etwa zweihundert Orks kam aus dem Wald gerannt, um ihre Landsleute zu unterstützen. Das half nicht mehr, die Schlacht war entschieden. Als zwei Drittel aller Orks tot oder verwundet im blutdurchtränkten Gras lagen, flohen die anderen zurück in den Wald.

Laut jubelnd und ihre Gegner verhöhnend, lagen sich die Menschen in den Armen. Die Freude über die gewonnene Schlacht war grenzenlos. Als alle Orks geflohen waren, machten sich die Heiler auf, die Verletzten zu retten. Doch für viele kam die Hilfe zu spät. Mit selbstgebauten Tragen wurden die Verwundeten vom Schlachtfeld getragen. Nach einigen Stunden der Erholung begann emsiges Treiben auf der Ebene. Die Toten wurden vom Schlachtfeld getragen und bestattet. Die Leichen der Orks wurden aufgehäuft und verbrannt. Anatrio sah Mortim, der mitten auf dem Schlachtfeld stand und sich über einen leblosen Körper beugte. Antario ging zu ihm und sah, dass er sich den Leichnam eines Menschen ansah.

„Was hat ihn nur dazu getrieben, sich mit diesen Kreaturen einzulassen?" fragte Antario.

„Das gilt es herauszufinden. Noch nie habe ich die Orks mit solcher Entschlossenheit kämpfen sehen. Es gibt etwas, dass sie antreibt und über die Berge lockt. " sagte Mortim. Dann fiel Mortim ein Zeichen auf, das auf die Rüstung des Mannes geprägt war. Er kannte es nicht und prägte es sich gut ein. Das Zeichen zeigte einen Schlangenkopf auf dem Leib eines Menschen.

„ Was hat das zu bedeuten?" wollte Antario wissen.

„ Das weiß ich nicht, noch nicht."

Die beiden gingen zurück zu den anderen Soldaten, die schon fast fertig mit dem Aufräumen der Ebene waren.

Die Leichen waren zwar allesamt beseitigt, doch man konnte immer noch genau sehen, welche furchtbaren Szenen sich hier vor wenigen Stunden abgespielt hatten. Die Sonne war fast untergegangen, als Astritt auf die beiden zugelaufen kam und sogleich Antario um den Hals viel und ihm einen tiefen und innigen Kuss gab.

„ Ich bin ja so froh, dass du lebst. Ich hatte schon das Schlimmste befürchtet. Aber du bist ja verletzt! Komm mit mir, ich werde dich verbinden." sagte sie. Erst jetzt fing Antarios Arm an zu schmerzen, doch es war zu ertragen. Sie wollten gerade gehen, um sich ein stilles Plätzchen zu suchen, wo Astritt seinen Arm verbinden konnte, als ein gewaltiger Schatten auf sie viel. Vor ihnen stand der Hoot, der neben Mortim auf dem Hügel gestanden hat. Er blickte auf sie herab und sah Mortim tief in die Augen. Lange währte die Stille zwischen den beiden an und keiner, nicht mal Antario mit seinem schmerzenden Arm, wollte sich bewegen.

„ Du hast tapfer gekämpft, Mensch. Es ist lange her, seit ich jemanden so hab kämpfen sehen." sagte der Hoot.

„ Du und deine Brüder haben ebenso tapfer gekämpft. Ohne euch wären wir verloren gewesen, unser Dank wird auf ewig mit euch sein. Viele Jahre sind vergangen seit unsere beiden Rassen Seite an Seite gekämpft haben, ich danke euch." sagte Mortim.

Dann verneigten sich die beiden voreinander und der Hoot ging zu seinen Landsleuten.

Antario wollte wissen, wie Mortim es geschafft hatte, dass die Hoot sich ihnen anschlossen. Mortim sagte ihm, er solle sich zu aller erst einmal verarzten lassen und dann wäre immer noch genug Zeit für Geschichten.

Antario und Astritt gingen, den Arm zu verbinden und beobachteten die anderen Soldaten, die sich freuten und in den Armen lagen. Doch Antario gingen die vielen Gefallenen nicht mehr aus dem Kopf. *Wie viele Väter kehrten nicht mehr zu ihren Söhnen zurück?* Er dachte darüber nach, ob es nicht einen anderen Weg gäbe, diesen Krieg zu beenden. Doch ihm viel nichts ein.

12

Kalte Nachtluft wehte Lester ins Gesicht, als er sich für eine kurze Pause am Wegesrand niederließ. Sein Pferd nahm diesen kurzen Moment der Ruhe dankbar an und suchte schnaubend am Boden nach etwas fressbarem. Lester war den ganzen Tag über ohne Pause geritten. Immer geradewegs nach Süden. Solange er im Sattel gesessen hatte, musste er sich auf den Weg konzentrieren und hatte keine Zeit gehabt über die vergangenen Ereignisse nachzudenken. Erst jetzt, als er sich einen Augenblick der Ruhe gönnte, überkamen ihn die Erinnerungen und die Gefühle des vergangenen Tages. Er fühlte sich schlecht. Es kam ihm so vor, als ob er Antario, seinen Prinzen, seinen Freund, im Stich gelassen hat. Es fiel ihm schwer durch den Nebel aus Schuldgefühlen und Trauer zu sehen und sich ins Gedächtnis zu rufen, warum er wieder auf dem Weg Richtung Süden war, anstatt seinem Prinzen zur Seite zu stehen, in seiner wohl schwersten Stunde. Antario hatte ihn entsandt, seinem Vater, dem König, von den Ereignissen im Norden zu berichten. Lester war durchaus klar, dass dieses eine sehr wichtige Aufgabe war und sie entscheidend für das Schicksal dieser Welt war. Er würde aber lieber in der bevorstehenden Schlacht an der Seite von Antario und Mortim kämpfen.

Lester gelang es schließlich, seine Gedanken von seinen Freunden weg, auf die ihm gestellte Aufgabe zu lenken. Er dachte darüber nach, welcher Weg ihn wohl am schnellsten und trotzdem sicher zurück nach Aritea bringen würde. Je länger er darüber nachdachte, desto mehr nahm der Weg auf der Landkarte in seinem Kopf Gestalt an. Wollte er sein Ziel rechtzeitig erreichen, um dem König zu berichten, musste er durch den großen Sumpf Schooren gehen. Ihm graute vor den zahlreichen düsteren Geschichten, die er über diesen Teil Athgarats gehört hatte. Schon als er noch ein kleiner Junge war, hatte sein Onkel ihm die wildesten und haarsträubensten Märchen über diesen uralten Ort erzählt. Obwohl er diesem Gerede je älter er wurde keinen Glauben mehr geschenkt hatte, wäre es ihm doch im Traum nicht eingefallen, freiwillig dorthin zu gehen. Lester schreckte aufgeregt hoch als ihm klar wurde, dass er zu lange im Gras gesessen und über sein Vorhaben nachgedacht hatte. Die ersten Sterne standen bereits am Himmel und der aufgehende Mond sandte seine ersten blassgrauen Strahlen über das in Dunkelheit versinkende Land. Sein Pferd scheute kurz auf, als er ruckartig hochschnellte. Er nahm sein Pferd am Zügel und machte sich zu Fuß wieder auf den Weg. Ihm war nicht geheuer bei dem Gedanken, durch die finstere Nacht zu reiten. Lester hatte Angst das Pferd könnte stürzen und sich verletzen. Die staubige Straße zog sich schlängelnd durch die Landschaft. Lester konnte beim blassen Mondschein nur einige Schritte weit sehen und bewegte sich so vorsichtig er konnte. Der Himmel begann sich zuzuziehen und als dunkle Wolken den Mond hinter sich verbargen, war Lester gezwungen, seine Fahrt zu unterbrechen. Er tastete sich durch die pechschwarze Nacht, bis er abseits des Weges einen geeigneten Schlafplatz zwischen zwei Bäumen gefunden hatte. Er kannte diese Gegend nicht besonders gut und um einer unangenehmen Überraschung vorzubeugen, band er sich die Zügel seines Pferdes an sein Fußgelenk. Er vertraute darauf, dass sein Pferd sich nähernde Räuber oder Raubtiere wittern würde.

Seine Sorge blieb unbegründet und wie er es gehofft hatte, wachte sein Pferd mit den ersten Sonnenstrahlen auf und weckte ihn durch heftiges Ziehen an seinem Bein. An einem nahegelegenen Bach wusch er sich kurz durchs Gesicht, um danach ein spärliches Frühstück einzunehmen. Nach einem Blick in seinen Proviantbeutel sah er, dass er sein Essen einteilen musste, um bis zu seinem Ziel durchhalten zu können. Er wollte nur ungern unter Menschen gehen, um sich etwas Essbares zu besorgen, solange er nicht wieder in seinem Heimatland war. Lester wollte sich gerade einen letzten Bissen gönnen, ließ das Stück Brot dann aber wieder in den Leinensack gleiten. Er schwang sich aufs Pferd und machte sich wieder auf den Weg. Lester genoss den frischen Wind, den der neue Morgen ihm entgegenwehte. Die kühle und klare Brise ließ ihn seine Müdigkeit vergessen. Doch dieser erquickende und wohltuende Moment war nur von kurzer Dauer. Lester merkte, wie sein treues Pferd unter ihm langsam aber sicher die Kräfte verließen. Daran hatte auch die kurze Pause in der Nacht nichts geändert. Er beschloss, es einige Meilen am Zügel zu führen. Doch auch das nützte nicht sehr viel. Er musste sich Ersatz beschaffen, aber wo? Nach einer weiteren Stunde Quälerei gelangte er an einen Bauernhof, der am Waldrand gelegen war. Der Bauer war ein recht lustiger untersetzter Mann. Er meinte, es sei viele Monate her, dass ihn jemand auf seinem Hof besucht hätte. Er würde sich herzlich über diesen unverhofften Fremden freuen. Der Bauer, er sich als Maleket vorstellte, lud Lester zum Essen und eine erholsame Nacht in einem Bett ein. Nichts hätte Lester lieber getan, als der Einladung zu folgen, aber die Zeit drängte und er konnte es sich nicht leisten, biertrinkend in der Stube des Bauern zu verweilen. Lester tauschte so kurzerhand gegen ein üppiges Entgeld sein abgemagertes und erschöpftes Pferd gegen einen jungen stolzen Hengst. Lester konnte sein Glück kaum fassen. Sein neuer Begleiter strotze nur so vor Kraft und Tatendrang. Der junge Hengst trat von einem Lauf auf den anderen, so als ob er wüsste was auf ihn zu käme und er es nicht abwarten könne loszulaufen. Lester bedankte sich freundlich bei Maleket und gab seinem neuen Pferd die Sporen. Es kam ihm so vor, als ob die ganze Welt um ihn herum zu zittern begann, als der Hengst die Muskeln anspannte und sich zielstrebig in Bewegung setzte. Nur wenige Schritte und der Wind peitschte Lester in Gesicht. Seine eigene Müdigkeit war vergessen, der Hengst hatte sie eingesogen und in Energie verwandelt. Die kleinen Wälder und weiten Wiesen in diesem Teil Armaßiens flogen vorbei und die dichte lange Mähne des Hengstes war ein Spielball des Windes. Lester fühlte sich frei und unbeschwert. Die Sorgen der letzten Wochen waren für diesen Moment vergessen. Doch auch ein so junger Hengst brauchte von Zeit zu Zeit eine Pause. So kam es, dass Lester sein Pferd etwas abseits des Weges an einen Baum band. Das Fell des Hengstes dampfte in der Abenddämmerung, während das Tier seinen stolzen Kopf hob und Lester ansah, als wollte er sich für diesen rasanten Ausritt bedanken. Schließlich ließ der Hengst den Kopf sinken und begann um den Baum herum Gras zu fressen. Auch Lester nahm eine kurze Mahlzeit zu sich, um danach einige Stunden zu schlafen. Gegen Mitternacht wachte der Krieger wieder auf. Lester sah sich etwas verschlafen um, stellte dann aber zu seiner Erleichterung fest, dass ein hell strahlender Mond am Himmel stand. Auch sein neuer Begleiter schien genug gerastet zu haben, der Hengst schnaubte und scharte mit den Hufen voller Tatendrang. Lester nahm einen kräftigen Schluck aus dem Trinkschlauch und führte den Hengst dann wieder auf den Weg zurück. Lester saß auf und ritt in gemächlichem Tempo durch die Nacht. Die kühle Nachtluft wehte ihm ins Gesicht und vertrieb die letzte Müdigkeit aus seinen Knochen. Als die Sonne ihr strahlendes Gesicht über den Rand der Welt zeigte und damit begann, einen weiteren Tag zu erhellen, zog Lester das Tempo etwas an und der Hengst unter ihm schien sich darüber zu freuen. Ganz ohne das Zutun von seinem Reiter war der Hengst nach wenigen Meilen in vollen Galopp übergegangen und preschte die staubige Straße entlang. Lester spürte wieder diese Freude und Energie, durch seinen Körper fließen. Dieser Hengst war ein Geschenk und er verdiente einen Namen, der zu ihm passte. Solange der Hengst sich jedoch weiter auf der Straße austobte, hatte sein Reiter keine Zeit, sich über einen passenden Namen Gedanken zu machen.

Am Ende des Tages hatte Lester, wie er fand, den richtigen Namen für seinen neuen Begleiter gefunden. „Toriath sollst du fortan heißen und bleibst mein Begleiter, bis einer von uns in hohem Alter oder durch das Schwert in der Schlacht dahin geht," sagte Lester und streichelte Toriath über die Blesse.

Die Tage verstrichen und dank Toriaths schier
unerschöpflichen Kräften, flossen die Meilen unter
seinen donnernden Hufen nur so dahin. Je südlicher sie
kamen, desto größer wurde der Schatten auf Lesters
Seele. Immer wenn er einen Blick auf die Karte warf,
wurde im klar, dass sie dem unheiligen Sumpf immer
näher kamen. So viele düstere Geschichten und Sagen
waren schon zu ihm vorgedrungen, doch mit eigenen
Augen hatte er diesen Ort noch nicht gesehen. Ein
grausames Volk soll dort leben, welches die Haut ihrer
Toten am Körper trug, um ihre Stärke zu erlangen. Er
hatte auch Geschichten über grausame und blutrünstige
Wesen gehört. Sie sollen im Wasser auf Wanderer lauern
und sie tief in den Sumpf zerren. Er beschoss, die
dunklen Gedanken beiseite zu schieben. Sich selbst in
Angst und Schrecken zu stürzen, bevor er da war, kam
ihm töricht vor. Nach zwei weiteren Tagen im Sattel
zeigte auch Toriath erste Anzeichen von Erschöpfung.
Seine Schritte waren längst nicht mehr so stolz und
aufrecht, wie noch zu Beginn ihrer gemeinsamen Reise.
Als sie auf dem Kamm eines kleinen Hügels angelangt
waren, zog Lester die Zügel an und ließ Toriath
anhalten. Unter ihnen breitete sich ein flaches Tal aus,
umringt von dichtem Wald. In der Mitte lag ein kleines
Dorf zwischen zahlreichen Getreidefeldern und
Viehweiden. Lester streckte sich etwas im Sattel in die
Höhe, um etwas mehr in der Ferne sehen zu können. Da
war er, der Rand des Sumpfes. Ein kalter Schauer lief
ihm über den Rücken. Toriath schien sein Unbehagen zu
spüren und setzte sich in Bewegung, um den Blick
seines Herrn von diesem furchtbaren Ort abzulenken.
Das Dorf war wirklich sehr klein. Es bestand lediglich
aus einigen Wohnhäusern, einer Schmiede, einem

kleinen Rathaus und einem Wirtshaus. Es dämmerte bereits, als Lester sein Pferd im Dorfzentrum zwischen den windschiefen Holzhäusern zum Stehen brachte. Es war keine Menschenseele zu sehen. Lediglich aus einem der angrenzenden Häuser drang ein schwacher Schimmer. Lester stieg ab und dachte darüber nach, ob er die Nacht hier in der Schänke oder doch lieber im Freien verbringen sollte. Lester führte sein Pferd auf das Wirtshaus zu und sah sich um. Als er den Himmel beobachtete, fielen ihm dicke Regenwolken auf, die sich von Osten her näherten. Womit die Entscheidung, ob er die Nacht im Freien verbringen sollte wohl gefallen war. Er band sein stolzes Pferd an einem Balken fest und betrat das Wirtshaus. Der kleine und eher spärlich eingerichtete Schankraum wurde nur von einigen Kerzen erhellt. Im zwielichten Schein der Kerzen saßen einige Bauern und nippten wortlos an einem Krug Bier. Lester war, warum auch immer darauf eingestellt, hier nicht willkommen zu sein. Es nur die Verwunderung über einen unbekannten Gast, die ihm entgegen gebracht wurde. Einer der Bauern setzte sich sofort gerade hin, so als ob er ein Soldat sei und sein Befehlshaber den Raum betreten habe. Lester konnte sich ein Schmunzeln nicht verkneifen. Dieses Dorf lag soweit ab der Zivilisation und zu nahe am Sumpf, als dass sich Fremde hierher verirrten. Lester fiel unter den Dorfbewohnern ein junger Mann auf, der ihn mit einer finsteren Miene betrachtete. Er beschloss, dem Blick des Mannes auszuweichen. Ärger war wahrlich das letzte, was er jetzt gebrauchen konnte. Es galt, so schnell wie möglich am nächsten Morgen weiter zu reisen und den Sumpf zu durchqueren. Lester hielt geradewegs auf die kleine Theke zu, an der dummerweise auch der Mann mit dem finsteren

Gesichtsausdruck stand. Der Wirt dahinter konnte nicht aufhören, auf das Schwert an Lesters Gürtel zu starren. Als Lester die Theke erreichte, fing der Wirt wie von Sinnen an sich die Hände an seiner Schürze abzuwischen und von einem Fuß auf den anderen zu treten. Dieses Mal konnte Lester sich ein Schmunzeln verkneifen. Der Mann mit den unfreundlichen Augen starte ihn weiter an und fing an, Lester ein wenig nervös zu machen.

„Guten Abend, Herr. Ich hätte gerne ein Zimmer für die Nacht." sagte Lester und lehnte sich auf den schmutzigen Tresen. Der Wirt war zuerst zu erschrocken, um ihm zu antworten. Es dauerte einige Augenblicke, bis er sich gefasst hatte.

„Sehr wohl, mein Herr. Was immer ihr benötigt." sagte der Wirt. Bei dem unterwürfigen Tonfall hätte es Lester nicht gewundert, wenn er sich zu allem Überfluss auch noch verbeugt hätte.

„Ach du liebes bisschen. Das ist doch nicht der König. Der Mann ist ein gewöhnlicher Reisender, auch wenn es davon hierzulande nicht viele gibt, brauchst du doch nicht so einen Schiss zu haben." knurrte der Mann am anderen Ende der Theke.

„So ist es, ich bin lediglich auf der Durchreise und benötige ein Platz für die Nacht, für mich und mein Pferd." Der Wirt entspannte sich ein weinig. Und zapfte Lester einen Krug Bier an.

„Das dürfte sich einrichten lassen. Ich habe ein Zimmer nebenan und einen kleinen Stall und etwas Hafer für euer Pferd. Seid ihr hungrig, mein Herr?" fragte der Wirt immer noch etwas nervös.

„Das hört sich gut an. Eine Mahlzeit zu einem guten Schluck Bier ist etwas, was mir sehr gefehlt hat." entgegnete Lester. Der Wirt nickte, stellte seinem Gast den frisch gezapften Bierkrug vor die Nase und verschwand wortlos durch eine sperrige Holztür in einen Nebenraum, aus dem es nach ranzigem Fett roch, als die Tür aufschwang.

„Nehmt es ihm nicht übel. Hier kommen nicht sehr oft Wanderer durch, um ehrlich zu sein seid ihr der Erste, an den ich mich erinnern könnte. Was führt euch in diesen entlegenen Teil der Welt, wenn ich mal fragen darf?" führte der Unbekannte am anderen Ende des Tresens die Unterhaltung fort.

„Ihr dürft." sagte Lester. Natürlich hatte er nicht vor, dem Fremden von seinen Plänen zu erzählen. Aber vielleicht konnte er so etwas über den Sumpf erfahren und wie er sich am besten durchqueren ließ.

„Mein Name ist Lester und ich stamme aus dem Süden aus Aritea und suche den schnellsten Weg, um eben wieder dorthin zu gelangen." Lesters Gegenüber richtete sich interessiert auf.

„Wenn ich es nicht besser wüsste, würde ich sagen, ihr wollt den Sumpf durchqueren." sagte er. In der Stimme des Fremden schwang schon fast so etwas wie Empörung mit. Lester trank einen kräftigen Schluck Bier, stellte sein Getränk ganz behutsam ab und sah dem Fremden tief in die Augen.

„Und wenn es so wäre".

„Haha" der Mann lachte auf. „Wisst ihr denn nicht, um was für einen Ort es sich handelt. Wir reden hier über die Nebelsümpfe. In dieser Nebel um waberten Einöde gibt es nichts für euch außer einem grausamen Tod. Es ist das Reich der Gurper und Faulspringer. Sie beherrschen diesen Teil der Welt und das schon seit Jahrhunderten. Niemand wagt sich in ihr Reich. Die Gurper schleichen durch den stets dichten Nebel, bis sie dich umzingelt haben und dein Schicksal besiegelt ist. Ihre Haut ist so grau wie der Nebel, so sieht man sie nicht kommen. Sie bewegen sich fast wie wir Menschen, doch sind sie keine. Sie zerfleischen ihre Opfer wie Tiere. Es gibt nur eine Kreatur in den Sümpfen, vor der sich selbst die Gurper fürchten. Die Faulspringer. Das sind blutrünstige Wesen des Wassers. Sie springen aus den Tümpeln und Teichen des Moores hervor und zerren ihre Opfer in das faulige Wasser, um sie dort zu ertränken. Nein, mein Herr, dort wollt ihr nicht sein, glaubt mir."

Der Wirt kam zurück und hatte einen großen Teller voll belegt mit frischem Brot, Wurst und Käse. Lester konnte sein Glück kaum fassen, genau was er jetzt brauchte. Er rieb sich kurz die Hände, um sich dann ein großes Stück Käse in den Mund zu schieben. Während er auf dem sündig gut schmeckenden Käse herumkaute, dachte er über die Worte des Fremden nach.

„Es kling fast so, als ob ihr schon einmal dort gewesen seid?" mein Freund. Der Wirt senkte seinen Kopf und suchte krampfhaft nach etwas, womit er sich beschäftigen konnte. Schließlich wischte er mit einem dreckigen Lappen über die Theke, nur um sich abzulenken. Offensichtlich hatte Lester ein Thema angesprochen, welches dem Wirt unangenehm war. Auch der fremde Mann ihm gegenüber starrte gedankenverloren in eine Ecke des Raumes. Lester sah sich kurz um. Bis auf zwei tief im Gespräch versunkene Bauern lauschten alle Anwesenden dem Gespräch an der Theke. Lester fing an, sich unwohl zu fühlen.

„Ja, ihr habt Recht. Ich war schon einmal dort. In den Nebelsümpfen. Ich und mein Bruder waren so töricht, sie durchqueren zu wollen. Mein Bruder bezahlte diesen

Irrtum mit seinem Leben und ich mit einem Leben voller Schuldgefühle." Lester musste an seine Freunde denken und wie er sie verlassen musste, kurz vor der Schlacht. Wie es Antario wohl ergangen war? Lester wollte nicht darüber nachdenken, ob er den Angriff der Orks überstanden hatte oder nicht und schüttelte seine Gedanken ab. Wenn er durch diese verfluchten Sümpfe wollte, brauchte er einen Führer, so viel war ihm jetzt klar. Doch in diesem verschlafenen Nest mit seinen gerademal fünfzig Einwohnern jemanden zu finden, der ihn begleiten würde, war nicht einfach, wenn unmöglich. Außerdem lief ihm die Zeit davon. Der einzige der in Frage käme, war dieser junge Mann und ihn zu überzeugen wird nicht einfach.

Als ob er Lesters Gedanken gelesen hätte, sah im der Fremde tief in die Augen. Seine finstere Miene wich einem mitleidig, flehendem Gesichtsausdruck.

„Tut es nicht. Es ist unmöglich." sagte der Fremde.

„Ihr habt ihn durchquert." antwortete Lester.

„Und teuer dafür bezahlt. Dieser Ort birgt den Tod, sonst nichts." die Augen des Fremden füllten sich für einen Augenblick mit Tränen. Doch kurz darauf hatte er sich wieder gefasst und seine offensichtliche Trauer wieder tief in sich vergraben. Lester dachte darüber nach, dass er mit dem Fremden unter vier Augen reden musste. Er wollte ihm die Wahrheit sagen, die ganze Wahrheit. Die übrigen Bauern sollten nichts davon mitbekommen. Während Lester den Rest seines Abendessens verspeiste, sprach keiner mehr. Jeder in der Schänke blickte gedankenverloren in seinen Bierkrug und schwieg. Nach und nach verließen immer mehr Gäste die Gaststätte. Schließlich machte auch der Fremde an der Theke Anstalten zu gehen.

„Wie heißt ihr mein Freund?" wollte Lester wissen.
„Ich höre auf den Namen Malekei." antwortete er und
stand von seinem Hocker auf.
„Mein Name ist Lester und ich habe etwas von höchster
Dringlichkeit mit euch zu besprechen. Ich bitte euch,
noch einen Moment zu bleiben."
Malekei schien nicht im Mindesten verwundert zu sein.
Er hatte offensichtlich schon damit gerechnet, dass
Lester ihn darum bitten wollte, ihn zu begleiten. Malekei
ließ seinen Blick durch den Schankraum wandern. Bis
auf den Wirt waren die beiden nun allein in der
Gaststätte. Lester warf dem Wirt einen scharfen Blick
zu. Der alte Wirt hatte wohl gehofft, dem Gespräch der
beiden weiter folgen zu dürfen, besann sich dann aber
seiner guten Kinderstube und der Tatsache, dass Lester
bewaffnet war und verschwand im Nebenraum.
„Ganz gleich was für einen wilde Geschichte ihr mir
auch auftischt, ich werde euch nicht begleiten." sagte
Malekei noch bevor Lester etwas sagen konnte.
„Bitte hört mich an. Finstere Mächte sind am Werk
dieser Tage. Ich komme aus dem Norden, wie ihr wisst,
doch ich bin kein einfacher Wanderer oder Abenteurer,
dem es an Abwechslung mangelt. Ich bin Lester, erster
Schwertmeister am Hofe des Königs von Aritea. Ich
brach einst mit meinem Prinzen und Freund Antario auf,
um Nachricht über den vermeintlichen Krieg im Norden
zu unserem König zu bringen. Wie sich herausstellte,
haben sich unsere schlimmsten Befürchtungen
bewahrheitet. Die schwarzen Horden haben die
nördlichen Lande überfallen und überziehen das Land
mit Krieg. Und ich befürchte, die Menschen dort können
dem Feind nicht mehr lange widerstehen, wenn sie
keine Unterstützung bekommen. Aus diesem Grund

schickte mein Prinz mich mit einer Nachricht zu meinem König. Nun ist es an mir, so schnell wie ich kann zurück nach Aritea zu gelangen. Wenn es uns nicht gelingt, die Orks zurück über die Berge zu jagen, werden sie auch eines Tages hier ankommen und alles und jeden vernichten. Aus diesem Grund nehme ich diesen Weg. Ich habe keine Wahl. Also mein Freund, ich bitte euch helft mir, es steht viel auf dem Spiel."

„Eine nette Geschichte, mein Herr. Schade nur, dass ich euch kein Wort davon glaube." gab Malekei etwas spöttisch zur Antwort, ging um Lester herum auf den Ausgang zu. Blitzschnell zog Lester sein Schwert und hielt seinem Gegenüber die Klinge an die Kehle.

„Bitte glaubt mir wenn ich euch sage, dass ich es nie so weit kommen lassen wollte, aber ihr werdet mich begleiten. Wenn schon nicht als mein Führer, dann als mein Gefangener. Wie ich schon sagte, es steht viel auf dem Spiel. Ich hoffe, ihr könnt mir eines Tages vergeben. "

„Wenn wir diesen Sumpf betreten, wird es unser Ende sein. Wollt ihr das nicht verstehen?"

„Es wird so oder so unser Ende sein. Wollt ihr nicht voller Stolz und mit erhobenem Haupt vor euren Schöpfer treten, ganz gleich wer das sein mag? Oder seid ihr ein Feigling, der hier wartet und sich versteckt bis die schwarzen Horden auch dieses Land zu ihrem gemacht haben?"

Lester ließ das Schwert wieder in der Scheide verschwinden und sah Malekei tief in die Augen. Lester konnte sehen, wie der junge Mann in seinem Inneren einen schweren Kampf mit sich ausfocht.

„Schwört mir, dass ihr kein Lügner seid und das alles was ihr gesagt habt, wahr ist." sagte Malekei.

„Ich schwöre es. Alles ist so wie ich sagte. Unser aller
Schicksal ist besiegelt, wenn wir Aritea nicht
erreichen." Malekei stand einfach nur da und sah Lester
finster an.
„Wir treffen uns eine Stunde vor Sonnenaufgang auf
dem Marktplatz." sagte Malekei finster und verließ
fluchtartig die Gaststätte.

13

Die Dämmerung war hereingebrochen und die Soldaten
hatten ein notdürftiges Lager für die Nacht
aufgeschlagen. Das Lager bestand aus einigen großen
Gemeinschaftszelten in denen die meisten Soldaten Platz
fanden. Einige wenige hatten das Pech, unter freiem
Himmel schlafen zu müssen. Antario hatte sich freiwillig
gemeldet, im Freien zu schlafen, trotzdem man ihm
gesagt hatte, dass er tapfer gekämpft hätte und somit
Anspruch auf einen Platz im Zelt habe. Er wollte sich
mit niemandem streiten und beließ es dabei. Auch Astritt
wurde als einzige Frau im selben Zelt untergebracht. Es
fehlten die Mittel, ihr ein eigenes Zelt aufzustellen. Es
machte ihr nichts aus.
Antario lag bereits auf seinem Schlafplatz und war in
einen tiefen Schlaf versunken, als er unsanft geweckt
wurde. Ein Soldat mit einem Schild und einem Speer
bewaffnet stand über ihm und sagte, dass er im Zelt des
Kommandanten erwartet würde. Er war noch völlig
schlaftrunken und brauchte erst einige Augenblicke, bis
er sich gesammelt hatte und feststellte, dass Astritt nicht

neben ihm lag. Er zog seine Stiefel an und machte sich durch die kühle Nachtluft auf zum Zelt des Kommandanten. Fackeln und zahlreiche Kerzen erhellten das Zelt, als Antario eintrat. Mortim und einige Offiziere waren im Zelt und zu seinem Erstaunen war selbst Astritt anwesend. Sie stand im hinteren Bereich des Zeltes in der Ecke. Niemand schien Antario zu beachten. Nur Astritt warf ihm einen liebevollen Blick zu. Mortim und die Soldaten standen um den einzigen Tisch herum und beugten sich über eine Karte, während sie laut diskutierten. Antario stellte sich zu Astritt und hörte dem aufgeregten Stimmengewirr so gut zu, wie er es zu so später Stunde konnte. Er fragte Astritt im Flüsterton, warum man sie gerufen hat. Sie konnte seine Frage nicht beantworten. Erst jetzt bemerkte Antario eine flüchtige Bewegung in der dunkelsten Ecke des Zeltes. Es war der Anführer der Hoot, der wie eine in Stein gemeißelte Statue einfach nur dastand und zuhörte. Es wurde viel über die Schlacht gesprochen, auch über zurückliegende Schlachten und die weitere Vorgehensweise wurde besprochen. Einige der Offiziere sprachen sich dafür aus, die Orks zu verfolgen und sie ebenfalls zu überfallen, jetzt wo sie geschwächt seien. Doch Mortim und einige wenige wehrten sich dagegen und hielten diese Idee für töricht und unvorsichtig. Eine wilde Debatte entbrannte. Eine ganze Weile war es ein ständiges Hin und Her, Für und Wider, bis der Kommandant sich dazu entschieden hatte, ins Lager zurückzukehren und auf den König zu warten. Lord Korto entließ die Offiziere, von denen einige beim Verlassen des Zeltes immer noch diskutierten. Mortim, Antario, Astritt und dem Anführer der Hoot gebot er zu bleiben. Lord Korto ließ sich in seinen Sessel fallen und seufzte, man konnte ihm die Erschöpfung direkt ansehen. Nach einer ganzen Weile des Schweigens hob der Kommandant seinen Blick und sah die Anwesenden der Reihe nach an.

„Was werdet ihr jetzt tun" fragte er. Es war Mortim, der ihm antwortete. "Diese Begegnung mit den Orks hat viele Fragen aufgeworfen. Fragen, die es zu beantworten gilt, wenn wir unser Schicksal zu einem Besseren wenden wollen. Denn die Orks kommen wieder, soviel steht fest."

„ Von welchen Fragen sprecht ihr?" wollte Korto wissen.

„ Zum einen müssen wir herausfinden, wie die Orks über die Berge gelangen konnten. Und zum anderen, was noch viel wichtiger ist, was haben die Menschen mit ihnen zu schaffen und wer ist ihr Anführer."

„Und wie gedenkt ihr Antwort auf eure Fragen zu erlangen?"

„Ich reite zum Lager der Orks und sehe mich dort um. Mit Sicherheit findet sich dort ein Hinweis auf ihren Weg über die Berge."

„ Das ist Wahnsinn, sie werden euch erwischen. Ich selbst habe schon Späher zu den Orks ausgesandt, doch keiner kehrte je zurück. Man darf sich dem Lager nicht bis auf zwei Wegstunden nähern oder man ist verloren." sagte Korto.

„ Es muss einen Weg geben und ich werde ihn finden." sagte Mortim ernst.

„ Wir begleiten dich!" rief Astritt aus der Ecke.

„ Ich lasse euch nur ungern ein solches Wagnis eingehen, aber ich kann euch nicht festhalten." sagte Lord Korto.

„Und wie gedenkst du deine zweite Frage zu beantworten?" sagte der Anführer der Hoot, der bis jetzt noch gar nichts gesagt hatte.
„ Mir fällt nur ein Ort ein, an dem wir Antwort erhalten, ohne dafür mit dem Leben zu bezahlen. So ungern ich das auch sage aber wir müssen den Rat der Weisen um Antwort bitten." antwortete Mortim. Eine unangenehme Stille machte sich breit und Antario wusste nicht warum. Er hatte zwar schon von dem Rat der Weisen gehör, doch warum Mortim ganz offensichtlich ein Problem damit hatte, ihn um Rat zu bitten, wusste er nicht. Der Rat bestand aus einer Reihe von alten Zauberern, die seit vielen hundert Jahren auf der Erde wandelten und sich um die Belange der Menschen kümmerten. Wenn ihnen jemand Antworten geben könnte, dann die Weisen des Rates der Zauberer. Lord Korto überlegte lange, ehe er sich äußerte.
„ Ich lasse euch nur ungern ziehen, ihr habt sehr tapfer gekämpft, und doch sehe ich die Notwendigkeit in eurem Vorhaben. Wenn jemand diese Aufgaben bewältigen kann, dann ihr. Schließlich habt ihr auch die Hoot in die Schlacht geführt, was keinem vor euch gelungen ist. Ihr habt meinen Segen, jedoch nur mit einer Bedingung, ihr müsst euch zuerst mit den Orks beschäftigen. Findet heraus, wie sie die Berge überqueren konnten."
"So sei es. Wir gehen zurück ins Lager und machen uns dann morgen auf den Weg. Sofern meine bisherigen Begleiter dies auch weiter tun wollen. " sagte Mortim und drehte sich zu Antario und Astritt um.
Antario war vollends überrascht, dass er angesprochen wurde und wusste nicht so recht, was er sagen sollte. Aber klar willigte er ein. Auch Astritt gab ihre Zustimmung. Sie wollte Antario um nichts in der Welt

alleine auf diese Reise gehen lassen, auch wenn sie ihm davon nichts sagte.

„Auch ich werde euch begleiten." dröhnte es aus der dunklen Ecke des Zeltes, woraufhin alle Blicke auf den Anführer der Hoot fielen. Der baumlange Riese stand mit verschränkten Armen in seiner Ecke und blickte finster auf die andern Anwesenden herab. Mortim überlegte eine Weile und stimmte dann aber zu, ihn mitzunehmen. Antario wusste nicht so recht, ob er sich über diese Entscheidung freuen sollte. Einerseits war es ein Segen, einen so starken Krieger dabei zu haben, andererseits wusste er nicht das Geringste über diesen Mann. Mortim schien ihm zu vertrauen und das musste dann wohl reichen. Es wurden noch einige kleine Einzelheiten besprochen, ehe alle das Zelt verließen und sich wieder zu ihren Schlafplätzen begaben. Antario lag noch lange wach und dachte über die neue Aufgabe nach, die nun vor ihm lag, von der er nicht einmal wusste, ob er sie überhaupt wollte, geschweige denn, ob es der richtige Weg war. Nach einer ganzen Weile des Grübelns übermannte ihn dann doch der Schlaf. Am nächsten Morgen wurde er durch laute Rufe und Fußgetrampel geweckt. Schlaftrunken sah er sich um und stellte fest, dass er einer der letzten war, der noch geschlafen hatten und die Soldaten schon erste Vorbereitungen trafen, das Zelt abzubauen. Nach einem kurzen Frühstück und einer kleinen Weile des Aufwärmens an einem der letzten Lagerfeuer, packte er seine Sachen zusammen und machte sich auf die Suche nach seinen Freunden. Gegen Mittag machte sich das gesamte Heer auf den Weg zurück ins Lager. Wie eine endlose Schlange aus geschundenen Körpern zog sich der Strom aus Soldaten Richtung Westen. Viele waren noch zu schwach oder zu schwer verletzt, um Schritt halten zu können und Antario half wo er konnte. Gegen Abend des darauf folgenden Tages erreichten sie das Lager und ein erleichtertes Stöhnen ging durch die Reihen, als es in Sicht kam. Mortim hatte Astritt und Antario geraten, sich gleich nach dem Essen zur Ruhe zu legen, denn er wollte noch vor Tagesanbruch aufbrechen, um die Orks im Osten auszuspionieren. Die beiden nahmen diesen Rat gerne an. Sie waren froh, endlich mal etwas Zeit für sich zu haben und die Reise vom Schlachtfeld hatte auch ihre Spuren hinterlassen. Nach einem gemeinsamen Abendessen und einer ruhigen Stunde am Lagerfeuer legten sie sich hin und schliefen rasch ein. Erneut wurde Antario unsanft geweckt. Diesmal von Mortim. Er wünschte sich, er hätte noch etwas mehr Zeit gehabt sich zu erholen. Doch Mortim schien keinen Schlaf zu brauchen und doch immer ausgeruht zu ein. Widerwillig richtete er sich auf und sah Astritt noch einige Augenblicke beim Schlafen zu, ehe er sie weckte. Sie öffnete ihre Augen und lächelte ihn an. Nach einer kurzen Phase des Wachwerdens standen sie auf und nahmen ihr Frühstück zu sich, um anschließend ihre Sachen zu packen. Ein Soldat hatte bereits ihre Pferde gesattelt und ihre Satteltaschen angehängt. Alles war bereit zum Aufbruch. Nur der Anführer der Hoot fehlte noch. Selbst Leutnant Marto war aufgestanden, um sie zu verabschieden. Nach einer kurzen Zeit des Wartens, traf schließlich auch der Anführer der Hoot ein und ihre Reise konnte beginnen. Leutnant Marto wünschte ihnen viel Glück und dass er sie bald wieder zu sehen hoffte. Nach einigen Worten des Dankes machten sich die Gefährten auf den Weg Richtung Osten, der Sonne entgegen. Der Anführer der

Hoot stellte sich als Ogal vor. Trotzdem er zu Fuß unterwegs war, weil kein Reittier ihn tragen konnte, hielt er gut Schritt.

„Welchen Weg werden wir nehmen, um die Orks zu finden?" fragte Antario in die Runde.

„Wir halten uns stets im Schatten der Berge, immer den Blick Richtung Osten. Ich denke, die Orks haben ihr Lager in der Nähe der Berge. Und wenn wir den Weg finden wollen, wie sie über das Berothatgebirge kommen oder es unterschreiten konnten, geht das auf diese Weise am schnellsten. Ich denke wir werden wohl einige Tage unterwegs sein, ehe wir ihre Spur finden. Trotzdem müssen wir stets Vorsicht walten lassen, ihre Späher könnten überall sein." sagte Mortim. Den ganzen Tag ritten sie zügig voran und Ogal zeigte keinerlei Anzeichen von Erschöpfung. Der gewaltige Hoot lief mit großen Schritten neben seinen Weggefährten her. Antario sah dem riesigen Anführer der Hoot beim Laufen zu. Trotz seiner gewaltigen Körpermasse, bewegte er sich schnell und auf seine Weise elegant. Sein langer blonder Bart baumelte vor seinem Bauch und seine langen blonden Haare waren auf dem Rücken zu einem Zopf geflochten. Am auffälligsten war jedoch die große zweischneidige Axt am Gürtel des Hoot. Diese Waffe ließ keinen Zweifel daran, dass jeder, der sich diesem Krieger in den Weg stellte, es bereuen würde. Erst als Ogal die Blicke Antarios bemerkte und ihn ebenfalls aus seinen blauen großen Augen ansah, wandte Antario blitzschnell seinen Blick ab.

Auch die Nacht verlief ruhig und langsam wich die angespannte Stimmung einer gelassenen Heiterkeit, wie bei einem lustigen Ausflug zu viert. Doch die gute Stimmung fand ein schnelles Ende, als sich erste Spuren der durchgezogenen Orks fanden. Wie eine wütende Horde hatten die Orks sich durch den Wald geschlagen und jeden Halm und jeden heranwachsenden Baum zertreten. Es war nicht schwer, ihrer Spur zu folgen. Die Gefährten gingen noch zwei Tage ostwärts hinter den Orks her, als Mortim in nördlicher Richtung abbog. Er rechnete jetzt jeden Tag damit, auf Nachzügler der Orks zu stoßen. Am fünften Tag ihrer Reise trafen sie auf eine kleine Gruppe Orks, die ihr Lager auf einer Lichtung im Wald aufgeschlagen hatten. Mortim hatte sich entschieden, sie nicht anzugreifen, ganz zum Bedauern von Ogal, der darauf zu brennen schien, sich in einen Kampf zu stürzen. Sie umgingen die Orks im Süden, um darauf wieder nach Norden dicht an den Bergen weiter zu gehen. Am Abend des achten Tages ihrer Reise, schlugen sie ihr Lager am Fuß der Berge in einer kleinen Höhle auf.

„ Wir werden die Pferde hier lassen müssen, ehe wir weitergehen. Auf den letzten Wegstunden bis zum Orklager werden sie mehr hindern, als nützen. Wir kehren hier her zurück, um sie zu holen, wenn wir den Rückweg antreten." sagte Mortim. Sie nahmen den Pferden Sattel und Zaumzeug ab und ließen sie nahe der Höhle grasen. Am nächsten Morgen, bei Tagesanbruch, setzten sie ihre Reise fort. Nach all den Tagen im Sattel war der Fußmarsch, außer für Ogal, eine willkommene Abwechslung.

Gegen Mittag stieg Antario ein beißender Geruch in die Nase. Es roch nach verbranntem Fleisch und etwas das er nicht zu identifizieren vermochte. Sie waren jetzt ganz in der Nähe des Orklagers. Überall waren jetzt Spuren der herumstreunenden Orks zu finden. Mortim gebot allen, äußerste Vorsicht walten zu lassen. Sie könnten jederzeit auf eine Orkpatroulie stoßen. Auf leisen Sohlen und immer darauf bedacht auf keinen trockenen Zweig zu treten, näherten sie sich dem Lager. Dann schließlich lag es vor ihnen, das Lager der Orks. Schwarzer Rauch stieg aus zahlreichen Zelten hervor und der stechende Gestank war fast unerträglich. Die Orks hatten ihr Lager direkt am Fuß des Berges in einer großen Felsspalte errichtet. Um das Lager war eine Palisade aus Baumstämmen und Gestrüpp errichtet, die einem Angriff lange standgehalten hätte. Antario war froh darüber, dass sich Lord Korto nach der gewonnenen Schlacht gegen einen Gegenangriff entschieden hatte. Die wenigen Soldaten, die noch in der Lage gewesen wären richtig zu kämpfen, wären vor dieser Mauer aus Holz und Dornen gestorben. Mortim starrte stumm auf das Lager herab. Er schien sich alles genau einzuprägen. Antario hingegen war entsetzt darüber. wie sich die Orks der Natur gegenüber verhielten. Die Orks ließen ihre Abfälle einfach herumliegen und ein stetiger Strom einer tief schwarzen Flüssigkeit lief aus ihrem Lager heraus, ehe er im Wald versickerte. Nahe dem Lager waren alle Bäume abgeholzt und die Erde war zur Gänze verbrannt und trocken. Es würde viele Jahre dauern, bevor hier wieder etwas wächst.

„Was hast du jetzt vor?" fragte Astritt Mortim leise.

„Es gibt hier kein Anzeichen dafür, wie sie über den Berg gekommen sind. Aber Richtung Osten führt ein Weg aus der Orkfestung heraus. Dem müssen wir folgen und wir werden unsere Antwort bekommen. Wir werden uns südlich an ihnen vorbei schleichen, doch erst bei Einbruch der Nacht. Lasst uns hoffen, dass wir bis dahin unentdeckt bleiben."

Still ohne ein Wort zu sagen und ohne Feuer zu machen nahmen die Gefährten ein dürftiges Mahl zu sich und warteten auf die hereinbrechende Dunkelheit. Die Stunden vergingen und Antario kam es wie eine Ewigkeit vor, in der die Sonne ihren ewigen Weg Richtung Westen beschritt. Zu jeder Zeit rechneten sie mit einem Angriff der Orks, doch nichts geschah. Als die Dämmerung angebrochen war, machten sie sich bereit und ließen alles zurück, was sie nicht brauchten. Sie nahmen nur ihre Waffen und etwas Wasser mit sich. Als die Schatten verschwanden und eins mit der Schwärze der Nacht wurden, machten sie sich auf, das Lager im Süden zu umgehen. Sie bewegten sich so leise sie konnten, selbst Ogal mit seinen riesigen Füßen vermochte es, fast jedes Geräusch zu vermeiden. Die gefährlichste Passage war es, die Strasse zu kreuzen, die ins Orklager führte. Lange lag Mortim im Gebüsch und lauschte, ehe er ihnen das Signal zum Weitergehen gab. Es war schon weit nach Mitternacht, als sie den Weg erreichten, der in östlicher Richtung aus dem Orklager herausführte. Sie folgten ihm über einige Meilen bis Sonnenaufgang, ehe er auf einmal endete. Ratlos blieben sie stehen und sahen sich um. Ogal war es schließlich, der die Spur der Orks hinter einer breiten Hecke, die von den Orks nur als Tarnung verwendet wurde, wieder fand. Der Pfad, den die Orks angelegt hatten, war uneben und steinig. Er führte direkt auf die Berge zu, in eine tiefe Schlucht hinein. Zu beiden Seiten stellten sich die Felswände steil auf und wurden immer höher, je weiter sie sich in die Schlucht vorwagten. Nach einigen hundert Metern drang kein direkter Sonnenstrahl mehr bis auf den Boden vor. Antario stockte der Atem, als sie um eine leichte Biegung gingen. Die Gefährten standen vor einem gewaltigen Durchgang, der in den Berg hineinführte. Das in den Berg gemeißelte Portal war mit Runen und Schriftzeichen besetzt, die keiner der Gruppe lesen konnte. Sie hatten den Weg gefunden, den die Orks genommen hatten. Sie sind nicht über den Berg, sondern unter ihm hindurch gegangen. Alle Anwesenden hatten ein schlechtes Gefühl bei dem Anblick. Mortim schien etwas ratlos zu sein.

„Was sollen wir jetzt machen, es gefällt mir hier gar nicht. Es wundert mich ohnehin, dass die Orks diesen Durchgang unbewacht lassen. Es ist nur eine Frage der Zeit, bis ein Trupp Orks hier entlang kommt. " sagte Antario, sich immer wieder umsehend.

„Wir gehen da hinein." sagte Mortim.

„Was, du bist wohl nicht recht beisammen. Keiner von uns hat auch nur die leiseste Ahnung, was uns da drin erwartet. Das ist Wahnsinn!" entgegnete Antario. Selbst Ogal brachte durch ein lautes Knurren sein Unbehagen zum Ausdruck, sich unter die Erde zu begeben.

„Wir haben keine Wahl. Wir müssen den Weg der Orks genau kennen, ehe wir handeln können. Lord Korto wird es nicht dulden, wenn wir nur mit Vermutungen und Ahnungen zu ihm zurückkehren."

Eine unbehagliche Stille trat ein und keiner sagte mehr ein Wort, bis Astritt die Stille durchbrach: „ Seht mal, da ist so etwas wie ein Wachhäuschen in den Fels gehauen. Vielleicht finden wir da ja ein paar Fackeln. Ich kann nämlich darauf verzichten, durch die Dunkelheit zu stolpern."

„ Dann ist es beschlossen, wer nicht mitgehen will, kann zurückbleiben und auf unsere Rückkehr warten." sagte Mortim entschlossen und ging voraus. Eine Weile warteten Antario und Ogal noch und folgten dann den anderen. Tatsächlich fanden sie in dem Wachhäuschen ein paar alte Fackeln, die neben verschiedenen Dingen im Staub auf dem Fußboden lagen. Sie entzündeten die Fackeln und gingen durch die Öffnung in den Berg hinein. Ein eisiger Wind blies ihnen entgegen. Nach einigen Metern Weg drang kein Tageslicht mehr zu ihnen und Antario und seine Freunde umgab tiefschwarze Dunkelheit.

14

Antario und seine Freunde gingen durch einen riesigen Gang in den Berg hinein. Ihr Weg wurde nur durch das spärliche Licht ihrer Fackeln beleuchtet. Antario kam aus dem Staunen nicht mehr raus, überall zweigten dunkle Gänge rechts und links von dem großen Hauptkoridor ab. Ihre Eingänge waren ebenfalls mit alten Schriftzeichen versehen. Immer wieder stießen sie auf Zeichen der durchwandernden Orks. Meist nur Sachen, die sie achtlos weggeworfen hatten. Doch von Zeit zu Zeit fanden sie etwas Brauchbares und sei es nur ein Stück Stoff, das ihre Fackeln eine Stunde länger brennen ließ.

„Wie konnten die Orks nur einen solchen Tunnel graben, ohne dass jemand etwas davon erfahren hat?" fragte Ogal und seine tiefe Stimme hallte viele male im Tunnel wieder.

„ Diesen Tunnel haben die Orks nicht gegraben. Dies ist das Werk eines uralten Volkes, das schon lange nicht mehr auf der Erde wandelt. Einst waren sie den Menschen sehr ähnlich, ihre Gier nach Reichtum ließ sie überall in Athgarat tiefe Löcher graben, auf der Suche nach Gold und anderen Schätzen. Aus diesem Grund haben sie auch diesen Tunnel hier gegraben. Ihr nicht zu stillender Hunger nach Gold ließ sie immer tiefer graben, bis sie schließlich ganz von der Erde verschwanden und nie mehr auftauchten. Das ist schon sehr viele Jahre her und niemand erinnert sich mehr an ihren Namen. Doch lange her oder nicht, wir müssen auf der Hut sein. Etwas Böses lebt in den Tiefen dieser Berge. Ich kann es spüren." antwortete Mortim. Antario lief ein Schauer über den Rücken und er sah sich um, jetzt sahen die vielen Gänge nicht mehr so faszinierend aus. Er hatte das Gefühl, aus jeder Nische und jedem Eingang heraus von gierigen Augen beobachtet zu werden. Meile um Meile führte der Weg immer gerade aus in den Berg hinein.

Plötzlich blieb Mortim stehen und löschte blitzschnell seine Fackel. Sofort drehte er sich um und gebot den anderen, es ihm gleich zu tun. Erst als alle Fackeln im Staub ausgetreten waren, sah Antario warum ihr Führer stehen geblieben war. Ein leichter Lichtschein war direkt vor ihnen im Tunnel aufgetaucht. Eilig versteckten sich die Gefährten in einem nahe gelegenen Nebengang und warteten auf den näher kommenden Lichtschein. Eine Kompanie Orks ging vorüber, sie wurde angeführt von einem Menschen in einem schwarzen Umhang. Wie versteinert presste Antario sich gegen die kalte Felswand und hoffte ungesehen zu bleiben. Die Orks waren vorüber gegangen und doch blieben sie alle noch eine Weile in ihrem Versteck. Erst als das Knurren und Spucken der marschierenden Orks gänzlich vom Tunnel verschluckt wurde, wagten sie sich hervor. Es war wieder still im Tunnel und man konnte wieder in einiger Entfernung Wasser plätschern hören. Sie setzten ihren Weg fort und keiner traute sich auch nur ein Wort zu sagen. Sie marschierten noch viele Stunden stumm durch die unendliche Dunkelheit unter dem Berg dahin, ehe sich vor ihnen der Tunnel weitete und sie in eine riesige Kammer eintraten. Die Kammer wurde von hunderten Fackeln erhellt und doch reichte ihr Licht nicht aus, um jeden Winkel der Kammer auszuleuchten. Sofort löschten sie auf Mortims Befehl ihre Fackeln, denn mehrere hundert Orks hatten sich in der riesigen Kammer versammelt. Der gewaltige Raum im Herzen des Berges war so groß, dass eine kleine Stadt darin Platz gefunden hätte. In alle Richtungen gingen weitere Gänge ab, die in wiederum andere Kammern oder auf höhere oder tiefere Ebenen führten. Auf der anderen Seite der Kammer führte ein Gang heraus, der größer war als die anderen. Der Eingang war er auch mit Runen und alten Schriftzeichen versehen.

„Seht doch, der Tunnel auf der anderen Seite. Das ist unser Weg." sagte Mortim.

„Ja, wenn nicht gut fünfhundert Orks vor seinem Eingang lagern würden." antwortete Ogal.

„Es muss einen Weg geben, sie zu umgehen, doch das könnte sich als äußerst schwierig herausstellen. Es gibt hunderte von diesen Gängen im Berg und niemand weiß, welche Kreaturen in ihnen hausen. Selbst die Orks scheinen sich von den anderen Gängen fern zu halten." sagte Mortim.

„Und was machen wir jetzt?" wollte Antario wissen. Langes Schweigen breitete sich aus und keiner der Gefährten wusste, was zu tun ist.

„Wir müssen uns für einen Gang entscheiden und auf unser Glück vertrauen, dass er uns um die Orks herum führt." sagte Mortim und ging voraus in die Kammer hinein. Unschlüssig, ob dies der richtige Weg sei, warteten die anderen noch am Eingang, bis schließlich Astritt ihm folgte und somit auch Antario und Ogal. Sie hielten sich immer am Rand der Kammer, um dem Schein der Fackeln und den Blicken der Orks zu entgehen. Sie gingen an zahlreichen Gängen vorbei, die entweder in die falsche Richtung oder nach unten ins innere der Erde führten. Nach einer mühsamen Zeit des Versteckens und Abwartens kamen sie schließlich an einen Tunnel, aus dem ein kalter Wind herauswehte. Mortim blieb stehen und betrachtete den Eingang. Dann ging er hinein und verschwand in der Dunkelheit. Alle folgten widerwillig und fanden sich in einem Tunnel wieder, der um vieles kleiner war als der, durch den sie gekommen waren. Der Tunnel war längst nicht so fein gehauen wie der große Haupttunnel und dieser hatte auch nicht so viele Abzweigungen. Nach einer leichten Linkskurve führte er leicht bergauf und bohrte sich immer höher in den Fels hinein. Der tanzende Schein der Fackeln ließ die Wände in wilden Bewegungen an ihnen vorbeiwandern. Die Luft wurde kühler und alle Gefährten zogen die Mäntel enger, um sich gegen die Kälte zu schützen. Der Weg führte über viele Stunden immer weiter aufwärts bis in eine weitere viel kleinere Kammer. Antario fing an zu zweifeln, ob dies der richtige Weg ist.

Der Raum war um einiges kleiner als die gewaltige Kammer, in der die Orks ihr Zwischenlager aufgeschlagen hatten, doch war sie immer noch groß genug, dass das Licht ihrer Fackeln nicht ausreichte, um sie ganz auszuleuchten. Mehrere Gänge führten von hier aus in verschiedene Richtungen. Die Wanderer blieben in der Mitte des Raums stehen und horchten. Es drangen Geräusche aus den umliegenden Gängen zu ihnen. Laute, die noch keiner von ihnen gehört hatte. Von Wesen, die sich keiner von ihnen vorzustellen vermochte. Sie stellten sich in einem Kreis in der Mitte der Kammer auf und zogen ihre Waffen. Die unfreundlichen Laute aus den Tiefen der Welt kamen immer näher. Unruhig trat Ogal von einem Fuß auf den anderen und er gab ein tiefes Knurren von sich. Selbst Mortim war sichtlich beunruhigt. Dann kamen sie, uralte Kreaturen aus der Tiefe. Schwarze Wesen mit riesigen Augen und gebeugtem Gang. Antario konnte sie nicht richtig erkennen, denn sie hielten sich vom Licht fern und schlichen nur von Schatten zu Schatten. Sie kamen aus allen Richtungen und knurrten, zischten und sprachen in einer Sprache, die so alt war, dass selbst die Ältesten auf Athgarat sie nicht verstanden. Immer mehr kamen und umzingelten die Eindringlinge.

„Wir kommen in Frieden, wir sind nur auf der Durchreise und bitten um unbehelligte Weiterfahrt." sage Antario und ließ sein Schwert sinken. In diesem Moment sprang eines der Wesen auf ihn zu und versetzte ihm einen heftigen Schlag, der ihn zu Boden schickte und nach Luft schnappen ließ. Ogal schaltete blitzschnell und schlug der Kreatur ebenfalls mit seiner gewaltigen Faust auf den Kopf. Sein Gegner ging sofort zu Boden und kroch winselnd davon, zurück in den Schatten.

„Ich würde sagen, damit sind die Verhandlungen gescheitert. Macht euch kampfbereit. Dies wird ein heftiges Gefecht. Wenn ich mich nicht täusche, haben wir etwa zwei Dutzend dieser Wesen gegen uns." sagte

Mortim. Die unbekannten Wesen hatten ihre anfängliche Scheu vor dem Licht überwunden und traten nun immer näher heran. Astritt hatte ihren Bogen gespannt und einen Pfeil zum Schuss aufgelegt. Das erste der Wesen machte sich zum Sprung bereit, um sich auf Astritt zu stürzen und wurde von ihrem Pfeil durchbohrt. Jetzt stürzten sich die anderen, wie auf ein stilles Kommando hin, gleichzeitig auf die vier Gefährten. Astritt hatte schnell einen neuen Pfeil auf ihrer Bogensehne und tötete den nächsten, bevor sie ihr Messer zog und auf den dritten Angreifer wartete. Auch Mortim hatte bereits einen Widersacher mit einem gezielten Messerwurf zu Boden geschickt. Antario durchbohrte das erste Wesen mit seinem Schwert. Doch gleich darauf folgte das Nächste und warf ihn zu Boden. Wild beißend und schlagend lag es auf ihm und Antario konnte sich nicht befreien, bis Ogal das Wesen von ihm herunter riss und ihm mit einer Hand und einem lauten Schrei das Genick brach. Gleich darauf stürzten sich vier der Wesen auf Ogal, um ihn zu Boden zu reißen. Doch einen Hoot holt man nicht so schnell von den Beinen. Ogal riss sich los und erschlug zwei seiner Gegner mit einem einzigen Streich seiner Axt. Antario tötete ein weiteres, das sich von hinten an Ogal heranschlich. Ein wilder Kampf entbrannte. Schnell war klar, dass die Wesen aus den kalten Höhlen ihren bewaffneten Gegnern nicht gewachsen waren. Ein halbes Dutzend bezahlte diesen Irrtum mit dem Leben, ehe die anderen genauso schnell und in alle Richtungen verschwanden, wie sie gekommen waren. Die Gefährten hoben schnell ihre Fackeln wieder auf, die sie für das Gefecht fallen lassen mussten. Zum Glück war nur eine erloschen, in der Dunkelheit hatten sie keine Chance gegen die Wesen, deren Augen in der Dunkelheit besser sahen als bei Tageslicht. Ohne langes Zögern setzte Mortim seinen Weg fort und die anderen folgten ihm. Keiner hatte große Lust auf eine weitere Begegnung mit den Wesen der Dunkelheit.

„Bist du sicher, dass dies der richtige Weg ist?" fragte Ogal ihren Anführer.

„Nein, mein Freund, sicher bin ich mir nicht. Aber aus diesem Tunnel kamen keine dieser Kreaturen." gab Mortim zur Antwort. Lange gingen sie noch durch die Dunkelheit und immer wieder stieg der Weg steil an. Nach einigen Stunden ohne weitere Zwischenfälle sahen sie endlich Licht voraus. Mortim blieb kurz stehen, um sich zu vergewissern, ob es tatsächlich Tageslicht war oder das Licht entgegenkommender Fackeln. Es war das Licht der Sonne. Als sie ins Freie traten, standen sie auf einer großen Plattform, etwa zweihundert Meter hoch auf dem Berg. Die Sonne war schon fast untergegangen und Antario wurde klar, dass sie einen Tag und die ganze Nacht marschiert waren. Sofort machte sich die Müdigkeit in ihm breit, die er den ganzen Weg unter dem Berg nicht gespürt hatte. Sie schlugen ein notdürftiges Lager auf und alle legten sich hin zum Schlafen. Mortim stand am Rand der Plattform und spähte in die zunehmende Dunkelheit. Etwas schien ihn zu beunruhigen, doch Antario war zu müde, um ihn zu fragen und er schlief darauf hin sofort ein.

Die Sonne war noch nicht ganz zu sehen, als die Gefährten wieder ihre Augen öffneten. Antario bemerkte eine gewisse Unruhe unter seinen Freunden, doch keiner sagte ihm, was los ist. Dann sah er Mortim, der schon wieder am Rand der Plattform stand und in die Ferne spähte. Er schien geschrumpft zu sein, nicht mehr die stolze Gestalt, die er einst war. Man konnte ihm ansehen, dass die Sorgen ihm auf den Schultern lagen. Antario trat zu ihm, um ihn etwas auf zu muntern. Doch als er neben ihn trat wurde ihm schlagartig klar, warum sein Freund so besorgt war. Am Fuß des Berges hatten die Orks ein gewaltiges Lager aufgeschlagen, dessen Ende man schon fast nicht mehr sehen konnte. Zehntausende dieser wilden Kreaturen hatten sich hier versammelt und warteten auf die Unterschreitung des Berges. Ein schwarzer Schatten überkam Antarios Herz und auch ihn belastete dieselbe Last wie Mortim. Ihm war sofort klar, dass Saratan einem solchen Ansturm, würde er einmal losbrechen, nicht standhalten konnte. Dann hörten sie tiefe Hörner aus der Ferne über das trockene Land schallen und ihr Ruf wurde aus dem Lager beantwortet. Jetzt gesellten sich Astritt und Ogal zu ihnen und sahen, dass eine weitere Streitmacht von gut eintausend Orks von Nordosten heranmarschierte. Auch diese wurde von einer Schar Menschen angeführt.

„ Wie viele mögen das sein?" wollte Astritt wissen.

„Ich schätze ihre Zahl auf etwa dreißigtausend Kopf." antwortete Mortim. Furcht und Ratlosigkeit lagen in seiner Stimme. Keiner wusste, wie eine solche Armee zu stoppen wäre.

„Macht euch bereit. Wir brechen so schnell wie möglich auf. Lord Korto muss gewarnt werden. Ich hoffe nur, dass unser Rückweg noch passierbar ist." sagte Mortim. So schnell sie konnten brach die Gruppe ihr Lager ab und machte sich wieder auf den Rückweg durch die ewige Dunkelheit unter dem Berg. Antario kam es wie eine Ewigkeit vor, bis sie endlich wieder die Halle erreichten, in der sie von den Bewohnern der Tiefe angegriffen wurden. Als sie den Raum betraten, waren

alle Leichen und Anzeichen des Kampfes beseitigt. Nichts war zu sehen. Mortim, der über diesen Umstand selbst verwundert war, trieb seine Freunde zur Eile an, um diesen Ort so schnell wie möglich wieder zu verlassen. Viele Stunden marschierte Mortim mit eiligen Schritten vorweg, ehe sie wieder die große Höhle erreichten, in der die Gruppe Orks lagerte. „Wir haben Glück. Der Weg ist noch frei. Ich hätte nicht mehr weiter gewusst, wenn es anders wäre. Lasst uns zusehen, dass wir unbemerkt die Halle durchqueren und im Tunnel verschwinden." sagte Mortim leise. Wie auch beim Hinweg hielten sie sich möglichst im Schatten und am Rand der Halle auf, um unbemerkt in den großen Tunnel zu gelangen. Nach einiger Zeit des Wartens und des Versteckens konnten sie schließlich unbemerkt in den Tunnel vordringen, aus dem sie gekommen waren. Und wieder begann eine lange Zeit des Wanderns in ewiger Dunkelheit. Antario spürte jeden Muskel in seinem Körper, er konnte sich kaum noch auf den Beinen halten, als endlich wieder Tageslicht am Ende des Tunnels zu sehen war. Vorsichtig schritten die Gefährten aus dem Tunneleingang ins Freie. Nichts war zu sehen. Alles schien so zu sein, wie bei ihrem Eintreten vor drei Tagen. Die Dämmerung war schon weit fortgeschritten, als die Gruppe in die Schlucht trat. „Wir müssen uns sputen, um ins Lager zurück zu gelangen. Doch müssen wir Vorsicht walten lassen, die Orks dürfen unsere Anwesenheit auf keinen Fall bemerken." sagte Mortim.
„Wir müssen unbedingt rasten. Ich denke, ich spreche im Namen aller hier, wenn ich sage, dass es Wahnsinn wäre eine weitere Nacht durch zu marschieren." gab Antario zu bedenken. Auch Astritt stand an die Felswand gelehnt

und musste gegen die Müdigkeit ankämpfen. Mortim sah einen nach dem anderen an und entschied sich dann doch dafür, außerhalb der Schlucht einige Stunden zu rasten. Als sie den Wald am Fuß der Berge erreicht hatten, suchten sie sich eine geschützte Stelle zwischen vielen Sträuchern und legten sich zum Schlafen hin. Selbst Ogal, der auf ihrer Wanderung unter dem Berg nicht viel geredet hatte und noch einigermaßen frisch wirkte, nahm die Möglichkeit für eine Pause gerne an. Nur Mortim blieb wach und hielt Wache. Es erstaunte Antario immer wieder, wie dieser Mann ohne Schlaf und Pausen auskam. Gegen Mitternacht weckte Mortim seine Freunde, um ihren Weg fortzusetzen. Antario öffnete seine Augen und sah, dass Astritt neben ihm lag. Sie musste sich, nachdem er eingeschlafen war, neben ihn gelegt haben und hatte einen Arm um ihn geschlungen. Ein warmes gutes Gefühl durchströmte ihn und er sah ihr zu, wie sie langsam wach wurde.

„Guten Morgen oder gute Nacht, wie auch immer." sagte er leise. Astritt sah sich um und dann wieder ihm in die Augen. Nur das Mondlicht, das vom klaren Nachthimmel herunter schien, erhellte ihren Lagerplatz. Sie lächelte und gab ihm einen flüchtigen Kuss.

„Ich denke, Mortim will, dass wir uns wieder auf den Weg machen. Obwohl ich immer noch sehr erschöpft bin. Aber es muss wohl sein, schließlich wollen wir doch nicht den Orks in die Hände fallen." sagte sie leise mit dem Kinn auf seiner Brust liegend. Ogal war schon auf den Beinen, als Antario und Astritt endlich aufstanden. Ohne langes Warten machte die Gruppe sich wieder auf den Weg Richtung Westen. Mortim führte sie fast lautlos am Orklager vorbei. Beim Überqueren der Straße mussten sie lediglich einige Zeit warten, bis eine kleine

Gruppe Orks vorüber gegangen war. Ihre Pferde fanden sie immer noch an der Höhle nahe der Berge. Sie hatten sich nicht weit entfernt, denn es gab reichlich zu fressen rund um den Eingang der Höhle. Lange, bis in die Morgendämmerung hinein, ritten sie, als Mortim ihnen eine Pause gönnte. Antario verspeiste ein dürftiges Frühstück und schlief an einen Baum gelehnt ein. Bereits nach wenigen Stunden wurde er unsanft geweckt. Ogal stand über ihm und sah ihn mit finsterem Blick an. Sie setzten ihre Fahrt fort. Antario war dem Zusammenbruch nahe, immer wieder schlief er im Sattel ein, so dass Ogal neben ihm gehen musste, um aufzupassen. Astritt steckte die Entbehrungen besser weg, obwohl auch sie unter der Müdigkeit litt. Am Abend des nächsten Tages weckte Ogal ihn schon wieder im Sattel, doch er hatte eine gute Nachricht für ihn.

„Noch gut eine Meile und wir haben unser Ziel erreich, mein junger Freund. Dann kannst du dich endlich deinen Träumen hingeben." sagte Ogal.

15

Antario war so erschöpft, dass er selbst wenn er wach war, sich kaum noch im Sattel halten konnte. Doch er wollte die letzte Meile noch wach überstehen und nicht wie ein Gepäckstück auf seinem Pferd liegend ins Lager zurückkehren.

Sie erreichten gerade den Kamm des letzten Hügels, als Antario auffiel, dass verdächtig viel Rauch vom Lager aufstieg. Es konnte auch die Müdigkeit sein, die seinen Augen einen Streich spielte. Er kam als letzter auf den Hügel, wo die anderen stehen geblieben waren und sofort war alle Müdigkeit aus seinen Knochen verschwunden. Er konnte es einfach nicht glauben und wischte sich die Augen. Das Lager, welches sie vor wenigen Tagen verlassen hatten, hatte sich um ein vielfaches vergrößert. Hunderte dunkelroter Zelte waren an der Westseite aufgeschlagen worden. Unzählige Feuer mehr brannten und hunderte Fahnen wehten im Wind. Bei ihrem Anblick keimte wieder Hoffnung in Antarios Herz. Es waren die Banner aus Aragatt, mit denen der Westwind spielte.

Die Gruppe setzte ihren Weg ins Lager langsam fort. Als sie den Rand des Lagers erreichten, stellten sich viele der Soldaten aus beiden Ländern am Rand des Weges auf und starrten sie an. Einige jubelten und riefen ihre Namen, die mittlerweile im ganzen Lager bekannt waren. Niemand hatte damit gerechnet, sie lebend wieder zu sehen. Einige Soldaten, die Seite an Seite mit Mortim gekämpft hatten, hatten schon getrauert, einen so starken Kämpfer verloren zu haben. Doch jetzt ritten sie durch das Lager. Mortim ritt voran, gefolgt von Astritt und Ogal, Antario kam zum Schluss. Er konnte die Aufregung gar nicht verstehen. Erst als sie vor Lord Kortos Zelt standen, löste sich die Menschentraube hinter ihnen wieder auf. Neben den üblichen Wachen standen auch vier Soldaten aus Aragatt neben dem Eingang. Die Soldaten aus Saratan verbeugten sich leicht und erwiesen Mortim und seinen Begleitern ihren Respekt. Als sie das Zelt betraten, war es voller

Menschen, die dicht gedrängt im ganzen Zelt standen. Es dauerte eine Weile, bis Mortim und die anderen sich einen Weg durch die vielen Generäle und Soldaten gebahnt hatten. Sie standen vor Lord Kortos Tisch. Doch in dem Sessel dahinter saß nicht der Befehlshaber der Streitmacht Saratans sondern der König aus Aragatt. Hinter ihm stand Lord Korto. Rotar blickte von einer Karte der Umgebung hoch und begutachtete die Neuankömmlinge. Sein Blick wanderte von einem zum anderen und blieb schließlich bei Astritt stehen. Sofort wandelte sich seine finstere Miene in einen Ausdruck des Glücks. Er sprang von seinem Tisch auf, lief um ihn herum und umarmte seine Tochter. Stille breitete sich im Zelt aus und Astritt erwiderte nur zögerlich seine Umarmung. Sie war etwas überrascht darüber. Sie hatte eher mit einer Ohrfeige gerechnet, weil sie von zu Hause weggelaufen war. Ihr Vater dagegen war einfach nur erleichtert, seine Tochter lebend und gesund wieder zu sehen. Als sie sich aus seinen Armen löste und sie ihrem Vater in die Augen sah, rollten einzelne Tränen über ihr Gesicht. Zu groß war die Freude über ihr Widersehen, als dass sie ihre Fassung halten konnte.

„Meine Tochter ist zu mir zurückgekehrt, seht ihr Männer des Nordens, das ist ein gutes Zeichen. Viele Wochen ist es her, dass sie unsere Stadt verlassen hat und ich habe schon das Schlimmste befürchtet. Jetzt ist sie hier, um uns beizustehen in unserer schwersten Stunde." sagte der König an alle Anwesenden gewandt. „ Und schwer ist die Stunde in der Tat. Wir bringen schlechte Nachrichten aus dem Osten. Die Orks haben ein Heer versammelt, mindestens vierzigtausend Kopf stark. Die Orks haben einen Weg unter den Bergen hindurch gefunden. Sie lagern auf der nördlichen Seite des Gebirges. Wenn sie sich heute auf den Weg machen, sind sie in drei Tagen hier." mischte Mortim sich ein. König Rotar drehte sich zu ihm um und sah ihn an. Er musterte ihn von oben bis unten und rümpfte die Nase. „Und wer seid ihr, dass ihr euch einmischt in ein Gespräch unter Adligen? Wenn ich euch so betrachte, könnte man meinen, ihr seid ein Bettler. Nennt mir euren Namen, bevor ich euch auspeitschen lasse!" erwiderte der König streng.

Mortim trat einen Schritt auf den König zu und sofort gingen die Hände der Anhänger von König Rotar zu ihren Schwertgriffen.

„ Mein Name ist Mortim aus dem Süden, Herr. Ich bin nicht hier, um einen König zu beleidigen, sondern um diesen Männern mit meinem Schwert und meinem Rat zur Seite zu stehen. Nichts läge mir ferner, als eure Gespräche zu unterbrechen. Aber die Zeit drängt und der Feind wird stärker, von Tag zu Tag. Wo ist König Eofelt? Er sollte an dieser Versammlung teilnehmen. Es gilt eine Entscheidung zu treffen, die das Schicksal aller in Athgarat bestimmen wird?"

Kurzes Schweigen trat ein und König Rotar ließ seinen Kopf sinken.

„Mein Freund König Eofelt hat die Reise aus Aragatt nicht überlebt. Er wurde krank und bekam schlimmes Fieber, welches meine Heiler nicht zu mildern vermochten. Es war so, als wenn sich eine böse Macht seiner bemächtigt hatte und ihn vergiftete. Tief sitzt die Trauer noch in meinem Herzen und sein Verlust wirft einen schwarzen Schatten auf uns alle. Lord Korto übernimmt seine Geschäfte, bis ein neuer König gewählt wird." sagte der König mit trauriger Stimme. Mortim stand da und wirkte in sich gekehrt. Man konnte sehen, wie seine Gedanken rasten, um die Situation zu begreifen. Schließlich drehte er sich zu Lord Korto um und sah ihn an. „ Die schlechten Nachrichten häufen sich und um so mehr drängt mein Aufbruch zum Rat der Weisen. Es gilt mehr über diesen Angriff der Orks zu erfahren und wenn sich nicht jemand zu den Orks aufmacht, um sie persönlich zu befragen, ist der Rat der Weisen unsere einzige Hoffnung." Alle Anwesenden sahen jetzt Mortim an und lautes Gemurmel ertönte im Zelt. Lord Korto stand da und überlegte eine Weile.

„ Ich gab euch mein Wort, dass ihr gehen dürft, wenn ihr uns Nachricht aus dem Osten bring und um so schlimmer wird unsere Lage, sollten wir in diesen Tagen wortbrüchig werden. Ihr könnt gehen und wen werdet ihr an eurer Seite mit euch nehmen? fragte Lord Korto.

„Der junge Prinz aus Saratan soll mich begleiten und Ogal der mächtige Krieger der Hoot, auch Prinzessin Astritt wird mit uns gehen, wenn sie es wünscht."

„Ein Prinz aus Saratan, ein Krieger der Hoot, die wir in Aragatt nur aus Sagen und Legenden kennen, eine verheißungsvolle Rund haben wir hier, von der ich nichts ahnte. Doch sagt mir Mortim aus dem Süden, warum sollte ich euch meine Tochter anvertrauen, wo ich sie doch jetzt endlich wieder in meinen Armen halte? Tief wäre meine Trauer, sollte ich sie sofort wieder ziehen lassen." mischte sich König Rotar ein.

„Weil es mein Schicksal ist, mit diesen Männern zu gehen Vater und einer von ihnen ist der, den ich liebe Der Schmerz, von ihm getrennt zu sein, wäre wohl noch schlimmer als der deine." sagte Astritt. König Rotar ging wieder um den Tisch herum und setzte sich in den Sessel.

„Viel Neues kommt hier zu Tage. Wohl zu viel für eines alten Mannes Herz. Nun sag mir, für wen hast du dich entschieden?" fragte König Rotar.

Astritt sah Antario an und er trat einen Schritt vor.

„Er ist es, sein Name ist Antario Prinz aus Saratan. Wir sind zusammen schon durch viele Gefahren gegangen. Mein Herz gehört ihm bis ans Ende aller Tage."

Der König sah Antario prüfend an. Er lächelte und stand von seinem Sessel auf.

„Ein stattlicher Mann bist du und ein Prinz noch dazu. Was für ein Vater wäre ich, würde ich meiner Tochter die Liebe versagen. Deinen Mut hast du wohl schon bewiesen, wie es scheint. Nun zeig deinen Großmut und lass meine Tochter an ihres Vaters Seite gegen die Orks antreten."

„Seid gegrüßt hoher König. Wenn es nach meinem Willen ginge, würde eure Tochter wohl behütet in eurer Festung auf meine Rückkehr warten. Doch sie hat ihren eigenen Willen und ich kann sie auch nur bitten, bei euch zu bleiben, obwohl auch mein Herz unter der Trennung litt." sagte Antario.

„Dann ist es wohl so. Mit schwerem Herzen überlasse ich euch meine Tochter. Ich kenne euch noch nicht und auch euch Herr Mortim kenne ich nicht. Doch bitte ich euch, bringt sie mir wohlbehalten zurück, und wenn die Schlacht schlecht ausgeht, versteckt sie und beschützt sie mit eurem Leben."

„So lange ich noch Kraft habe, wird Astritt nichts geschehen, Das schwöre ich bei meinem Leben." antwortete Antario.

Der König sah Antario eine Weile schweigend an und nickte dann entschlossen. Erst jetzt merkte Antario wieder, wie erschöpft er eigentlich war. Er konnte sich kaum noch auf den Beinen halten. Auch Lord Korto bemerkte es und sagte ihm, er solle sich schlafen legen. Auch Astritt waren die Strapazen der letzten Tage deutlich anzusehen. Nur Mortim stand entschlossen und wach zwischen den Männern. Antario und Astritt verließen das Zelt und machten sich auf den Weg zu ihrem Zelt. Immer wieder begegneten sie Soldaten aus Saratan, die sie höflich und respektvoll grüßten. Am Zelt angekommen, aßen sie eine Kleinigkeit, um sich dann auf ihre Betten fallen zu lassen und sofort in einen tiefen Schlaf fielen. Am nächsten Morgen erwachten beide zur selben Zeit. Antario fühlte sich immer noch erschöpft und er merkte jeden Knochen in seinem Körper. Der lange Ritt hatte seine Spuren hinterlassen, welche auch die Nacht nicht wegwischen konnte. Beide wuschen sich und nahmen ein kleines Frühstück im Gemeinschaftszelt zu sich. Die Männer um sie herum wirkten niedergeschlagen und keiner redete viel. Schließlich setzte sich Leutnant Marto zu ihnen. Antario fragte ihn, was denn los sei.

„Heute ist die Beisetzung unseres geliebten Königs Eofelt. Die Männer trauern um ihn. Sie fürchten die Zukunft, denn keiner weiß, wie es nun weitergehen soll." sagte Marto mit gesenktem Haupt.

„Ich bin gekommen, um euch neu einzukleiden für die Beisetzung heute Abend."

Antario sah an sich herunter und dann zu Astritt. Ihre Kleidung war wirklich nicht mehr gut genug für die Bestattung eines Königs. Nachdem sie gegessen hatten, folgten sie Marto in ein großes Zelt am Rand des Lagers.

Als sie das Zelt betraten stand ein kleiner dicker Soldat in der Mitte des Zeltes und war gerade damit beschäftigt, einige Kleidungstücke zusammen zu falten. Er drehte sich um sah die Besucher an und verbeugte sich.

„ Seid willkommen junger Prinz aus Aritea und auch ihr seid gegrüßt, Prinzessin Astritt. Was kann ich für euch tun?" sagte der Mann.

„Unsere Kleider sind wohl nicht angemessen für die heutige Zeremonie. Könnt ihr uns wohl helfen?" fragte Antario höflich.

„Gewiss doch, wir werden schon etwas für euch finden." Der Mann verbeugte sich erneut und sah die beiden dann abschätzend an.

„Ich überlasse euch jetzt den weisen Händen unseres Hofschneiders. Ich muss noch einige Vorbereitungen für heute Abend treffen. Wir sehen uns später. Prinz Antario, Prinzessin Astritt." sagte Marto, verbeugte sich tief und verließ das Zelt. In diesem Moment begann der Hofschneider sich auf seine beiden Kunden zu stürzen und wie wild an ihnen herum zu messen und an ihrer zerfetzten Kleidung zu ziehen. Ständig murmelte er etwas vor sich hin. Antario fühlte sich sichtlich unwohl in seiner Haut. Er hätte sich lieber selbst etwas ausgesucht. Stattdessen wurde er vermessen wie ein Möbelstück. Astritt sah im zu und amüsierte sich köstlich über seine Unbeholfenheit. Als der kleine Mann fertig war an Ihm herum zu messen, murmelte er etwas, was Antario nicht verstand und verschwand hinter einem Berg aus Kleidern und Mänteln. Die beiden hörten ihn, wie er sich durch die Berge wühlte. Schließlich kam er zurück und hatte einen rosa Männerrock mit der passenden Hose in der Hand und hielt in stolz vor Antario in die Höhe. Astritt konnte sich nicht

169

beherrschen und lachte laut los. Antario war sichtlich verärgert über die Wahl des Hofschneiders.

„Wenn ihr glaubt, dass ich das trage, seid ihr der schlechteste Hofschneider den ich kenne. Niemals!" sagte er und drehte den Kopf zu Seite, als wenn er das rosa Etwas nicht länger betrachten könnte. Der Schneider sah traurig an seinem Rock herunter.

„Aber mein Herr, das ist ganz feiner Stoff, der in der Sonne glitzert. Etwas sehr edles, eines Königs würdig." sagte der Mann.

„Und wenn es im Dunkeln leuchtet, ich trage das nicht." Astritt hielt sich schon den Bauch vor Lachen. So etwas Komisches hatte sie schon sehr lange nicht mehr erlebt. Ihr liefen die Tränen die Wangen herunter.

„Habt ihr nicht etwas schlichtes, in dem ich nicht aussehe wie ein Clown?" fragte Antario. Der Schneider überlegte eine Weile und dann verschwand er wieder im hinteren Teil des Zeltes. Astritt drehte sich zu Antario, der immer noch mit mürrischem Blick dastand und gab ihm einen Kuss auf die Wange. Sie musste immer noch lächeln über die Situation. Jetzt konnte auch Antario sich zu einem Lächeln durchringen und die Sache mit Humor sehen. Es dauerte eine Weile, bis der Schneider zurückkam, er hatte drei Kleidungstücke über seinem rechten Arm gelegt. Alle in leuchtenden Farben, in rot, grün und blau. Antario war fassungslos.

„Das ist eine Trauerfeier heute Abend für einen König und kein Karneval. Lasst mich doch mal selbst sehen, was ihr da habt." sagte Antario genervt. Mit diesen Worten schob Antario sich an dem kleinen untersetzten Mann vorbei und begann dessen Lager zu durchwühlen. Eine ganze Weile suchte er unter dem amüsierten Blick von Astritt in den schier unendlichen Kleiderbergen herum, bis er schließlich einen schwarzen Anzug in seiner Größe gefunden hatte. Etwas beleidigt aber dennoch froh, dass der Prinz etwas gefunden hatte, trat der Schneider nun auf Astritt zu. Er wollte gerade damit anfangen sie abzumessen, als Astritt ihn unterbrach. „Nichts gegen eure Künste Meister, doch ich halte es wie Antario und suche mir meine Kleider lieber selber heraus. Aber vielen Dank. " sagte sie. Jetzt machte auch sie sich auf die Suche nach geeigneter Kleidung für die abendliche Zeremonie. Der Schneider verbeugte sich höfflich, doch man konnte ihm die Kränkung im Gesicht ansehen. Astritt brauchte um einiges länger als Antario, bis sie etwas Passendes gefunden hatte. Antario sah den Schneider traurig in einer Ecke des Zeltes stehen. Der Schneider hatte immer noch Antarios und Astritts verschlissene Kleidung in den Händen. Antario ging zu ihm. „Meister bitte seid so nett und versucht, unsere alten Kleider zu flicken. Wir werden sie noch brauchen. Der Hofschneider betrachtete die Lumpen in seinen Händen. Dann fingen seine Augen an zu leuchten, denn jetzt konnte er doch noch sein Können unter Beweis stellen. Der Schneider nickte eifrig und gelobte, dass die Kleidung wie neu sein würde, wenn er sie bearbeitet habe.

Antario war überglücklich, dass er endlich das Zelt dieses Stoffkomikers verlassen konnte. Gemeinsam machten sie sich auf zum Gemeinschaftszelt, um etwas zu essen. Es war bereits Mittag und Antario knurrte der Magen, nach dieser aufreibenden Suche nach passender Kleidung. Nach einer wohltuenden Mahlzeit unter den gemeinen Soldaten, die angenehm überrascht waren, dass der Prinz und die Prinzessin mit ihnen speisten, wollten die beiden Mortim besuchen, um ihn zu fragen, was die Versammlung Neues ergeben hatte. Als sie das Zelt betraten, lag er in sein Schlaffell gerollt in einer Ecke und schlief. Astritt wollte sofort wieder gehen, doch Antario blieb stehen und betrachtete Mortim. Es war das erste Mal, dass er ihn richtig tief schlafend sah. Den Mann, der ihm schon so oft das Leben gerettet hatte und von dem er eigentlich gar nichts wusste und dem er doch blind vertraute. Antario fragte sich, was er wohl träumte, bei wem seine Gedanken waren, wenn er schlief? Hatte er Familie oder Freunde, die ihn vermissten? Antario nahm sich vor, ihn bei passender Gelegenheit nach diesen Dingen zu fragen, obwohl er wusste, dass Mortim seine Frage nicht beantworten würde. Antario und Astritt verbrachten den Rest des Tages damit, Leutnant Marto und Ogal zu besuchen und über die bevorstehende Aufgabe zu reden. Sie hörten viele Geschichten über den Weisen Rat und dass sie schon lange nicht mehr mit den Menschen sprachen, bis es schließlich dämmerte und es still wurde im Lager. Eine betriebsame Stille machte sich im Lager breit, jeder versuchte, so leise und andächtig wie möglich zu sein, doch alle waren auf den Beinen und mit etwas beschäftigt. Die letzten Soldaten waren noch mit dem Polieren und Reinigen ihrer Rüstungen beschäftigt, während andere sie gerade anlegten. Die meisten aber waren auf dem Weg zum großen Platz vor dem Lager, wo die Beisetzung von König Eofelt stattfinden sollte. Antario und Astritt folgten dem Strom aus Soldaten, Rittern und ihren Knappen und allen, die sonst noch im Lager beschäftigt waren. Jeder von ihnen hatte sich herausgeputzt, so dass die Schlange aus glänzenden Rüstungen und Helmen in der schwindenden Abendsonne glänzte wie ein Meer aus blutrotem

Sternenlicht. Antario und Astritt betraten den Platz und schoben sich durch die Reihen der wartenden Soldaten, bis sie König Rotar und Lord Gorto auf einer kleinen Bühne in der Mitte sahen. Mortim war auch da, er stand neben Lord Gorto in einer glänzenden Rüstung mit ebenso glänzenden Armschienen. Sein Schwert hing an seiner Seite und er stand gerade und stolz wie ein König aus älteren Tagen, ohne Krieg und Leid. Als Lord Gorto sie sah, winkte er sie zu sich auf die Bühne. Antario stellte sich zu Mortim und Astritt zu ihrem Vater. Die Sonne war untergegangen und hunderte Fackeln wurden entzündet. Direkt vor der Bühne stand ein Sarg, der auf fein aufgeschichtetem Holz stand. In den nördlichen Ländern war es üblich, dass ein König verbrannt wurde, um seinen Geist auf die Reise in die Halle seiner Väter zu schicken. Die Männer um den Sarg begannen, alte Lieder aus längst vergessenen Tagen zu singen und ihre Stimmen schmolzen zu einer zusammen. Eine Stimme aus tausenden Kehlen und sie sang in einer Sprache, die seid hunderten Jahren keiner mehr sprach und doch schien sie jeder in seinem Herzen zu verstehen. Dieses Lied wurde seid je her bei einer Bestattung in Saratan gesungen, auch wenn die Sprache längst nicht mehr gesprochen wurde. Sechs Männer der königlichen Leibgarde traten vor und entzündeten das Holz unter dem Sarg mit ihren Fackeln. Schnell stand der ganze Stapel in Flammen und sprühte seine Funken hoch in den Nachthimmel, wo sich ihr glühen mit dem der Sterne vermischte. Viele der Männer weinten bei dem Anblick, während sie das traurige Lied zum Abschied sangen. Eofelt war ein gerechter und großer König gewesen. Die Geschichten seiner Taten werden noch lange unter den Menschen aus Saratan erzählt werden.

16

Lange noch hatte die Gesellschaft aus Adeligen und
Offizieren an der Tafel gesessen und über den
gestorbenen König gesprochen. Antario konnte nicht viel
über Eofelt sagen, denn er hatte ihn nie kennen gelernt,
genau so wenig wie Astritt. Doch es war offensichtlich,
dass die Menschen, die ihn gekannt hatten, ihn sehr
gemocht und bewundert haben. Die beiden verließen das
Zelt ihres Vaters kurz nach Mitternacht. Mortim war gar
nicht erst mitgekommen, obwohl Lord Korto ihm einen
Platz am Tisch angeboten hatte. Er habe noch etwas zu
erledigen bevor sie am nächsten Morgen aufbrechen
wollten, hatte er gesagt. Antario aber wusste, dass es
gelogen war. Mortim bereitete es keine große Freude, an
solchen Festlichkeiten teilzunehmen. Antario und Astritt
gingen Hand in Hand schweigend durch die Dunkelheit.
Er musste an Lester denken, wie es ihm wohl geht und
an den schwierigen Weg, den er vor sich hatte. Er
wünschte sich, dass sein Freund jetzt bei ihm wäre und
mit ihm zum Rat der Weisen aufbrechen könnte. Seine
Gedanken trugen ihn von Lester zu seiner Familie, zu
seinem Vater, seiner Mutter und seinen Brüdern, er
vermisste sie alle. Am meisten vermisste er seine
Schwester Melest. Er vermisste ihr liebliches Lachen,
das durch die Flure in seines Vaters Palast hallte. Er
musste an die vielen schönen Tage im Sommer denken,
die sie zusammen verbracht hatten. Antario bekam
Heimweh, zum ersten Mal seit er von zu Hause

aufgebrochen war, hatte er Heimweh. Er kannte dieses Gefühl, doch noch nie war es so stark und schmerzhaft gewesen. Das einzige, was ihn sich etwas besser fühlen ließ, war die Nähe zu Astritt.

Astritt blieb stehen und sah ihm direkt in die Augen. „Wir haben eine gefährliche und lange Reise vor uns und bevor wir morgen aufbrechen, möchte ich dir etwas sagen. Ich habe noch nie jemanden wie dich getroffen. Du bist stark, schön und mutig, doch vor allem bist du ein ehrbarer Mann. Du hättest gehen können und noch viele Jahre in Frieden in Aritea leben und dieses Land sich selbst überlassen können, doch du tatest es nicht. Du bist geblieben und hast gekämpft und jetzt begibst du dich auf diese Reise zum Wohl aller hier. Ich liebe dich Antario von ganzem Herzen. Ich wollte, dass du das weißt, egal wie unsere Reise endet."

Antario stand ihr gegenüber und dachte über die Worte, die er gerade gehört hatte, nach.

„ Alles, was du gerade gesagt hast, trifft doch auf dich ebenso zu und noch viel mehr. Wenn ich es aussprechen wollte, würde es wohl die ganze Nacht dauern. Ich liebe dich und ich werde dich beschützen, ganz gleich was passiert."

Sie nahmen sich in die Arme und küssten sich. So standen sie da und keiner von beiden hätte sagen können, wie lange sie so standen, ehe sie zu ihrem Zelt gingen. Auf dem Weg zum Zelt begegneten sie Lord Korto. Er begrüßte sie höflich und Antario und Astritt erwiderten die Begrüßung, waren etwas verwundert über sein nächtliches Erscheinen.

„Junger Prinz Antario, ich habe lange über euer Vorhaben zum Rat der Weisen aufzubrechen nachgedacht." sagte er." Es fällt mir schwer euch darum zu bitten, schließlich gab ich euch mein Wort euch ziehen zu lassen, doch es steht eine schwere Schlacht bevor. Die Orks sind zahlreicher als bevor, ihr habt es selbst gesehen und aus diesem Grund möchte ich euch bitten zu bleiben, euch beide und ganz besonders Mortim. Sein Schwert wird uns in der Schlacht von großem Nutzen sein."

„Da fragt ihr den Falschen, mein Herr. Mortim trifft die Entscheidungen über unser Schicksal in diesen Tagen und ich werde mich nicht über sein Wort hinwegsetzen. Fragt ihn, er wird die richtige Wahl treffen." antwortete Antario.

„Dann schlage ich vor, wir gehen gleich zu ihm. Ich hörte, ihr wollt bereits bei Tagesanbruch aufbrechen." sagte Lord Korto.

Gemeinsam machten sie sich auf den Weg zu Mortims Zelt. Er hatte ein anderes Zelt bezogen seit sie von ihrer Reise unter dem Berg zurückgekehrt waren. Als sie das Zelt erreichten, saß Mortim davor am Feuer und betrachtete sein Schwert, das er blank in der Hand hielt. Antario hatte es sich nie zuvor genauer angesehen, doch jetzt im Schein der Flammen glänzte es wie Silber, es strahlte eine uralte Macht aus, die aus den Tiefen der Zeit zu ihm drang. Antario hielt sein Schwert schon für etwas Besonderes, doch wenn er diese Waffe sah, kam ihm seine eigene wie aus Holz vor. Mortims Schwert zog ihn in diesem Moment magisch an. Wenn Lord Korto nicht die Stille durchbrochen hätte, hätte Antario ihn gefragt, ob er es mal in die Hand nehmen dürfe.

„Ich grüße euch Mortim. Wir haben euch beim Abendessen zu Ehren unseres Königs Eofelt vermiss.t" sagte Lord Korto.

„Solche Sachen sind nichts für einen Mann wie mich."
gab Mortim zur Antwort.

„Wie ihr wollt, das ist auch nicht der Grund für mein
Kommen." Mortim steckte sein Schwert in die Scheide
und es schien, als würde die Nacht in diesem Moment
etwas dunkler werden. Er sah Lord Korto mit seinen
schwarzen Augen durchdringend an, sodass der für einen
Moment ins Stocken geriet.

„Ich bin gekommen, um mit euch über eure Reise zu
sprechen. Ich möchte euch bitten, nicht zu gehen. Ich
weiß, ich habe euch mein Wort gegeben, aber wir
brauchen euer Schwert in der bevorstehenden Schlacht
dringender."

„Ein einziges Schwert und sei es auch das Meine, kann
diese Schlacht nicht entscheiden. Doch zu wissen, was
diese Wesen antreibt und sie über die Berge kommen
läßt, kann den Krieg entscheiden."

„Aber meine Männer sind mutlos, seitdem ihr uns die
Nachricht von der Übermacht gebracht habt, die auf uns
zustürmt. An eurer Seite haben sie wenigstens noch
Hoffnung einen ehrenhaften Tod zu sterben."

Es war so, die Männer haben seit den Gerüchten über die
schwarze Flut unter dem Berg ihren Kampfeswillen
verloren. Die Geschichten, die über Mortim von der
letzten Schlacht erzählt wurden, gaben ihnen etwas
Hoffnung. Jeder im Lager grüßte ihn höflich und
begegnete ihm mit Respekt. Wenn es zur Schlacht
kommt, wollte jeder an seiner Seite kämpfen.

„Es steht mehr auf dem Spiel, als nur diese eine
Schlacht. Das Schicksal von Athgarat ist es, um das wir
kämpfen. Die Orks werden wiederkommen, immer und
immer wieder, wenn es uns nicht gelingt, ihren
Kampfeswillen zu zerschlagen. Sie werden von mal zu

mal zahlreicher. Es gibt nur diesen Weg, glaubt mir."
sagte Mortim.
„Ich kann euch nicht zwingen zu bleiben, schließlich gab
ich euch mein Wort, doch lasse ich euch nur schweren
Herzens ziehen. Ich wünsche euch auf eurer Reise alles
Gute und ich hoffe, dass sich unsere Wege eines Tages
wieder kreuzen. Lebt wohl."
Lord Korto sah Astritt und Antario noch einmal in die
Augen und verschwand dann lautlos in der Dunkelheit.
Keiner konnte diese Nacht gut schlafen. Alle dachten
über Lord Korto und seine Worte nach. War es der
richtige Weg, den sie einschlagen wollten. Der Morgen
brach an und es war sehr neblig .Es hatte zu regnen
begonnen. Antario fühlte sich schlapp und er hatte
schlechte Laune, was alle zu spüren bekamen. Sie
sattelten ihre Pferde und machten sich auf zum südlichen
Ende des Lagers, wo Ogal schon auf sie wartete. Die
Wachen begrüßten Mortim freundlich und wünschten
ihm und seinen Gefährten etwas wehmütig eine gute
Reise. Keiner von ihnen glaubte daran, ihn noch mal
wieder zu sehen. Stumm begannen sie ihre Reise durch
den zunehmenden Regen.
Es hatte schon zu dämmern begonnen und sie hatten
viele Meilen zwischen sich und das Lager gebracht, als
sich das Wetter etwas besserte. Niemand sprach viel in
dieser Zeit. Jeder hing seinen eigenen Gedanken nach.
Erst als ein neuer Morgen anbrach und ihnen die Sonne
zur Begrüßung entgegen schien, machte sich wieder
bessere Stimmung breit. Ogal sang ein Lied in seiner
Sprache und obwohl keiner dessen Bedeutung verstand,
wussten alle, dass es ein fröhliches Lied war. Die Zeit
verstrich und die Meilen flossen dahin. Die Sonne ließ
das Land erstrahlen und alles blühte und lebte. Den

Reisenden wurde schmerzlich bewusst, dass es nicht nur um ihr eigenes Wohl und das ihrer Lieben ging, sondern um die Welt selbst, die es zu retten galt. Sollten sie versagen und den Ansturm der schwarzen Horde nicht stoppen können, würde all die Schönheit Athgarats vergehen und in einem gewaltigen Feuer verbrennen. Die Orks würden diese Welt niedertrampeln mit ihren groben Füßen und jeden Baum fällen und jedes Haus verbrennen.

„In drei Tagen erreichen wir den großen Strom. Lasst uns hoffen, dass wir ihn noch unbeschadet überqueren können. Ich hoffe, die Orks haben sich nicht auch schon im Süden von Saratan eingenistet. Sollte dem so sein, wird es schwer durch ihre Netze zu schlüpfen. Wir müssen vorsichtig sein." sagte Mortim.

„Es ist noch nicht zu spät, ich fühle es. Wir werden den Auri an der Grenze zu Armaßien unbehelligt überqueren können." antwortete Astritt.

„Wollen wir hoffen, dass du Recht behältst." sagte Mortim und zog das Tempo etwas an. Die Tage verstrichen, während sie durch den schönsten Teil von Saratan ritten. Das Land war grün und bewaldet. Immer wieder kreuzten klare sprudelnde Bäche ihren Weg und die Luft war klar und rein, wenn der Westwind ihnen ins Gesicht blies. Immer wieder galt es, schöne Wälder zu durchqueren und die Menschen, wenn auch von der Last des Krieges bedrückt, grüßten und halfen ihnen mit Nahrung und Rat, wenn sie konnten. Antario und Mortim hatten ihr Training wieder aufgenommen und boten sich allabendlich mit ihren Stöcken heiße Gefechte. Anatrio machte schnell Fortschritte, doch an das Können und die Erfahrung seines Gegenübers konnte er nicht heran. Ogals Training mit der Axt bestand meist darin, dicke Baumstämme zu zerschlagen. Antario sah ihm immer fasziniert zu, wenn er das tat. Die unbändige Kraft, die in diesem Riesen steckte war erschreckend. Antario musste dann immer an die Schlacht denken, als Ogal und seine Landsleute sich auf die Orks stürzten und mit ihren Äxten auf sie eindroschen.

„Mit zehntausend von deiner Stärke, mein Freund, könnten wir einer Armee von hunderttausend Orks standhalten." sagte Antario, als er ihm mal wieder beim Training zusah.

„Stark war unser Volk schon immer, das stimmt. Aber unsere Stärke ist nichts im Vergleich zu den Trollen aus dem Norden. Lasst uns hoffen, dass die Orks sich nicht ihrer Macht bedienen, um gegen die Menschen zu kämpfen. Ein Troll kann dir mit der bloßen Hand den Kopf zerquetschen." Antario versuchte, sich das bildhaft vorzustellen.

Die Sonne versank in einem gewaltigen Feuer am Horizont. Die Gefährten saßen noch lange am Feuer und sprachen über ihre Reise oder hörten sich von Ogal alte Geschichten seines Volkes an, bis sich dann alle schlafen legten. Mortim verzichtete darauf, eine Wache auf zu stellen. In diesem Teil Saratans sei das nicht nötig, hat er gesagt. Antario wusste, dass er die Wache allein übernahm, um den anderen mehr Schlaf zu gönnen.

Die Gefährten erwachten noch vor Sonnenaufgang und die ersten Strahlen, die sie bereits im Osten über den Rand der Welt schickten, verhießen einen schönen Tag. Unter den Augen der letzten Sterne bauten sie ihr Lager ab und machten sich bereit zum Aufbruch. Um ihren Pferden etwas Erholung zu gönnen, legten sie an diesem Tag den großen Teil des Weges zu Fuß zurück. Antario nutzte die Gelegenheit, um die Landschaft zu bewundern. Der Sommer entfaltete sich in Saratan jetzt in seiner ganzen Pracht. Sie gingen an großen bunten Blumenwiesen und im Sonnenlicht schimmernden Wäldern vorbei, in denen der Wind und die Sonne ein Farbenspiel hervorbrachten, welches Antario noch nicht gesehen hatte. Er kannte nur die dunklen Nadelwälder aus seiner Heimat, in denen das Licht kaum den Waldboden berührte. Doch diese Wälder waren so voller Licht und Leben. Anatrios Herz ließ allen Kummer und alle Sorgen fallen. Zum ersten Mal, seit sie das Lager verlassen hatten, hatte er kein Heimweh mehr, er war glücklich. Der Sommer hielt was er versprach und unter strahlendem Sonnenschein erreichten sie nach zwei weiteren Tagen, einem im Sattel und einen zu Fuß, endlich den Auri. Leise und mächtig floss er dahin, in seinem unveränderlichen Bett. Sie hatten den großen Strom schon in Aragatt überquert, doch hatte er hier noch seine volle Größe, man konnte kaum zum anderen Ufer sehen. Der Fluss glitzerte golden in der Sonne und ein einsames Schiff kämpfte sich gerade flussaufwärts. Seine Segel blähten sich im Westwind und sie strahlten weiß und rein in der Sonne. Die Fahne aus Aragatt wehte an seinem Mast.

„Ihr tapferen Seefahrer aus Aragatt, viel Glück und eine gute Reise, wohin auch immer euer Weg führt." schrie Astritt zu dem Schiff hinüber. Ein lauter Hornstoß zum Dank, war die Antwort. Die Seefahrer aus Aragatt waren überall bekannt und geachtet, viele Geschichten wurden über sie erzählt, vom Besuch unbekannter Länder und dem Bezwingen schrecklicher Monster auf See.

So standen die Gefährten am Nordufer des Auri und sahen auf die tanzende Wasseroberfläche.

„Unser Weg führt uns nach Westen, etwa zwanzig Meilen zur Fähre von Boragant. Mit etwas Glück bringen uns die Fährmänner noch vor Sonnenuntergang ans andere Ufer." sagte Mortim. Nach einem strammen Ritt am Ufer des Auri entlang, erreichte die Gemeinschaft die Fähre in der Abenddämmerung. Nach einigen Worten der Überredung, erklärten sich die Männer bereit, uns überzusetzen. Die Fähre war ein breites Boot aus Holz, welches Platz für gut vierzig Mann bot. Acht Ruderer an jeder Seite und ein Mann am Steuer Besatzung waren notwendig, um das Boot über den Fluss zu setzen. Trotz der starken Männer trieb das Boot bei jedem Übersetzen, dank der starken Strömung, etwa eine Meile flussabwärts. Es wurde dann immer wieder von einigen Ochsen an den Steg zurückgezogen. Knarrend und kluckernd setzte sich das Boot in Bewegung. Die Männer riefen sich bei jedem Ruderzug ein Wort zu, das Antario nicht kannte. Es war so, als wenn es ihnen neue Kraft für den nächsten Zug gäbe. Nun schafften Antario und seine Freunde es noch vor Sonnenuntergang ans Südufer des Auri und verbrachten ihre erste Nacht in Armaßien.

Als die Gemeinschaft am nächsten Tag ihre Reise fortsetzte, kam es Antario so vor, als ob er über den großen Strom in eine andere Welt eingetaucht wäre. Die weiten und offenen Laubwälder wichen dichten schier unendlichen Nadelwäldern. Auch die Menschen waren von einem anderen Schlag. Sie waren grimmig und stolz. Man bot ihnen längst nicht so viel Hilfe an wie in Saratan, auch dann nicht, wenn man ihnen Gold als Entlohnung anbot. Selbst die Sonne schien an Kraft verloren zu haben. Sie schien nicht mehr so oft und ihre Strahlen wärmten die Gefährten nicht mehr. So setzten sie ihre Reise fort in diesem ungastlichen und misstrauischen Land, unter den wachsamen Augen seiner Bewohner.

17

Eine Woche verstrich, in der Regen und Sonnenschein sich abwechselten. Die Gemeinschaft war schnell vorangekommen und hatte es fast bis zum grauen Berg geschafft, auf dem die Burg des Rates stand. Der Rat bestand aus sehr alten und weisen Zauberern, die einst dafür bekannt waren, sich um die Nöte der Menschen zu kümmern. Doch in letzter Zeit hörte man Gerüchte, die sagten, dass sich der Rat wohl nur noch um seine eigenen Nöte sorgte und dem Wissen längst vergessener Zeiten nachjage. Mortim hatte für diese alten Zausel, wie er sie nannte, nichts übrig und machte auch keinen Hehl daraus. Aber war es nötig sie aufzusuchen, wie er sagte. Ihre Burg stand hoch oben auf dem grauen Berg, einem Felsmassiv an der Grenze zu Selved. Der Berg stand einsam und alleine mitten in der Landschaft, umgeben von einem dichten Wald aus Tannen und Fichten. Die Burg wurde vor vielen Jahren vom alten Bergvolk aus dem Süden dort oben errichtet und diente zu ihrer Zeit als Schild gegen herannahende Feinde aus dem Norden. Ihre Erbauer verstanden sich sehr gut auf das Bearbeiten von Steinen. Die Mauern sind dick und so bearbeitet, dass sie Wind und Wetter trotzen. Aus diesem Grund blieb die Burg erhalten und scheint praktisch uneinnehmbar. In diese Festung aus alten Tagen, haben sich die Zauberer zurückgezogen und wagten sich nur noch sehr selten hervor.

Antario und seine Freunde blieben stehen und betrachteten den Berg, der wie ein grauer Turm in mitten eines grünen Meeres stand. Bedrohlich sah er aus und abschreckend. Ein ungutes Gefühl beschlich Antario, als sie in den Wald eindrangen. Er hatte das Gefühl, unrechtmäßig in eine Welt eingedrungen zu sein, die er nicht kannte. Je näher sie dem Berg kamen, desto mehr wurde sein Gefühl zur Gewissheit. Man wollte sie hier nicht haben. Fremde Laute, von ihm unbekannten Tieren, drangen von den dicht stehenden Bäumen zu ihnen vor. Wenn Mortim nicht so geradlinig vorgeritten wäre, hätte er diesen Wald nach einer Meile wieder verlassen und wäre nie zurückgekehrt. Kurz vor Einbruch der Dämmerung erreichten sie den Fuß des Berges.

„Wir bleiben heute Nacht hier und beginnen Morgen mit dem Aufstieg." sagte Mortim und begann bereits mit dem Aufbau des Lagers für die Nacht.

„Wollen wir nicht weiter oben unser Lager aufschlagen? Ich traue diesem Wald nicht. Er ist alt und unheimlich. Es kommt mir so vor, als ob uns jemand beobachtet." sagte Antario und begann sich vorsichtig umzusehen.

„Es kommt dir nicht nur so vor mein Freund, sondern wir werden tatsächlich beobachtet. Die Zauberer haben viele Augenpaare in ihrem Dienst, Vögel und Tiere. Mach dir keine Sorgen, ihre Neugier über unsere Beweggründe wird sie davon abhalten, uns etwas zu tun. Und außer ihnen hat keiner Macht in diesem Wald. Also kannst du heute Nacht ruhig schlafen." gab Mortim zur Antwort. Seine Worte sollten Antario beruhigen, doch sie bewirkten eher das Gegenteil. Die Sonne verschwand schnell in diesem Teil der Welt und die Dunkelheit spülte über das Land, wie eine Flutwelle. Antario und Mortim verzichteten diesen Abend auf ihr Training. Antario hatte gesagt, er fühle sich nicht so gut. Doch in Wahrheit wollte er so wenig Lärm wie möglich machen. Aus diesem Grund sprach er auch nur das nötigste und dann möglichst leise. Etwas war in diesem Wald. Da war er sich sicher, eine alte böse Macht. Das Feuer brannte herunter und alle legten sich schlafen. Nicht lange und Antario hörte Ogal schnarchen und auch Astritts Atem neben ihm ging ruhig und tief. Antario lag da und versuchte einzuschlafen, doch er konnte nicht, immer zu musste er an die schlimmsten Geschöpfe denken, die jeden Augenblick über ihn und seine Freunde herfallen könnten. Nach einer ganzen Weile des Herumwälzens richtete er sich auf und sah sich um. Er sah Mortim, der im letzten Schein, der vom Feuer übrig gebliebenen Glut dastand und in die Dunkelheit starrte. Antario stand auf und stellte sich zu ihm.

„Hast du nicht gesagt, wir bräuchten keine Wache in diesem Wald." fragte Antario.

„Das stimmt auch, aus diesem Grund bin ich nicht wach." sagte Mortim. Antario konnte sein Gesicht nur schemenhaft erkennen. Es sah alt und ausgezehrt aus, als ob jede Kraft aus ihm gewichen wäre. Etwas machte ihm zu schaffen. Antario wusste nicht was, nur das es sinnlos wäre, ihn danach zu fragen, Er würde es ihm nicht sagen.

„Dieser Wald macht mir Angst" sagte Antario, um das Thema zu wechseln.

„Du brauchst dich nicht zu fürchten. Ein Zauber liegt auf diesem Wald, der Fremde davon abhalten soll, ihn zu betreten. Die Zauberer sind sehr mächtig und mögen keine ungebetenen Gäste. Doch ich denke, dass uns keine Gefahr droht." versuchte Mortim ihn zu beruhigen. "Geh jetzt schlafen. Ich werde Wache halten, wenn dich das beruhigt. Heute Nacht finde ich eh keinen Schlaf." Antario legte sich wieder auf sein Schlaffell und betrachtete Mortim noch eine Weile aus der Dunkelheit heraus, bis er dann endlich einschlief.

Beim ersten Tageslicht öffnete der junge Prinz seine Augen und betrachtete die Baumwipfel, die sich leicht im flauen Südwind bewegten. Die ersten Sonnenstrahlen hatten sie bereits erfasst. Antario stand auf und sah sich um. Ogal und Astritt schliefen noch tief und fest. Er hatte nicht vor, sie zu wecken und versuchte so leise wie möglich aufzustehen. Mortim saß vor der erkalteten Asche des Lagerfeuers und starrte immer noch gedankenverloren in den Wald hinein.

„Guten Morgen" flüsterte Antario.

„Guten Morgen" erwiderte Mortim. "Es wird Zeit die anderen zu wecken, wir sollten früh aufbrechen." Antario weckte Astritt mit einem zarten Kuss und Ogal mit kräftigem Rütteln an dessen Oberkörper. Grunzend und gähnend richtete sich der Koloss langsam auf.

„Ich habe viel zu lange geschlafen." brummte seine tiefe Stimme durch den Wald, während er seine Sachen zusammen suchte. Sie nahmen ein schnelles Frühstück ein, bei dem Ogal wie immer das meiste zu sich nahm und machten sich auf denn Weg zur Festung. Zu Anfang stieg der Weg nur leicht an. Er wurde schnell steiler und sie muteten ihren Pferden nicht mehr zu, sie zu tragen. Der Pfad führte in immer kleiner werdenden Schleifen um den Berg herum, bis er schließlich an der Burg der Zauberer endete. Antario sah sich um. Er betrachtete die Wipfel der Bäume, die sich im Wind bogen, wie Grashalme. Er war froh aus dem Wald, der ihn so beunruhigte, heraus zu sein. Der Weg bohrte sich durch hohe Felsvorsprünge und führte über tiefe Schluchten, bis sie letztendlich vor dem Eingang zur Burg standen. Das Tor war geschlossen und die Zugbrücke, die über einen tiefen Graben führte war hoch gezogen. Niemand war zu sehen. Keine Bewegung war auf den starken Mauern auszumachen und keine Fahne wehte im Wind. Die Mauern der Burg standen dicht an dem ausgehobenen Graben,an der nach Norden abgewandten Seite und auf der Südseite erhob sich der Gipfel des Berges. Niemand konnte diese Festung einnehmen oder sich an den wachen Augen seiner Bewohner vorbei schleichen. Ein riesiger Turm stand an der Westmauer und überragte sogar noch den Gipfel des Berges. Vom Turm aus konnte man seinen Blick über das ganze Land schicken, um nahende Feinde zu erspähen. Antario wurde klar, warum diese Festung hier oben auf dem Berg errichtet wurde und sich ihr Erbauer die Mühe gemacht hatte, sie aus dem Fels zu hauen. Es herrschte Totenstille und ein eisiger Wind wehte aus Osten über sie hinweg. Nichts geschah, kein Laut und keine Bewegungen waren zu sehen. Die Gefährten standen stumm vor der Zugbrücke und warteten, bis plötzlich ein Knacken und Rascheln zu hören war und die Zugbrücke sich langsam in Bewegung setzte. Als die Brücke mit lautem Gepolter auf den Rand des Grabens aufschlug, öffneten sich auch die Torflügel wie von Geisterhand. Antario wusste nicht so recht, was er davon halten sollte und auch Astritt und Ogal waren verunsichert. Mortim nahm sein Pferd am Zügel und ging sicheren Schrittes voran. Antario und die anderen zögerten kurz, bis sie ihm folgten. Sie durchschritten den großen Torbogen, auf dem noch einige Statuen und alte

Relikte der einstigen Erbauer der Festung standen. Sie zeigten kleinwüchsige Menschen mit starken Armen und in ihren Händen hielten sie Äxte oder schwere Hämmer. Im Innenhof der Festung kam ihnen ein alter Mann entgegen, der sich auf einen Holzstab stützte. Er trug eine lange graue Robe und einen langen grauen Bart. Er sah die Ankömmlinge mit scharfem Blick an und wartete mitten auf dem Innenhof. Mortim blieb vor dem Mann stehen, wie auch die anderen.

„Was ist euer Begehr?" fragte der Mann barsch.

„Mein Name ist Mortim aus Aritea und hinter mir seht ihr Antario, ebenfalls aus Aritea, Astritt aus Aragatt und Ogal vom Volke der Hoot, aus dem Norden aus Saratan. Doch in unseren Landen stellt ein Mann sich vor, ehe er barsch eine Frage stellt." maulte Mortim seinem Gegenüber zu.

„Ihr seid wohl kaum aus ganz Athgarat hierher geritten, um Höflichkeiten auszutauschen. Aber wenn ihr unbedingt wollt, mein Name ist Lorot, Haus und Hofmeister in der Festung der Zauberer. Doch nun sprecht: Zu welchem Zweck seid ihr hier?" fragte der Mann und an seinem Ton hatte sich nichts geändert.

„Wir sind gekommen, um den Rat der Weisen aufzusuchen und ihren Rat einzuholen." sagte Mortim, dessen Geduld wieder mal auf eine harte Probe gestellt wurde.

„Der Rat hat keine Zeit sich mit euren minderen Problemen zu beschäftigen. Die Zauberer werden euch nicht empfangen und jetzt geht wieder." sagte der Mann und machte sich auf zu gehen. Mortim schnellte nach vorn und hielt den Mann am Ärmel seiner Robe fest und sah ihm tief in die Augen. Lorots, zuerst verärgerter

Gesichtsausdruck wich nach einer Weile einem ängstlichen und hilflosen Ausdruck.

„Ich bin nicht vom Ende der Welt hierher geritten, um mich dann von einem dahergelaufenen Hofmeister fort schicken zu lassen." raunte Mortim dem Mann ins Ohr. Lorot wusste nicht, ob er standhaft bleiben sollte und vielleicht sein barsches Auftreten mit dem Leben bezahlt oder ob es ihm doch noch gelingen würde, sein Gegenüber einzuschüchtern. Ehe er eine Entscheidung über sein weiteres Vorgehen treffen konnte, mischte sich ein zweiter Mann in das Geschehen ein. Ein ebenfalls alter Mann kam zu ihnen. Er hatte einen Holzstab in der Hand, doch er brauchte ihn nicht als Gehhilfe wie Lorot. Sein Bart war noch länger und sein Haar war schneeweiß. Sein Gesichtausdruck war nicht so ernst, wie der des Hofmeisters. Doch ließ er keinen Widerspruch daran zu, dass er das Verhalten Mortims nicht billigte.

„Was hat dieser Auftritt zu bedeuten?" fragte der alte Mann und sah sich in der Runde um.

„Ich bitte um Verzeihung Meister Karatas. Ich wollte diese Fremdlinge gerade wieder ihres Weges schicken." antwortete Lorto mit einer tiefen Verbeugung.

„Und warum dann dieser Aufruhr?" sagte Karatas.

„Sie sagen, sie wollen mit dem weisen Rat sprechen." sagte Lorto.

„Wir sind gekommen, um in einer Sache äußerster Dringlichkeit, mit dem Rat zu sprechen. Das Schicksal von ganz Athgarat steht auf dem Spiel." mischte Mortim sich ein.

„Was wisst ihr schon von Schicksal." gab Karatas zurück. Der alte Mann sah Mortim eine ganze Weile tief in die Augen, noch nie hatte jemand seinem finsteren

Blick so lange standgehalten. Karatas wand seinen Blick ab und sah in die Augen aller Anwesenden. „Folgt mir." sagte er schließlich und ging ohne ein weiteres Wort mit schnellen Schritten davon. Antario und seine Freunde folgten dem alten Mann nach anfänglichem Zögern durch ein großes Holztor an der Westseite des Hofes. Der Hofmeister Lorto blieb schweigen zurück. Wortlos gingen sie durch viele verwinkelte Gänge immer tiefer in die Burg hinein. An den Wänden hingen zahlreiche Gemälde von Schlachten und großen Helden vergangener Tage. Antario fiel auf, das niemand zu sehen war. Keine Dienstmarkt, die Wäsche trug oder ein Diener, der einen Botengang erledigte, waren zu sehen. Laut hallten ihre Schritte durch die Stille, als sie zahlreiche Stufen hinabstiegen. Sie betraten nun einen Teil der Festung, den die Zauberer nachträglich hinzubauen ließen. Die Wände waren nicht so genau gehauen wie der Rest der Festung und der Boden war uneben und holprig. Karatas blieb vor einer einfachen Tür am Ende eines langen Ganges stehen und trat ein. Die Gruppe betrat einen großen Raum, der zum bersten voll war mit Büchern und Schriftrollen. Antario musste sofort an Gortos denken, dessen Behausung auch voll war mit Büchern, doch er konnte Karatas bei weitem nicht das Wasser reichen. Selbst auf dem Boden standen Meter hohe Bücherstapel. In einer Ecke standen ein einfaches Bett und ein Tisch mit einem Stuhl in einer anderen. Karatas war es wohl nicht gewohnt, Besucher zu empfangen, dachte sich Antario. Karatas stellte seinen Stab an ein Bücherregal und setzte sich auf den einzigen Stuhl. Antario und die anderen standen mitten im Raum. Ogal hatte Schwierigkeiten, aufrecht zu stehen. Ganz offensichtlich hatte man beim Bau dieser Festung nicht mit einem Hoot gerechnet. Karatas musterte jeden seiner Besucher von oben bis unten, bis sein Blick bei Mortim blieb, den er noch länger ansah wie die anderen. Mortim war das offensichtlich sehr unangenehm.

„Mein Name ist Meister Karatas, ich bin Mitglied des Rates. Aber nun sagt mir, was treibt eine so seltsame Reisegruppe zu uns und lässt sie von Schicksal und dem Ende Athgarats sprechen." fragte Karatas mit ruhiger Stimme.

„Die Orks sind im Norden eingefallen und belagern Saratan. Wir konnten den Ansturm der schwarzen Horde zurückschlagen, aber ich befürchte, Saratan steht kurz vor dem Fall. Wir sind hier, um Antworten zu erbitten, wie wir den Feind bezwingen können." sagte Mortim.

Karatas dachte eine Zeit nach.

„Wir haben Kenntnisse von den Geschehnissen im Norden, doch wir sehen keine Bedrohung für uns. Warum also sollten wir euch helfen?" sagte Karatas.

„Meine Gefährten sind tief unter dem Berg hindurch in das Land der Orks gegangen. Sie haben eine Armee aufgestellt, wie es sie noch nie gab. Sie werden wie eine Sintflut über das Land kommen und alles fortreißen was ihnen begegnet. Sie werden von Menschen angeführt, die das Zeichen der Schlange tragen. Aus diesem Grund sind wir gekommen." Und wieder dachte Karatas über Mortims Worte lange nach, ehe er antwortete.

„Ich weiß, es wird dem Rat nicht gefallen, dass ich euch zu ihnen führe, doch ich verstehe eure Lage. Ich sehe, dass gehandelt werden muss. Vielleicht nicht um unser Willen, wir sind hier sicher, doch heute gilt es, den Menschen zu helfen. Es wird dauern bis der Rat versammelt ist und bis dahin betrachtet euch als meine

Gäste. Lorot, komm herein." rief Karatas zuletzt. Nichts geschah.

„Lorot, ich weiß dass du da bist, also tritt ein, sofort!" rief Karatas nun etwas strenger. Langsam öffnete sich die Tür und der Hofmeister schlich in gebeugter Haltung herein.

„Was kann ich für euch tun Meister." fragte er mit leiser Stimme.

„Rufe den Rat zusammen, ohne Ausnahme. Es gibt viel zu bereden und spute dich. Aber zuerst bereitest du unseren Gästen ein Zimmer und gibst ihnen zu Essen."

befahl Karatas. Lorto war sichtlich überrascht, doch er tat wie ihm befohlen.

18

Der Hofmeister führte die Gemeinschaft in einen großen Saal und trug ein einfaches, aber reichliches Mahl auf. Er hatte ganz offensichtlich keine Lust, Antario und seine Freunde zu bewirten, doch er wollte auf keinen Fall den Zorn von Meister Karatas auf sich ziehen. Nachdem alle gegessen hatten, führte ihr unfreiwilliger Gastgeber sie in ihre Schlafgemächer. Antario und Astritt teilten sich ein Zimmer und Mortim schlief mit Ogal in einem Raum. Für Ogal war leider kein geeignetes Bett vorhanden, daher musste er auf dem Boden schlafen. Antario und Astritt standen an ihrem Fenster und betrachteten das Land unter ihnen. Die Sonne war bereits im Begriff unter zu gehen und hüllte das Land in ein rotes Licht. Astritt lehnte ihren Kopf an seine Schulter.

„Glaubst du es gibt noch Hoffnung, dass wir unsere Freunde im Norden je wiedersehen? „ fragte sie mit leiser Stimme.

„Hoffnung gibt es immer, wie weit sie auch weg ist. Ich glaube, dass alles gut wird sonnst könnten wir uns diese Strapazen auch sparen und uns unserem Schicksal ergeben. Auch Mortim glaubt das, sonst würde er jetzt an der Seite von Lord Korto in Saratan kämpfen und nicht hier auf das Wohlwollen der Zauberer hoffen." erwiderte er und streichelte ihr durchs Haar. Die beiden standen noch lange an ihrem Fenster und sahen zu, wie die Welt um sie herum in Dunkelheit versank.

Am nächsten Morgen wachten sie mit der Sonne auf. Die vier Freunde nahmen ihr Frühstück zu sich, das Lorot für sie auf einen Tisch im Saal gestellt hatte. Von ihm selbst aber war keine Spur. Antario nahm an, dass er sich um seine Pflichten als Hofmeister zu kümmern habe und maß seinem Fernbleiben keine besondere Bedeutung zu. Nachdem sie sich gestärkt hatten, machte Antario sich auf den Weg, die Burg etwas näher zu erkunden. Er ging durch lange Flure, welche ebenfalls mit vielen Gemälden gesäumt waren und durch eine weitere Halle bis er zu einem kleinen Durchgang gelangte, der ins Freie führte. Er schritt hindurch und fand sich im Burggarten wieder. Die Sonne schien auf die vielen unterschiedlichen Bäume und Sträucher. Jemand hatte sich alle Mühe gegeben, so viele verschiedene Pflanzen wie möglich hier unterzubringen. Während Antario durch den Garten schlenderte, fiel ihm ein Mann auf, der auch eine weiße Robe trug. Er schien ebenfalls reich an Lebensjahren zu sein, doch sein Bart ließ darauf schließen, dass er längst nicht so alt war wie Karatas.

Antario näherte sich vorsichtig dem Mann, der gerade vor einem Beet kniete und in der Erde wühlte.

„Seid gegrüßt mein Herr. Dies ist ein sehr schöner Garten." sagte Antario. Der Mann erschrak und drehte sich hastig zu Antario um. Sein erschrockener Gesichtausdruck wich einer gutmütigen und heiteren Miene.

„In der Tat so ist es. Genau der richtige Tag, um der Natur ihre Geheimnisse zu entlocken. Festokol ist mein Name und wer seid ihr, wenn ich fragen darf?" antwortete der Mann. Seine Stimme klang weich und beruhigend.

„Ich bitte um Entschuldigung, mein Herr. Mein Name ist Antario aus Aritea. Ich bin gestern mit drei meiner Freunde hier angekommen. Wir sind hier, um mit dem Rat zu sprechen." sagte Antario etwas verlegen.

„Ah ja, ich hörte davon. Es ist lange her seit Fremde uns hier besucht haben. Ich persönlich habe es immer genossen, mich mit den Menschen aus allen Teilen Athgarats auszutauschen. Die Gründe für euer Kommen werde ich wohl bei der Versammlung erfahren. Aber bis es so weit ist, möchte ich euch etwas zeigen, seht her."

Antario ging zwei Schritte auf den Mann zu und beugte sich über seine Schulter, um zu sehen, womit Festokol beschäftigt war. Der Zauberer war gerade damit beschäftigt, eine seltsam aussehende Pflanze auszugraben. Sie hatte einen grünen Stiel mit Blättern und eine rote Blüte. Doch das wirklich seltsame war die Wurzel. Eine dicke Knolle, die wenn man sie von der Erde befreit hatte, lila schimmerte. Vorsichtig legte Festokol sie auf den Boden und beugte sich über sie. Er nahm ein Messer und schnitt die Wurzel auf. Eine schwarze Perle kam zum Vorschein. Behutsam nahm er sie und hielt sie Antario hin. Antario nahm sie in die Hand. Die Perle war für ihre Größe beachtlich schwer und glänzte in der Morgensonne.

„Man nennt diese Pflanze Markorium. In jeder dieser Pflanzen steckt eine dieser Perlen. Sie sind die härteste Substanz auf der Welt, sie sind durch nichts zu zerstören." sagte Festokol. Antario betrachtete noch eine Weile die schwarze Perle. Fasziniert gab er sie dem Zauberer zurück. Ein weiterer Zauberer betrat den Garten und betrachtete die beiden finster. Der Mann war sichtlich älter als Festokol.

„Es wird Zeit Meister Festokol, die Versammlung beginnt." sagte er mit einer dunklen Stimme. Er sah Antario abwertend an, drehte sich um und verschwand. Antario traf seine Freunde auf dem großen Platz in der Burg wieder. Sie warteten bereits auf ihn. Gemeinsam gingen sie einen langen Gang tief in den Berg hinein, bis sie an eine große Tür kamen, die in einen Saal führte. Der Saal war groß und kühl. Jeder ihrer Schritte halte von den grob gehauenen Wänden wider. In der Mitte des Raumes stand ein großer halbrunder Steintisch, an dem die dreizehn Zauberer Platz genommen hatten. Ihre Blicke musterten die Fremden, als sie den Saal betraten. Antario fühlte sich unbehaglich in der Gegenwart der Zauberer. Er spürte, wie sie ihn beobachteten. In der Mitte des Tisches saß ein Mann, der allem Anschein nach der älteste unter den Zauderern war. Es war auch der Mann, der Antario und Festokol im Garten abgeholt hatte. Antario sah in ein grimmiges Gesicht nach dem anderen. Nur Karatas und Festokol hatten eine etwas freundlichere Mine aufgelegt.

Mortim blieb vor dem Tisch stehen.

„Ich grüße die Weisen Athgarats. Mein Name ist Mortim aus Saratan. Wir sind gekommen, euch um Rat und um Hilfe zu bitten." sagte Mortim und senkte den Kopf als Zeichen der Unterwerfung.

„Wir wissen wer ihr seid, doch der Grund für euer Kommen ist uns nicht ganz klar." antwortete der Zauberer mit einer strengen Miene, die keinen Zweifel daran ließ, dass er dieses Treffen für überflüssig hielt. „Die Orks sind in den Norden eingefallen und brennen alles nieder. Es muss einen Weg geben, sie aufzuhalten. Darum bitten wir euch uns zu verraten, wie?" sagte Mortim. Der Zauberer in der Mitte sah Mortim und die anderen einen nach dem anderen finster an.

„Ich glaube nicht, dass wir euch zeigen müssen wie man einen Ork zur Strecke bringt. Also was glaubst du können wir tun?".

„Sie werden von Menschen in die Schlacht geführt. Wir müssen erfahren, in wessen Auftrag sie handeln." sagte Mortim.

„Aber das weißt du doch schon längst. Erforsche dein Herz Krieger und du weißt von wem ich rede, denn niemand kennt ihn besser, als du es tust. Das Zeichen der Schlange ist dir begegnet. Es hat seine Wurzeln im Osten."

Antario und seine Freunde verstanden nicht, worum es ging. Offensichtlich hatte es Mortim die Sprache verschlagen, denn er senkte den Kopf und hüllte sich in seine Gedanken.

„Deine Gefährten scheinen nicht recht zu wissen, wovon hier die Rede ist". Der Zauberer sah Antario direkt in die Augen.

„Jung seid ihr alle, wohl zu jung um zu wissen. Es ist Zergoron, der Verräter, dessen Schergen die Orks in die

Schlacht führen. Er ist einer der sieben unsterblichen Ritter, bis er durch Verrat und Mord zum Feind aller wurde. Doch euer Freund hier wusste das, wollte es nur nicht wahr haben. Denn der Geächtete war einst sein Freund. So Artis, alter Krieger, deine Reise hier her hättest du dir sparen können." sagte der Zauberer. Jetzt verstand Antario gar nichts mehr. Mortim war Artis der Kriegerkönig und ebenfalls einer der sieben Unsterblichen.

Mortim hatte den Kopf gesenkt und sagte nichts mehr. Es war offensichtlich, dass es ihm nicht gefiel, dass sein Geheimnis preisgegeben wurde.

„Wie ich sehe, waren deine Freunde ahnungslos, was dich anging. Aber das ist deine Sache. Nun, ich werde dir sagen, wie du diesem Wahnsinn Einhalt gebieten kannst. Die Soldaten Zergorons tragen, wie wir wissen, das Zeichen der Schlange und wie tötet man eine Schlange am besten? Man schlägt ihr den Kopf ab. Tötet Zergoron, und seine Schergen werden sich euch nicht mehr widersetzen. Aber seid gewarnt. Durch verdorbene Zauberkraft hat Zergoron sich unverwundbar gemacht. Nur die Klinge einer seiner Brüder, von denen du der letzte bist, kann ihn verwunden. Jetzt weißt du, warum er stets Jagd auf dich und deine Brüder gemacht hat. Nur du bist noch übrig. Wenn du fällst, dann vermag selbst der Rat nicht zu sagen, wer die Orks noch stoppen kann. Wenn du in den Osten gehen solltest, dann hüte dich vor seinen Mönchen, Sie sind allesamt Zauberer von verwegenem Schlag. Dunkel und grausam ist ihre Macht und selbst wir wissen nicht, wozu sie im Stande sind." sagte der Zauberer. Jetzt meldete sich auch Karatas zu Wort.

„Wenn Artis und seine Freunde sich entschließen sollten nach Osten zu gehen, um Zergoron die Stirn zu bieten, sollten wir sie dann nicht vor den Mönchen schützen. Ich denke, es sollte jemand von uns mit ihnen gehen." sagte der Zauberer.

„Wir kümmern uns nicht mehr um die Belange der Menschen, dieses Treffen ist schon fast der Hilfe zu viel." sagte der älteste Zauberer.

„Ohne magischen Beistand haben sie keine Chance gegen die dunkle Macht, die ihnen gegenüber steht." sagte Karatas.

„Niemand von uns wird gehen Meister Karatas. Ihr seid noch nicht lange genug Mitglied des Rates, um zu wissen, wohin das führen kann. Und jetzt schweigt." raunte der Zauberer ihn an. Karatas war nicht begeistert über den Entschluss des Rates, den Fremden nicht zu helfen. Er sagte nichts mehr und versank in seinen Gedanken. Mortim drehte sich um und verließ den Saal und Antario und die anderen folgten ihm.

Gemeinsam standen sie nun auf dem großen Platz in der Burg. Keiner sagte ein Wort. Alle dachten noch über das nach, was sie gerade erfahren hatten. Antario sah Mortim an, doch der war tief in Gedanken.

„Was werden wir jetzt machen Freunde?" fragte Astritt.

„Wir werden die Nacht über hier bleiben und im Morgengrauen aufbrechen." sagte Mortim.

„Und wohin?" wollte Antario wissen.

„Nach Osten. Wir müssen der Schlange den Kopf abschlagen, wie der Zauberer es gesagt hat. Ich kann von keinem hier verlangen mich zu begleiten, denn die Aussichten auf Erfolg für diese Reise stehen denkbar schlecht." sagte Mortim.

„Wir werden dich begleiten. Wir haben dich bis jetzt nicht im Stich gelassen und werden das auch in Zukunft nicht tun und wenn du auch in den finstersten Schatten gehen solltest." sagte Antario, und alle stimmten ihm zu. Nach einer kleinen Mahlzeit, die sie sich selbst zubereiten mussten, denn der Hofmeister hatte seine Gastfreundschaft gänzlich eingestellt, begaben Antario und Astritt sich auf ihr Zimmer. Wieder standen sie gemeinsam an ihrem Fenster und blickten in die Welt hinaus. Antario kam sie nun viel größer vor. Nie hätte er gedacht, einmal mit Artis zu reisen. Er hatte ja noch nicht einmal geglaubt, dass er noch lebte.

„Wie fühlst du dich?" wollte Astritt wissen.

„Ich kann immer noch nicht glauben, was ich gerade erfahren habe. Mortim hatte sich schon seit unserer ersten Begegnung in Schweigen gehüllt, was ihn betraf. Doch dass er einer der Unsterblichen ist, hätte ich nicht gedacht. Warum hat er uns nichts gesagt?" sagte Antario.

„Du hast es doch selber gehört. Zergoron ist schon seit langem auf der Suche nach ihm. Er konnte es dir nicht sagen. Selbst wenn er gewollt hätte. Die Gefahr, dass jemand anderes es erfahren hätte, war ihm zu groß."

„Jetzt wird mir auch klar, warum uns die Vermummten auf der Ebene angegriffen hatten und warum Mortim nicht darüber sprechen wollte. Das waren Söldner, die ihn zur Strecke bringen sollten. Sie hätten es auch geschafft, wenn wir nicht gewesen wären. Mit uns hatten sie nicht gerechnet."

„Das Glück war bis jetzt auf unserer Seite. Wollen wir hoffen, dass es das auch in Zukunft ist. Und jetzt schlage ich vor, wir legen uns schlafen. Wir brechen Morgen früh auf und haben eine lange Reise vor uns." sagte

Astritt und gab Antario einen sanften Kuss auf die Wange. Antario dachte noch lange nach, ehe er endlich Schlaf fand.

Es hatte noch nicht zu dämmern begonnen, als es schon an Antarios und Astritts Tür klopfte.

„Ihr da drinnen, macht euch fertig, wir brechen in einer Stunde auf." dröhnte Ogals tiefe Stimme durch die dicke Holztür herein. Antario fühlte sich schlecht an diesem Tag. Er hatte schlecht geträumt und hatte wieder diese Kopfschmerzen. Sie nahmen ihm jede Lust, den anbrechenden Tag zu genießen. Er wollte einfach nur liegen bleiben und den Tag verschlafen. Jetzt sehnte er sich nach seinem Zuhause, wo er das hätte machen können, ohne dass die Welt davon untergegangen wäre. Er blieb noch eine Weile liegen, während Astritt direkt nach Ogals Weckruf aufgestanden war und ihn nun zur Eile antrieb. Widerwillig stand er auf und packte seine Sachen. Als sie ins Freie traten, standen Mortim und Ogal bereits im Hof und warteten. Gegen Antarios Willen brachen sie ohne Frühstück auf. Mortim wollte diesen Ort so schnell wie möglich verlassen. Am Tor trafen sie Meister Festokol, der ihnen eine gute Reise und alles Gute für die Zukunft wünschte. Antario bedankte sich für die Gastfreundschaft, ehe er hinter den anderen her ritt. Der Wind wehte der Gemeinschaft kühl um die Nase, als sie den Abstieg vom Berg begannen. Antario sah sich ein letztes Mal um und konnte den alten Zauberer, dessen Namen er nicht kannte, auf der Burgmauer sehen, wie er ihnen mit finsterer Mine nachsah. Er fragte sich, was diesen Mann so verbittert hatte. Warum war er den Menschen gegenüber so misstrauisch war?

Sie begannen mit dem Abstieg und sie führten ihre Pferde wieder am Zügel den steilen Weg hinab. Antario ließ seinen Blick über das umliegende Land schweifen. Von Osten zogen tiefgraue Regenwolken heran. Als sie den Fuß des Berges erreichten, fing es an zu regnen. Nach einer Weile regnete es so stark, dass man keine zehn Meter weit sehen konnte. Ihre Kleidung war durchnässt und schwer, als die Gemeinschaft durch den finsteren Wald ging. Der Weg, den sie gekommen waren, war der einzige in diesem Wald. Er führte sie Richtung Norden aus dem Wald heraus. Sie folgten ihm bis sie schließlich nach Osten abbogen. Sie setzten sich auf ihre Pferde und ließen die Welt um sie herum vorbeilaufen, ohne ihr viel Beachtung zu schenken. Der Regen hatte nicht nachgelassen und der auffrischende Wind blies ihnen die dicken Tropfen ins Gesicht.

Antario hatte den Mann, der am Straßenrand stand, erst im letzten Moment gesehen, neben dem Mortim sein Pferd zum Stehen gebracht hatte. Der Mann war in einen dunkelgrauen Mantel gehüllt und hatte seine Kapuze tief ins Gesicht gezogen. Erst als Antario direkt vor dem Mann stand, erkante er ihn. Es war Karatas, der auf sie gewartet hatte.

„Wie seid ihr so schnell hier herunter gekommen?" fragte Antario.

„Es gibt mehr als einen Weg von diesem Berg herunter. Doch den, den ich gegangen bin, hättet ihr zu Pferd nicht nehmen können" sagte Karatas.

„Das Wetter lädt nicht gerade zum Verweilen und Plaudern ein. Lasst uns doch diesen Weg weitergehen, in etwa einer Meile erreichen wir einen Hof, dessen Besitzer ein alter Freund ist. Er wird uns Unterschlupf gewähren bis das Wetter sich bessert," fügte er hinzu.

Keiner der Gefährten hatte etwas dagegen einzuwenden. So machten sie sich auf den Weg. Der Regen hatte etwas nachgelassen, aber der Wind hatte sich noch verstärkt, als sie den Hof erreichten. Es war ein großer Hof mit einem großen Stall für zahlreiche Pferde und andere Nutztiere. Das Haupthaus war zwei Stockwerke hoch und fast so lang wie der Stall. Nebenan standen noch zwei kleinere Häuser für Bedienstete und Gäste. Als sie den Hof über den langen Weg von der Straße betraten, stand ein älterer Mann in der Tür zum Haupthaus und rauchte eine Pfeife. Die durchnässten Gefährten blieben vor seiner Tür stehen und der Mann betrachtete sie neugierig. Ihm war offensichtlich nicht ganz klar, wie es jemand bei diesem Regen fertig brachte, vor die Tür zu gehen.

„Sei gegrüßt Bauer Ortag. Du wirst dich sicherlich wundern was uns bei diesem Wetter zu dir treibt, doch kann ich dir deine Frage nicht beantworten. Also stell sie erst gar nicht. Wir bitten dich nur um deine Gastfreundschaft, bis dieses Unwetter ein Ende hat." rief Karatas gegen den Wind an.

„Kommt nur herein. Der Kamin ist an und Eintopf ist ebenfalls noch da. Was wäre ich für ein Mann, wenn ich euch bei diesem Wetter vor verschlossener Tür stehen ließe? "sagte Ortag. Sie betraten das Haus und sofort wurden sie von der warmen Luft des Kamins eingehüllt. Der große Kamin stand an einer Wand des großen Raums, in den sie eingetreten waren und ein wärmendes Feuer brannte hell in seinem Inneren. Der Bauer nahm seinen Gästen ihre nassen Mäntel ab und führte sie anschließend in einen kleineren Raum. Auch hier brannte ein Feuer in einem kleinen Kamin, vor dem ein Tisch mit sechs Stühlen stand. Die Gefährten nahmen

Platz und wärmten sich am Feuer. Nach einer Weile kam die Frau des Bauern herein und begrüßte sie freundlich. Sie trug ein Tablett mit dampfendem Tee herein. Antario konnte sich kaum daran erinnern, wann er das letzte Mal so freundlich bewirtet wurde. Karatas unterhielt sich eine Weile mit Ortag über seine Felder und andere Dinge. Es war offensichtlich, dass Ortag und Karatas sich schon viele Jahre kannten. Der Bauer lachte viel und gerne. Selbst nachdem Antario ihm die Geschichten über den Angriff der Orks erzählte wurde seine Mine zwar ernst, doch seine Laune konnte sie nicht trüben. Es verging eine Zeit bis alle ihren Tee getrunken und alle Nettigkeiten ausgetauscht waren. Karatas bat Ortag zu gehen, um sich mit seinen Gefährten zu beraten. Der Bauer war keineswegs verstimmt sondern grinste freundlich und ließ sie allein. Nachdem Ortag die Tür hinter sich geschlossen hatte, schaute Karatas in die Runde und überlegte. Keiner sagte ein Wort. Auch Antario sah in die Runde und konnte sich ein Grinsen nicht verkneifen, als sein Blick auf Ogal traf. Der gewaltige Hoot saß auf einen für ihn viel zu kleinen Stuhl, der unter seinem Gewicht zusammen zu brechen drohte.

„Was ist denn so komisch mein junger Freund?" fragte Karatas, der ein ehrliches Interesse daran hatte.

„Bitte entschuldigt Meister. Ich habe nur gerade Ogal betrachtet. Er sitzt auf seinem Stuhl wie ein Kerling auf einem Schleifstein." antwortete Antario, der das Grinsen auf seinem Gesicht nicht los wurde. Jetzt musste auch Astritt lachen und selbst Karatas stimmte in das Gelächter mit ein. Selbst Mortim grinste und sah Ogal etwas mitleidig an. Es war das erste mal, dass Antario Mortim grinsen gesehen hatte. Ogal verzog verärgert das

Gesicht und sagte kein Wort, er gab nur ein langes missmutiges Brummen von sich.

„Es ist schön zu hören, dass ihr trotz all der Gefahren, die ihr durchschritten habt, nicht euer Lachen verloren habt. Das ist ein gutes Zeichen. "sagte Karatas.

„Wofür ein gutes Zeichen?" wollte Astritt wissen.

„Dass ihr euch eurem Schicksal stellt und ihm trotzt, ganz gleich was es für euch bereithält. Ihr könnt mir glauben, wenn ich euch sage, dass noch einige schwere Prüfungen auf euch warten. Der Ort an den wir gehen werden ist in diesen Zeiten wohl der düsterste in ganz Athgarat:" sagte der Zauberer.

„Wir?" brach es aus Mortim hervor.

„Nun ja, ich wollte euch begleiten, wenn ihr mich in eure Runde aufnehmt. Ich habe mich dem Willen des Rates, dem ich seit vielen Menschenaltern angehöre, widersetzt und bin zu euch gekommen. Versteht mich nicht falsch, der Rat trifft in der Regel weise und gerechte Entscheidungen, doch in letzter Zeit scheinen die ältesten und mächtigsten von uns vom rechten Weg abgekommen zu sein. Ich denke, ich kann euch auf eurer Reise eine große Hilfe sein. Außerdem kenne ich den Weg genau und habe vor einiger Zeit den Ort besucht, den ihr aufsuchen wollt." erklärte Karatas.

„Von welchem Ort sprecht ihr denn? Ich muss gestehen, dass wir über unser Ziel noch nicht gesprochen haben. Ich weiß nur, wir sind auf dem Weg Richtung Nordosten." sagte Antario. Er und die anderen hatten sich darauf verlassen, dass Mortim schon weiß, wohin sie zu gehen hatten. Doch darüber gesprochen hatten sie nicht.

„Unser Weg, sofern ihr mich mit euch gehen lasst, führt uns in die Stadt Norat Anor. Sie liegt wie Antario bereits sagte im Nordosten, am Fuß der großen Berge. Es ist ein Ort ohne Freude. Seit Zergoron vor vielen Jahren den Thron bestiegen hat, regiert die Furcht in den Straßen der Stadt, die Furcht vor ihm und seinen totbringenden Priestern. Ich habe vor vielen Jahren, noch bevor der Wahnsinn dort regierte, lange in der Stadt gelebt und kenne mich gut aus." Stille trat ein und Antario sah immer wieder zu Mortim herüber, um zu erfahren, was er von der Sache hielt. Doch in seinem Gesicht war wie immer nichts zu lesen.

„Ich lasse euch jetzt eine Weile allein, damit ihr euch in Ruhe beraten könnt. Ich habe noch etwas mit unserem Freund dem Bauern zu bereden." sagte Karatas. Der Zauberer stand auf und verließ den Raum.

„Was haltet ihr von ihm? Ich finde Karatas macht einen ehrlichen Eindruck. Ich denke, wir können ihm vertrauen." sagte Antario, nachdem der Zauberer gegangen war. Mortim sah sich kurz zur Tür um und horchte.

„Ich halte nicht viel davon einen dieser Zauberer mit uns gehen zu lassen. Ich traue ihnen einfach nicht, aber ich bin in dieser Runde nicht der, der diese Entscheidung allein treffen sollte." sagte Mortim.

„Wir sollten uns fragen, ob wir diesen Weg ohne ihn gehen können. Wenn es stimmt, was er sagt und er sich in Norat Anor auskennt, ist sein Wissen für uns von großem Wert. Es sei denn, du kennst auch einen Weg zu Zergoron, Mortim."sagte Astritt.

„Nein kenne ich nicht. Es gibt nicht viele, die sich in der Stadt so gut auskennen. Ich habe die Stadt vor vielen Jahren gesehen, doch habe ich mich dort nicht lange aufgehalten. Also Antario und Astritt stimmen für den Zauberer. Was ist mit dir alter Freund, willst du ihn mit uns gehen lassen?". Ogal bewegte sich auf seinem Stuhl etwas unruhig, so dass das Holz unter seinem Gewicht nachzugeben drohte.

„Ich habe viele schlimme Geschichten über diesen Ort gehört und wenn auch nur die Hälfte davon wahr ist, dann sind wir verloren, wenn wir die Stadt betreten. Man wird uns erkennen und töten. Ich denke, wir können jede Hilfe gebrauchen, die man uns anbietet. Er soll uns begleiten, doch ich werde auf ihn Acht geben und wenn er uns verrät, wird er dafür bezahlen." brummte Ogal.

„Dann ist es beschlossen: Der Zauberer wird mit uns gehen." sagte Mortim.

19

Die Nacht verbrachten Antario und seine Freunde vor dem großen Kamin in der Eingangshalle. Es gab nicht genug Zimmer in dem Haus, um allen ein warmes Bett anzubieten. Nur Karatas schlief im einzigen Gästezimmer. Das Unwetter legte sich über Nacht und ein bewölkter aber trockener Tag erwachte. Lediglich die zahlreichen Pfützen erinnerten an eine regnerische Nacht.

Die Gemeinschaft nahm ein reichliches Frühstück zu sich. Die Frau des Bauern fühlte sich offensichtlich dazu verpflichtet, die fehlenden Schlafmöglichkeiten mit einer üppigen Mahlzeit zu vergelten. Der Bauer Ortag sattelte die Pferde und führte sie in den Hof. Seit vielen Jahren schon beherbergte er die Pferde der Zauberer, auch wenn sie immer seltener zu ihm kamen, um eines ihrer Tiere zu holen. Als Ortag Karatas sein Pferd übergab, viel Antario auf, dass ihm kein Zaumzeug angelegt wurde. „Euer Pferd, braucht es keine Zügel?" fragte Antario. „Nein dieses nicht, es trägt mich schon viele Jahre. Es spürt meinen Willen und wenn nicht, reicht ein Wort von mir, um es zu lenken." sagte Karatas. Nach einigen Worten des Dankes und des Abschieds machten sich die Gefährten wieder auf den Weg zur Straße. Sie schlugen den Weg Richtung Osten ein, der aufgehenden Sonne entgegen, die immer stärker ihre wärmenden Strahlen über das Land schickte. Karatas ritt vorweg und die anderen folgten in einigem Abstand. Antario sah vorerst keinen Grund, den Zauberer auszugrenzen und beschleunigte sein Tempo, um zu Karatas aufzuschließen. Auch wenn die anderen ihm nicht trauten, wollte er doch der erste sein, der es versuchte. „Welchen Weg werden wir nehmen, um in die dunkle Stadt zu gelangen?" wollte Antario wissen. „In die Stadt selber zu gelangen ist nicht schwer. Aber wir wollen ja in die Festung im Inneren der Stadt und das wird nicht leicht. Doch über diese Dinge denke ich nach, wenn wir dort sind. Unser Weg führt uns durch ganz Armaßien und wir werden die Hauptstadt Lorgeron besuchen, ehe wir uns nach Norden wenden." sagte Karatas. Die Sonne stieg auf und der Himmel wurde klar. Die Gemeinschaft kam gut voran. Die Straße war breit und gepflastert. Auf ihr konnten ohne Probleme drei Pferde nebeneinander reiten. Sie machten an einigen Ortschaften oder einzelnen Gehöften halt, um Nahrung und Wasser zu kaufen. Oft kannte Karatas einige der Bewohner. Er war einer der wenigen Zauberer vom Orden, der sich von Zeit zu Zeit aufmachte, durch das

Land zu reisen. Nur Meister Festokol war öfter unterwegs als er und die Leute fragten oft nach ihm.

Die Tage verstrichen und das Wetter wurde zunehmend schlechter. Regen und Sturm waren nun ihre ständigen Begleiter. Am fünften Tag ihrer Reise vom grauen Berg mussten sich die Gefährten durch ein Hagelschauer kämpfen, ehe sie in einer verlassenen Hütte Schutz fanden. Das Wetter und die ständigen Entbehrungen hatten Auswirkungen auf die Stimmung der Reisegruppe. Antario wollte nichts weiter, als eine Nacht in einem richtigen Bett schlafen. Er konnte es kaum erwarten, Lorgeron zu erreichen. Am nächsten Tag hatte sich das Wetter etwas aufgeklärt und sie setzten ihre Reise fort.

„Morgen um diese Zeit erreichen wir Lorgeron." sagte Karatas. Mortim, der seit Tagen kaum gesprochen hatte, warf Karatas einen misstrauischen Blick zu. Antario konnte seine Haltung nicht recht verstehen. Auf ihn machte der Zauberer einen ehrlichen und aufrichtigen Eindruck. Er hatte sich einige Male mit ihm länger unterhalten. Er konnte die Weisheit und die Erfahrung dieses alten Mannes regelrecht spüren. Wenn er wirklich ein Verräter war, konnte er sich sehr gut verstellen.

Die Sonne begann unter zu gehen und das Wetter ließ ein weiteres Trainingsgefecht zwischen Antario und Mortim zu. Wild war ihr Zweikampf gewesen und Antario forderte seinen Meister jedes Mal mehr. Nachdem ihr Training beendet war, ging Mortim Holz für das Feuer suchen und Antario holte sich einen aufmunternden Kuss von Astritt ab. bevor er sich zu Karatas ans Feuer setzte.

„Du bist ein beeindruckender Schwertkämpfer. Du bist besser als die meisten deiner Landsleute. Und wie ich hörte, hast du dich in der Schlacht auf der Ebene von Maratas sehr gut geschlagen. Manche behaupten, es sei deinem und dem Mut von Mortim zu verdanken, dass ihr den Sieg davongetragen habt." sagte Karatas.

„Eines Tages werde ich ihn schlagen." antwortete Antario.

„Deine Einstellung ist lobenswert junger Freund, doch einen wie Mortim zu schlagen ist für dich wohl unmöglich. Er ist wie du weißt einer der Unsterblichen und hat in seinem Leben hunderte Schlachten geschlagen. Er lebt für das Schwert und ist eins mit dem Kampf. Im Zweikampf könnte ihn nur noch einer besiegen und das ist Zergoron selbst. Obwohl auch das unwahrscheinlich ist."

„Wie konnte er all diese Meister des Schwertes töten? Ist er der Beste von ihnen?" fragte Antario.

„Nein das nicht, er hat die anderen durch Arglist und Tücke zur Strecke gebracht. Jeder von ihnen vertraute ihm und so konnte er sie täuschen und einen nach dem anderen töten. Nur euer Freund Artis hier, konnte bis jetzt durch seine Netze schlüpfen. Und jetzt, wo er die Wahrheit kennt, ist es schwer einen erfahrenen Krieger wie ihn zu fangen."

„Aber warum tut ein Mensch so was? Und warum hatte niemand etwas davon bemerkt?"

„Über viele Jahre waren sie wie Brüder zueinander. Jeder vertraute jedem und die Jahre der Freundschaft vertrieben jegliches Misstrauen. Umso schwerer wiegt sein Verrat, denn nichts bricht einem schneller das Herz, als wenn ein geliebter Mensch sich gegen einen selbst wendet. Zergoron weiß, dass nur seine einstigen Waffenbrüder seine Pläne durchkreuzen können und dass ihre Schwerter die einzigen Waffen sind, die ihn verletzen können. Darum jagt er sie. Nur noch Artis, und die Hoffnung, dass die Menschen der Mut nicht verlässt, liegt zwischen ihm und der Herrschaft über ganz Athgarat."

„Ihr scheint eine Menge darüber zu wissen?" fragte Antario.

„Ich bin zu einer Zeit nach Athgarat gekommen, als diese Geschichten noch gern in jedem Land erzählt wurden und die Lieder der Heldentaten der Unsterblichen noch in jedem Wirtshaus gesungen wurden. Doch heute sind die Geschichten vergessen und die Lieder verklungen. Nur noch wenige können sich daran erinnern, was damals geschah."

Der Himmel brach auf und die Sonne schickte ihre wärmenden Strahlen auf die Gefährten. Es waren die letzten Stunden vorm Sonnenuntergang. Das Licht war noch hell und ließ die noch nassen Wälder und Wiesen in goldenem Glanz erstrahlen. Mit Hilfe des letzten Tageslichts schlugen die Gefährten ihr Lager auf. Die schnell aufziehende Dunkelheit ließ an diesem Abend keinen Trainingskampf zwischen Mortim und Antario zu. Das Abendessen viel spärlich aus. Ein paar getrocknete Früchte und etwas Dörrfleisch mussten reichen. Das Holz, das sie fanden war zu nass um ein Feuer zu machen und so saßen sie in ihren nassen Mänteln im Kreis und schwiegen. Karatas rauchte seine Pfeife und dachte angestrengt nach. Mortim stand am Rand des Lagers und spähte in die Dunkelheit, wie er es oft tat in letzter Zeit. Antario und Astritt saßen auf dem Boden und unterhielten sich und Ogal war bereits eingeschlafen. Die Nacht war trotz des langen Regens mild. Nacheinander hielt jeder von den Gefährten Wache. Doch nichts passierte in dieser Nacht. Alle waren schon auf den Beinen, als die Sonne rot glühend im Osten ihr Gesicht zeigte. Mit der Aussicht auf einen sonnigen Tag machte sich eine gelassenere Stimmung im Lager breit. Karatas pfiff ein lustiges Lied vor sich hin, während sie das Lager abbauten. „ Heute erreichen wir Lorgeron, die größte Stadt in Armaßien. Man sagt, sie sei die kleine Schwester von Norat Anor. Lasst uns hoffen, dass unsere Ankunft unbemerkt bleibt, denn Zergoron wird auch dort seine Spione haben. Heimlichkeit ist unser einziger Vorteil. Wenn wir ihn verlieren sehe ich keine Hoffnung mehr. Aber jetzt lasst uns aufbrechen." sagte Karatas und schwang sich mit beachtlicher Leichtigkeit auf sein Pferd. Fest seinen Blick Richtung Norden gewandt ritt der Zauberer voran.

20

Lester hatte in dieser Nacht nicht sehr viel geschlafen. Er musste ständig an Malekei denken und ob der Fremde mit dem finsteren Blick Wort halten würde oder ob er sich bereits aus dem Staub gemacht hatte, um dem Zorn Lesters zu entgehen. Lester wusste selbst, dass er nicht so gut mit Worten war, wie etwa Karatas oder sein König. Alles was er ihm gesagt hatte, war die reine Wahrheit. Mehr konnte er Malekei einfach nicht bieten. Lester hoffte, dass es reichen würde. Er hatte dem Wirt gesagt, dass er zwei Stunden vor Sonnenaufgang geweckt werden wollte. Zuerst hatte der Wirt gemault, dass es nicht seine Angelegenheit sei, wenn seine Gäste mitten in der Nacht aufzustehen gedenken, doch dann besann er sich wieder und gewährte Lester seine Bitte, während er einen ängstlichen Blick auf dessen Schwert warf. Es gefiel Lester, einen Ort in Athgarat gefunden zu haben, der so frei von Gewalt war, dass selbst die bloße Möglichkeit einer körperlichen Auseinandersetzung die Menschen in Angst versetzte. Er hoffte, dass dieses Glück den Menschen hier noch lange erhalten blieb und dass der Krieg diesen Ort niemals erreichen wird.

Als der Wirt vorsichtig an seine Tür klopfte, stand Lester schon im Zimmer und war in seine schmutzigen Sachen gestiegen. Es ärgerte ihn, dass er diese Nacht in einem richtigen Bett nicht genießen konnte. Wie gerne hätte er sich mal wieder richtig ausgeschlafen. Ohne Sorgen oder Eile. Doch es stand zu viel auf dem Spiel.

Als er ins Freie trat, wehte ihm ein eisiger Nachtwind entgegen. Sofort begann er zu frieren. Seine Kleidung war klamm und seine Beine schwer. Er fühlte sich fiebrig, biss die Zähne zusammen und ging gegen den eisigen Wind Richtung Stall.

Eine dunkle Gestalt bog um die Ecke des Stalls. Zuerst dachte Lester es sei der Wirt, doch dann bemerkte Lester ihn hinter sich. Instinktiv schnellte seine Hand zum Griff seines Schwertes. „Ihr seid also wirklich ein Mann des Schwertes." brummte die heisere Stimme von Malekei. Lester entspannte sich wieder. „Alles, was ich euch sagte, entspricht der Wahrheit. " antwortete Lester. „Wir werden sehen." „Was tut ihr hier? Ich dachte, wir wären auf dem Dorfplatz verabredet?" fragte Lester. „Ich konnte keinen Schlaf finden in dieser Nacht und so habe ich mir gedacht, ich erspare euch einen Gang." „Aber der Dorfplatz liegt südlich von hier. Was sollte ich dadurch gespart haben?" sagte Lester mit etwas zu viel Spott in seiner Stimme, als er beabsichtigte und

212

setzte seinen Weg zum Stall fort. „Ich dachte mir schon, dass ihr euer Pferd mitnehmen würdet. Aber daraus wird nichts und somit braucht ihr es nicht wieder vom Dorfplatz zurück hierher bringen." „Ich gehe nirgendwo hin ohne dieses Pferd." sagte Lester energisch. „Es ist so stark wie Zehn und so schnell wie der Wind im Norden." „Und wenn schon, in diesen Sümpfen ist es so nützlich wie euer Schwert beim Schwimmen. Wenn euch wirklich so viel an ihm gelegen ist, dann hört auf meinen Rat und lasst es hier. In den Sümpfen würde es uns nur aufhalten und schließen steckenbleiben und sterben." Lester traute seinen Ohren nicht. Sollte er wirklich sein Pferd zurück lassen müssen. Dieses stolze Tier, welches er so ins Herz geschlossen hatte.

„Der Wirt passt gut auf euer Tier auf, wenn ihr ihm ein paar Münzen für Futter und Unterkunft da lasst. Ihr könnt es dann holen kommen, wenn unsere Reise vorüber ist." Lester focht in seinem Inneren einen Kampf aus. Was Malekei sagte klang plausibel, doch wenn er Toriath wirklich zurückließe, würde er ihn vielleicht nie wieder sehen. Schließlich wandte Lester sich an den Wirt. Er drückte ihm, bis auf ein paar Münzen, alle in die Hand, die er noch hatte. „Behandle ihn mit Ehrfurcht und Ehre bis ich zurück bin. " sagte Lester mit einem kleinen Kloß im Hals. Ohne sich von Toriath zu verabschieden, machten sich Lester und Malekei auf den Weg nach Süden. Der Wirt stand noch eine Weile vor seinem Stall und sah den beiden nach. Er dachte traurig darüber nach, dass er die beiden wohl nie wiedersehen würde.

Während die beiden die zwei Meilen zwischen dem Dorf und dem Sumpf hinter sich brachten, streckte die Sonne ihr strahlendes Antlitz über den Rand der Welt, um das Land mit ihren wärmenden Strahlen zu fluten.

„Ah die Sonne kommt hervor und es scheint ein schöner Tag zu werden. Genau das richtige Wetter, um schnellen Schrittes voran zu gehen." sagte Lester.

„Gewöhnt euch nicht zu sehr daran. In den Sümpfen gibt es keine Sonne. Ein alles umhüllender Nebel umgibt diesen Ort. An manchen Tagen kann man keine zehn Schritte weit sehen. Das ist die Zeit, in der die Gurper auf die Jagd gehen. Lasst uns hoffen, dass sie uns nicht bemerken. Der Sumpf ist groß, vielleicht können wir unbemerkt an ihnen vorbei hindurchkommen." Lesters gute Laune war dahin. Er musste wieder an Antario und die anderen denken. Auch daran, wie sie zusammen den Gorwald durchquerten. Die Furcht vor dessen, was vor ihnen, lag wuchs mit jedem Schritt. Der Wind hatte gedreht und wehte den fauligen und modrigen Atem des Sumpfes ihm entgegen. Das saftige Gras des Feldes wich nassem Moos und feuchter Erde. Wildes dichtes Gestrüpp versperrte ihnen die Sicht. Malekei blieb am Rand des Sumpfes für eine Weile stehen und wandte sich dann nach Westen. Sie gingen eine Meile die Grenze zwischen Feld und Sumpf entlang, bis sich ein schmaler Pfad nach Süden durch die Büsche schlängelte. Malekei warf Lester einen finsteren Blick zu und betrat schließlich den Sumpf. Dunkelheit und Nebel schlossen Lester in ihre kalte Umarmung, als Lester seinem Gefährten folgte. Der Boden unter seinen schweren Stiefeln war matschig und weich. In den Büschen und Farnen am Rand des Weges, von denen Lester nicht ein einziges Gewächs bekannt war, krochen Spinnen und Käfer in ungeahnter Größe und Form. Es war, als hätte er die Schwelle in eine andere Welt überschritten. Selbst die Luft zum Atmen war warm und stickig. Lester kämpfte eine leichte Übelkeit nieder, die der Gestank von vermodertem Holz und Gras verursachte. Der ewige Nebel im Sumpf hatte in kurzer Zeit Lesters Kleidung völlig durchnässt und das Gehen fiel ihm immer schwerer. Seine Hose klammerte sich an seine Beine und sein Umhang hing wie Blei von seinen Schultern. Der Tag verstrich langsam und schleppend. Malekei hatte den ganzen Weg bisher kein einziges Wort gesagt. Als sie sich durch eine Mauer aus Gestrüpp geschlagen hatten, welche wie als letzte Warnung für Wanderer über den Weg gewachsen war, lichtete sich der Nebel etwas. Zu beiden Seiten des matschigen Weges lagen kleine Tümpel und Weyer, in denen merkwürdige Pflanzen schwammen. Lester trat an einen der Teiche heran, um diese merkwürdigen Pflanzen in genaueren Augenschein zu nehmen. Dabei rutschte er vom Ufer ab und glitt mit einem Fuß in den Teich. Verärgert trat er einen Schritt zurück und schüttelte seinen nun endgültig nassen Fuß. Malekei, der ein Stück voraus gegangen war, kam zu ihm gelaufen und riss ihn einige Schritte vom Ufer zurück auf die Mitte des Weges. „Haltet euch fern vom Wasser, es ist gefährlich." fauchte er Lester an. Lester, der die Aufregung seines Gefährten nicht recht verstand, sah ihn nur fragend an. Doch als er einen Blick auf den Teich warf, geriet die Wasseroberfläche plötzlich in Bewegung. „Lauft" schrie Malekei und sprintete los. Lester brauchte noch einen Augenblick, um zu verstehen was geschah, als eine furchterregende Kreatur aus dem Wasser gesprungen kam und mit riesigen Kiefern nach ihm schnappte. Nur um Haaresbreite verfehlten die langen Zähne Lester. Die Haut der Kreatur war dunkelgrau und schimmerte im spärlichen Licht. Es stand auf zwei langen dünnen Beinen und balancierte sein Gewicht mit einem langen Schwanz, an dessen Ende sich ein langer Stachel befand. Seine roten Augen leuchteten mordlüstern und gierig. Es setzte gerade zu einem neuen Sprung an, als es von Malekeis Messer getroffen wurde. Die Klinge steckte in der Flanke der Bestie. Ein grauenerregender Schrei, geschwängert von Schmerz und Wut, schallte durch das Zwielicht und wurde nur vom dichten Nebel gedämpft. Lester stolperte einige Schritte zurück und wäre um ein Haar in den nächsten Tümpel gestürzt, als Malekei ihn am Ärmel hinter sich herzerrte. Rings um die beiden begann sich das Wasser aufzuwühlen. So schnell sie mit ihren klammen Kleidern laufen konnten, rannten Malekei und Lester den schmal Weg zwischen den Teichen entlang. Lester wagte einen schnellen Blick über seine Schulter und sah, wie sich immer mehr der bösartigen Wesen aus dem Wasser wagten. Getrieben von Blutdurst und Hunger gingen einige auf einander los. Doch die meisten setzten zur Verfolgung der beiden an. Zu ihrem Glück entfernten sich die Wesen nicht weit von ihren jeweiligen Teichen. Malekei hielt erst wieder an, als sie eine größere Insel inmitten der unzähligen Teiche erreichten. Völlig außer Atem stützte er sich auf seine Knie. Lester horchte über seine rasselnde Atmung hinweg in den Sumpf hinein. Kein Laut war zu hören, nur das leise Gurgeln von langsam fließendem Wasser und dem Wind im Schilf. Malekei warf Lester einen finsteren Blick zu. „Wenn du dich umbringen willst, hättest du mich nicht mitnehmen brauchen. " maulte Malekei zwischen zwei tiefen Atemzügen. Lester sah ein was er falsch gemacht hatte und schluckte seine Antwort herunter. Nachdem beide wieder zu Atem gekommen waren und einen Schluck Wasser getrunken hatten, setzten sie ihren Weg fort. Lester war von nun an doppelt vorsichtig. Er redete nur, wenn er gefragt wurde und hielt sich so fern vom Wasser, wie er nur konnte. Als die Nacht hereinbrach schlugen Lester und Malekei ihr Lager zwischen einer kleinen Gruppe aus Sträuchern auf. „Sei vorsichtig Lester, der Sumpf verwandelt sich in der Nacht. Er legt sein graugrünes Gewand ab und wird zu einer schönen und bunten Oase. Fremd und verspielt, aber auch ebenso gefährlich. Also sei wachsam und verfalle nicht seinem Zauber. Es wäre dein Untergang." sagte Malekei, bevor er sich in seine Decke rollte und die Augen schloss. Lester hinterfragte Malekeis Anweisung nicht und schon gar nicht nach dem heutigen Tag. Er verstand nicht recht was er meinte, bis die Sonne ganz untergegangen war. Lester wollte seinen Augen nicht trauen. Wie Malekei es gesagt hatte, begann der Sumpf sich zu verwandeln. Die am Tage dunkelgrünen Gräser und Farne begannen blau und violett zu leuchten. Das Wasser in den Teichen leuchtete hellgrün und malte mit seinen leichten Wellen ein Bild. Bunte Vögel und Echsen kamen hervor, um sich auf die Jagd nach grell leuchtenden Insekten zu machen. Auch die Geräusche, welche bei Tag dumpf und abweisend durch den Nebel drangen, waren nun klar und hell. Die Geräusche des Wassers und des Windes luden zum Verweilen und zum Träumen ein. Lester konnte nicht glauben, wie der einst so triste und stinkende Sumpf sich in eine so fremde und doch schöne Welt aus Farben und süßen Gerüchen verwandeln konnte. Lester erhob sich und wandelte wie in Trance auf eine naheliegende Wasseroberfläche zu. Er wollte eintauchen in diese fremde Welt, er wollte ein Teil von ihr sein. Alle Angst und Zweifel waren vergessen. Als er den Tümpel fast erreicht hatte, hielt ihn eine Hand davon ab weiterzugehen. Er drehte sich um und sah Malekei, der ihn festhielt und aufs Wasser starrte. „So schön und doch bringt die Nacht in diesem Sumpf nur noch schneller das Verderben. Ich weiß nicht was mir mehr Angst macht, dass etwas so Schönes den Tod bringt, oder dass es einen dazu verleitet, sich selbst in den Tod zu stürzen." sagte er leise. Lester wachte wie aus einem Traum auf und bemerkte erst jetzt, was er beinahe getan hätte. Er stand nur wenige Schritte von einem Tümpel entfernt und war im Begriff, ins Wasser zu gehen. Sein Herz fing an zu rasen. Jetzt hatte Malekei ihm schon zum zweiten Mal das Leben gerettet. Lester fühlte sich furchtbar und erleichtert zugleich. Er hatte eine Schuld auf sich geladen, welche er Zeit seines Lebens nicht abtragen konnte und doch war er froh, Malekei an seiner Seite zu haben. In dieser Nacht fanden beide nicht viel Schlaf. Als der Morgen graute, aßen Lester und Malekei eine Kleinigkeit, nur um bei Kräften zu bleiben. Hunger hatte sie beide nicht.

Das Gelände wurde immer unwegsamer und der Nebel immer dichter. Ihre Kleider waren triefend nass und die Rucksäcke zerrten unaufhörlich an ihrer nassen Haut. Den ganzen Morgen stapften Malekei und Lester durch den feuchten Morast, bis sie zu einer Weggabelung kamen. Malekei blieb stehen und sah sich um. „Was ist los? Erinnerst du dich nicht mehr, welchen Weg wir nehmen müssen?" fragte Lester. Malekei ließ ihn eine Zeit auf die Antwort warten. „Nein, unser Weg führt hier entlang Richtung Südwesten. Etwas anderes bereitet mir Sorgen." sagte er leise und deutete den Weg entlang. Erst jetzt bemerkte Lester den aufgespießten Schädel am Wegesrand. „Was hat das zu bedeuteten?" wollte er wissen und sah sich ebenfalls nervös um. „Es ist ein Zeichen der Gurper. Wir betreten jetzt ihr Reich. Lass uns hoffen, dass sie uns nicht bemerken, denn sonst werden wir den Sumpf nicht mehr verlassen. Sie werden uns hetzen und dann töten." Malekei setzte sich wieder in Bewegung und ging ohne es weiter zu beachten an dem Mahnmal aus einem ausgehöhlten Schädel und einigen verknoteten Federn vorbei. Lester hingegen konnte seinen Blick nicht abwenden, als er seinem Gefährten folgte. Fast so als ob die Gurper den Nebel selbst erzeugen könnten, um ihr Reich zu verbergen, wurde der Nebel noch dichter. Lester musste aufpassen, dass er Malekei nicht aus den Augen verlor. Er wusste, dass er alleine in dieser Wildnis keine zwei Tage überleben würde. Nach einigen Stunden des wortlosen Marsches blieb Malekei stehen und holte etwas aus seinem Rucksack. Lester trat näher und sah zu, wie er ein Seil hervorholte und sich um die Hüfte band. „Wir müssen uns zusammenbinden, um einander nicht zu verlieren. Der Nebel wird noch dichter werden." Lester bemerkte, wie sich langsam aber sicher ein Anflug von Furcht in ihm breit machte. Er kämpfte seine Ängste nieder und band sich das Seil um die Hüfte. Malekei überprüfte den Knoten und ging voraus. Genau wie Malekei es vorausgesagt hatte, wurde der Nebel noch dichter. Lester hätte bis vor wenigen Tagen niemandem geglaubt, der ihm von einer solchen Umgebung erzählt hätte. Jetzt war er es, der durch den Sumpf stapfte und sich von einem fast Fremden am Seil durch den Nebel ziehen ließ. Der Nebel wurde so dicht, dass Lester seinen Führer nicht mehr sehen konnte. Er sah nur das Seil, wie es im grauen Dunst vor ihm verschwand. Stunde um Stunde marschierte Malekei voraus und Lester stolperte hinter ihm her. Die nassen Kleider und sein Rucksack zerrten an ihm, während er immer schwächer wurde. Lester merkte, dass ihn seine Kräfte langsam verließen. Er brauchte eine Pause. Malekei schien es ebenso zu gehen, denn plötzlich tauchte er im dichten Nebel vor ihm auf. Sein dunkles Haar klebte ihm im Gesicht und er atmete schwer. „Wir machen hier Rast." sagte er. „Was hier? Der Boden ist nass und weich kein besonders geeigneter Ort um zu verweilen und seine müden Knochen auszuruhen." brummte Lester. „Das Gelände wird sich bis übermorgen nicht ändern. Also ist dieser Ort so gut wie jeder andere." gab Malekei barsch zurück. Lester erwiderte nichts darauf und auch Malekei schwieg. Beide nahmen ein kurzes Mahl, bestehend aus nassem Brot und komisch schmeckendem Käse, zu sich. Lester übermannte die Müdigkeit und er schlief sitzend ein. Malekei gönnte ihm die Stunde der Erholung und hielt Wache. Schließlich weckte er ihn und bemerkte, dass sich Lesters Laune ein wenig gebessert hatte. So machten sich die beiden wieder schweigend auf den Weg. Lester hätte sich gerne mit seinem Führer während der Wanderschaft unterhalten, auch wenn er ihn nicht sehen konnte, doch Malekei meinte, das sei zu gefährlich. Wenn die Gurper sie hörten, wäre alles aus. Die Landschaft änderte sich, während der Weg Lester und Malekei weiter Richtung Süden führte. Der nasse und matschige Boden wurde zunehmend trockener und die vereinzelt stehenden Büsche und Sträucher wichen mannshohen Büscheln aus Gras. Lesters Herz machte einen Sprung, denn für ihn sah es ganz so aus, dass sie den elenden Sumpf endlich hinter sich gelassen hätten. Malekei musste Lesters Stimmung leider einen Dämpfer verpassen. Er erklärte ihm, dass sie nun das Zentrum des

Sumpfes erreicht hatten und sie sich tief im Reich der Gurper befänden. Nach einigen Stunden Fußmarsch wurde das hohe Gras immer dichter. Die Grashalme waren hart und scharf. Sie rückten immer näher an den Weg heran und zerrten an Lesters Kleidern. Der Weg wurde immer schmaler und unwegsamer. Teilweise war er ganz vom wuchernden Gras besiegt worden und Malekei, der wie immer voran ging, musste sich mühsam hindurchkämpfen, bis der Weg zu ihren Füßen wieder auftauchte.

Schließlich erreichten die beiden eine kleine Lichtung im hohen Gras. Malekei blieb stehen und Lester wäre um ein Haar auf ihn aufgelaufen, während er sich gegen das klammernde Gras und seine krabbelnden Bewohner zur Wehr setzte. „Was ist los?" wollte er von seinem Führer wissen. Doch Malekei sagte kein Wort. Er blieb stumm am Rand der Lichtung stehen und lauschte. Schließlich drehte Malekei sich zu Lester um. „Dies ist ein Lagerplatz der Gurper. Lass uns hoffen, dass keines dieser Wesen in der Nähe ist und unsere Anwesenheit unbemerkt bleibt." flüsterte er. Vorsichtig betraten Lester und Malekei die Lichtung. Im Zentrum war eine Feuerstelle. Malekei näherte sich der Feuerstelle und kontrollierte die Asche. Erst als er sie in seinen Händen spürte, entspannte er sich merklich. Die Asche war kalt. Das hieß wohl, dass die Gurper nicht in der Nähe waren und diesen Platz seit einiger Zeit nicht mehr aufgesucht hatten. Malekei warf die Asche in seiner Hand zurück und machte sich sofort wieder auf den Weg. Er wollte diesen Ort so schnell wie möglich wieder verlassen und schlug sich am Südwestende der Lichtung wieder ins hohe Gras. Lester folgte ohne zu zögern. Auch ihm war nicht geheuer an diesem Ort. Nach einer kleinen Weile gabelte sich der Weg vor ihnen. Ein Weg verschwand Richtung Osten im Gras, ein weiterer verlief in Richtung Süden. Malekei wandte sich ohne zu zögern nach Süden und ging weiter. Als sie um die nächste Biegung kamen, blieb Malekei wie angewurzelt stehen. Lester sah sofort den Grund dafür. Auf dem Weg vor ihnen kniete eine graue Gestalt und suchte etwas auf dem Boden auf. Es war ein Gurper. Auch ohne je einen zu Gesicht bekommen zu haben, wusste Lester sofort, welches Wesen er vor sich hatte. Die Haut des Gurper war aschgrau und runzelig. So als ob sie ihm wie ein zu großes Hemd nicht passen würde. Seine Augen glühten hellgelb und sein Maul war riesig mit messerscharfen langen Eckzähnen bewaffnet. Genau wie sein Maul waren die langen Klauen seiner Hände ebenso gefährlich. Doch das befremdlichste und bizarrste an dem Wesen war die Tatsache, dass es keine Nase hatte. Sie war nicht zu klein oder versteckt, nein sie fehlte ganz einfach. Als der Gurper seine Beobachter bemerkte, knurrte er kurz auf, um sich sofort auf Malekei und Lester zu stürzen. Er schrie und kreischte mit ohrenbetäubendem Lärm. Der Gurper versetzte Malekei einen Schlag und schickte ihn damit zu Boden. Malekei schrie vor Schmerz auf. Sofort wollte das Wesen auch Lester angreifen, doch sein jetziger Gegner war kampferprobt. Kurz blitzte der Stahl im schwachen Licht des Sumpfes auf, ehe der Hieb mit dem Schwert den Gurper tötete. Lester betrachtete das fremde Wesen noch einen kurzen Augenblick mit dem Schwert in der Hand und half Malekei auf die Füße. Der hielt sich mit einer Hand den Bauch. Zwischen seinen Fingern quoll Blut hervor. Lester wollte sich die Wunde näher ansehen, als das Gras im Osten wie von einem Sturm verweht, sich zu bewegen begann. Malekei reagierte am schnellsten. Er packte Lester am Arm und zerrte ihn hinter sich her den Weg entlang. So schnell sie ihre erschöpften Glieder trugen, rannten die beiden den schmalen und unwegsamen Weg entlang. Die messerscharfen Blätter des hohen Grases ragten über den Weg und hinterließen schmerzhafte Schnitte und Schrammen auf jedem Flecken Haut, das sie zu fassen bekamen. Doch das merkte Lester nicht. Furcht und Panik hatten die Gewalt über seinen Körper. Den furchteinflößenden Gurper zu entkommen, war das einzige was zählte. Hinter Lester ertönte das schrille vom Blutdurst durchsetzte Geheul. Lester versuchte herauszuhören, mit wie vielen Gurper sie es wohl zu tun hatten. Das Gras um sie herum verwandelte die Stimmen von Wenigen in die von Vielen. Lester wagte einen Blick über die Schulter. Malekei hatte ihnen durch seine schnelle Reaktion Zeit verschafft. Die Wesen waren ein gutes Stück weg. Doch was nützte das schon? Lester und Malekei waren mit ihren Kräften am Ende. Ausgezerrt und erschöpft von der tagelangen Wanderung durch den Sumpf. Wohingegen die Gurper ausgeruht waren und sich zudem noch besser hier auskannten. Es würde nur eine Frage der Zeit sein, bis die Sumpfwesen über sie herfallen würden und dann hatten sie keine Kraft mehr zum Kämpfen. Während Lester über einen offenen Kampf gegen die Gurper nachdachte, veränderte sich der Sumpf um sie herum wieder. Das alte Bild der kleinen Teiche und einzelnen Sträucher löste die Landschafft des mannshohen Grases ab. Sofort zog auch wieder der dichte Nebel auf und schloss Lester und Malekei in seine feuchten Arme. Lester musste sich sputen, um mit Malekei Schritt halten zu können. Er wusste, wenn er seinen Führer jetzt verlieren würde, wäre das mehr als zuvor sein Untergang. Die veränderte Landschaft verschaffte aber auch ihren Verfolgern einen Vorteil. Durch das scharfe Gras konnten sich die Gurper nicht so schnell vorbewegen, doch im offenen Sumpf waren sie zu Hause und so holten sie mit jeder Meile immer weiter auf. Lester merkte, wie ihn seine Kräfte langsam aber sicher verließen. Auch Malekei bewegte sich nicht mehr so sicher und schnell fort, wie noch zuvor. Plötzlich sah Lester etwas am Wegesrand. Zuerst konnte er seinen eigenen Gedanken nicht recht folgen doch dann flutete die Idee in seinen Kopf und mit einem mal wusste er, was er zu tun hatte und wie er sie beide retten konnte. Malekei lief immer weiter und Lester mobilisierte seine letzten Kräfte, ihn aufzuholen. Als er Malekei gerade eingeholt hatte, tauchte wieder einer am Wegesrand auf. Ein Strauch, an dem seltsam aussehende Früchte wuchsen. Lester krallte sich in Malekeis Schulter fest und bewegte ihn zum Anhalten. Hinter ihnen kam das Geschrei ihrer Verfolger schnell näher. Vollkommen außer Atem begann Lester sofort, die seltsamen pelzigen Beeren zu pflücken und in seine Manteltasche zu stecken. „Bist du von Sinnen? Die Gurper werden jeden Moment hier sein. Lass die Dinger fallen und lauf was deine Beine hergeben." stöhnte Malekei, ebenfalls außer Atem. „Warte noch einen kleinen Moment." sagte Lester und blickte in Richtung ihrer Verfolger. Malekei konnte es nicht glauben, sein Begleiter hatte den Verstand verloren. Als die Silhouette des ersten Gurper langsam im Nebel zu erkennen war, schrie Lester Malekei an, er solle weiterlaufen. Malekei tat, wenn auch weiterhin verwundert, wie ihm geheißen und rannte wieder los. Durch die kurze Pause war er zu neuer Kraft gekommen und konnte das Tempo von eben beschleunigen. Lester folgte ihm auf dem Fuß und wühlte mit den Händen in seinen Manteltaschen herum. Malekei sah über seine Schulter und erblickte die Gurper, die schnell näher kamen und seinen Begleiter, wie er die pelzigen Früchte aus seinen Taschen holte. Malekei brachte das Verhalten Lesters so aus der Fassung, dass er stolperte und um ein Haar gestürzt wäre. Lester überholte ihn und lief weiter. Schließlich begann Lester damit, die Früchte aus seinen Taschen in die Teiche rechts und links am Wegrand zu schmeißen. Immer und immer wieder in jeden Teich, an dem sie vorbeikamen. Malekei war jetzt klar, dass sein Begleiter nicht den Verstand verloren hatte. Er begriff aber nicht, was Lester damit bezweckte, bis sich das Wasser am Wegrand stärker bewegte, als durch die einfallende Frucht verursacht wurde. Lester weckte die Faulspringer. „Lauf so schnell deine Beine dich tragen." schrie Lester während er durch den Sumpf rannte und weiter Früchte ins Wasser warf.

Als der erste Gurper soweit herangekommen war, um sich auf Malekei zu stürzen, brach ein Faulspringer aus seinem Teich hervor und landete zwischen Malekei auf dem Weg. Der Faulspringer schnappte nach Malekei, doch als er diesen nicht zu fassen bekam, griff er den Gurper an, der geradewegs auf den Faulspringer zu lief. Alle anderen Gurper ließen sich nicht von ihrem Ziel abbringen, Lester und Malekei einzuholen und überließen ihren Kameraden seinem Schicksal. Schreiend und strampelnd wurde der Gurper ins Wasser gezogen, bis seine Schreie verstummten. So schnell sie konnten liefen Lester und Malekei weiter, während sich immer mehr Faulspringer auf ihre Verfolger warfen und sie in ihre Teiche zogen. Schließlich brachen die übrigen

Gurper die Verfolgung ab und versuchten, unbeschadet an den Faulspringern vorbei, wieder zurück in den Sumpf zu gelangen.

21

Die Straße lag staubig und trocken vor der Gemeinschaft. Sie führte durch kleine Täler und vorbei an finsteren Nadelwäldern. Die Gefährten umritten einige steinige Hügel, aus denen graue Felsen ragten. Von Zeit zu Zeit begegneten ihnen andere Wanderer auf ihrem Weg, doch stets hielten die Menschen ihre Köpfe gesenkt und gingen wortlos an ihnen vorüber. Selbst Kindern schien das Lachen und der Spaß am Spielen vergangen zu sein. Karatas versuchte einige Male, vorbeiziehende Wanderer anzusprechen, doch ohne Erfolg. Er wurde nur finster von den Menschen angesehen, ehe sie ihren Weg fortsetzten. Mortim sagte den ganzen Weg über nicht viel. Etwas machte ihm zu schaffen. Nach einer Weile stoppte er sein Pferd an einer Weggabelung und sah Karatas an.
„Ist es wirklich nötig, nach Lorgeron zu reiten? Wir sollten die Stadt im Osten weitläufig umreiten. " sagte er.
„Ich kann deine Sorge verstehen, doch es ist der kürzeste Weg nach Norden. Die Zeit ist nicht gerade unser Freund. Wir wissen nicht wie die Dinge im Westen stehen. Wenn König Rotar und Lord Korto die Schlacht verloren haben, werden die schwarzen Horden weiter nach Westen ziehen und den Krieg nach Aragatt tragen.

Ich weiß nich,t ob die goldene Stadt dem Ansturm gewachsen ist. Eile ist geboten auch wenn das Risiko hoch ist." antwortete Karatas. Mortim tat seinen Unmut mit einem leisen Knurren kund und nahm den Weg Richtung Norden.

Am späten Nachmittag lag die Stadt Lorgeron vor ihnen. Schwarzer Rauch drang aus zahlreichen Kaminen und schwängerte die Luft mit einem unangenehmen Geruch. Es roch nach verbrannten Abfällen und Unrat. Die Stadt war an der Nordseite vom Wald eingeschlossen und nach Süden grenzte sie an viele Felder und Wiesen, auf denen Kühe und Schafe weideten. Immer wieder ritten Soldaten aus der Stadt oder kehrten zurück. Aus dem nördlichen Wald drang ebenfalls schwarzer Rauch. Die ganze Stadt war von einer dicken Mauer umgeben. Die Mauer war längst nicht so hoch und so dick wie in Alkatis, doch sie könnte auch lange einem Angriff standhalten.

In der Mitte der Stadt ragte die Festung des Königs mit ihren hohen Türmen empor. Auch sie war nochmals von einer starken Mauer umgeben. Langsam und vorsichtig näherten sich die Gefährten der Stadt. Antario konnte nicht sagen warum, doch ein ungutes Gefühl machte sich wieder in ihm breit. Es war dasselbe Gefühl, wie beim Betreten des Gorwaldes. Auch Ogal schien der Gedanke so nah an der Stadt vorbei zu reiten, nicht zu gefallen. Er festigte den Griff um seine Axt, die locker an seinem Gürtel hing.

Die Festung, im Kern der Stadt, wirkte bedrohlich. König Bertor hatte dort seinen Sitz. Er galt schon immer als ein launischer König, der sein Volk nach seinem Gefühlszustand regierte. So konnte es sein, dass ein Mann an einem Tag zum Tode verurteilt wurde und ein anderer am nächsten für das gleiche Vergehen freigesprochen wurde. Als Tyrannen konnte man ihn jedoch nicht bezeichnen. Er war schon alt und hatte keinen Erben für seine Königswürde. Auch deswegen hatte man schon lange nichts mehr, in anderen Teilen Athgarats, aus dem einst so starken und reichen Königreich gehört. Über die Grenzen ihres Landes waren die Menschen aus Armaßien stets als clevere Kaufleute und große Bergleute bekannt. Von ihrem einstigen Glanz war immer noch etwas in der Stadt zu spüren, wenn es auch nur ein bleicher Schein der einst so strahlenden Zeit war.

Langsam ritten die Gefährten auf die Stadtmauer, mit ihrem großen Tor zu. Es zeigte nach Osten und eine breite Straße führte heraus und verlief sich im Osten zwischen einigen Hügeln. Einige Ochsenkarren waren auf der Straße unterwegs, die Waren aus der Stadt oder hinein brachten.

Langsam und vorsichtig ritten die Gefährten die Straße entlang, die dicht am Stadttor vorbei nach Norden führte. Antario wäre gerne in größerem Abstand an der Stadt vorbei geritten, doch führte dort kein Weg her und es galt hier auf keinen Fall aufzufallen. Je näher sie der Stadt kamen, desto schlimmer roch es. Antario konnte verurteilte Verbrecher, in kleinen Käfigen an der Stadtmauer hängen sehen. Teilweise waren die Menschen schon tot. Von Hunger und Durst getötet oder kurz davor zu sterben. Krähen taten sich an den Verstorbenen gütlich oder saßen auf der Mauer und warteten darauf, dass einer der Gefangenen seinen letzten Atemzug machte.

Es kam Antario wie eine Ewigkeit vor, bis sie endlich das Stadttor erreichten. Er konnte einen langen Blick in das Innere der Stadt werfen. Die Straße war schmutzig und Unrat lag verstreut in der Gosse. Die Menschen gingen wortlos und mit finsterer Mine aneinander vorüber. Die Gefährten hatten das Stadttor beinahe passiert, als ein Mann in einer feinen Robe aus einer Seitenstraße herauskam und sie freundlich anlächelte. Antario war so überrascht, dass er sein Pferd zügelte und stehen blieb. Ein lachender Mann und dann noch in feinstem Zwirn und das zwischen diesen grimmigen und zerlumpten Gestalten? Mortim sah sich grimmig zu ihm um und sagte ihm, er solle nicht stehen bleiben, doch der Mann hatte sich ihnen schnellen Schrittes genähert. Erst jetzt bemerkte Antario die zwölf Soldaten, die dem Mann in einigem Abstand folgten.

„Seid gegrüßt Fremde. Willkommen in Lorgeron" sagte der Mann und grinste breit. Die Soldaten, die ihn begleiteten, nahmen derweil Stellung rund um die Gefährten. Mortim gefiel dieser Umstand gar nicht und griff nach seinem Schwert. Der Mann in der feinen Robe nahm Mortims Bewegung wahr. Er überspielte sie mit seinem Grinsen und bat die Reisenden, ihm zu folgen. Die Gefährten sahen sich um und mussten zu ihrem Schrecken feststellen, dass sie vollständig umzingelt waren. Außerdem waren die Wachen auf der Stadtmauer auf das Treiben vor ihrem Tor aufmerksam geworden. Ihnen blieb vorerst keine Wahl, sie mussten der Aufforderung des Unbekannten folgen. Antario und seinen Freunden gefiel es gar nicht, die Stadt zu betreten. Wenn er nun mit dem Feind im Bunde stand oder aus anderen Gründen Anweisung erhalten hatte, sie aufzuhalten? Den jungen Prinzen umspülte Angst, nicht die Angst gefasst worden zu sein, sondern versagt zu haben. Er hatte Angst davor, seine Freunde und die Welt im Stich gelassen zu haben.

Als er und seine Freunde den mächtigen Torbogen durchschritten, liefen die Leute davon und verkrochen sich in ihren Häusern oder bogen schnell in eine Seitengasse ab. Es war offensichtlich, dass sie Angst vor den Soldaten des Königs hatten. Die dunkel gekleideten Soldaten marschierten dicht neben ihnen her. Antario sah Mortim und Ogal vor sich gehen und er hörte die mit Leder beschlagenen Stiefel von Astritt hinter sich. Er sah wie Ogal sich umsah und seine gigantische Hand um den Griff seiner Axt legte. Auch Mortim schien angespannt, als ob er jeden Moment zu einem Sprung ansetzen würde. Antario verstand nicht, warum sie gegen die zahlenmäßig überlegenen Soldaten kämpfen wollten. Es gab noch keinen Anlass zum Kampf. Der Mann in der feinen Robe konnte unmöglich wissen wer sie waren oder aus welchem Grund sie dieses Land bereisten. Alles würde sich bestimmt bald klären.

Antario wollte sich gerade zu Karatas umdrehen, als sein Blick auf dem Ärmel eines Soldaten liegen blieb. Das Blut schien in seinen Adern zu gefrieren. Angriffslustig schien die Schlange aus der Schulter des Mannes neben ihm zu schießen. Er erkannte sofort das Symbol mit der schwarzen Schlange wieder. Diese Männer dienten nicht dem König von Armaßien sondern Zergoron. Jetzt wurde auch Antario klar, dass nur der Kampf ihnen einen Ausweg bot, sonst würden sie in dieser alten Stadt in einem finsteren Verließ auf den Tod warten. Jetzt griff auch Antario vorsichtig zu seinem Schwert, doch der Soldat, der direkt neben ihm ging, bemerkte seine Bewegung. Der Soldat wollte gerade ebenfalls seine Waffe ziehen, doch dazu kam er nicht mehr. Ein Pfeil steckte in seinem Hals und er fiel laut röchelnd zu Boden. Jetzt brach das Chaos aus. Ogal zog blitzschnell seine Axt vom Gürtel und schwang die mächtige Waffe gegen seine Feinde. Innerhalb weniger Augenblicke fielen ihr drei Feinde zum Opfer. Auch Mortim kämpfte mit gewohnter Schnelligkeit und tötete zwei Soldaten. Als die anderen Soldaten an der Spitze des Zuges bemerkten, was geschah, war es zu spät. Ogal stürzte sich auf sie wie ein Bär auf ein verwundetes Reh. Sie starben in wenigen Augenblicken. Die Soldaten hinter Antario jedoch bemerkten den Angriff früher und hatten schon ihre Schwerter gezogen, als er sich umdrehte. Nur in letzter Sekunde konnte er dem Streich des Soldaten neben sich ausweichen, um mit ihm in ein heftiges Gefecht zu geraten. Astritt konnte ihren Bogen kein zweites Mal spannen, sie zog ihr Messer und stach es einem Soldaten in ihrer Nähe tief in den Bauch. Mortim, der pfeilschnell zurückgeeilt war stieß einen Soldaten mit der Schulter zur Seite, ehe dieser Astritt von hinten in den Rücken fallen konnte. Ogal hatte sich auf die beiden letzten Soldaten an der Spitze des Zuges gestürzt und sie mit einem einzigen Schlag seiner Axt tödlich verwundet zu Boden geschickt. Karatas sah sich vier Soldaten gleichzeitig gegenüber. Sie hatten ihn umzingelt und machten sich bereit, ihn gemeinsam anzugreifen. Der Zauberer stand da und wartete auf den Angriff. Kurz bevor die Soldaten ihn erreichten, sagte er leise ein Wort in einer fremden Sprache und ein Licht stieg aus seinem Stab empor. Zuerst nur klein und schwach, wuchs es zu einem grellen leuchtenden Ball heran, dessen Strahlen die Augen seiner Widersacher nicht standhalten konnten. Im nächsten Moment stießen Blitze daraus hervor und trafen auf die Waffen der

Soldaten. Die Schwerter in den Händen der Soldaten wurden in wenigen Augenblicken so heiß, dass sie sie fallen ließen. Schreiend schützen sie ihre Augen gegen die schmerzenden Strahlen der Kugel, ehe sie panisch davonliefen. Alle Soldaten waren entweder tot oder in Panik getürmt, so dass die Gefährten allein auf der Straße standen. Von dem Mann in der feinen Robe war ebenfalls nichts mehr zu sehen. Kein Bewohner der Stadt wagte es, aus dem Fenster oder um eine Ecke zu sehen. Für einen kurzen Moment herrschte Ruhe auf der von Schmutz übersäten Straße. Die Kugel verschwand so schnell wie sie gekommen war, wie ein leuchtender Geist, der in Karatas Stab lebte und nur zum Vorschein kam, um seinen Besitzer zu schützen.

„Wir müssen diesen Ort sofort verlassen. Die Zeit drängt. " durchbrach Karatas dunkle Stimme diesen kurzen Moment der Stille. Die Gefährten rannten so schnell sie konnten zum Stadttor zurück, wo ihre Pferde angebunden waren. Sie konnten das Stadttor schon sehen, als sie plötzlich von der Stadtmauer aus mit Pfeilen beschossen wurden. Antario und seine Freunde hielten sich dicht an den Häusern in Deckung, während sie sich immer weiter vorarbeiteten. Astritt wagte sich kurz aus ihrer Deckung, um einen Pfeil abzuschießen. Das Geschoss traf einen Soldaten auf der Mauer in die Schulter und der Mann ging schreiend in die Knie. Sofort hechtete Astritt wieder zu den anderen in Deckung. Allen war klar, dass sie das Stadttor so niemals erreichen würden.

Plötzlich hörte der Beschuss auf. Kein Pfeil flog mehr in ihre Richtung. Antario horchte in Richtung der Stadt und konnte lautes Rufen und schnelle Schritte von vielen Stiefeln hören. Im selben Moment nahmen einige

Soldaten Aufstellung im Stadttor, während sich das Gitter langsam schloss.

„Wir haben keine Wahl. Wir müssen durch das Tor oder wir sind verloren. Ich werde die Soldaten blenden und Ogal wird uns den Weg bahnen. Um die Soldaten auf der Mauer müsst ihr euch kümmern." sage Karatas.

Astritt legte einen Pfeil auf die Sehne ihres Bogens und wartete auf ihr Zeichen. Der Zauberer ging um die letzte Hausecke und hob seinen Stab. Wieder stieg die kleine Kugel empor und wuchs in wenigen Augenblicken zu einem kopfgroßen Ball aus wabernden Licht heran. Die Kugel schnellte nach vorn und blendete die Soldaten, die sich vor dem Tor postiert hatten. Astritt folgte Karatas und schickte einen Pfeil auf die Soldaten auf der Stadtmauer los. Sie verfehlte ihr Ziel nur knapp, doch die Soldaten gingen in Deckung. Die anderen Gefährten sahen ihre Chance und rannten los. Allen voran der gewaltige Hoot. Astritt blieb zurück und schoss noch zwei weitere Pfeile auf die Soldaten ab, von denen einer sein Ziel erreichte. Ogal durchbrach die Reihe der geblendeten Soldaten mit einem gewaltigen Streich seiner Axt. Mortim tötete zwei Soldaten, die versuchten blind einen der Gefährten zu erschlagen. Das Gitter im Tor war fast geschlossen, als sie es erreichten. Ogal stemmte sich dagegen und drückte es ein Stück zurück nach oben. Unter dem Torbogen waren sie vor den Pfeilen der Soldaten auf der Stadtmauer sicher. Doch die Schritte der nahenden Soldaten wurden immer lauter. Noch wenige Augenblicke und sie wären da. Ogal schob mit seinen letzten Kraftreserven das Gitter im Stadttor ein weiteres Stück nach oben. Antario und Astritt schlüpften hindurch. Mortim nahm Stellung vorm Tor auf und wartete, bis auch Karatas auf der anderen Seite

233

des massiven Holzgitters war. Erst jetzt folgte Mortim und Ogal hielt weiter mit all seiner Kraft das Gitter hoch. Mit einem gewaltigen Schrei wuchtete der Hoot das Gitter ein weiteres Stück in die Höhe, ehe er sich unter dem fallenden Gitter auf die andere Seite warf. Mit einem lauten Krachen fiel das Gitter zu Boden. Ogal war völlig aus der Puste. Astritt schrie: "Sie haben die Pferde gestohlen." Antario drehte sich um und sah, dass sie Recht hatte. Keines der Pferde war noch da. „Wir müssen zu Fuß weiter." sagte Mortim. „Haltet euch so dicht wie möglich an der Stadtmauer. Ihre Bögen können uns dort nicht erwischen. Wir müssen sie hinter uns lassen, ehe wir das Ende der Mauer erreichen." In diesem Moment kamen etwa vierzig Soldaten hinter dem Gitter um die Straßenbiegung gelaufen. Das gewaltige Holzgitter begann zu knacken und zu knirschen und langsam hob es sich wieder an. Die Gefährten rannten los Richtung Norden, immer dicht an der Stadtmauer entlang. Laute Rufe waren von der Mauer zu hören, doch sie wurden schnell immer leiser. Die Soldaten konnten auf der Mauer mit ihren Türmen und Treppen nicht Schritt halten. Alle waren völlig außer Atem, als sie das Ende der Mauer erreichten. Doch Mortim trieb sie weiter Richtung Norden in den Wald. Die Pfeile, die von der Stadtmauer abgeschossen wurden schwirrten durch die Luft und blieben im Boden um die Gruppe stecken. Mortim rannte voraus und wies seine Freunde immer wieder zur Eile an. Erst als sie außer Schussweite waren, wurde er langsamer. Antario warf einen kurzen Blick über die Schulter und sah, wie gerade eine Gruppe von Reitern aus dem Stadttor preschte. Sofort lief er wieder schneller und mobilisierte seine letzten Kraftreserven. Wenig später erreichten sie den Wald, aus dem stetig

schwarzer Rauch in Abendhimmel stieg. Erst als sie den
Wald betraten und den Waldrand einige Meter hinter
sich gelassen hatten, sah Antario woher der Rauch kam.
Ein Orklager mitten im Wald zwischen den Bäumen.
Einige der Orks hatten die Neuankömmlinge bereits
gesehen, scherten sich aber nicht weiter darum. Ganz
offensichtlich hatten sie die Anweisung erhalten, die
Menschen bis auf weiteres in Ruhe zu lassen. Mortim
lief in gemäßigtem Tempo an den Orks vorbei. Sie
sollten die Gruppe für Boten oder Späher halten. Sie
hatten die Orks hinter sich gelassen und machten sich
auf geradem Weg Richtung Norden, als Antario auffiel,
dass Ogal kaum noch Schritt halten konnte.
Mit Schrecken stellt der junge Prinz fest, dass drei Pfeile
aus Ogals Rücken hervorragten. Sofort blieb er stehen
und wartete auf seinen Freund. Als Ogal endlich zu ihm
aufgeschlossen hatte, war der gigantische Krieger
vollends außer Atem und dicke Schweißtropfen liefen
sein Gesicht herunter.
„Das sieht nicht gut aus. Die Pfeile stecken sehr tief."
sagte Antario und wollte gerade versuchen, einen der
Pfeile herauszuziehen. Ogal wehrte sich und stieß
Antario leicht zur Seite. „Es ist soweit. Meine Reise
endet hier, wenn ich weiter mit euch gehe, halte ich euch
nur auf." brummte Ogal. „Das kommt gar nicht in Frage.
Dann bleibe ich bei dir und kämpfe an deiner Seite."
sagte Antario entschlossen. „Du bist ein tapferer Mann,
junger Prinz Antario, Barios Sohn, doch meine Reise ist
hier vorbei. Hundert Orks kommen gleich diesen Weg
heraufgestürmt junger Krieger, ich werde versuchen, sie
aufzuhalten so gut ich kann. Du musst diesen Weg
weitergehen. Leb wohl." sagte Ogal und drehte sich um
und nahm seine Axt vom Gürtel. Antario standen die

Tränen in den Augen. Er wollte nicht gehen, obwohl er wusste, dass, wenn er bei dem Hoot blieb, es auch sein Ende wäre. Schließlich kam Mortim zu den beiden gerannt. Er sah sofort was los war. Er stellte sich vor Ogal und legte ihm eine Hand auf die Brust. Der Hoot richtete sich nochmal stolz zu voller Größe auf, ehe Mortim ihn packte und hinter sich herzog. Keiner sagte mehr ein Wort. Mortim und Ogal schienen sich auch ohne Worte zu verstehen und Antario hatte einen Kloß im Hals. Immer weiter zerrte Mortim ihn hinter sich her, bis Antario schließlich selber weiter lief. Als sie endlich die anderen eingeholt hatten, liefen Antario die Tränen die Wangen herunter. Auch Astritt begriff sofort was los war und fing ebenfalls an zu weinen.

„Zeit zu trauern über diesen tapferen Krieger haben wir später noch genug. Jetzt gilt es, den Orks zu entkommen. Also sputet euch." rief Karatas und setzte sich wieder in Bewegung.

22

Antario hörte in der Ferne noch die Schreie der Orks, die Ogal noch mit letzter Kraft mit in den Tod nahm, ehe sich die Orks auf ihn stürzten. Eine finstere Nacht brach herein ohne Sterne mit einem blassen Mond am Himmel.

„Die Hoot werden vergeblich nach ihrem tapfersten Krieger Ausschau halten, den er wird nicht zurückkehren. "sagte Mortim, als sie das Tempo etwas verringerten. „Dies ist ein schwarzer Tag für uns gewesen, in dem wir einen von uns verloren haben und zugleich verraten worden sind."

„Verraten? Wer hat uns verraten?" wollte Antario wissen. „Was glaubst du woher man in Lorgeron wusste, dass wir kommen. Ein Verräter im Rat der Zauberer hat sie von unserer Ankunft unterrichtet." sagte Mortim mit leiser Stimme, als vermute er hinter dem nächsten Baum einen weiteren Verräter. „Aber wie? Wir sind auf direktem Wege nach Lorgeron geritten und uns hat niemand überholt. Es hätte schon jemand Tag und Nacht reiten müssen, um vor uns dort zu sein." sagte Antario. „Es gibt viele Wege, um eine Nachricht zu übermitteln mein junger Prinz. Auch ohne sein Heim zu verlassen und glaube mir, wir Zauberer beherrschen viele dieser Wege." verkündete Karatas. Mortim gefiel es offensichtlich gar nicht, dass Karatas ihnen zuhörte. „Und es stimmt, wir wurden verraten von meinen Ordensbrüdern. Aber bitte verurteile sie nicht alle für die Tat einiger Weniger. Manche von uns fürchten sich vor den dunklen Mächten, mit denen Zergoron sich eingelassen hat. So war es einfacher, uns ihm auszuliefern als seinen Zorn zu wecken und sich seinen schwarzen Magiern stellen zu müssen. Ich schäme mich für meine Brüder und bitte glaubt mir, ich teile ihre Ansichten nicht." fügte Karatas hinzu.

Mortim ging nun immer als Letzter und überließ Karatas die Führung. Das Gelände wurde unwegsamer und im schwachen Mondlicht viel es allen schwer, nicht zu stürzen. Karatas versuchte mit seinem Stab stets etwas Licht zu machen, doch auch seine Kräfte neigten sich dem Ende zu. Der Mond wanderte über den Nachthimmel und nur wenige Stunden vor Tagesanbruch legten sie eine Pause ein. Jeder aß etwas, aber keiner konnte Schlaf nach diesem schrecklichen Tag finden. Bei Tagesanbruch setzten sie ihren Weg fort. Es lief sich wesentlich leichter bei Tageslicht, auch wenn die Bäume immer näher an den Pfad heranrückten und ihre dicken Äste den Weg versperrten. Doch die schlaflose Nacht forderte ihren Tribut. Die Gemeinschaft kam nur schleppend voran. Erst als der Wald sich lichtete und die weit ausladenden Laubbäume dunkelgrünen Tannen wichen, konnten sie etwas schneller gehen. Der Weg hatte viele Biegungen und schlängelte sich an kleinen Seen und Hügeln vorbei immer in Richtung Norden. Antario erfuhr, dass dies einst eine wichtige Nordsüdstraße war, auf der Händler und andere Reisende unterwegs waren. Doch seit den Jahren, in denen Zergoron im Norden die Macht übernommen hatte, wurde die Straße nicht mehr benutzt und der Wald hat sich den von Menschenhand mühsam erkämpften Weg Stück für Stück zurückgeholt. Jetzt war sie nichts weiter als ein Trampelpfad, auf den sich nur selten jemand begab. Von Zeit zu Zeit konnte Antario noch die letzten Überbleibsel der einst prachtvollen Straße sehen. Eine Wegmarkierung, die von Moos bedeckt ist oder ein zusammengefallenes Mauthäuschen waren die letzten stummen Zeugen der Vergangenheit. Der Tag schritt voran und sie waren jetzt, wo die Sonne ihnen etwas Kraft und Zuversicht verlieh, gut unterwegs. Karatas meinte, dass sie den Abstand zu ihren Verfolgern auf einen halben Tagesmarsch vergrößert hätten. Dies sei aber kein Grund auszuruhen, meinte Mortim, man dürfe die Orks nicht unterschätzen. Diese Bestien aus dem Norden konnten über Tage durchmarschieren und wenn sie erstmal eine Fährte aufgenommen haben, ist es schwer ihnen zu entkommen, meinte er.

Nach einigen Stunden des stummen Marschierens nahmen sie gegen Mittag ein dürftiges Mal ein. Sie hatten ohnehin nicht mehr viel an Proviant bei sich, da sie in Lorgeron ihre Vorräte nicht wie geplant wieder auffüllen konnten. Die Stimmung war schlecht, nur Astritt versuchte Antarios, mit etwas Zärtlichkeit zu heben. Es gelang ihr, ihm ein müdes Lächeln abzuringen und sie küsste ihn sanft. Astritt war der einzige Grund, warum er sich nicht von Erschöpfung geplagt an den Wegesrand setzte und auf die nahenden Orks wartete, um seinem Ende entgegenzutreten. Seine Füße schmerzten und seine Kleider standen vor Dreck. Er sehnte sich nach einem Bad und einem Bett. Doch Antario bezweifelte, dass er je wieder in den Genuss solchen Luxus kommen würde. Nach einer halben Stunde des Ausruhens erhoben sich alle wieder unter zahlreichem Gestöhne und Gemurre. Selbst Mortim schien kraftlos und müde. Sein Blick war leer und er lies den Kopf beim Gehen hängen. Antario vermochte nicht zu sagen was dem alten Krieger mehr zusetzte, der Verrat, dem sie zum Opfer gefallen waren oder die Strapazen der Reise. Hätte er ihn gefragt, wäre wohl ein böser Blick und eine kurze mürrische Antwort, dass er sich um ihn nicht zu kümmern habe das einzige was er bekommen hätte. Nach einigen weiteren Stunden des Marsches blieb Karatas plötzlich stehen und starrte den Weg entlang, der nun schnurgerade verlief. Die Gemeinschaft blieb stehen, nur Mortim ging weiter und blieb bei dem Zauberer stehen. Beide starrten auf etwas auf dem Weg, doch Antario konnte nicht erkennen was es war. Offensichtlich war nur, dass Mortim sichtlich angespannt war und er die Hand an sein Schwert gelegt hatte. Antario wusste, was das zu bedeuten hatte. Der Krieger witterte Gefahr. Karatas und Mortim unterhielten sich leise eine kurze Zeit miteinander. Antario und Astritt verharrten reglos hinter ihnen, immer den Wald um sie herum im Auge behaltend. Er musste zwangsläufig an den Überfall der Räuber denken, vor dem Mortim ihn und Lester gerettet hatten. Erst jetzt viel Antario auf, wie sehr er seinen Freund und Lehrer vermisste. Er hoffte, dass Lester gut und sicher in seiner Heimat angekommen war und seinem Vater von den Vorkommnissen im Norden berichtete.

Langsam setzten Mortim und Karatas sich wieder in Bewegung. Astritt hatte einen Pfeil auf ihre Bogensehne gelegt. Aber auch sie wusste nicht was die beiden vor ihnen gesehen hatten, aber sie wollte vorbereitet sein. Erst als sie hundert Meter zurückgelegt hatten, konnten Antario und Astritt sehen, was den Zauberer und Mortim so unruhig werden ließ. Eine Hütte. Eine einfache Hütte, etwas abseits vom Weg in den Wald gebaut. Es war eine Holzhütte nicht besonders groß, aber groß genug, um darin zu leben. Sie schien schon länger dort zu stehen. Moos wuchs auf dem Dach und der Kamin hatte leichte Schieflage. Im ersten Moment konnte der junge Prinz nicht verstehen, warum diese Hütte die beiden so aus der Fassung brachte. Doch dann wurde ihm klar, dass es keinen vernünftigen Grund gab, warum jemand eine Hütte in diesen Teil des Waldes bauen sollte. Der Wald war hier dunkel und sehr dicht bewachsen. Es gab so gut wie keine Tiere, was Antario von Anfang an sonderbar fand. Auf dem Weg, auf dem sie gingen war offensichtlich nicht sonderlich viel Verkehr. Also konnte man hier auch nichts verkaufen oder müden Wanderern eine Unterkunft anbieten. Warum also sollte jemand eine Hütte hier bauen? Je näher sie kamen, desto unheimlicher wurde Antario das Bauwerk. An seinen Wänden hingen in Bündeln zusammengebundene Pflanzen, die Antario nicht kannte. Seltsame Schriftzeichen waren in das Holz an den Wänden geritzt. Aber das misstrauenerweckenste war, dass die Hütte keine Fenster hatte. „Wer bei allen Geistern baut eine Hütte ohne Fenster." fragte Antario etwas zu laut. „Ruhe" zischte Karatas, „wir sind nicht allein hier." Erst jetzt bemerkte Antario den Qualm, der aus dem Kamin in den Baumkronen verschwand. „Lasst uns diesen Ort schnell hinter uns lassen. Diese Zeichen an den Wänden verheißen nichts Gutes." meinte Astritt. „Oh, aber ganz im Gegenteil meine Liebe. Das ist die Sprache einer längst vergessenen Zeit. Ich kenne sie nur aus unseren Archiven. Niemals hätte ich erwartet, dass sie noch Anwendung finden. Ich kenne längst nicht alle Zeichen an diesen Wänden, doch einige von ihnen sollen den Wanderern Glück und Sicherheit auf ihrer Reise gewähren. Wieder andere sollen diejenigen verfluchen, die böse Absichten gegen dieses Haus und seine Bewohner hegen. Diese Sprache wird seit tausend Jahren nicht mehr gesprochen. Um ehrlich zu sein, glaube ich kaum, dass diese windschiefe Hütte in diesem feuchten Wald die Jahrtausende überdauert hat. Also gilt es herauszufinden, wer sie gebaut hat." sagte Karatas, der aufgeregt war wie ein kleines Kind. „Ich bremse deinen Wissensdurst ja nur ungern, Meister Karatas, aber wir wissen nicht, wer noch wie und warum jemand diese Hütte hier gebaut hat. Und ich will es auch nicht wissen, denn es besteht die Gefahr, dass er uns nicht wohlgesonnen ist und auf noch mehr Schwierigkeiten können wir gerne verzichten." sagte Astritt. Antario gab ihr Recht auch ihm flößte dieser Ort Angst ein. Karatas ließ sich jedoch nicht beirren und ging geradewegs auf die Hütte zu. Mortim gab ein leises Knurren von sich und sah sich mit der Hand an seinem Schwertheft hektisch um, als ob er einen Angriff aus dem Hinterhalt fürchte. Karatas stellte sich vor die Hütte und rief: „Seid gegrüßt, wer auch immer hier wohnt. Wir sind vier hungrige Wanderer, die um etwas Verpflegung ersuchen?" Der Wald verschluckte seine Worte und es trat sofort wieder Stille ein. Keine Antwort. Antario trat nervös von einen Fuß auf den anderen. Der Zauberer machte ein verärgertes Gesicht und trat ein paar Schritte näher heran. Er rief erneut, doch auch darauf bekam er keine Antwort. Karatas verließ den Weg und trat an die Hütte und legte eine Hand auf das Holz. Er murmelte einige Worte, so leise, dass sie niemand verstand und ging dann auf die vom Weg abgekehrte Seite der Hütte. Nach einer kleinen Weile, die Antario wie eine Stunde vorkam rief er: „Meister Karatas ist alles in Ordnung?". Keine Antwort. Panik überfiel Antario und Mortim zog sein Schwert und machte sich auf, Karatas zu folgen. In dem Moment als Mortim um die Hütte schlich, kam der Zauberer zurück. „Ich habe den Eingang gefunden, es scheint niemand zu Hause zu sein." sagte er. „Dann können wir ja wieder gehen." flehte Antario, dem dieser Ort immer noch nicht geheuer war. „Aber nicht ohne einen Blick zu riskieren." widersprach Karatas und ging wieder um die Ecke. Mortim folgte ihm wortlos, immer noch sein Schwert fest in der Hand. Nach einigem Zögern ging auch Astritt hinter den anderen her, was Antario gar nicht gefiel. Er protestierte leise, doch sie sah ihn nur kurz mit ihren wunderschönen Augen an und gab ihm mit einer Geste zu verstehen, ihr zu folgen. Antario, dem der Umstand alleine auf der Straße zu bleiben noch weniger gefiel, als sich den anderen anzuschließen, ging ebenfalls um die Ecke der geheimnisvollen Hütte. Antario sah gerade noch, wie Karatas mit erhobenem Stab durch die weit geöffnete Tür das Innere der Hütte betrat. Mortim und Astritt folgten mit etwas Abstand. Als Antario das Gebäude betrat, mussten seine Augen sich erst an die Dunkelheit gewöhnen. Die Hütte wurde nur durch das kleine Feuer im Kamin und das spärliche Tageslicht, welches durch die Tür in die Hütte fiel, beleuchtet. Es gab nur einen Raum, der voll mit Regalen gestellt war, in denen hunderte Gläser und Flaschen mit nicht identifizierbarem Inhalt standen. In der Mitte stand ein großer Tisch, auf dem ein Mörser und zahlreiche Schalen standen. Die Luft war stickig und schwer. Es roch nach Kräutern und Haaren. In einer Ecke war ein gemauerter Kamin, über dessen Feuer ein Topf hing, in dem eine Flüssigkeit köchelte. Vor dem Kamin stand ein Schaukelstuhl und in einer anderen Ecke ein zu kleines Bett. Karatas sah sich genau um. Er inspizierte jedes Regal und dessen Inhalt genau. Mortim hatte sich an einer Wand aufgestellt und beobachtete den Zauberer argwöhnisch. Er hatte sein Schwert wieder in der Scheide verschwinden lassen, trotzdem war er bereit, es blitzschnell zu ziehen um sich zu verteidigen. Astritt sah sich nur kurz um, um sich dann so aufzustellen, dass sie die Tür im Auge behalten konnte. Antario schritt vorsichtig durch den Raum. Diese Hütte machte ihm Angst. Er sah sich die vielen Gegenstände in den Regalen an und konnte sich beim besten Willen nicht vorstellen, was man mit diesen Dingen anstellen konnte, ohne in böse Machenschaften verwickelt zu sein. Er sah bunte Kröten, welche tot in einer gelblichen Flüssigkeit schwammen, getrocknete Pflanzen, glitzernde Steine von einer Art, die er noch nie zuvor gesehen hatte und Bücher, hunderte von Büchern und Pergamenten. Karatas nahm einige aus den Regalen und blätterte sie durch. Immer wieder gab er erstaunte Laute von sich, so, als ob die Schriften in seinen Händen gar nicht existieren dürften. Immer neue Bücher nahm er aus ihren staubigen Stellplätzen, um sie nach einer Weile wieder kopfschüttelnd an ihren Platz zu stellen. Über manche Exemplare freute er sich wie ein kleines Kind. Andere bedachte er mit einem finsteren Blick und nahm sie scheinbar nur widerwillig in die Hand.

„Ihr seid recht neugierig, mein Herr Zauberer. Aber es sei euch verziehen. Es liegt eben in eurer Natur, den Dingen auf den Grund zu gehen." dröhnte eine kratzige alte Stimme durch den Raum. Erschrocken drehte Karatas sich auf dem Absatz um und sah zur Tür. Mortim hatte sein Schwert gezogen und war bereit zu kämpfen. Astritt und Antario waren zu überrascht, um sich zu bewegen. In der Tür stand eine alte Frau. Ihre vielen Lebensjahre hatten ihren Tribut gefordert. Sie stand gebeugt auf einen Stock gestützt im schwindenden Licht des Tages und sah ihren erschrockenen Besuch aus freundlichen Augen an.

„Seid willkommen ihr Wanderer. Nicht viele folgen noch der alten Straße nordwärts. Wenn ich euch so betrachte, dann scheint die eine oder andere Strapaze bereits hinter euch zu liegen. Was führt euch in meinen Wald?"

„Unsere Angelegenheiten gehen nur uns etwas an, so leid es mir tut." entgegnete Karatas etwas barsch. Die alte Frau schien das nicht weiter zu stören, sie stand einfach nur da und grinste freundlich.

„Wohnen sie ganz alleine hier?" wollte Astritt wissen.

„Schon viele Jahre. Dieses Haus stand schon, als noch Händler und Wanderer in diesen Teil des Waldes kamen. Doch leider sind diese Zeiten vorbei." sagte die alte Frau. „ Mein Name ist Antario." sagte Antario „Und wie heißt ihr?"

„Mein Name ist Nanka, junger Prinz und ich weiß genau, wer ihr seid." antwortete sie. Antarios gutmütiger Gesichtsausdruck wich einem erschrockenen und Mortim straffte sich merklich. Sofort waren Spannungen im Raum zu spüren. Nach den Ereignissen der letzten Tage war keinem besonders wohl dabei, dass die alte Frau über sie Bescheid wusste.

„Ich kenne auch dich, junge Prinzessin Astritt. Du kommst von sehr weit her und du hast Zweifel, ob du je dort ankommen wirst wohin du willst." Astritt erschrak merklich und sah kurz zu Antario, ehe sie wieder die alte Frau ansah. Nanka drehte ihren Kopf in Mortims Richtung und sah ihm direkt in die Augen. „Auch deinen wahren Namen kenne ich, selbst wenn du ihn nicht hören willst, Artis. Deine Geschichte ist wohl die traurigste, doch hat dein Mut dich nie verlassen."

„Es reicht." schrie Karatas. „Du scheinst ja eine Menge über uns zu wissen. Es wird Zeit, uns etwas von dir zu erzählen, Hexe." Alle sahen die alte Frau mit finsterem Blick an.

Über Hexen gab es viele düstere Geschichten. Lange Zeit dachte man, sie seien vom Angesicht dieser Welt verschwunden, weil über Jahrhunderte keine mehr von ihnen gesehen wurde. Man sagte ihnen hellseherische Kräfte nach. In den alten Geschichten tauchten sie stets als Mörderinnen auf, die ihre Opfer vergifteten oder durch einen bösen Zauber in den Wahnsinn trieben. Diese alte Frau jedoch stand mit einem Ausdruck völliger Gelassenheit in ihrer Hütte und sah ihre spontan eingetroffenen Gäste einfach nur an. Eine kleine Weile sagte niemand mehr etwas. Schließlich ergriff Karatas wieder das Wort. „Nun was ist, erkläre dich Alte." sagte er mit finsterer Miene. Er hatte seinen Stab fest in der Hand, so als ob er ihn jeden Augenblick benutzen müsste. Nanka schlich zu ihrem Schaukelstuhl und ließ sich stöhnend darauf nieder.

„Ihr seht es einer alten Frau sicher nach, wenn sie ihre alten Füße ausruht, während sie euch etwas erzählt. Wie ich schon sagte, mein Name ist Nanka und ich wohne seit vielen Jahren in diesem Wald. Und ihr habt recht alter Zauberer. Ich bin was ihr sagt. Eine Hexe. Doch keine von der Art, wie sie heute in den Geschichten beschrieben werden. Wir sind längst nicht alle das, was man uns nachsagt. Viele von uns leben zurückgezogen in den Wälder und kümmern sich um die vielen Geschöpfe auf dieser Welt. Andere haben sich den Menschen verschrieben und helfen den Schwachen oder denen die für eine bessere Welt kämpfen." Bei diesen Worten hob sie den Kopf und sah in die Runde. „ Ja ich weiß was ihr vorhabt, aber seid unbesorgt, euer Geheimnis ist bei mir sicher. Doch was eure Aufgabe angeht, so wird es nicht leicht dem selbsternannten König dieses Landes zu erschlagen. Wie ihr wisst, muss einer von euch Zergeron den Kopf abschlagen, um sein Leben zu beenden. Doch wer soll diese Aufgabe übernehmen, gegen einen Mann des Schwertes? Er versteht sich auf den Kampf mit der Klinge so perfekt, wie kaum ein anderer dieser Tage.

Der Zauberer? Wohl kaum, seine Fähigkeiten liegen doch wohl eher im Vorführen von kleinen Kunststückchen." Karatas knurrte bei diesen Worten und wollte gerade zu einer passenden Antwort ausholen, da sprach Nanka auch schon weiter.

„ Die Prinzessin kann es auch nicht sein. Ihr Geschick mit dem Bogen ist weit größer, als das mit dem Schwert. Und der Prinz aus dem Süden? Er ist stark und sein Herz ist rein. Doch seine Fertigkeit mit dem Schwert kann sich mit der von Zergeron bei weitem nicht messen. Bleibt nur noch Artis, ein Mann, der so scheint es, mit der Klinge in der Hand geboren wurde und viele Menschenalter Zeit hatte zu lernen und sie zu beherrschen. Er scheint der Richtige und doch steht ein Schwur, den er nicht brechen will, zwischen ihm und dem Ende dieses Krieges." Mortims Blick fiel ins Leere und man konnte ihm ansehen, dass seine Gedanken weit weg von hier waren. Alle Anwesenden sahen den Krieger fragend an. Er machte aber keine Anstalten, etwas zu sagen.

Schließlich ergriff die alte Frau wieder das Wort: „ Ihr wollt sicher wissen, wovon die Rede ist. Das solltet ihr auch, schließlich hängt das Gelingen eurer Unternehmung davon ab. Der Schwur, von dem ich spreche, wurde unter Brüdern geleistet. Keine Brüder im Blute aber Brüder im Geiste. Sie schworen sich, füreinander einzustehen und sich gegenseitig kein Leid zuzufügen. Viele Menschenleben lang hielt dieser Schwur. Er wurde geleistet von denen, die unsterblich sind und er sollte halten bis Athgarat selbst nicht mehr ist. Doch einer brach diesen Schwur und beseitigte jene, die ihm am gefährlichsten werden konnten. Nur einen konnte er nicht finden und viele Jahre verbarg er sich im

Exil. Und eben dieser eine hält immer noch an diesem Schwur, den er geleistet hat, fest. Trotzdem er von dem, der ihm am nächsten stand, verraten worden ist. Zergeron hat den Schwur gebrochen, um seine Brüder umzubringen. Denn sie sind die einzigen, die ihm Einhalt gebieten können. Zergeron war einst der engste Freund von unserem tapferen Krieger, doch die Gedanken Zergerons verfinsterten sich immer mehr, bis nur noch Gier und Hass da waren und seine Seele verzehrten. Er regiert heute dieses verfluchte Land. Ein König, dem das Leid und die Not seiner Untertanen nicht stört. Stellt sich die Frage, ob Artis oder Mortim wie ihr ihn nennt, zum Wohle von Tausenden einen bereits gebrochenen Schwur ebenfalls bricht?"

Mortim sagte kein Wort. Er hörte nur zu und als Nanka geendet hatte, verließ er wortlos die Hütte. Auch Karatas und Astritt wollten gerade gehen, als Nanka sie aufhielt.

„ Ich weiß um die Differenzen zwischen Zauberern und Hexen. Doch nur dies eine mal höre auf den Rat einer Hexe alter Zauberer. Sie werden euch bis morgen Abend eingeholt haben. Wenn ihr schnell genug seid, erreicht ihr bis dahin den Fuß des Berges. Du weißt von welchem Berg ich spreche, Karatas. Finsterberg. Ihr werdet auf dem Gipfel des Berges Rettung finden. Auch wenn es schwer zu glauben ist." Karatas wollte gerade etwas sagen, als Nanka ihn vor sich her aus der Tür schob. Als Karatas und Astritt die Hütte verlassen hatten, hielt sie Antario am Arm fest.

„ Gib acht auf deine Träume, junger Prinz. Sie sind der Spiegel der Seele. Wenn er Zugang zu deinen Träumen hat, bist du verloren. Höre auf den Zauberer, er mag ein alter Dickkopf sein, doch er ist weise und mächtig. Und jetzt geh und rette diese Welt vor der Dunkelheit."

23

Die Gemeinschaft setzte ihre Reise fort. Karatas murmelte auf den ersten Wegstunden zahlreiche Flüche und Beschimpfungen vor sich hin. Es war offensichtlich, dass die Hexe Nanka nicht seine Freundin werden würde. Der Besuch in ihrer Hütte hatte bei allen einen bleibenden Eindruck hinterlassen. Bis auf Karatas waren alle in ihren Gedanken versunken und dachten über das Erlebte nach. Antarios Blick war auf den Boden gerichtet. Er dachte an Nankas letzte Worte. *Was sollte das mit den Träumen? Sie wären ein Spiegel der Seele? Und wie sollte sich jemand daran zu schaffen machen?* Schließlich fasste er sich wieder und sprach mit Astritt über die letzten Worte der Hexe. Sie hörte ihm ganz ruhig zu, doch auf ihrem Gesicht machte sich mit jedem Wort ein stärkerer Ausdruck von Besorgnis breit. Antario erzählte ihr, dass seine Träume mit jeder Nacht, die sie näher Richtung Norden unterwegs waren, immer düsterer wurden. Er träumte von unaussprechlichen Grausamkeiten. Von sterbenden Menschen, von Menschen, die auf der Flucht vor ganzen Heerscharen von Orks waren und von schrecklich aussehenden Wesen, die ihn aus der Dunkelheit mit gierigen Augen anstarrten. Doch der häufigste und schlimmste Traum handelte von seiner Familie. In diesem Traum sah er den Palast seines Vaters brennen und seine Brüder in den Flammen umkommen und seinen Vater erschlagen vorm Tor liegen. Er sah seine Mutter, wie sie weinend auf ihren Knien lag und seine Schwester, wie sie von Orks verschleppt wird und Grausames durchmacht. Als er geendet hatte sagte sie: „Das musst du sehr ernst nehmen. Ich glaube, dass Nanka sehr weise ist auch wenn sie nicht den Eindruck machte. Wenn Zergeron, wie auch immer Zugang zu deinen Träumen hat, solltest du auf jeden Fall mit Karatas darüber sprechen." „ Vielleicht hast du Recht. Obwohl ich bezweifele, dass er mir helfen kann." Astritt nahm seine Hand und streichelte sie. Ihr goldenes Haar wehte leicht im Westwind und um ihre Lippen entstand ein aufmunterndes Lächeln. Sie wollte Antario Trost spenden und für einen kurzen Augenblick vergaß er seine Träume, den Krieg und Zergeron. Für einen flüchtigen Moment war er einfach nur froh, sie an seiner Seite zu haben. Doch dann schämte er sich für seine Gefühle, denn ein Platz an seiner Seite beinhaltete die schweren Entbehrungen und die Möglichkeit einen grausamen Tod zu sterben. Er schüttelte diesen Gedanken ab und konzentrierte sich wieder auf den Weg.

Der Tag verstrich, doch Karatas machte keine Anstalten zu rasten. Er marschierte wie eine Maschine vorweg. Antario musste stets aufs Neue staunen, wieviel Kraft und Ausdauer in diesem dem Anschein nach alten und gebrechlichen Mann steckte. Als die Nacht hereinbrach und man kaum noch etwas sehen konnte, machte die Gemeinschaft endlich halt. Antario fiel dort um wo er stand und Astritt legte sich neben ihn und legte ihren Kopf auf seine Schulter. Beide schliefen sofort ein. Ohne Gedanken an die herannahenden Orks zu verschwenden. Mortim übernahm die erste Wache. Antario träumte diese Nacht wieder schlecht und als er ruckartig hochfuhr war er erleichtert, dass der Traum vorbei war. Auch wenn die Nacht noch lange nicht vorüber war. Er

sah sich ein wenig verloren um und stellte fest, dass
Astritt sich ein bisschen von ihm weggelegt hatte. Er
musste sich wohl im Schlaf gewälzt haben. Sein Kopf
dröhnte, als er aufstand um sich zu strecken. Er war alles
andere als ausgeruht, doch einschlafen konnte er jetzt eh
nicht mehr. Warum also nicht die Wache übernehmen?
Bei einem Blick übers Lager fiel im auf, dass Karatas
und Mortim nicht da waren. Weder lagen sie auf ihren
Schlaffellen noch stand einer in der Nähe des Lagers, um
Wache zu halten. Antario schüttelte die Müdigkeit ab
und horchte. Über den leichten Westwind, der über die
Baumkronen strich, hinweg, hörte er leises Gemurmel.
Er konnte nicht verstehen was gesagt wurde. Er erkannte
eine der beiden Stimmen sofort. Karatas seine tiefe
Stimme würde er unter tausenden heraushören. Antario
bewegte sich in die Richtung, aus der die Stimmen
kamen. Nach einigen Metern durch den Wald sah er
Mortim und Karatas im blassen Mondschein zwischen
den Bäumen stehen und sich angeregt unterhalten. Er
ging zu ihnen und trat dabei auf einen herumliegenden
Zweig. Sofort unterbrachen die beiden ihre
Unterhaltung.
„Warum schläfst du nicht?" fragte Karatas mit grober
Stimme.
„Ich kann nicht mehr schlafen. Ein finsterer Traum hat
mich aufschrecken lassen." antwortete Antario noch
etwas schlaftrunken. „Was macht ihr denn hier draußen,
so weit weg vom Lager?" fuhr Antario fort.
„Es gibt Dinge zu besprechen und Entscheidungen zu
fällen, mein Junge." antwortete Karatas nun in sanfterem
Ton. Mortim und Karatas sahen sich kurz in die Augen.
Dann verabschiedete sich Mortim, um sich schlafen zu
legen. Im Vorbeigehen klopfte er Antario aufmunternd

auf die Schulter. Das hatte er noch nie getan. Für einen Moment vergaß Antario den rasenden Kopfschmerz und die Müdigkeit und fühlte sich einfach nur gut und sicher, weil er einen so starken Krieger an seiner Seite hatte. Mit dieser kurzen aufmunternden Geste hatte Mortim in ihm neue Kraft geweckt.

„Komm zu mir Antario." sagte Karatas. „Lass uns mit einem Gespräch die Zeit bis zum Sonnenaufgang verkürzen."

„Musst du dich nicht ausruhen?" wollte Antario wissen, während er sich zu dem Zauberer stellte. „Ich habe geschlafen. Zur selben Zeit wie du, ich bin kurz vor dir aufgewacht." antwortete Karatas. Im blassen Mondlicht sah der Zauberer sehr erschöpft und niedergeschlagen aus. Es machte den Anschein, als wäre dies sein wahres Gesicht und die Sonne ließ ihn wie durch einen Zauber jünger und frischer aussehen. Tiefe Falten durchzogen sein Gesicht und seine Augen waren trüb. Antario wollte dazu etwas sagen, entschied sich aber dagegen. Eine kurze Zeit standen beide einfach nur da und sahen in den Wald hinein. Das spärliche Licht ließ den Wald bedrohlich und verführerisch zugleich aussehen. Wie etwas vor dem man panische Angst hat aber dessen Geheimnissen man auf den Grund gehen will. Antario musste gegen den Drang ankämpfen, einfach in den Wald zu laufen, um sich umzusehen.

„Was hältst du von der Sache mit der Hexe Nanka?" wollte Karatas wissen. Antario wunderte sich einen Augenblick. Der Zauberer hatte ihn noch nie um Rat gefragt. Er wirkte stets so sicher und entschlossen. Es verwirrte und verängstigte Antario, den Zauberer so voller Zweifel zu sehen.

Aber Antario hatte keine Antwort auf diese Frage. Er wusste selbst nicht was er von der Hexe halten sollte. Einerseits machte sie ihm Angst, weil er sie nicht kannte und sie so viel über die Gemeinschaft, ihre Aufgabe und ganz besonders über ihn wusste. Es machte ihm Angst, dass sie seine Träume kannte und was sie darüber gesagt hatte. Andererseits strahlte sie Ruhe und Entschlossenheit aus. Antario wusste nicht wie er sich fühlen sollte und Karatas schien das zu spüren und fragte nicht weiter nach.

Antario dachte an das, was Astritt ihm gesagt hatte, dass er mit dem Zauberer sprechen sollte. Doch er traute sich nicht. Mit der Frau, in die er sich verliebt hatte über so etwas Persönliches zu sprechen war eine Sache, aber mit einem fast Fremden stets muffeligen und mürrischen Zauberer eine andere. Doch ihm war auch klar, dass es so nicht weiter gehen konnte. Wenn ihn diese Träume weiterhin heimsuchten, würde er über kurz oder lang den Verstand verlieren. Schließlich entschied Antario, dem Zauberer von seiner Situation zu erzählen. Er schilderte Karatas wie sich seine Träume darstellten und wie sie sich auf ihn auswirkten. Sie ließen ihn keine Nacht mehr durchschlafen und raubten ihm seine Kräfte. Karatas hörte ganz ruhig, aber mit ernster Miene zu. Als Antario geendet hatte, fragte der Zauberer ihn, wie lange das schon so geht.

„Seit wir den Gorwald betreten hatten. Doch damals war es längst nicht so schlimm wie heute. Es scheint mir fast so, als ob die Träume an böser Kraft gewinnen, je weiter unsere Reise fortschreitet." sagte Antario.

Der Zauberer kramte in seinem Beutel und holte eine kleine Flasche heraus.

„Davon trinkst du vorm Schlafengehen einen kleinen Schluck. Das wird dir dabei helfen zu schlafen. Ich weiß warum dich diese Träume quälen und werde versuchen, diese Mächte von dir fern zu halten doch auch ich habe nicht unendliche Kraftreserven." sagte der Zauberer in sanftem Ton und legte Antario eine Hand auf die Schulter und lächelte ihn aufmunternd an. „Wir werden dich schon von diesem üblen Zauber befreien, mein Junge."

„Wie kann jemand die Kontrolle über meine Träume erlangen?" wollte Antario wissen. „Das ist ein sehr alter und dunkler Zauber. Nur die bösartigsten und verschlagensten Hexenmeister wissen, wie solche Magie anzuwenden ist. Ich habe schon seit Jahrhunderten nicht mehr vom sogenannten *schwarzen Schlaf* gehört oder dass er angewendet wurde. Dieser Zauber kann einen gesunden Mann in wenigen Wochen in den Wahnsinn treiben. Über Jahre langsam und bedacht angewandt, kann der Zauberer sogar die Kontrolle über den Menschen erlangen, gegen den diese Magie gerichtet ist. Ich glaube jedoch nicht, dass der Hexer das mit dir im Sinn hat. Ihm liegt nur daran uns aufzuhalten. Das was mich beunruhigt ist, dass der Zauber schon seit so langer Zeit auf dich gerichtet ist. Jemand in Aritea muss schon auf euch aufmerksam geworden sein und Zergeron von euch berichtet haben. Wie sonst sollte er von euch erfahren haben." sagte Karatas.

Langes Schweigen machte sich breit. Es gab einiges, über das Antario nachzudenken hatte.

Ein kalter Wind wehte von Norden her und ließ die beiden vor Kälte erschauern. Antario vergrub sein Gesicht im Kragen seines Mantels und die Hände in dessen Taschen. Plötzlich spürte er ein Stück Papier in seiner Tasche. Verwundert zog er es hervor und hielt es ins schwache Mondlicht. Karatas Blick verfinsterte sich sofort. Er schien zu ahnen, woher das Stück Papier stammte. Antario entfaltete es und hielt es von sich weg, um auf ihm möglichst viel Licht einzufangen. Langsam fing er an zu lesen. Als er geendet hatte, sah er Karatas verwirrt an. „Der Brief ist von Nanka. Sie muss ihn mir in die Tasche gesteckt haben, als sie mit mir über die Träume gesprochen hatte." sagte Antario. „Intrigen und Geheimnistuerei, das ist alles was diese Frau zustande bringt." brummte der alte Zauberer. „Was steht in dem Brief?" wollte Karatas wissen.

„Sie beschreibt einen geheimen Weg, welcher von der Stadt in den Palast führt. Und sie weist uns nochmal darauf hin, dass der rauchende Berg für uns keine Gefahr, sondern Rettung bietet." fasste Antario den Brief kurz zusammen und übergab das Stück Papier dem Zauberer. Karatas las den Brief und dachte angestrengt nach. Falten bildeten sich auf seiner Stirn. Antario setzte sich auf den kalten Boden und lehnte sich an einen Baum. Karatas ließ sich im Schneidersitz dort nieder, wo er stand und dachte nach. Keiner von beiden sprach noch ein Wort, ehe blasses Sonnenlicht im Osten einen neuen Tag ankündigte. Mit dem zunehmenden Tageslicht wurden auch Astritt und Mortim wach. Nach einem kurzen Frühstück und einem hastigen Abbau des Lagers machte sich die Gruppe wieder auf den Weg. Während sie gingen erzählte Karatas, Astritt und Mortim von dem Brief, den Antario in seiner Tasche gefunden hatte. Auch Astritt und Mortim wussten nicht so recht, was sie von dem Brief halten sollten.

Die Straße wurde mit jeder Meile schmaler und schwerer zu begehen. Von Zeit zu Zeit zweigten Wege ab und verliefen sich im Wald. Antario fragte sich, ob diese Wege noch irgendwohin führten und was man an ihrem Ende wohl finden würde. Er malte sich die tollsten Orte aus. Orte an denen er ausruhen konnte, ohne die Sorgen, welche in dieser Zeit seine ständigen Begleiter waren. Er wünschte sich Ruhe und Frieden, um mit Astritt einige schöne Tage zu verbringen. Doch die Realität holte ihn schneller ein, als ihm lieb war. Karatas tiefe Stimme riss ihn aus seinen Gedanken. Der Zauberer hatte Halt gemacht und sah zurück, die Straße entlang. „Sie sind uns dicht auf den Fersen. In wenigen Stunden haben sie uns eingeholt. Sie müssen die halbe Nacht marschiert sein. Bei allen Geistern, ich befürchte, wir können ihnen nicht mehr entkommen. Wir müssen kämpfen, auch wenn dies das Ende wäre." sagte Karatas. „Aber nicht hier im Wald. In wenigen Meilen werden wir den Wald hinter uns lassen und auf offenes Gelände kommen. Wenn wir es bis dahin schaffen, können wir den Orks einen guten Kampf liefern. Einen den sie nicht mehr vergessen." Vergessen waren sofort all die schönen Gedanken an Frieden und Ruhe. In Eile und mit großen Schritten setzten sie ihre Reise fort, auch wenn sie wohl nicht mehr lange gehen würde.

Die Sonne hatte sich ein gutes Stück Richtung Westen bewegt, als die Gemeinschaft endlich den Wald hinter sich gelassen hatte. Vor ihnen öffnete sich eine weite grasbewachsene Ebene. Die Straße schlängelte sich um einige große Felsen und kleinere Hügel immer weiter nach Norden. Inmitten dieser einfachen und eintönigen Landschaft ragte ein einziger Berg hervor. Unwirklich und zugleich majestätisch stand er da. Er passte einfach nicht in die Landschaft. Die Straße verlief direkt am Fuß des Berges vorbei. Seine Hänge waren steil und steinig.

Kein Baum, keine Blume, nicht einmal Gras schien an den Flanken des Berges zu wachsen. Man hätte denken können, er wäre ganz und gar tot, wäre da nicht das pulsierende rote Licht auf seinem Gipfel gewesen. Ein Licht wie der Herzschlag eines steinernen Riesen im Schlaf. Antario stand da und betrachtete das Licht. Er bemerkte nicht, dass seine Gefährten bereits im Begriff waren, weiter zu laufen. Erst als Astritt ihn am Ärmel zog, wachte er aus seiner Starre auf und folgte seinen Freunden. Immer wieder, während sie über die Ebene hasteten, musste Antario zum Gipfel des Berges emporschauen. Der rote Schein war gleichsam bedrohlich wie anziehend. Es schien eine unsichtbare uralte Macht von ihm auszugehen. Nach einer ganzen Weile des eiligen Rennens über die Ebene blieb Karatas stehen. Sein Atem rasselte, wie auch der aller anderen. Es war offensichtlich, dass der Zauberer am Ende seiner Kräfte war.

Die Sonne war im Westen fast untergegangen. Sie schickte ihre letzten Sonnenstrahlen über die Ebene, welche den Berg kurz vor dem Ende dieses Tages noch einmal in einen feuerroten Glanz hüllte. Antario bemerkte, dass Rauch vom Gipfel des Berges aufstieg. Sehr viel Rauch. Es sah aus, als würde die Spitze in Flammen stehen. Antarios Blick wurde vom Berg abgelenkt, als brüllend und geifernd einhundert Orks hinter ihnen aus dem Wald traten. Ihr Anblick war furchterregend. Die wenigen Sonnenstrahlen reichten aus, um das ganze Ausmaß ihrer Hässlichkeit zu zeigen, auch wenn sie noch eine Meile entfernt waren.

„Sie sind da. Der Feind hat uns eingeholt. Wir sollten uns ausruhen bis sie hier sind, um Kräfte für den Kampf zu sammeln." sagte Karatas. Der Zauberer wirkte niedergeschlagen und verzweifelt. Er ließ den Kopf hängen und stützte sich auf seinen Stab. Antarios Blick fiel wieder auf den Gipfel des Berges. Der Drang den Berg zu besteigen, stieg wieder in ihm auf.

„Wir könnten den Berg besteigen und uns verstecken, bis die Orks weiterziehen." schlug Antario vor.

Entgeistert sah Karatas ihn an.

„Bist du von Sinnen. Der Berg ist das Unheil. Niemand, der diese zu Stein gewordene Scheußlichkeit bestieg, wurde je wieder unter den Lebenden gesehen." sagte Karatas und echte Furcht war in seinen Augen zu sehen.

„Was ist auf dem Berg?" wollte Astritt wissen.

„Das weiß keiner, weil nie ein Mensch zurückkehrte, der einen Fuß auf den Berg setzte. Da können wir uns auch gleich mit auf dem Rücken zusammen gebundenen Händen den Orks stellen." antwortete der Zauberer. In diesem Moment viel Antario der Brief der Hexe Nanka ein, in dem vom rauchenden Berg die Rede war. *Was wenn sie Recht hatte und auf dem Gipfel wirklich Rettung auf sie wartete?* Er sah noch einmal nach Süden. Die schwarze Masse aus Orkkörpern kam unaufhaltsam auf sie zu.

„Ich schlage vor auf den Berg zu gehen und unser Glück zu versuchen. Denkt nur an den Brief von Nanka." sagte Antario und sah in die Runde.

In Astritts Augen trat wieder eine Spur Hoffnung.

„Antario hat Recht. Wir sollten es lieber auf dem Berg versuchen, als uns an diesem trostlosen Ort von den Orks in Stücke hacken zu lassen." sagte sie. Kurzes Schweigen ehe Mortim das Wort ergriff. Er hatte schon seit Stunden kein Wort mehr gesagt. „Ich würde ebenfalls mein Glück auf dem Berg versuchen. Mit den

Orks können wir es nicht aufnehmen und ich gönne ihnen den Triumph nicht." sagte Mortim
„Diese alte Hexe bestimmt unser Handeln noch in vielen Meilen Entfernung. Sie soll verflucht sein. Wenn dies also der Wille der Gemeinschaft ist, so will ich mich anschließen." Er sah sich kurz um. „ Wenn wir wirklich den rauchenden Berg besteigen wollen, sollten wir uns sputen." Er deutete mit seinem Stab nach Süden. Die Orks waren bis auf wenige hundert Meter heran gekommen. Karatas machte den Anfang. Er drehte sich auf dem Absatz und lief den Weg entlang auf den rauchenden Berg zu. Astritt und Antario folgten ihm in kurzem Abstand. Nur Mortim ließ den anderen etwas Vorsprung und bildete die Nachhut.
Die kurze Pause und die immer näher kommenden Orks hatten die letzten Kraftreserven in Antario und seinen Freunden mobilisiert. So schnell ihre Beine sie trugen, liefen die Vier auf den großen Berg zu, von dessen Gipfel immer noch der rote Schein ausging und stets Rauch emporstieg.

24

Völlig außer Atem und nassgeschwitzt, erreichten die vier Gefährten den Fuß des rauchenden Berges. Das Gras um den Fuß des Berges war stellenweise verbrannt, als ob jemand ein gewaltiges Lagerfeuer gemacht hätte. Die Steine und Felsen, welche in der Nähe lagen, waren verkohlt und schwarz. Antario blickte den Berg empor. Schutt und Geröll bestimmten das Bild. An einigen

Stellen wuchs ein Büschel Gras oder ein verkümmerter Busch. An der Flanke des Berges führte ein steiniger steiler Pfad in die Höhe. Karatas dachte nicht lange nach, sondern schwenkte sofort ein und begann mit dem Aufstieg. Antario war beeindruckt wie viel Kraft noch in dem alten Zauberer steckte. Er selbst war zu Tode erschöpft und kämpfte gegen den Drang an, sich einfach auf den Boden zu legen und zu schlafen, Alpträume und Orks hin oder her. Astritt schien es ähnlich zu gehen, auch sie atmete schwer und mit jeder Windung des Weges sank ihr Kopf tiefer auf ihre Brust. Mortim bildete wie zuvor die Nachhut und behielt ihre Verfolger im Auge. Die Nacht brach herein, während sich der Weg immer weiter in Serpentinen vor den Gefährten den Südhang des Berges emporschlängelte. Es gab kein Licht, nur das blutrote Glühen vom Gipfel spendete gerade genug Licht, um nicht zu stürzen. Es ließ jeden Felsen und jeden Strauch wie ein Monster aus einer anderen Welt wirken. Nach einigen Stunden des Aufstieges waren Astritt und Antario mit ihren Kräften am Ende. Karatas blieb stehen und stützte sich sofort auf seinen Stab. Antario ging noch einige Schritte auf einen kleinen Felsvorsprung, der am Wegrand in die Dunkelheit ragte. Vom Rand aus sah Antario in die Tiefe. Die Orks waren nur noch zwei Windungen entfernt. Sie hatten Fackeln entzündet und konnten sich so schneller in der Dunkelheit fortbewegen. Wie eine brennende Schlange schlängelten sich die hundert Orks den Berg herauf. Antario verließ beim Anblick der herannahenden Feinde der Mut. Tränen traten ihm in die Augen. In diesem Moment trat Astritt neben ihn und küsste ihn sanft auf die Wange. Antario ergriff ihre Hand, während er immer noch in die Tiefe starrte.

„ Es ist vorbei. Wir können ihnen nicht mehr entkommen." sagte Antario. Er drehte sich kurz um und sah zum Gipfel empor. Es war nicht mehr weit. Man konnte das Ende schon sehen, doch es gab keinen Grund weiter zu gehen. Die Orks würden ihnen folgen und sie finden.

Sein Blick fiel wieder auf ihre Feinde. „ Ich bin froh, dass du bei mir bist, auch wenn ich das nicht sein sollte. Du müsstest weit weg von hier sein und die letzten Tage der Welt, wie wir sie kennen, in Frieden genießen." sagte Antario.

„Ich wäre in diesem Moment an keinem anderen Ort der Welt lieber, als hier an deiner Seite." flüsterte Astritt Antario ins Ohr und legte ihren Kopf auf seine Schulter. Antario spürte ihren Atem an seinem Hals. Er ging ganz ruhig. Sie hatten sich beide mit ihrem Schicksal abgefunden. Ihre körperliche Erschöpfung verdrängte ihre Angst und vertrieb jede Form von Panik. So standen sie da und warteten auf das Ende. Mortim und Karatas hatten sich jedoch nicht so einfach mit ihrem baldigen Tod abgefunden. Mortim packte Antario unsanft an den Schultern und riss ihn herum. Antario wollte sich wehren, doch es ging alles viel zu schnell. Mortim stieß ihn den Weg zum Gipfel vor sich her. Karatas hatte Astritt untergehakt und half ihr die letzten Windungen des Weges bis zum Gipfel zu bewältigen. Antario bekam kaum noch einen Fuß vor den anderen. Er lief nur noch, weil Mortim ihm immer wieder unsanft einen Stoß versetzte, um ihn vorwärts zu treiben. Kurz vor dem Gipfel war das rote Glühen allgegenwärtig. Es schien fast so, als ob die Bergspitze selbst für das Glühen verantwortlich wäre. Und es war heiß. Fast unerträglich heiß. Antario schwitzte und keuchte. Seine Haare klebten ihm im Nacken und auf seiner Stirn. Immer wieder schrie Mortim ihn an. Er hörte es nicht. Sein Geist war schon eingeschlafen vor Erschöpfung. Nur noch sein Körper arbeitete weiter, bis auch er nicht mehr konnte. Als Antario im Begriff war zu stürzen, hakte Mortim ihn unter und stützte ihn bis sie den Gipfel erreichten. Hier oben ging ein schwacher Wind, der kühle frische Luft heranwehte und Antario kam langsam wieder zu sich. Sein Geist wurde klarer und er nahm sein Umfeld wieder war. Der Gipfel des Berges war ein gewaltiges Plateau mit einem gewaltigen Riss in der Mitte. Die Fläche war so groß, dass Antario den Rand der Platte kaum ausmachen konnte. Aus dem Riss in der Mitte stieg dichter weißer Rauch in den schwarzen Nachthimmel. Das alles erfassende rote Glühen hatte seinen Ursprung ebenfalls in dem gewaltigen Riss. Antario sah sich um. Er suchte ein Versteck, eine Höhle oder eine Grube, doch es gab nichts. Nur den gewaltigen Riss in der Mitte, dem Antario sich keinen Schritt weiter nähern wollte. Antario hörte das Rollen einzelner Steine und das Getrampel schwerer Stiefel hinter sich. Vier übereifrige Orks hatten sich von der Hauptgruppe abgelöst und sind vorgelaufen. Diese Entscheidung war keine glückliche, denn sie sahen sich Mortim gegenüber, der mit gezogenem Schwert vor ihnen stand. Als würde ihm sein Schwert neue Kraft verleihen, ging Mortim mit erhobener Klinge auf seine Gegner los. Antario war beeindruckt mit welcher Kraft und Schnelligkeit sich Mortim, trotz der Strapazen der letzten Tage, noch bewegte. Er wirbelte herum, stach und schlug zu. Noch ehe Astritt einen Pfeil auf die Sehne ihres Bogens legen konnte oder Antario seinem Freund zu Hilfe kommen konnte, lagen die vier Orks tot am Boden. Der Anblick der blutenden Kreaturen war grauenerregend und Antario musste gegen die Übelkeit ankämpfen.

Plötzlich war tief aus dem Berg ein Geräusch zu hören. Es waren Geräusche wie bei einem Erdrutsch, zudem sich ein Gewitter gesellte. Ein Scharren und Poltern von Felsbrocken war zu hören. Zudem kam ein Grummeln und Rumoren dazu. Der Gipfel des Berges erzittert bei jedem neuen Rumoren unten im Fels. Antario hatte Angst, dass der Berg unter ihren Füßen einstürzen würde. Das Scharren wurde immer lauter und von einem auf den anderen Augenblick schoss unter heftigem Getöse ein gewaltiger Feuerstrahl aus dem Riss in den Nachthimmel. Die Hitze auf dem Gipfel war so schon schwer zu ertragen, doch der Feuerstrahl verlieh den Gefährten das Gefühl, lebendig zu verbrennen. Die Vier schmissen sich auf den Boden und schützten ihre Gesichter, mit ihren Armen vor der Hitze. Nach wenigen Augenblicken erstarb der Feuerstrahl so schnell wie er gekommen war. Sofort wehte ein leichter Windstoß die heiße Luft fort und man konnte wieder atmen. Antario hob den Kopf und spähte über die vom blutroten Schein erhellte Ebene. Nichts war zu sehen, alles war so wie zuvor. Er lauschte in die Tiefe. Offensichtlich hat das Getöse und der Feuerstrahl auch den Vormarsch der Orks zum Stehen gebracht.

„Was bei allen Geistern war das?" wollte Karatas wissen, wohl weißlich, dass ihm diese Frage keiner beantworten konnte. „ Der Berg spuckt Feuer, um uns loszuwerden, wie ein Hund die Flöhe." sagte Astritt und stemmte sich mühsam wieder auf die Füße. Als alle wieder auf den Beinen waren, begann der Berg ein weiteres Mal zu beben. Diesmal noch etwas heftiger. Die Vier machten sich bereit, einem weiteren Feuerstrahl trotzen zu müssen, doch er blieb aus. Stattdessen wurde das Grummeln und Scharren immer lauter. Man hätte meinen können, etwas Gewaltiges klettere aus dem inneren des Berges herauf. Noch mehr Dampf und heiße Luft als zuvor stiegen aus dem Riss empor. Im nächsten Moment ließ der rote Schein, der alles spärlich beleuchtete nach. Dunkelheit breitete sich aus. Das Licht reichte gerade noch, um zu sehen, wie ein gewaltiger Kopf aus dem Riss hervortrat. Antario trat vor Schreck einen Schritt zurück und wäre fast über einen kleinen Felsbrocken gestürzt. Ob ein Felsbrocken oder die heranstürmenden Orks spielte keine Rolle, er konnte seine Augen nicht von der Kreatur abwenden, welche gerade aus dem Riss im Berg zu klettern. Der Kopf war gewaltig. Das Maul war mit hunderten messerscharfer Zähne besetzt und so groß, dass ein Ochsenkarren darin Platz gefunden hätte. Die Schnauze war langezogen und breit und aus dem Kopf ragten zwei lange Hörner hervor. Die dunkelgraue Haut der Bestie war schuppig und rau. Am auffälligsten jedoch waren die Augen. Wie die Augen einer Schlange glühten sie orange aus ihren Höhlen hervor. Der Blick dieses Wesens wanderte immer noch über die Ebene. Dann reckte es den Hals und hielt seine großen Nüstern in den Wind. Sie schien etwas zu wittern. Die Orks. Mit lautem Getöse wand sich das Wesen weiter aus dem Riss. Langsam ließ sich erahnen, wie groß die Bestie wirklich war. Alleine der Hals und der Kopf zusammen waren größer als ein Haus. Dann traten die Pranken hart auf die steinige Oberfläche der Ebene auf. Der Berg erzitterte wieder. Die Bestie regte erneut den Kopf in den Nachthimmel und ließ ein Mark und Bein erzitterndes Gebrüll ertönen. Die Gefährten mussten sich die Ohren zu halten. Ein gewaltiger Feuerstrahl schoss aus dem Maul des Wesens und erhellte für kurze Zeit die Umgebung. Nun war Antario klar, um welche Art Kreatur es sich handelte. Ein Drache. Auch wenn er nie zuvor einen gesehen hatte, war ihm klar, dass es nicht anders sein konnte. Er hatte zu viele Geschichten, Sagen und Legenden über das uralte Geschlecht der Drachen gehört, um einen der ihren nicht zu erkennen, wenn er ihn so deutlich vor sich sah. Doch wie konnte das sein? Seit hunderten von Jahren hatte niemand mehr einen Drachen gesehen. Die Leute zu Hause sagten, sie seien verschwunden vom Angesicht Athgarats.

Antario, Astritt und Karatas wichen langsam zurück. Sie wollten es lieber mit hundert Orks aufnehmen und den Tod eines Kriegers im Kampf sterben, als sich von dieser Kreatur einfach verschlingen zu lassen. Nur Mortim blieb da wo er war. Er stand mit dem Schwert in der Hand am Rand der Ebene und sah dem Drachen zu, wie er weiter aus dem Riss kletterte. Die Flügel des Drachen traten hervor und sobald sie frei waren spreizten sie sich auseinander. Er schlug damit, als ob er abheben wollte, doch er blieb am Boden. Die heiße Luft, die von dem Drachen ausging, schlug den Vier entgegen wie ein Orkan. Es hätte sie beinah von den Füßen gerissen. Als sich der Wind legte, hatte der Drache den Riss ganz verlassen. Die Ebene reichte kaum aus, um dem gewaltigen Wesen Platz zu bieten. Er war vom Maul bis zur Schwanzspitze gut zweihundert Meter lang. Seine ausgestreckten Flügel ragten weit in die Dunkelheit. Sie sahen aus wie von Leder überspanntes Geäst.

Antario hörte jetzt neben dem Schnauben des Drachen auch wieder wie die Orks sich in Bewegung gesetzt hatten. Ihre schweren Stiefel und ihre klirrenden Waffen schickten einen unheilschwangeren Klang voraus. Es gab keinen Ausweg mehr. Nur den Tod, welcher Art auch immer. Der junge Prinz sah sich um und erblickte Mortim, der auf den Drachen zuging. Antario traute seinen Augen nicht. Mortim kam dem Ungeheuer Schritt für Schritt immer näher. Der Drache hatte den Krieger längst bemerkt, betrachtete ihn ganz offensichtlich aber nicht als Bedrohung, denn er sah ganz ruhig zu wie Mortim auf ihn zuging. Antario stockte der Atem. Als Mortim dem Drachen zu nah kam, bäumte er sich auf, um den kleinen Menschen in einem Feuersturm zu verbrennen, bis Mortim plötzlich sein Schwert in die Höhe hielt. Der blanke Stahl blinkte und blitzte selbst im spärlichen Licht auf dem Gipfel. Die Klinge war wie immer blitzsauber und scharf. Der Drache sah das Schwert und hielt inne. Man konnte sehen, wie sich seine riesigen Augen verengten und er den Mann vor sich intensiver betrachtete. Antario konnte sich nicht erklären, was er sah. Der gewaltige Drache, der Mortim mit einem einzigen Biss verschlingen könnte, ließ seinen Kopf sinken und legte ihn vor Mortim auf die steinerne Ebene. Es schien fast so, als wollte der Drache mit seinem Gegenüber auf Augenhöhe sein. Mortim ging zwei Schritte auf den Kopf zu und legte eine Hand auf den Kopf des Drachen. Inzwischen hatten auch Karatas und Astritt das absurde Verhalten des Drachen und ihres Freundes bemerkt. Beide standen wie versteinert, ohne ein Wort da. Karatas war der erste, der seine Fassung wiedererlangte. Er wollte gerade etwas zu Mortim herüberrufen, als die Orks hinter ihm auftauchten. Der Zauberer fuhr herum und ging in Kampfstellung. Auch Antario und Astritt machten sich kampfbereit. Auch wenn sie keine Chance hatte, wollten sie doch mit der Waffe in der Hand sterben. Immer mehr Orks strömten um die letzte Biegung und betraten die Ebene. Einige blieben verblüfft vom Anblick des Drachen stehen, aber die meisten folgten ihrem eigentlichen Ziel und stürzten sich auf Antario, Astritt und Karatas. Der Zauberer konnte mit einem Zauber die erste Welle der Angreifer wie durch einen Windstoß zu Boden schmeißen, doch sofort kamen neue Angreifer auf die Gruppe zu. Astritt schickt zwei tödliche Pfeile auf den Weg, ehe die Angreifer ihr Ziel erreichten. Antario tauchte unter dem Hieb eines Orks hinweg und rammte ihm sein Schwert in die Flanke. Schreiend und grunzend ging sein Widersacher zu Boden. Der erste Ansturm der Orks war abgewehrt, nachdem Karatas zwei weitere Angreifer ausgeschaltet hatte. Gerade als die nächste Welle der blutrünstigen Orks auf die Drei losgehen wollte, bebte die Erde. Der Drache bewegte sich wieder. Antario sah sich nur kurz um, weil er fürchtete, die herannahenden Orks könnten ihn in einem Moment der Unachtsamkeit erschlagen. Mortim war so schnell er konnte auf dem Weg zu seinen Freunden. Er gestikulierte und schrie etwas, doch unter dem Krach, den der Drache verursachte, konnte man ihn nicht verstehen. Der Drache war im Begriff abzuheben. Er schlug wild mit seinen Flügeln und bäumte sich auf. Der Windstoß riss Antario und seine Freunde um Haaresbreite von den Beinen und stoppte den Vormarsch der Orks. Mit entsetzlich lautem Gebrüll schwang sich der Drache in die Höhe. Antario riss seinen Blick von dem immer höher steigenden Drachen und sah Astritt an. Er wusste, der Drache würde sich jetzt auf sie stürzen und sie alle würden in einem gewaltigen Feuersturm sterben. Antario wollte nur noch ein letztes Mal in die ihre Augen blicken. Er ging auf Astritt zu und nahm ihre Hand. Sie drehte sich zu ihm um. Für einen kurzen Augenblick war es ganz still. Für die beiden gab es in diesem Moment nichts anderes, als den Menschen gegenüber. Sie sahen sich tief in die Augen und wussten, dass die Reise hier enden würde, dass dieser Moment ihr letzter war. Astritt hatte Tränen in den Augen.

Als sich beide mit ihrem Schicksal abgefunden hatten wurden sie hart am Kragen gepackt und nach hinten gerissen. Zu erschrocken und überrascht, um sich zu wehren, zog Mortim Antario und Astritt hinter sich her auf den Riss in der Ebene zu. Als Antarios Verstand langsam wieder arbeitete, fing er an sich zu wehren. Er dachte, Mortim wolle ihn mit sich in den Riss ziehen, damit sie dort ihr Ende finden. Antario wollte aber lieber kämpfend sterben. Er wollte gerade auf Mortim einschlagen, als er von einer Druckwelle niedergerissen wurde. Die Hitze, welche die Druckwelle mit sich brachte, war unerträglich. Alle Vier lagen sie auf dem Boden und hielten sich die Hände vors Gesicht. Der Drache hatte sich auf die Orks gestürzt. Mit seinem alles zermalmenden Kiefern hatte er den ersten Orks auf der Ebene den Garaus gemacht. Die anderen Orks liefen auseinander, wollten fliehen oder versuchten, Antario und seinen Freunden zu folgen, doch der Drache war gründlich. Mit seinem Schwanz erschlug er die Orks, welche es an ihm vorbeigeschafft hatten und mit einem Feuerstrahl tötete er die übrigen Orks auf der Ebene. Knapp die Hälfte der Orks floh den Weg bergab. Der Drache erhob sich mit einem Satz in die Lüfte und flog einen engen Kreis um den Gipfel. Dann schickte er einen glutheißen Feuerstrahl auf die Erde nieder, der sich den ganzen Weg bergab durch die Reihen der Orks fraß. Keiner überlebte den Angriff. Der Drache flog noch eine Schleife und hielt dann auf die Ebene zu. Antario war zu schwach, um sich noch groß zu fürchten, geschweige denn wegzulaufen. Er fiel auf seine Knie und wartete auf den Drachen. Die Bestie setzte unsanft auf der Ebene auf und ließ den Berg erzittern. Antario versuchte die Augen aufzuhalten, doch er war zu müde. Er sah noch wie der Drache sich umsah, um dann in dem Riss im Berg zu verschwinden. Seine Augen waren schon geschlossen, als er spürte, wie ihm jemand eine bittere Flüssigkeit in den Mund goss. Er schluckte sie mit letzter Kraft, ehe er einschlief.

25

Langsam öffnete Antario seine Augen. Sie gewöhnten sich nur schwer an das grelle Sonnenlicht. Die Sonne stand schon hoch am Himmel. Antario richtete sich auf und sah sich um. Astritt lag schlafend neben ihm. Er war so froh, dass es ihr gut ging. Nie hätte er es sich verziehen, wenn ihr etwas passiert wäre, während er geschlafen hätte. Er rieb sich die Augen und streckte sich. Er fühlte sich gut. Seit langer Zeit hatte er sich mal wieder etwas erholt und war ohne Kopfschmerz aufgewacht. Antario erinnerte sich noch wage an die letzten Momente, bevor er eingeschlafen war. Er dachte an den Trank, welcher ihm ganz offensichtlich noch von Karatas eingeflößt worden war. *Ganz gleich was das auch für ein Gebräu war, es wirkte offenbar.* Er sah sich weiter um und suchte nach seinen Freunden. Schließlich entdeckte er Karatas, der auf einem Felsen saß und den Berg hinabsah. Als Antario aufstand, um zu dem Zauberer zu gehen, bemerkte er erst wo er war. Mortim und Karatas mussten Astritt und ihn noch ein ganzes Stück den Berg hinabgetragen haben, ehe sie ihr Lager aufgeschlagen hatten. Der Gipfel lag hinter ihm, in dichten Nebel gehüllt. Als Antario sich zu dem Zauberer gesellte, hatte dieser die Augen geschlossen und atmete ganz ruhig. Antario dachte er schliefe und wollte sich gerade wieder entfernen, als Karatas etwas sagte. „Guten Tag, junger Prinz, haben wir gut genächtigt?" wollte der alte Zauberer wissen. Er konnte diese Frage nicht stellen, ohne dass ein verschmitztes Grinsen sich in seinem Gesicht breit machte. Antario schämte sich ein bisschen, dass er so lange geschlafen hatte. Doch der Umstand, dass er seit langer Zeit mal wieder ausgeschlafen war vertrieb das Gefühl schnell wieder. „Wie spät ist es?" fragte Antario. „Die Sonne hat ihren höchsten Punkt schon passiert. Es wird Zeit aufzubrechen. Mortim ist schon vorrausgegangen und wartet am Fuß des Berges." antwortete Karatas.

„Was ist da gestern passiert? Das kam mir alles so unwirklich vor. So wie in einem bösen Traum."

„Es gibt Dinge auf dieser Welt, die auch mich noch verwundern. Ich habe nur eine Vermutung, was die Sache mit dem Drachen betrifft. Ich behalte sie erstmal für mich. Ich habe Mortim nach den Vorfällen der gestrigen Nacht befragt, jedoch keine Antwort erhalten. Ich weiß nur, dass Drachen als ausgestorben gelten. Woher dieser kam und warum er uns verschont hat, weiß ich nicht."

„Was ist mit den Drachen geschehen?" fragte Antario.

„Vor vielen Menschenaltern herrschten die Drachen auf dieser Welt. Sie waren alt und weise. Sie kämpften nicht miteinander, sondern lehrten und gaben ihr Wissen weiter. Eines Tages setzten die Menschen den ersten Fuß auf diesen Teil Athgarats. Einer Legende nach kamen die Menschen aus dem Süden, doch niemand vermag das mit Sicherheit zu sagen. Die Drachen warteten ab und sahen zu wie die Menschen sich entwickelten und verbreiteten. Nach und nach brauchten die Menschen mehr und mehr Platz und es kam zu Auseinandersetzungen mit den Drachen. Schließlich entbrannte ein Krieg zwischen den beiden. Viele Drachen und Menschen starben in dieser Zeit. Nach vielen Jahren des Kampfes trafen sich die ältesten und weisesten der Drachen, um über die Zukunft zu beraten. Niemand weiß, was dort entschieden oder besprochen wurde. Tatsache ist, dass vom nächsten Tag an nie wieder ein Drache gesehen wurde. Das ist jetzt hunderte von Jahren her und deshalb wundert es mich umso mehr, dass wir dieses Exemplar zu Gesicht bekommen haben."
Antario wollte mehr wissen, doch Karatas konnte ihm mehr nicht sagen. Die Unkenntnis brannte ihm auf der Seele, aber er sah auch ein, dass im Moment wohl nicht mehr in Erfahrung zu bringen war, nicht solange er nicht mit Mortim gesprochen hatte. Vorsichtig weckte er Astritt. Antario kniete vor ihr und sah ihr beim Aufwachen zu. Er beobachtete ihre Augen, wie sie blinzelte, um sich an das Licht zu gewöhnen und wie ihr Haar trotz aller Strapazen immer noch golden in der Sonne schimmerte. In Momenten wie diesen wurde ihm klar, dass er den Rest seines Lebens mit ihr verbringen wollte. Als sie ihn mit zugekniffenen Augen ansah, lächelte sie. Beiden war klar, dass sie in der letzten

Nacht um ein Haar dem Tod entkommen waren und welch ein Glück sie hatten, sich wieder in die Augen sehen zu können. Sie umarmten sich lange und küssten sich, ehe Astritt sich aufrichtete und langsam aufstand. Auch ihr tat der lange Schlaf offensichtlich gut. Ihre Augen strahlten und ihr Haar wehte im Wind. Sie wollte ebenfalls wissen, was genau in der vorigen Nacht geschehen war. Doch auch sie musste sich mit einer kurzen ungenauen Antwort von Karatas zufriedengeben. Auf Karatas Drängen hin nahmen die beiden ein kurzes Frühstück zu sich, um dann in aller Eile das Lager abzubauen und sich an den Abstieg zu machen. Im strahlenden Licht der hoch stehenden Sonne zeigte das Land seine wahre Schönheit. Gestern hatte Antario diesen trüben Flecken Erde noch verflucht, doch heute sah er das anders. Sein Geist war klar und sein Körper erholt. Er konnte nun sehen, wie saftig grün die Wiesen um sie herum waren und wie majestätisch sich der Wald im Süden bis zum Horizont erstreckte. Mit dieser Aussicht war der Abstieg vom rauchenden Berg ein Vergnügen, trotzdem Antario der Gedanke an den Drachen immer noch ängstigte. Ihm war aber auch klar, hätte die Bestie ihnen etwas antun wollen, hätte sie das gestern schon gemacht. Der Weg war steinig und steil. So gut die Laune der Gemeinschaft anfänglich auch war nach einigen Biegungen holte sie die Wirklichkeit wieder ein. Auf und am Weg lagen verbrannte Orkleichen, deren Gestank nicht einmal der frische Westwind ganz vertreiben konnte. Wie obskure umgestürzte Statuen lagen sie da. Verkrampft und starr sahen sie aus. Zu schwarzem, rauen Stein verwandelt in der letzten qualvollen Sekunde ihres Lebens. Astritt drehte sich der Magen um und sie musste sich übergeben. Während des restlichen Abstiegs starrte sie nur auf ihre Füße und atmete nur durch den Mund, um dem scheußlichen Anblick und Geruch der verkohlten Orks zu entgehen. Antario hingegen sah sich die verkohlten Überreste seiner Feinde genau an. So blutrünstig und böse diese Wesen auch waren, im Moment ihres Todes stand dieselbe Angst und Panik in ihrem Gesicht wie bei allen anderen Lebewesen auch. Keiner sagte ein Wort während des Abstiegs. Alle waren nur froh, als es geschafft war und sie den Berg endlich verlassen konnten. An der Weggablung am Fuß des Berges stand Mortim und wartete auf Antario, Astritt und Karatas. Sein Blick war finster und nachdenklich wie eh und je. Auch von ihm schien eine imaginäre Last gefallen zu sein. Als die anderen ihn erreichten, drehte er sich wortlos um und machte sich auf den Weg Richtung Norden. Keiner seiner Gefährten machte Anstalten, ihm zu folgen. Nach einem kleinen Stück Weg bemerkte er, dass ihm keiner folgte und dann blieb auch er stehen und drehte sich um. Als er die anderen ansah, wurde ihm sofort klar was sie wollten. Seufzend ging er zurück. „Ich denke, wir haben ein Recht darauf zu erfahren, was gestern Nacht hier geschehen ist. Warum hat der Drache uns verschont? " sagte Karatas fordernd. Für einen Moment stand Mortim nur schweigend vor seinen Begleitern. Schließlich seufze er erneut und begann zu erzählen:

„Vor vielen Jahren, als Zergeron anfing Jagd auf uns sechs zu machen, stellte er dreien meiner Brüder ein Falle. Zwei von ihnen wurden getötet. Nur der Dritte entkam, doch er musste mit ansehen, wie seine Waffenbrüder, trotzdem sie tapfer um ihr Leben kämpften, schließlich fielen. Sein Name war Austen aus dem Norden und er hatte sein Schwert bei dem Überfall verloren. Er konnte nichts tun, um seinen Brüdern zu helfen und das brach ihm das Herz. Er verschwand und blieb viele Jahre im Verborgenen. Sein Schmerz und seine Trauer aber blieben. Austen sah zum Schluss keinen Ausweg mehr, seinem Schicksal zu entfliehen. Er bat Athgarat um einen Gefallen. Weil er so viele Jahre für Frieden unter den Menschen gekämpft hatte, gewährte sie ihm seine Bitte und gab ihm ein neues Leben mit einem neuen Körper. Ich wusste, dass er kein Mensch mehr war. Aber dass er als Drache auf dieser Welt wandelt, konnte auch ich mir nicht vorstellen. Aus diesem Grund hat uns der Drache verschont und nur unsere Feinde angegriffen. Er hat das Schwert wiedererkannt. Nanka muss gewusst haben, wer uns auf diesem Berg erwartet. Sie hat uns den Weg gewiesen, auf dem wir die Orks loswürden. Sie konnte uns nur in die richtige Richtung stoßen, finden mussten wir den Weg allein. Wir hätten ihr wohl nicht geglaubt, wenn sie uns von Austen erzählt hätte."

„Und jetzt können wir einen Drachen zu unseren Verbündeten zählen?" wollte Astritt wissen. „Wohl kaum. Er hat sich auf diesem Berg versteckt, weil er sich vor den Menschen versteckt. Wenn sie wüssten, dass er da ist, würden sie versuchen, ihn zu töten. Es würden immer mehr Trophäenjäger kommen und schließlich würde er sterben. Wir dürfen niemals jemandem berichten, was wir hier gesehen haben."

„Und was wird jetzt aus ihm?" fragte Antario.

„Er wird hier im Berg sein Dasein fristen, bis er entdeckt wird und der Gier der Menschen zum Opfer fällt. Er wird wohl viele mit sich in den Tod reißen, aber früher oder später wird er fallen." antwortete Mortim. Für einen kurzen Moment konnte Antario die Trauer sehen, welche ihm der Gedanke an seinen ehemaligen Freund bereitete. Schnell fasste sich Mortim wieder und drehte sich Richtung Norden. „Wir sollten aufbrechen. Der Tag beschert uns nur noch wenige Stunden Tageslicht und schließlich haben wir eine Aufgabe zu erfüllen." sagte Mortim und setzte sich in Bewegung. Als die Gruppe die Hälfte der Ebene am Fuß des Berges hinter sich gebracht hatte, drehten sich Antario und Karatas noch einmal um und sahen zum nebelverhangenen Gipfel empor. Wie zum Abschied ertönte das alles erschütternde Gebrüll des Drachen. *Fast so als wolle er uns eine gute Reise wünschen,* dachte Antario.

Die Gruppe war ausgeruht und legte so vor Sonnenuntergang noch ein langes Stück Weg zurück, bevor sie zwischen einigen großen Felsen ein Lager aufschlugen. Die Felsen boten Schutz vor dem stets von Norden her wehenden Wind. Es wurde mit jeder Meile, die sie Richtung Norden unterwegs waren, immer kälter. Nach einer der wenigen sternklaren Nächte, lag am nächsten Morgen leichter Raureif auf dem Gras. In dieser Nacht hatten sie ihr Lager unter einigen Tannen aufgeschlagen. Die Gruppe kam gut voran und die Meilen flossen unter ihren Füßen dahin. Die Stimmung war gut untereinander, sogar Mortim hatte in seltenen Momenten ein leises Lied auf den Lippen. Auch wenn er in einer alten, dem Rest der Gruppe unverständlichen Sprache sang, waren es doch stets fröhliche Lieder, deren Klänge dem Ohr schmeichelten.

Die Menschen in diesem Teil des Landes, schienen vom Krieg nicht viel mitzubekommen. Sie waren wohlhabende Bauern. Einige verkauften der Gemeinschaft etwas zu Essen oder gewährten ihnen sogar Obdach in einer Scheune. Aus der Gruppe erwähnte keiner mit einem Wort, wo sie herkamen. Die Antwort war stets die gleiche, man sei auf dem Weg nach Norden in die Berge. Niemand schien das groß zu verwundern. Antario musste daran denken, wie es den Menschen wohl ergangen wäre, wenn ein Trupp von hundert wilden Orks durch diesen ruhigen Landstrich gezogen wäre.

Nach einigen Tagen des Wanderns verließ die Gruppe die ländliche Gegend und somit auch Armaßien.

Auf einer kleinen Anhöhe blieb Karatas stehen. „ Wir haben heute die Grenze zu Estrien passiert. Dieses Land ist rau und unwegsam. Die Menschen hier sind ebenso rau und misstrauisch. Achtet auf das was ihr sagt und tut. Das Land steht nun schon seit Jahren unter der Tyrannei von Zergeron und leidet unter der Willkür seiner Schergen. Die Zeit drängt und deshalb führt uns unser Weg durch die Wüste Gabori. Ein verdorrter und toter Landstrich. Dort lauern mehr Gefahren, als nur die des Verdurstens. Vor vielen Jahren habe ich diese Wüste durchquert. Ich hätte den Versuch um ein Haar mit meinem Leben bezahlt. Die Tage sind brütend heiß, gefolgt von bitterkalten Nächten und grausame und gefährliche Kreaturen lauern dort. Lasst uns hoffen, dass unsere Anwesenheit unbemerkt bleibt."

Die Tage verstrichen und Mortim und Antario nahmen ihre abendlichen Übungen der Kampfkunst wieder auf. Immer wenn Antario glaubte, er sei soweit Mortim zu schlagen, legte dieser noch mehr an Schnelligkeit und Geschick mit der Waffe zu. Es schien fast so, als sei er unbesiegbar, was Antario zuversichtlich machte, dass Mortim Zergeron besiegen könnte. Blieb nur noch die Schwierigkeit, nahe genug an den König dieses geschundenen Landes heran zu kommen, ohne von Soldaten umzingelt zu sein.

Vier Tage nachdem sie das Land Estrien betreten hatten, wurde es merklich wärmer. Die Luft war trocken und brannte im Hals. Antario wusste, was das zu bedeuten hatte.

Die Wüste.

26

Ohne lange Pausen zu machen, stolperten Lester und Malekei mitten in der Nacht, durch diesen modrigen und übelriechenden Teil des Sumpfes. Beide wollten nur noch so schnell sie konnten, diesen Ort verlassen. Stunde um Stunde wanderten sie. Lester hatte schon die Hoffnung aufgegeben, je wieder festen Boden unter seinen Stiefeln zu spüren, als der Boden trockener wurde und wieder Baume in der Morgendämmerung zu sehen waren. Zu Tode erschöpft und bis auf die Knochen durchnässt schleppten sich Lester und Malekei zu einem kleinen Wäldchen. Lester sammelte etwas Holz und entzündete ein Feuer. So gut es eben ging trockneten sie ihre Kleidung und wärmten ihre müden Knochen. Nach einer kleinen Mahlzeit übermannte die beiden der Schlaf. Erst gegen Nachmittag wachte Lester auf und weckte Malekei sanft. „Malekei, mein Freund. Ich muss mich bei dir bedanken. Du hast mir mehr als einmal das Leben gerettet und mich vor einem schrecklichen Tode

bewahrt. Ohne dich wäre ich nicht hier." sagte Lester und reichte seinem Freund die Hand. Malekei antwortet nicht, das war auch nicht notwendig, er nahm die ihm gereichte Hand und Lester wusste, dass er einen Freund mehr hatte auf dieser Welt. „Ich mache mich wieder auf den Weg, mein Freund. Wie gerne würde ich dir die Wunder und die Schönheit meiner Heimat zeigen, doch die Zeit drängt, ich muss so schnell es eben geht dem König Bericht erstatten. Wo auch immer dein Weg dich hinführt, ich wünsche dir alles Glück dieser Welt." „Du glaubst doch nicht im Ernst, dass ich dich jetzt alleine ziehen lasse. Wenn, wie du sagst, unser aller Schicksal auf dem Spiel steht, werde ich dir helfen und meinen Beitrag leisten." Lester wusste nicht, was er sagen sollte. Er wusste Malekei war kein Krieger und doch war er tapfer und klug und in seinen Augen konnte er eine Entschlossenheit sehen, welche keinen Zweifel daran ließ, dass er mit ihm gehen würde, ganz gleich was Lester dazu sagen würde. So kam es, dass Malekei und Lester sich zusammen weiter auf den Weg Richtung Süden machten. Die ersten Meilen nach ihrer Pause schmerzten am meisten. Nach einer Weile ließ der Schmerz aber nach und sie legten ein gutes Stück Weg zurück, ehe die hereinbrechende Nacht sie zu einer weiteren Pause zwang. Früh am nächsten Morgen setzten sich Malekei und Lester wieder in Marsch.
Drei Tage verstrichen, ohne dass Lester ihnen eine längere Pause gegönnt hätte, die nicht unbedingt nötig gewesen wäre. Je näher sie dem Palast Barios kamen, desto schneller trieb Lester seinen Begleiter an. Bald konnten sie das strahlende Haus der Könige Ariteas sehen. Lester musste seine Tränen unterdrücken. Nach so langer Zeit und so vielen Meilen war er nun endlich

wieder zu Hause. Freude und Hoffnung umspülten sein Herz, auch wenn er mit schlechten Nachrichten heimkehrte.

Erst als Lester direkt vor dem Tor stand, erkannten ihn die Wachen in seinen schmutzigen Kleidern und ließen ihn und seinen Begleiter passieren. Lester fiel auf, dass mehr Wachen als gewöhnlich um den Palast patrouillierten und dass sich ihm fremde Soldaten unter ihnen befanden.

Ohne sich zu waschen oder andere Kleider anzuziehen marschierte er direkt auf den Thronsaal zu. Unsanft wurde er von zwei Soldaten in fremder Uniform aufgehalten. Erst jetzt erkannte er das Wappen darauf. Diese Männer stammten aus Maristat. Ein Land, mit dem der damals noch junge König Bario einen fürchterlichen Krieg geführt hatte. Doch so lange der Krieg auch schon her war, die Verfehlungen und Gräueltaten der Soldaten aus Maristat waren noch lange nicht vergessen. „Nehmt eure Hände weg ihr Halunken oder es wird euch schlecht bekommen." fauchte Lester die beiden Soldaten mit finsterer Miene an. Aufgeschreckt von dem Aufruhr kamen Soldaten aus allen Gängen und Türen und zogen ihre Schwerter. Die herbeigeeilten Soldaten aus Aritea erkannten ihren Waffenbruder sofort und begrüßten ihn freundlich, während sie ihre Schwerter wieder wegsteckten. Nur die Männer aus Maristat blieben misstrauisch und behielten ihre Waffen fest im Griff. Schließlich bahnte sich eine zierliche in feinste Seide gekleidete Gestalt ihren Weg durch die Traube aus Rüstungen und Schilden. Lester verneigte sich tief, als Prinzessin Melest vor ihm stand. Mit Tränen in den Augen sah sie sich um. „Ihr seid hier Schwertmeister, doch wo ist mein geliebter Bruder? Sagt es mir." verlangte Melest zu wissen. Sie versuchte so viel Stärke und Würde wie möglich in ihre Stimme zu legen, doch konnte sie den Schmerz über einen möglichen Verlust ihres Bruders nicht verheimlichen. „Meine Prinzessin, ich bringe schlimme Kunde in diesen dunklen Tagen. Euer Bruder schickte mich mit Nachricht zu unserem König und blieb selbst im Norden, um gegen die schwarzen Horden zu kämpfen. Ich werde euch ausführlich von unserer Fahrt berichten, doch muss ich zuerst mit dem König sprechen." sagte Lester mit gesenktem Kopf. Er wagte nicht, seiner Prinzessin in die Augen zu sehen. „So dann Schwertmeister, ich bringe euch zu meinem Vater." Sie hatte ihre Stimme jetzt wieder ganz unter Kontrolle. Sie befahl den Soldaten beiseite zu treten und die Tür zu öffnen. Als Lester und Malekei angeführt von Prinzessin Melest den Thronsaal betraten, herrschte nur schwaches Licht und stickige Luft in dem einst so sonnendurchfluteten Saal. König Bario saß auf seinem Thron. Neben ihm seine Königin und seine zwei ältesten Söhne. Vor ihm an einer langen Tafel saßen Bentes der König von Maristat, sein Sohn Gwistor sowie einige hohe Offiziere aus Maristat. König Bario hörte sich an, was König Bentes ihm lautstark berichtete. Als Melest sich ihrem Vater näherte, bemerkte er Lester und Malekei in einer Ecke des Saales. Augenblicklich suchten seine Augen den Saal nach seinem Sohn ab, doch leider vergebens. Er ließ König Bentes erst ausreden, bevor er seiner Tochter gestattete, ihm ihre Nachricht ins Ohr zu flüstern. „Mein Herr Bentes, ich bitte euch um Verzeihung, doch ich muss unsere Verhandlung über die Kornpreise und den Fischfang unterbrechen. Ich habe wichtige Kunde aus dem Norden. Ich möchte euch diese Nachricht nicht vorenthalten, denn wenn sich unsere Befürchtungen bewahrheiten, ist Maristat ebenso betroffen wie Aritea." sagte Bario. „Ich danke euch weiser König Bario, doch um was genau geht es? Wenn die Frage gestattet ist?" antwortete König Bentes. „Das soll uns der Überbringer der Nachricht sagen. Lester tritt vor und berichte dem König." befahl Bario. Lester trat vor seinen König und verneigte sich. Ebenso begrüßte er König Bentes und sein Gefolge. Malekei blieb im Hintergrund und hörte zu.

Lester berichtete von den Gefahren der Reise sowie von ihren Begleitern Mortim und Astritt. Er erzählte alles bis zur Begegnung mit Lord Korto und der bevorstehenden Schlacht. Bario sowie alle Anwesenden hörten geduldig und aufmerksam zu. Als Lester geendet, legte sich Stille über den Thronsaal. Bario war auf seinem Thron sichtlich zusammengesunken und eine sorgenvolle Mine hatte sich über ihn gelegt. Er dachte einen Moment nach, ehe er als erster das Wort ergriff. „Lester, wie schätzt ihr die Lage im Norden ein? Wie glaubt ihr ist die Schlacht ausgegangen?" „Über den Ausgang der Schlacht kann ich nichts sagen, denn euer Sohn entsandte mich, ehe ich etwas über den Feind und seine Waffenstärke in Erfahrung bringen konnte. Doch sollte die Schlacht verloren sein, gibt es niemanden mehr, der den Orks die Stirn bieten könnte und sie können ohne Widerstand nach Aragatt marschieren." Wieder versank Bario in seinen eigenen Gedanken. Schließlich ergriff König Bentes das Wort. „Auch wir bekamen Besuch von einem Booten aus dem Norden. Wir schenkten ihm zuerst keine Beachtung. Doch die Gerüchte über den Krieg im Norden häuften sich und so stellten wir eigene Nachforschungen an. Was euer Bote sagt stimmt. Es herrscht Krieg im Norden. Meine Kundschafter berichten von tausenden von Orks, die am Fuß der Berge ihr Lager aufgeschlagen haben, doch über den Ausgang der Schlacht kann auch ich nichts berichten."

„Wir müssen vom Schlimmsten ausgehen." sagte Bario. "Auch wenn das heißt, dass mein geliebter Sohn Antario gefallen ist und müssen uns auf den Weg nach Nordwesten machen, um König Rotar in Aragatt beizustehen, auch wenn dieser Marsch umsonst sei. Wenn sich unsere schlimmsten Befürchtungen nicht bewahrheiten sollten, haben wir eben nur unsere Pferde ausgeritten. Sollte der Feind bereits vor den Toren Alkatis stehen, ist es unsere Plicht, ihnen beizustehen. Sonst werden sich die Orks über kurz oder lang uns zuwenden und dann stehen wir allein da. Unsere Truppen sollen sich sammeln und so schnell wie möglich abmarschbereit machen. In drei Tagen reiten wir nach Alkatis." befahl Bario. Gwistor neigte seinen Kopf und flüsterte seinem Vater etwas ins Ohr. Urplötzlich sprang dieser auf und schlug seinem Sohn mit der flachen Hand ins Gesicht. Sofort ging Gwistor mit einem kurzen Aufschrei des Schmerzens zu Boden. König Bentes wandt sich sofort König Bario zu. „Ich bitte euch um Verzeihung, hoher König Bario. Mein Sohn hat für kurze Zeit seine gute Kinderstube vergessen. Um euch zu ehren und als Zeichen meiner Loyalität will ich euch auch den Grund für meinen Ausfall nennen. Mein Sohn schlug vor, euch und eure Soldaten in den Krieg ziehen zu lassen, um euch dann hinterrücks anzugreifen. Ich versichere euch dieser Anflug von Ehrlosigkeit und Feigheit entspricht nicht seinem wahren Charakter. Ich bitte euch in aller Form um Entschuldigung und Nachsicht mit dem jungen

Prinzen zu haben." sagte Bentes und verneigte sich tief und lang vor König Bario. Dieser blickte finster auf Bentes und dann auf dessen Sohn. „Ihr seid ein weiser und gerechter Mann, König Bentes und mir bleibt nichts anderes übrig, als eurem Sohn zu vergeben." antwortete Bario. „Also kann ich auf eure Teilnahme am Krieg gegen die Orks zählen?" „Das könnt ihr mein Herr. Wir kommen mit jedem Soldat, jedem Knappen und jedem Ritter, den ich aufbieten kann. Ich selbst werde unser Heer anführen. Mein Wort darauf." mit diesen Worten verneigte sich der König vor Bario und verließ mit samt seinem Gefolge den Thronsaal. Auch Bario verließ den Thronsaal, um in seinem Gemach nachzudenken, während seine Generäle und Offiziere begannen, die Vorbereitungen für den Abmarsch zu treffen.

In den nächsten drei Tagen herrschte im Palast ein heilloses Durcheinander. Booten kamen und gingen, um Befehle zu überbringen. Material und Waffen wurden in gewaltigen Mengen herangeschafft und auf Wagen verladen. Letzte Reparaturen an Rüstungen wurden durchgeführt und alle Klingen der Soldaten nochmal nachgeschliffen. Ständiges Hämmern und das Gebrüll der Offiziere erfüllte den ganzen Palast. Erst in der dritten Nacht nach dem Eintreffen Lesters schwiegen die Hämmer und alle Soldaten schliefen. Lester und Malekei wurde in den letzten drei Tagen jeder Komfort zuteil, den Barios Palast zu bieten hatte. Die beiden wurden massiert und gebadet. Sie bekamen das beste Essen und erfrischende Getränke. Bario brachte Lester und seinem neuen Freund jeden nur denkbaren Respekt entgegen. Für Malekei war das alles fast zu viel. Nie hätte er sich träumen lassen, jemals einen König in seinem Palast zu besuchen und dann auch noch so behandelt zu werden.

Am Morgen des dritten Tages, nach ihrer Ankunft im Palast klopfte Lester an Malekeis Tür. Dieser öffnete gekleidet in die Rüstung, welche man ihm gegeben hatte. Es war noch sehr früh. Die Sonne stand noch tief hinterm Horizont. Lester begutachtete Malekei von Kopf bis Fuß. „Sie steht euch hervorragend, mein Freund. Ein echter Soldat Ariteas." lobte Lester ihn. Malekei sagte nichts dazu. Er hatte immer noch ein mulmiges Gefühl, was die bevorstehende Reise und die eventuell darauf folgende Schlacht betraf. Doch hatte er Lester versprochen, ihn zu begleiten und er wollte zu seinem Wort stehen, egal was kommen mag. Er begrüßte seinen Freund herzlich und bedankte sich für die netten Worte. Beide machten sich auf den Weg zum Burghof. Als die beiden an einem Fenster zum Burghof vorbeischritten, blieb Malekei plötzlich stehen. Ungläubig sah er aus dem Fenster. Der komplette Hof vor dem Palast stand voll mit Pferden, auf deren Rücken stolze Krieger in glänzenden Rüstungen saßen. Vor den Toren der Burg warteten die unberittenen Soldaten zu tausenden auf ihren König. Ihre Banner und Fahnen wehten im Wind. Trotz des spärlichen Lichtes blitzten und blinkten die Rüstungen und Speerspitzen in der Morgendämmerung. Malekei traute seinen Augen nicht. Hätte Lester ihn nicht weitergezogen, wäre er wohl noch Stunden ungläubig am Fenster gestanden, bis auch der letzte Soldat abmarschiert wäre. Lester und Malekei betraten den Hof und stiegen auf zwei Pferde, welche für sie bereitstanden. Die Männer um sie herum begrüßten Lester freundlich und hochachtungsvoll.
Malekei sah sich immer noch mit vor Staunen aufgerissenen Augen um, als das Gemurmel und Stimmengewirr unter den Männern mit einem Mal

erstarb. Der König hatte den Hof betreten. Stolz und aufrecht stand er vor seinem Palast und wartete darauf, dass man ihm sein Pferd brachte. Wie eine Statue aus alter Zeit stand er in seiner glänzenden Rüstung und ließ seinen Blick über die Soldaten schweifen. Als er schließlich auf seinem Pferd saß, ritt er in zügigem Trab aus der Burg heraus, während er seinen Soldat aufmunternd zunickte. Seine Miene war ausdruckslos und finster. Malekei lief ein Schauer über den Rücken, als der König an ihm vorbei auf das Tor zuritt. Mit dem König an der Spitze setzte sich langsam die gesamte Streitmacht in Bewegung. Trommeln wurden geschlagen und von Kompanie zu Kompanie abwechselnd ein Schlachtruf ausgestoßen. Die Streitmacht war jetzt auf dem Weg nach Norden.

<u>27</u>

Der Boden unter ihren Füßen wurde zusehends sandiger und trockener. Vereinzelt standen noch Zedern oder Olivenbäume zwischen einigen Felsen. Die Gemeinschaft hatte mit mehreren mürrisch dreinblickenden Wanderern gesprochen und herausgefunden, dass es nur noch eine Wasserstelle vor der Wüste gab. Die Männer nannten den Brunnen „Hoffnungmacher". Antario verstand nicht was sie damit meinten, aber Karatas hatte kurz darüber gelacht. Der Brunnen war gut versteckt. Sie brauchten einen halben Tag, um den tiefen Schacht zwischen einer Gruppe von haushohen Felsen zu finden. Sie füllten ihre Wasserschläuche und tranken so viel sie eben konnten, bevor sie ihr Lager aufschlugen. Jeder wollte genug Wasser aufnehmen, bevor sie den langen Marsch durch die Ödnis der Wüste antraten. Diese Nacht war, wie Karatas es vorhergesagt hatte, kalt. Die Sterne leuchteten auf einem tiefschwarzen Himmel. Antario hatte ein Feuer gemacht und alle hatten ihre Vorräte hervorgeholt und genossen ein ausgiebiges Mahl. Karatas meinte, man müsse die schweren Lebensmittel loswerden und nur das nötigste mit sich tragen, um zu überleben. Ein zu schwerer Rucksack in dieser Gegend sei gefährlicher als eine Horde Orks im Genick. Also hieß es in der letzten Nacht schlemmen, bevor sie sich in die Wüste wagten. Antario bestritt mit Freuden seinen Übungskampf an diesem Abend, denn es half gegen die Kälte. Als es an der Zeit war schlafen zu gehen, nahm er wieder die Medizin ein, die Karatas ihm gegeben hatte. Bis jetzt hatte er immer, wenn er die dunkelbraune Flüssigkeit zu sich nahm, eine ruhige Nacht verbracht. Er wusste nicht, ob es nur an der Medizin lag oder ob Karatas noch durch einen Zauber nachhalf. Wichtig war nur, es half. Antario fühlte sich in den letzten Tagen so gut, wie seit langem nicht mehr. Die Nacht verstrich und Antario löste Astritt von ihrer Wache ab. Astritt unterhielt sich noch eine Weile mit ihm, dann gab sie ihm einen kurzen Kuss und legte sich schlafen. Antario betrachtet sie noch einige Zeit und dachte daran, wie viel Glück er hatte, dass sie in sein Leben getreten war. Schließlich rollte er sich in seine Decke ein und lehnte sich an einen der großen Felsen. Ganz gleich worauf er sich zu konzentrieren versuchte, ein Gecko oder ein Käfer in seiner Nähe, sein Blick richtete sich immer wieder zum Himmel. Die Sterne leuchteten so hell und waren so zahlreich, wie er es noch nie gesehen hatte. Als Kind hatte man ihm

erzählt, dass die Sterne die Seelen großer Krieger waren und sie von dort oben über die Menschen wachen. Er hatte nie viel über die Sterne nachgedacht, doch bei diesem Anblick, so klar und gewaltig, musste man sich einfach fragen, was da oben ist. Für kurze Zeit spielte er mit dem Gedanken, Karatas zu wecken, um ihn nach den Sternen zu befragen. Schließlich hatte er den Gedanken aber wieder verworfen. Er würde außer einer Standpauke wohl nicht viel bekommen. So verging die Nacht und Antario starrte in den Nachthimmel und horchte in die nahe Wüste bis Mortim ihn ablöste. Der Krieger sagte schon seit Tagen wenig, doch heute hatte er den ganzen Tag gar nichts gesagt. Es behagte ihm offensichtlich nicht, durch die Wüste zu reisen. Antario hatte viel über seinen Begleiter und Freund auf der langen Reise gelernt. Er konnte Mortim ansehen, dass er etwas über diesen Ort wusste, was er aber nicht preisgab. Je länger Antario darüber nachdachte die Wüste zu durchqueren, desto mulmiger wurde ihm. Einen anderen Weg gab es nur leider nicht, den sie gehen konnten, um rechtzeitig ihr Ziel zu erreichen. Antario legte sich nach der Wachablösung nahe Astritt hin und wickelte sich in seine Decke. Er zwang seine Gedanken in eine andere Richtung. Er dachte an seine Familie und an Lester, bis er langsam einschlief.
Als die Sonne sich über den Rand der Welt wagte und ihre Strahlen über den Sand streicheln ließ, stiegen die Temperaturen schnell an. In einem Moment sitzt man noch in eine Decke gewickelt da und nach dem Frühstück will man sich nur die Kleider vom Leib reißen.
Der erste Tag in der Wüste war die reinste Qual. Antario hatte mit dem Schlimmsten gerechnet, doch das hatte er

nicht erwartet. Sie waren den ganzen Tag über
gewandert. Pausen machten sie nur zwei. Eine, um eine
Kleinigkeit zu essen, sie hatten ja nicht viel dabei, und
eine, um sich auszuruhen. Seine Füße brannten, als wäre
er den ganzen Tag über brennende Kohle gelaufen. Sein
Mund war so trocken, als hätte er Sand gegessen und
seine Haut war klebrig vom Schweiß. Er wollte nichts
weiter, als sich in einen Teich mit kühlem Wasser
schmeißen. Es gab nur keinen. Um sie herum war nichts
als Sand, der sich zu stets verändernden Dünen
aufgetürmt hatte, welche sich in der Abenddämmerung
blutrot färbten. In diesem kurzen Moment konnte einem
dieser Ort sogar gefallen. Die quälenden Strahlen der
Sonne hatten an Stärke verloren und waren nur noch
dazu da, ein atemberaubendes Farbenspiel in den Sand
zu malen. Zudem kam ein milder, lauwarmer Wind auf.
Genießen konnte diesen stillen Moment des Friedens
leider keiner aus der Gemeinschaft. Durst. Es war eine
Qual für alle, einen ganzen Schlauch voll mit Wasser mit
sich herum zu tragen und ihn nicht trinken zu können.
Antario wusste, dass sie noch Tage durch diesen
Glutofen wandern mussten. Es war schwer dem Drang
zu trinken zu widerstehen.
Nach einem spärlichen Mahl rollte Antario sich in seine
Decke und schlief ein. Karatas meinte, dass in dieser
Gegend keine Nachtwache nötig sei, da außer ihnen
niemand so verrückt sei, sich in die Wüste zu wagen.
Nachdem er sich einen skeptischen Blick von Mortim
eingefangen hatte, sagte er, dass er diese Nacht seine
Ohren spitzen würde, um sicher zu gehen. Antario
bekam davon nicht mehr viel mit. Als Astritt sich zu ihm
legte, um ihn zu wärmen, verließ sein Geist diese Welt,
um in seine Träumen zu entfliehen.

Ein warmer drückender Lufthauch riss Antario aus dem
Schlaf. Mit Entsetzen stellte er fest, dass die Nacht
bereits vorüber war. Sein Kopf dröhnte wie eh und je
und sein Herz raste. Erst jetzt fiel ihm auf, dass er seine
Medizin gestern nicht genommen hatte. Er fand etwas
Trost darin, dass er sich an den nächtlichen Traum nicht
mehr erinnern konnte. Wenn er mit Kopfschmerzen
aufwachte, waren seine Träume immer schrecklich.
Stöhnend stand er auf und rollte ganz vorsichtig seine
Decke zusammen. Er war der erste, der wach war und
wollte niemanden wecken. Nach und nach wachten auch
die anderen auf. In der kühlen Morgenluft nahm die
Gruppe ein dürftiges Frühstück ein und baute das Lager
ab. An diesem Tag, so kam es Antario vor, schien die
Sonne noch heißer als am Tag zuvor. Ganz vorsichtig
trank er von Zeit zu Zeit einen Schluck aus seinem
Wasserschlauch. Er wollte unter keinen Umständen auch
nur den kleinsten Tropfen verschwenden. Mühsam
schleppte sich die Gemeinschaft durch den heißen
Wüstensand. Jeder Schritt fiel schwerer und schwerer.
Als die Sonne schließlich im Westen auf den Horizont
zu sank, wurden die Temperaturen wieder etwas
angenehmer. Antario merkte, wie seine Kraft mit den
fallenden Temperaturen zurückkehrte, fast so, als ob ihm
die Sonnenstrahlen Energie entzögen. Sie marschierten
noch eine Stunde im schwindenden Tageslicht. Karatas
blieb schließlich in einer Senke stehen und wandte sich
um, er wollte wohl hier das Lager für die Nacht
errichten. Antario wollte gerade seinen Rucksack
abnehmen und sich für einige Minuten hinsetzen, als er
ein Geräusch hinter sich hörte. *Das konnte doch nicht
sein, er war der letzte gewesen.* Kopfschüttelnd und
völlig erschöpft schob er das Geräusch als Einbildung ab

und gab der Hitze des Tages die Schuld daran. Doch da war es schon wieder. Ein Zischen und Rascheln. Es wurde lauter. Jetzt drehte auch Mortim sich um und sah an Antario vorbei und starrte auf den Rand der nächsten Düne. Eine ganze Zeit bewegte sich nichts, bis sich schließlich etwas Sand löste und die Düne herunterrutschte. Mortim zog sein Schwert und Antario tat es ihm nach. „Da ist etwas im Sand." rief Mortim. Sofort rückten alle näher zusammen und nahmen Verteidigungspositionen in alle Richtungen ein. Zu sehen war aber nichts. Das Rascheln und Zischen wurde lauter und kam nun aus allen Richtungen. Als das Geräusch zu einem ohrenbetäubenden Lärm angeschwollen war, fing der Sand wenige Meter vor ihren Füßen an zu brodeln. Etwas bewegte sich unter dem Sand. Karatas trat vor hob seinen Stab in die Höhe und murmelte Etwas in einer fremden Sprache und stach mit seinem Stab in den Sand. Der Boden fing an zu zittern und ein tiefes Brummen war zu hören. Für einen kurzen Moment erstarb das Zischen unter dem Sand. Karatas ließ weiterhin den Boden beben, bis etwa drei Dutzend kreischende und geifernde Wesen aus dem Sand auftauchten. Die Kreaturen waren etwa so groß wie ein Hund mit einer ledrigen gelben Haut und einem breiten Maul, welches mit zahllosen kleinen Zähnen besetzt war. Die Augen der Wesen saßen tief und waren sehr klein. Ganz im Gegensatz zu ihren Füßen, welche breit, platt und mit langen Krallen versehen waren. Hinter sich zogen sie einen langen dünnen Schwanz her. Kreischend und brüllend kreisten die Wesen um die Gruppe herum. Sie wollten abschätzen, wie gefährlich ihre Beute wohl war, ehe sie sich auf sie stürzen würden.

Nach einigen Augenblicken begann der Angriff. Wieder einmal war Mortim der erste, der attackiert wurde. Mit einem gezielten Schlag tötete er das Wesen, um sich direkt dem Nächsten zuzuwenden. Auch Antario und Astritt mussten sich ihrer Haut erwehren, wenn sie nicht gefressen werden wollten. Mit Hieben und Stichen hielt sich die Gruppe die seltsamen Wesen vom Leib. Karatas ließ durch Zauberei einige der Wesen in Flammen aufgehen oder sie, wie durch einen starken Windstoß, herumschleudern. Man konnte sehen, wie jeder Zauber mehr und mehr an seinen Kräften zehrte. Nach dem langen Marsch waren alle mit ihren Kräften am Ende. Trotz allem hatten sie den ersten Angriff der Wesen abgewehrt. Bis auf ein paar Kratzer und kleinen Bisswunden sind alle heil davon gekommen. „Das sind Wüstenteufel." keuchte Karatas außer Atem. „Wir müssen sie vertreiben. Wenn sie der Meinung sind im Nachteil zu sein, werden sie uns in Ruhe lassen. Wenn sie erst im Blutrausch sind, haben wir keine Chance." Nach diesen Worten stürmte Karatas vor und schlug einem der kreisenden Wüstenteufel mit seinem Stab mitten auf den Kopf. Die Kreatur heulte auf und rollte sich schmerzerfüllt im Sand. Sofort griffen den Zauberer zwei Teufel von beiden Seiten an. Karatas hatte Mühe den Angriff abzuwehren, ohne ernsthaft verletzt zu werden. Mortim war da etwas geschickter. Er tötete drei weitere Wüstenteufel, ohne in Gefahr zu geraten. Erst als er sich acht der Wesen gegenüber sah, musste er seinen Angriff abrechen und in den Kreis zurückkehren. Astritt erschoss einen Wüstenteufel, der sich unbemerkt an Antario herangeschlichen hatte und sich gerade auf ihn stürzen wollte. Im Gegenzug stellte er sich zwei der Kreaturen entgegen, als Astritt dabei war, ihren Bogen zu spannen. Er erschlug den ersten Wüstenteufel, doch der zweite fügte ihm eine schmerzhafte Wunde am linken Arm zu. Antario schüttelte das Wesen ab und erstach es mit seinem Schwert. Zurück blieb ein stechender Schmerz. Er hielt sich den blutenden linken Arm mit der rechten Hand. Fast hätte er sein Schwert fallen gelassen. Glücklicherweise blutete die Wunde nicht sehr stark. Die Wüstenteufel griffen jetzt immer heftiger an. Mittlerweile hatten ihre starken Krallen und scharfen Zähne auf jedem der vier Gefährten ihre Spuren hinterlassen. Es lagen im Gegenzug aber auch ein gutes Dutzend Wüstenteufel tot im Sand und Antario sah mindestens zwei, die humpelten oder anders angeschlagen waren. Die Wüstenteufel hielten, nachdem sie gemerkt hatten, dass ihre Beute sich zu wehren im Stande war, respektvollen Abstand. Sie machten jedoch keine Anstalten sich zurück zu ziehen, was Antario und seine Freunden klar machte, dass der Kampf noch nicht vorbei war. Antario kämpfte mit aller Macht gegen die Müdigkeit an, während er versuchte, die Wüstenteufel im Auge zu behalten. Doch die kreisende Bewegung der Wesen wirkte fast hypnotisch auf ihn. Astritt schien es ähnlich zu gehen. Sie hatte ebenfalls Mühe sich auf den Beinen zu halten. Mortim stand der Schweiß auf der Stirn. Sein Schwert lag schwer in seiner Hand mit der Spitze im Sand. Seine Arme hingen schlaff an ihm herunter und sein Rücken war stark gebeugt. Karatas stützte sich schwer atmend auf seinen Stab. Jedem war anzusehen, wie schwach er war. Das merkten auch die Wüstenteufel. Sie formierten sich zu einem neuen Angriff. Dieses Mal änderten sie ihre Taktik. Statt aus verschiedenen Richtungen einzeln anzugreifen, machten sie sich bereit einen gemeinsamen Angriff aus einer

Richtung durchzuführen. Mortim hob langsam sein Schwert und Karatas straffte seinen Rücken und nahm seinen Stab fester in die Hand. Antario und Astritt nahmen ebenfalls Verteidigungspositionen ein und bereiteten sich auf den bevorstehenden Angriff vor. Die Wüstenteufel zischten und keiften. Dann brachen sie los. Sie konnten sich dank ihrer großen breiten Füße sehr schnell auf dem Sand bewegen. Antarios verschwitzter Griff um sein Schwert wurde fester mit jedem Meter, den die Wüstenteufel näher kamen. Es waren nur noch wenige Meter zwischen ihnen und den blutrünstigen Kreaturen der Wüste, als Karatas einen Schritt vor trat. Er schrie in die Dämmerung hinaus. Es waren wieder Worte der Sprache, die niemand aus der Gruppe verstand. Von einem Augenblick auf den anderen durchzuckte ein greller Lichtblitz das zunehmende Zwielicht und eine Druckwelle entfaltete sich in Richtung ihrer Gegner. Die Druckwelle war so stark, dass sie noch hundert Meter den aufgewirbelten Sand vor sich hertrieb. Ähnlich erging es den Wüstenteufeln. Sie lagen weitverstreut im Sand. Viele waren durch die Druckwelle gestorben und andere hatten Knochenbrüche davongetragen. Die wenigen Überlebenden ergriffen die Flucht über die nächste Düne in die zunehmende Dunkelheit. Von all dem bekam Karatas nichts mehr mit. Der Zauberer stützte sich noch kurz auf seinen Stab, ehe er zusammensackte und im Wüstensand liegenblieb. Antario eilte zu ihm. Er sah, dass der Zauberer noch atmete, sonst aber kein Lebenszeichen von sich gab. Antario bugsierte Karatas in eine bequemere Lage und setzte sich neben seinen Freund. Keiner wusste, wie sich die Zauberei auf den Körper eines Zauberers auswirkt und somit konnten sie auch nicht sagen, ob Karatas nur

schlief oder ob er ernsthaft Hilfe benötigte. Antario
befeuchtete die Lippen des Zauberers. Er blieb neben
seinem Freund sitzen, um bei ihm zu wachen. Doch
soweit kam es nicht. Antario schaffte es nur eine kurze
Weile die Augen offen zu halten, bevor auch er im
Sitzen einschlief.

28

Als Antario erwachte, war es schon drückend warm.
Sein Mund war ausgetrocknet und seine Augenlieder
klebten aufeinander. Mühsam öffnete er seine Augen
und musste sie sofort mit der Hand gegen die schon
hochstehende Sonne abschirmen. Er richtete sich auf und
es wurde ihm schwindelig. Karatas lag immer noch
neben ihm. Der Atem des Zauberers ging ganz ruhig.
Mortim hatte mit seinem und Antarios Schwert, was er
ihm wohl heute Morgen abgenommen haben musste, mit
einer Decke einen Sonnenschutz für den Zauberer
gebaut. Astritt saß neben Antario und rieb sich ebenfalls
die Augen. Sie war offensichtlich auch noch nicht lange
wach. Der einzige, der schon seit längerem wieder auf
den Beinen war, war Mortim. Er stand nahe dem Lager
auf einer Sanddüne und spähte in die Wüste. Mortim
kam zum Lager zurück und ging direkt auf Karatas zu.
Er wollte den Zauberer wecken, wovon Antario ihn
empört abzuhalten versuchte. „Lass ihn in Ruhe." maulte
er „ Er hat uns gestern das Leben gerettet, ich denke, er
hat sich etwas Ruhe verdient."

„Wir können uns keinen zusätzlichen Tag in dieser Hölle aus Wind und Sand leisten. Wenn wir nicht sofort aufbrechen, war seine gestrige Heldentat umsonst gewesen." sagte Mortim. Antario dachte kurz über die Worte nach und bemerkte erst jetzt, wie ihm schon wieder der Schweiß auf der Stirn stand. Antario warf einen Blick auf Karatas und sah dann zu Astritt herüber. Sie nickte ihm zu und Antario trat bei Seite. Mortim kniete sich neben Karatas und machte ihn so sanft er eben konnte wach. Der Zauberer schlug die Augen auf und richtete sich blitzschnell auf. Er klammerte sich an Mortims Ärmel fest. „Wie lange war ich entschwunden?" wollte der alte Zauberer wissen. „Es ist fast Mittag." sagte Astritt. „Wir müssen unsere Reise sofort fortsetzen. Sie duldet keinen Aufschub. Rasch." sagte Karatas noch etwas verschlafen, aber doch mit dem nötigen Nachdruck, dass alle sofort damit anfingen, das provisorische Lager abzubauen. Es fiel Karatas offensichtlich sehr schwer, sich auf die Füße zu stemmen. Antario trat an ihn heran und half ihm sanft. „Danke, mein Junge. Es fällt einem im Alter dann doch etwas schwerer auf die Füße zu kommen." sagte Karatas und lächelte Antario aufmunternd an. Antario konnte sehen, dass der gestrige Marsch und der Kampf den Zauberer an die Grenzen seiner Kräfte gebracht hatten und ein paar Stunden schlechter Schlaf im Sand das nicht wieder ausgleichen konnten. Antario ließ ihn los. Langsam und wackelig setzte Karatas einen Fuß vor den anderen. Nach einigen Metern konnte er wieder gerade laufen. Nachdem das Lager abgebaut und jeder noch einen Schluck Wasser zu sich genommen hatte, setzte die Gruppe ihre Reise fort.

Karatas litt Höllenqualen in der Mittagsonne. Trotz der Strapazen schleppte er sich unentwegt weiter durch das Ödland. Nicht nur Karatas hatte es schwer an diesem dritten Tag in der Wüste. Die vielen kleinen Wunden, die jeder sich bei dem Angriff der Wüstenteufel zugezogen hatte, brannten und schmerzten bei jedem Schritt. Die Moral war denkbar schlecht. Keiner redete ein Wort, während sich die Gruppe im Gänsemarsch durch die Wüste schleppte. Mortim schritt voran, gefolgt von Astritt und Karatas. Antario bildete das Schlusslicht. Er wollte Karatas nicht aus den Augen lassen und sofort bei ihm sein, wenn den alten Zauberer die Kräfte verlassen sollten. Erst als sich der Tag dem Ende zu neigte und die Temperaturen merklich fielen, fingen die Mitglieder der Gruppe an zu reden. Nach einer weiteren Stunde Marsch durch die Dämmerung, schlugen sie wieder in einer Senke ihr Lager auf. Als Antario seinen Wasserschlauch an die Lippen setzte, um etwas zu trinken, stellte er mit Entsetzen fest, dass sein Schlauch fast leer war. Er entschied sich dagegen zu trinken. Er kontrollierte unbemerkt auch Astritts Wasserschlauch. Ihr Schlauch war sogar noch leerer als seiner. Er hatte Angst, in dieser elenden Gegend zu verdursten, aber noch mehr sorgte er sich um Astritt. Es zerbrach im schier das Herz daran zu denken, dass ihr ebenfalls dieses Schicksal bevorstand, sollten sie die Wüste nicht bald hinter sich lassen. Am liebsten hätte er ihr einen Teil seines Wassers in ihren Schlauch gefüllt, doch er wusste genau, dass sie das nicht wollte. Als es Nacht war und sich die Dunkelheit schon einige Stunden über das Land gewälzt hatte, lag Antario immer noch wach. Trotz der Entbehrungen der letzten Tage oder Wochen konnte er keine Ruhe finden. In seinem Kopf überschlugen sich die Gedanken an seine Familie, Orks und einen grausamen Tod. Hunderte von Möglichkeiten, wie sein Leben eine Ende findet, schossen durch seinen Kopf. Der Mond zog am Himmel vorüber und der junge Prinz aus Aritea musste sich zwingen, an etwas anderes zu denken. Er dachte an Astritt und wie es wohl wäre, wenn sie in Frieden zusammen irgendwo in Athgarat leben würden. Er dachte dara, wie es wohl wäre, wenn er sie seinem Vater vorstellen würde und was seine Mutter sagen würde. Aber am meisten würde es ihn interessieren wie Astritt und Melest miteinander klar kommen würden. Es half. Je mehr er über eine Zukunft nach diesem Abenteuer nachdachte, desto müder wurde er, bis er schließlich einschlief. Mortim gewährte ihm eine Stunde länger im Land der Träume zu weilen, ehe er ihn für seine Wache weckte. Die Wüste war so still in der Nacht. Selbst der Wind, so schien es, legte sich schlafen in diesem leblosen Landstrich. Antario fragte sich, wie die Wüstenteufel wohl in dieser lebensfeindlichen Gegend überlebten, während er auf einer Düne sitzend in die Dunkelheit starrte. Es musste hier irgendwo Wasser geben, sonst könnten solche großen Tiere hier nicht überleben. Das Wasser zu suchen, wäre jedoch zu riskant. Wenn ihre Suche erfolglos bliebe, würden sie zu viel Kraft und Wasser dafür aufwenden und das war sehr gefährlich. Als die Sonne sich im Osten zeigte, bot sie Antario ihr allmorgendliches Schauspiel. In schillernden Farben ließ sie die Wüste erwachen, ehe die Sonne diesen Ort in einen heißen Backofen verwandelte. Nach und nach erwachten die anderen. Mortim war wie immer der erste, außer Antario, der auf den Beinen war. Astritt war die nächste. Sie wirkte ausgeruht und den Umständen entsprechend frisch und das nach den Entbehrungen, welchen sie in der Wüste ausgesetzt waren. Sogar Karatas wirkte ausgeruhter. Das jugendliche Leuchten in seinen Augen war zurück. Da alle gut geschlafen hatten, war die Stimmung an diesem Morgen recht ausgelassen. Karatas war zu weilen recht gesprächig und machte einige Witze auf Antarios Kosten. Gut gelaunt und munter machten sie sich auf den Weg. Die gute Stimmung fand ein jähes Ende, als die Sonne langsam immer höher stieg und die Gegend um die Gruppe herum aufheizte. Antario musste an seinen Wasserschlauch denken und zwangsläufig auch an Astritts. Bei den beiden anderen hatte er nicht nachgesehen, aber rechnete nicht damit, dass sie mehr Wasser übrig hatten als er. Sein Wasserschlauch hing an seiner Seite, als er nochmal mit der Hand den Inhalt prüfte. Ihm wurde schmerzlich klar, dass sollten sie nicht spätestens Übermorgen Wasser finden, ihr Schicksal besiegelt wäre. Astritts Kräfte waren sichtlich am Ende. Antario hatte sie bei sich untergehakt und schleppte sie mit. Astritt versuchte, so gut sie konnte, einen Fuß vor den anderen zu setzen, doch das gelang ihr eher schlecht als recht. Aber auch Antarios Kräftevorrat war erschöpft. Nur die selbst auferlegte Pflicht, Astritt aus dieser Hölle lebend heraus zu bringen, ließ ihn weitergehen. Wäre er allein, läge er schon bewusstlos im Sand. Düne um Düne erklommen sie, um an der anderen Seite wieder herunter zu rutschen. Bei jedem Abstieg hatte Antario Schwierigkeiten mit Astritt im Arm nicht zu stürzen. Mortim und Karatas waren schon zwei Dünen voraus. Antario folgte einfach nur den Spuren im Sand. Die Riemen seines Rucksacks schnitten tief in seine Schultern. Antario hätte ihn von sich geworfen und liegen gelassen, hätte er nur die Kraft gehabt den Rucksack abzuschnallen. Also marschierte er einfach weiter und hoffte, dass sie das Ende der Wüste noch erreichen werden. Dankbar legte Antario Astritt vorsichtig im Sand ab, als Mortim halt machte. Er fiel auf die Knie und strich Astritt sanft eine Haarsträhne aus dem Gesicht. Sie hatte das Bewusstsein verloren. Antario holte seinen Wasserschlauch hervor und benetzte ihre Lippen mit etwas Wasser, dann trank er selbst einen kleinen Schluck. Das Wasser, auch wenn es warm und abgestanden war, ließ seine Lebensgeister wieder erwachen. Er richtete sich auf und stellte sich zu Karatas und Mortim, die am Fuß der nächsten Düne standen und Rat hielten.

„Wenn wir morgen um diese Zeit kein Wasser gefunden haben, ist das unser Ende," sagte Karatas. Mortim pflichtete ihm mit einem kurzen Nicken bei.

„Gibt es keinen Zauber, mit dem du Wasser herbeirufen kannst?" flehte Antario.

„Es gibt diese Art von Magie. Sie kann auch aus dieser Einöde noch Wasser hervorbringen, doch würde mir das zu viel Kraft kosten. Es wäre mein Tod." antwortete Karatas und ließ den Kopf sinken, als würde er sich dafür schämen. Antario drehte sich um und sah zu Astritt herüber. „Sie wird das nicht mehr lange aushalten. Wenn wir nur wüssten wie weit es noch ist, bis wir diesen furchtbaren Ort verlassen."

„Ich kenne die Sterne in diesem Teil Athgarats nicht so gut wie zu Hause, aber nach meinen Berechnungen der letzten Nacht können es nur noch ein höchsten zwei Tagesmärsche bis zum Rand der Wüste sein." sagte Karatas.

„Lasst uns hoffen, dass sie so lange durchhält." entgegnete Antario. Er schleppte sich zurück zu Astritt, die immer noch reglos im heißen Sand lag. Erst als er sich neben ihr nieder ließ und liebevoll ihre Wange streichelte, öffnete sie ihre Augen. Antario prüfte den Inhalt ihres Wasserschlauches und stellte mit Schrecken fest, dass er bis auf den letzten Tropfen geleert war. Er setzte ihr schließlich seinen Wasserschlauch an die Lippen und ließ sie trinken. Antario musste ihr den Schlauch entreißen, da sie ihn sonst ganz leergetrunken hätte. Er gönnte sich selbst noch einen Schluck, um sich anschließend neben Astritt zu legen und zu versuchen, einzuschlafen. Sein Magen knurrte und krampfte. Er hatte Hunger, aber an Essen war nicht zu denken. Sein Mund war so trocken, dass er die Nahrung nicht hätte schlucken können. Antarios Hals brannte wie Feuer und seine Lippen waren aufgesprungen und spröde. Karatas, Mortim und auch Astritt litten ebenso unter der Trockenheit wie er. Schluss endlich siegte die Müdigkeit über seine Schmerzen und die finsteren Gedanken an Tod und Trauer und er schlief ein.

Einige Stunden später wachte Antario auf, er fror. Es war mitten in der Nacht. Er holte seine Decke hervor und wickelte sich darin ein. Gerade wollte sich Antario wieder schlafen legen, da sah er Mortim auf der nächsten Düne stehen und in den Nachthimmel starren. Antario fragte sich, woher dieser Mann nur immer die Kraft nahm. Nach einem Tag wie heute hatte er immer noch die Energie, die halbe Nacht Wache zu halten. Ihm war klar, dass durch Mortim übernatürliche Kräfte wirkten. Kein normaler Mensch konnte derartiges leisten. Antario wollte gerade wieder einschlafen, da packte ihn das schlechte Gewissen und er löste Mortim von der Wache ab. Mortim nahm das Angebot, sich schlafen zu legen, dankbar an, auch wenn er nichts dazu sagte. Die

Tatsache, dass er ohne Widerworte die Wache abgab, war für Antario Beweis genug, dass er Mortim einen Gefallen getan hatte. Antario musste zunächst gegen die restliche Müdigkeit ankämpfen. Nach einer Stunde voller Gähnen und Strecken hatte sein Körper sich damit abgefunden, dass er heute nicht mehr schlafen würde. Er setzte sich in den Sand und dachte an die Abenteuer, welche sie in den letzten Monaten zu überstehen hatten. Antario wurde in diesem Moment klar wieviel Glück er und seine Freunde gehabt hatten, all die Gefahren im Großen und Ganzen unbeschadet überstanden zu haben. In diesem Moment musste er an Ogal denken und daran, wie er sich für sie und ihre Sache geopfert hatte. Trauer und Demut vor diesem außergewöhnlichen Krieger übermannten Antario. Tränen standen in seinen Augen, als die Sonne im Osten aufging. Verwundert stellte er fest, dass er mehrere Stunden so dagesessen und nachgedacht haben musste. Seine Beine waren steif vom langen Sitzen, als er sich aufrichtete. Er streckte sich und schüttelte seine Beine aus. Jetzt wurden auch Karatas und Astritt langsam wach. Mortim öffnete als letzter seine Augen. Da hatten die anderen schon ihre Schlaffelle zusammengerollt und machten sich abmarschbereit. Mortim stand auf und tat es ihnen gleich. Als alle zum Aufbruch bereit waren und auf die erste Düne zuhielten, stellte Antario fest, wie durstig er schon wieder war. Er sah von einem zum anderen und sah ihnen an, dass es jedem in der Gruppe ähnlich ging. „Wenn wir heute kein Wasser finden oder diese Wüste nicht hinter uns lassen, ist unser Schicksal besiegelt. Wir werden einer nach dem anderen halluzinieren und dem Wahnsinn verfallen und sterben. Lasst uns hoffen, dass uns das Glück weiter hold bleibt, meine Freunde."

sagte Karatas, bevor er sich an den Aufstieg der ersten Düne machte. Keiner sagte etwas darauf, alle hingen ihren eigenen Gedanken nach.

Die Sonne brannte an diesem Tag wie an jedem anderen Tag auch. Die Welt schien in Flammen zu stehen. Alles flirrte und waberte um sie herum. Die Füße brannten mit jedem Meter mehr und mehr. Antario musste sich zwingen, nicht weiter über die Hitze und den möglichen Tod in der Wüste nachzudenken. Es raubte ihm zu viel Kraft. Der Marsch verlief wie die Tage zuvor auch. Größtenteils wortlos stapften die vier Gefährten hintereinander her durch das Ödland. Karatas voran, gefolgt von Mortim und Astritt. Antario bildete den Schluss. So oft sein Verstand ihm noch gehorchte, drehte er sich um und sah zurück. Auch wenn sie die Wüstenteufel besiegt hatten, fürchtete er immer noch einen Angriff der blutrünstigen Wesen. So gut auf der Hut, wie es eben ging, marschierte Antario seinen Freunden hinterher. Gegen Mittag spielte ihm sein Verstand angeregt durch Durst und Hitze immer wieder Streiche. Mal sah er eine Kuh auf einer Düne oder Bäume, wo keine waren. Jedes Mal freute er sich. Wenn er dann feststellte, dass Karatas davon keine Notiz nahm und einfach weiter voran marschierte, wusste er, dass alles nur Einbildung war. Die körperlichen und mittlerweile auch geistigen Qualen wurden immer unerträglicher. Auf seinen Verstand konnte er sich bis zum heutigen Tag immer verlassen. Antario wusste, wenn auch der ihm nun den Dienst versagt, wird er den Marsch durch die Wüste nicht überstehen. Automatisch setzte er einen Fuß vor den anderen. Er dachte nicht mehr darüber nach, er tat es einfach. Antario hatte vergessen, warum er hier war, was ihn dazu getrieben hatte, diesen Ort zu durchqueren. Er marschierte blind und taub von Düne zu Düne, immer auf den Spuren seiner Freunde. Mortim hatte Astritt wieder untergehakt. Sie hatte längst nicht mehr die Kraft, einen ganzen Tag in dieser Hitze zu marschieren.

Antario stolperte mit gesenktem Kopf durch den Sand, als sich plötzlich die Spuren seiner Freunde änderten. Die Abstände wurden länger. Er hob mühsam den Kopf, um zu sehen, was los war. Die flirrende Luft und sein geistiger Zustand machten es ihm schwer zu erkennen, warum seine Freunde das Tempo beschleunigten. Er schirmte seine Augen gegen die Sonne ab. Dann sah er was los war. Eine Palme. Antario traute seinen Augen nicht. Das musste wieder eine Halluzination sein. *Die anderen sehen sie auch. Dann muss es war sein.* So schnell er noch konnte lief Antario hinter seinen Gefährten her. Als er näher kam, konnte er mehr erkennen. Es waren drei Palmen, einige Sträucher, die er nicht kannte und ein kleiner Teich zwischen einigen Steinen. Mortim und Astritt knieten bereits davor und stillten ihren Durst. Karatas stand daneben und lachte. Als Antario sie erreichte, machte Mortim ihm an dem kleinen Tümpel Platz. Antario ließ sich davor fallen und schlürfte gierig das kühle Wasser auf. Astritt rieb sich neben ihm immer wieder die kühle Flüssigkeit ins Gesicht. Als Antario genug getrunken hatte, drehte er sich auf den Rücken und fing ebenfalls an zu lachen. Eine unendlich große Last fiel von seinen Schultern. Sie hatten es geschafft, das wusste er jetzt. Karatas hatte seinen Schlauch schon gefüllt und trank immer wieder einen Schluck, während er lauthals lachend dastand und Mortim auf die staubigen Schultern klopfte. Selbst Mortim stimmte zwischendurch in das fröhliche

Gelächter mit ein. Astritt nahm Antario innig in ihre Arme und küsste ihn. Alle wussten, sie hatten die Wüste bezwungen. Karatas und Astritt füllten noch die letzten Wasserschläuche, als Mortim und Antario die nächste Düne hinaufstiegen. Oben angekommen, bot sich den beiden ein unerwarteter Anblick. Vor ihnen lag das Ende der Wüste. Der sandige, wechselte zu steinigem, erdigem Boden, auf dem vereinzelt trockene Sträucher standen und sich im Wind bewegten. Einige Palmen standen zwischen großen braunen Felsen. Es kam Antario vor wie das Paradies. Mortim sah im in die Augen und legte ihm eine Hand auf die Schulter. „Das Schicksal meint es gut mit dir, junger Prinz Antario. Viele wagten diesen Weg, doch bestehen ihn nur die Wenigsten. Ich bin froh an deiner Seite zu gehen, mein Freund." sagte Mortim und ging voran, ohne Antarios Antwort abzuwarten. Der junge Prinz aus Aritea sah ihm noch eine Weile nach. In diesem Moment fühlte er sich, als könnte er es mit der ganzen Welt aufnehmen. Er spürte seine aufgeplatzten Lippen, seine geschwollenen Füße oder die vielen anderen Schrammen und Macken nicht.

29

Nach dem die Gemeinschaft den Rand der Wüste erreicht hatte, wanderten sie noch eine Stunde, bis sie eine kleine Siedlung, bestehend aus wenigen Häusern, fanden. Die dort lebenden Menschen waren sehr freundlich und hilfsbereit. Sie gaben den Fremden zu Essen und Wein. Karatas unterhielt sich lange mit den Einsiedlern. Die Menschen in dieser Gegend wussten nichts vom Krieg oder dem Angriff der Orks. „In diese Gegend kommen nie Fremde." sagten sie. Umso verwunderter waren sie, dass ausgerechnet aus der Wüste Menschen zu ihnen kamen. Sie würden die Wüste nicht betreten, aus Angst vor den Wüstenteufeln, sagten sie.

Antario und Astritt wollten für eine Nacht nichts vom Krieg hören. Sie zogen sich an den Rand der Siedlung zurück und verbrachten die Nacht an einem kleinen Feuer für sich allein. Trotzdem man ihnen angeboten hatte, in einer der wenigen Hütten zu schlafen, zogen sie die Einsamkeit vor. Mortim hatte ein reichhaltiges Abendessen zu sich genommen und war daraufhin verschwunden. Antario fragte sich sonst immer, was der alte Krieger in den Augenblicken der Einsamkeit wohl trieb, doch an diesem Abend kreisten seine Gedanken nur um Astritt und darum, wie froh er war, dass alle den Marsch durch die Wüste mehr oder weniger gut überstanden hatten. Die Nacht brach herein und die Gefährten fielen in einen erholsamen und behüteten Schlaf. Auch wenn sie den Dorfbewohnern nichts vom Zweck ihrer Reise verraten hatten, gelobten diese, ihre Gäste in dieser Nacht zu beschützen. Auch wenn ihnen diese Bitte eher verrückt vorkam, denn schließlich gab es hier keine Gefahren, vor denen sie Angst haben müssten. Die Wüstenteufel wagten sich nicht aus der Wüste heraus und bis auf einen gelegentlich aufkommenden Sandsturm, gab es nichts zu befürchten.

Die Gruppe gönnte sich noch einen weiteren Tag der Ruhe in dem Dorf am Rande der Wüste. Sie alle wussten, dass die Zeit drängte und der Krieg weiter nach Westen ziehen würde, wenn sie nicht bald ihre Aufgabe beendeten, doch die Strapazen der letzten Tage waren zu groß gewesen. Selbst Mortim hatte gegen den Vorschlag von Karatas, diesen Tag noch zu ruhen, nichts einzuwenden. Obwohl er es in der Regel ist, der die Gruppe stets zum Weitergehen antrieb. Antario verbrachte diesen Tag der Erholung hauptsächlich im Schatten sitzend. Karatas tat es ihnen weitgehend gleich, außer, wenn er mit den Dorfbewohnern Tee trank und sich ihre alten Geschichten über vergangene Königreiche im Osten oder Heldentaten aus alten Zeiten anhörte. Mortim schien den fehlenden Schlaf von zahlreichen Nächten, in denen er alleine Wache gehalten hatte, nachzuholen. Er lag unter einer kleinen Gruppe Palmen und schlief den ganzen Tag und die darauffolgende Nacht. Er stand nur auf, um etwas zu trinken oder dem wandernden Schatten der Palmen zu folgen. Als sich dann auch ihre zweite Nacht im Dorf dem Ende zu neigte, fand sich die Gruppe am nördlichen Dorfrand ein. Auch die Dorfbewohner hatten sich zum Abschied eingefunden und wünschten ihren Gästen alles Gute auf ihrer weiteren Reise. Karatas bedankte sich herzlich bei ihren Gastgebern, genau wie Antario und Astritt, nur Mortim geizte wieder mit Worten und hielt sich gewohnt bedeckt. Ausgeruht und frisch machten sich die Gefährten wieder auf den Weg. Sie folgten einer schmalen Straße Richtung Norden. Vorbei an kleinen felsigen Bergen und über mit trockenem Gras bewachsene Ebenen. Der Weg war stellenweise, wenn er zwischen zwei Felsen hindurch führte, so schmal, dass die Gruppe nur hintereinander her laufen konnte. Antario freute sich über das milder werdende Klima und über das plätschernde Geräusch, wenn am Wegesrand ein Bach zwischen den Felsen herablief. Doch am meisten freute er sich, wieder Vögel hören zu können. Das fröhliche Gezwitscher ließ sein Herz einen Satz machen, als er es das erste Mal, seit sie die Wüste betreten hatten, hörte. Er konnte nicht sagen um welche Vögel es sich handelte oder wo diese sich befanden, doch nur zu wissen, dass er und seine Freunde nicht die einzigen Lebewesen in der Nähe waren, erfreute ihn. Er konnte sich nicht erklären wieso, aber es gab ihm ein Gefühl der Sicherheit. Astritt ging es ähnlich. Sie pfiff ein fröhliches Lied vor sich hin, fast so als wollte sie mit den Vögeln der Umgebung um die Wette zwitschern. Jeder, der die Truppe unterwegs getroffen hätte, hätte ihnen die Strapazen, abgesehen von ihrer Kleidung, nicht angesehen. Karatas scherzte, der Brunnen der Dorfbewohner sei verzaubert gewesen und ihnen so neue Kraft verliehen. Antario wusste, dass einzig der Tag Ruhe ihnen diese neue Energie verliehen hatte.

Das Land, das die Gruppe durchwanderte, suchte auf dieser Welt seines Gleichen. Je nördlicher sie der Weg führte, desto grüner und lebendiger wurde es. Sie wanderten über grüne Wiesen, vorbei an gewaltigen Felswänden, von deren Kannten sich breite Wasserfälle an den Gefährten vorbei in die Tiefe stürzten. Wenn der Boden es zuließ, zog Astritt ihre Stiefel aus, um mit den nackten Füßen durch das frische Gras zu laufen. Es hatte fast den Anschein, dass das Land und seine Bewohner die Gefährten für die entbehrungsreichen Tage entschädigen wollte. Hirsche zogen auf den weiten Wiesen vorbei und beäugten die Fremden misstrauisch.

Die Luft hier war so frisch und klar, dass einem das Atmen Freude bereitete. Nur Mortim schien von der guten Laune nichts abbekommen zu haben. Er trieb seine Freunde wie immer zur Eile. Sie hätten schließlich eine Aufgabe zu erfüllen und seien nicht auf Erholungsurlaub hier, hatte er streng gesagt. Karatas versuchte ihn zu bremsen und meinte, dass nicht nur der Körper Nahrung und Erholung brauchten, sondern auch die Seele ihre Momente des Friedens und der Schönheit benötige. Mortim erwiderte nur sein übliches Knurren, von dem jeder auf Anhieb wusste, was es zu bedeuten hatte. Ließ es dann aber dabei bewenden. Auf zwei sonnige Tage voller guter Laune, folgten drei regnerische Tage voller Schweigen. Jeder hatte sich in seinen Mantel gerollt und hing seinen eigenen Gedanken nach. Trotzdem die Temperaturen angenehm waren, kostete es doch sehr viel Kraft, mit nasser Kleidung die teilweise unwegsamen Pfade durch die Wildnis zu wandern. Umso erleichterter war Antario, als der Regen endlich aufhörte und er seine Kleidung, sowie alle anderen auch, abends überm Feuer trocknen konnte. Nach einer kühlen Nacht brach ein neuer Tag an und mit der Sonne stieg auch die Stimmung in der Gemeinschaft wieder.
Am fünften Tag nach dem Verlassen des Beduinenlagers, kam die Gemeinschaft endlich wieder in eine Ortschaft. Sie war nicht groß, bloß ein paar Hütten und eine Schmiede, doch Antario fühlte sich besser, wieder in der Zivilisation zu sein. Zudem hing ihm das Essen der letzten Tage zum Hals raus. Mortim hatte stets versucht, ein Tier zu erlegen. Um sein Geschick beim Jagen war es jedoch längst nicht so gut bestellt, wie sein Umgang mit dem Schwert. Astritt hatte mehrfach versucht, ihm ihre Hilfe anzubieten, doch der alte

Krieger war zu stur, sie anzunehmen. Karatas fand ständig irgendwelche Kräuter und Wurzeln, welche allabendlich zu einem bitteren und stinkenden Brei verkocht wurden, der dann mit etwas trockenem Brot eine Mahlzeit bilden sollte. Umso erleichterter war der junge Prinz, als Mortim geradewegs eine Hütte ansteuerte, welche mit einem hölzernen Schild als Gasthaus gekennzeichnet war. Antario und seine Freunde ließen es sich bei einem Stück Braten mit frischem Brot für eine Weile gutgehen. Der Wirt war ein großer dünner Mann mittleren Alters. Er war sehr wortkarg und fragte auch nicht woher seine Gäste kamen oder wo sie hin wollten. Es war ihm ganz offensichtlich egal. Man merkte ihm nur an, dass er etwas verwundert war, Leute aus dem Süden kommen zu sehen. Aber auch darauf ging er nicht ein. Es war später Nachmittag, als die Gruppe ihr Mahl beendet hatte. Antario hoffte darauf, dass sie für heute keine weiteren Meilen zurücklegen müssten und die Nacht im Gasthaus verbringen würden. Mortim dagegen hatte etwas anderes im Sinn. Er meinte, dass die Zeit dränge und sie die verbleibenden Stunden Tageslicht noch dazu nutzen könnten, ein gutes Stück Weg hinter sich zu bringen. Antario wollte gerade etwas sagen, was die Gruppe zum Verweilen bringen sollte, doch Mortims finsterer Blick ließ ihn schweigen. Stöhnend stand Karatas auf, bezahlte ihre Schulden beim Wirt und verließ die Gaststätte. Antario und die anderen folgten ihm. Ohne auf alle zu warten, machte sich Karatas wieder zügigen Schrittes auf den Weg. Erst als sie das Dorf lange hinter sich gelassen hatten, verlangsamte er seine Schritte und ließ die anderen aufholen.

„In sechs Tagen erreichen wir die schwarze Stadt. Dann stellt sich uns die Frage, ob wir der alten Hexe Nanka vertrauen wollen, was den geheimen Weg in den Palast angeht." sagte Karatas.

„Ich denke, wir sollten ihr vertrauen. Zum einen hatte sie Recht was den Drachen betraf und zum anderen haben wir auch keinen besseren Plan." stellte Astritt fest.

Mortim schwieg wie gewöhnlich und wartete bis alle gesprochen hatten, ehe auch er etwas dazu sagte. Antario schloss sich Astritts Meinung an. „Sie hat uns keinen Grund geliefert, ihr nicht zu vertrauen. Ich denke, wir sollten es mit dem von ihr beschriebenen Weg versuchen." sagte er.

„Was meinst du dazu?" wollte Karatas wissen und sah Mortim eindringlich an, der seinen Blick nachdenklich über die Landschaft schweifen ließ.

„Ein Risiko ist immer dabei, gerade wenn man sich mit einem Mann wie Zergeron einlässt. Er ist schlau und skrupellos gleichermaßen. Es könnte eine Falle sein. Doch fürs erste haben wir keine Wahl, wir sollten den Weg gehen, wenn uns nichts Besseres einfällt. Doch ganz gleich für welchen Weg wir uns entscheiden, es ist Vorsicht geboten, die Aufgabe, die vor uns liegt ist schwer genug auch wenn wir es unbemerkt in den Palast und bis zu Zergeron schaffen sollten."

„Dann ist es also beschlossen. Wir gehen den Weg, den die Hexe uns vorschlägt." sagte Karatas und machte sich wieder strammen Schrittes auf den Weg. Ihm schien diese Wendung noch immer nicht zu gefallen, auch wenn er sich nicht recht erklären konnte, warum er der Hexe nicht vertrauen wollte. Nach einigem Grübeln entschied er sich, seine alten Vorurteile beiseite zu legen und Nanka eine Chance zu geben.

In den nächsten sechs Tagen kam die Gemeinschafft immer öfter an kleinen Siedlungen und Städten vorbei. Auf Karatas Wunsch hin hielten sie sich von den Ortschaften so gut es eben ging fern. Er meinte, dass ein Mann, wie der finstere König dieses Landes, wohl mehr als einen Spion in jeder Ortschaft von hier bis zu den großen Bergen im Norden haben würde und es nicht so gut wäre, entdeckt zu werden, damit kein Bataillon Soldaten am Stadttor auf sie wartet. Antario war dieser Umstand ganz recht. Die Menschen in diesem Land waren mürrisch und unfreundlich. Jeder, dem man begegnete, hatte einen finsteren und boshaften Gesichtsausdruck. Anfangs schob Antario es auf das vorherrschende schlechte Wetter, doch je tiefer sie ins Land vordrangen, desto klarer wurde ihm, dass der Krieg Schuld war. Man sah so gut wie keine jungen Männer auf den Höfen oder in den Städten. Sie waren allesamt in den Kampf gezogen, ob freiwillig oder nicht. Deshalb fehlten überall die Arbeitskräfte. Die Häuser, Straßen und Felder litten unter der Vernachlässigung. Viele Häuser waren stark heruntergekommen. Bei einigen war das Dach kaputt, Fenster zerbrochen oder der Regen hatte das Fundament weggespült und das Haus ist so in Schieflage geraten. Auf den Feldern rund um die zahlreichen Höfe bot sich der Gemeinschaft ein ähnliches Bild. Die Feldfrüchte lagen nicht geerntet auf den Feldern und verfaulten, weil keine Arbeiter da waren, um sie einzuholen. Die Menschen, die ihnen begegneten, machten keinen besseren Eindruck. An jeder Weggabelung und in jeder Stadt saßen in Lumpen gekleidete Bettler am Straßenrand und baten um Almosen. Antario machte der Anblick sehr traurig. *Nur*

wegen des Wahnsinns eines Mannes, mussten Tausende leiden.
Der Anblick dieses heruntergekommenen Landes und seiner bemitleidenswerten Bewohner ließ Antarios Entschlossenheit ins Unermessliche steigen. Er wünschte sich nichts sehnlicher, als die Last und den Schrecken des Krieges von diesen Menschen zu nehmen, damit sie wieder ein normales Leben führen könnten.
Die Tage verstrichen. Tage des Schweigens, denn der Anblick der Menschen um die Gemeinschaft herum ließ niemanden kalt. Astritt lag sogar einen Abend, überwältigt von so viel Armut und Leid in Antarios Armen und weinte. Nur seine tröstenden Worte, welche er ihr ins Ohr flüsterte, ließen ihre Tränen versiegen.
Gegen Mittag am darauffolgenden Tag wehte ihnen ein kalter Nordwind einen eigenartigen Geruch entgegen. Mit jeder Stunde, die verstrich, während die Gemeinschaft weiter nach Norden vordrang, wurde der Geruch stärker, bis er sich zu einem ekelhaften Gestank entwickelte. Antario musste während des Gehens gegen die Übelkeit ankämpfen. Dann schließlich sah er die schwarzen Rauchsäulen, welche für den Gestank verantwortlich waren. Vor ihnen lag die schwarze Stadt. Antario wusste sofort, warum sie diesen Namen trug. Aus unzähligen Kaminen stieg bedrohlicher schwarzer Qualm in den Himmel. Der langsam auf die Stadt herunterrieselnde Ruß hatte die Stadt in eine Kohlengrube verwandelt. Die Gruppe war stehengeblieben und sah sich den Ort an, den keiner von ihnen näher kennenlernen wollte. Er war leider der Ort, an dem sie hofften, ihre Aufgabe beenden zu können. „Seht, meine Freunde, dies ist Norat Anor, auch die schwarze Stadt genannt. Der Qualm aus tausenden

Schmiedefeuern, in deren Glut die Waffen für diesen Krieg geschmiedet werden, hat diesen Ort in das verwandelt, was ihr hier seht. Das war nicht immer so. Einst war dies ein Ort des Wissens und des Friedens. Gelehrte aus allen Teilen Athgarats haben sich hier versammelt, um die alten und neuen Geheimnisse dieser Welt zu lüften. Es ist traurig mitanzusehen was der Krieg und der Hass aus dieser Stadt gemacht haben. Auch wenn sich jede Faser meines Körpers dagegen wehrt, müssen wir diesen Ort betreten und uns eine Bleibe für die Nacht suchen. Morgen werden wir uns mit dem Palast beschäftigen. Haltet die Augen offen und benehmt euch möglichst unauffällig." sagte Karatas und ging voran.

30

Ohne lange Pausen zu machen, stolperten Lester und Malekei mitten in der Nacht, durch diesen modrigen und übelriechenden Teil des Sumpfes. Beide wollten nur noch so schnell sie konnten, diesen Ort verlassen. Stunde um Stunde wanderten sie. Lester hatte schon die Hoffnung aufgegeben, je wieder festen Boden unter seinen Stiefeln zu spüren, als der Boden trockener wurde und wieder Baume in der Morgendämmerung zu sehen waren. Zu Tode erschöpft und bis auf die Knochen durchnässt schleppten sich Lester und Malekei zu einem kleinen Wäldchen. Lester sammelte etwas Holz und entzündete ein Feuer. So gut es eben ging trockneten sie ihre Kleidung und wärmten ihre müden Knochen. Nach einer kleinen Mahlzeit übermannte die beiden der Schlaf. Erst gegen Nachmittag wachte Lester auf und weckte Malekei sanft. „Malekei, mein Freund. Ich muss mich bei dir bedanken. Du hast mir mehr als einmal das Leben gerettet und mich vor einem schrecklichen Tode bewahrt. Ohne dich wäre ich nicht hier." sagte Lester und reichte seinem Freund die Hand. Malekei antwortet nicht, das war auch nicht notwendig, er nahm die ihm gereichte Hand und Lester wusste, dass er einen Freund mehr hatte auf dieser Welt. „Ich mache mich wieder auf den Weg, mein Freund. Wie gerne würde ich dir die Wunder und die Schönheit meiner Heimat zeigen, doch die Zeit drängt, ich muss so schnell es eben geht dem König Bericht erstatten. Wo auch immer dein Weg dich hinführt, ich wünsche dir alles Glück dieser Welt." „Du glaubst doch nicht im Ernst, dass ich dich jetzt alleine ziehen lasse. Wenn, wie du sagst, unser aller Schicksal auf dem Spiel steht, werde ich dir helfen und meinen Beitrag leisten." Lester wusste nicht, was er sagen sollte. Er wusste Malekei war kein Krieger und doch war er tapfer und klug und in seinen Augen konnte er eine Entschlossenheit sehen, welche keinen Zweifel daran ließ, dass er mit ihm gehen würde, ganz gleich was Lester dazu sagen würde. So kam es, dass Malekei und Lester sich zusammen weiter auf den Weg Richtung Süden machten. Die ersten Meilen nach ihrer Pause schmerzten am meisten. Nach einer Weile ließ der Schmerz aber nach und sie legten ein gutes Stück Weg zurück, ehe die hereinbrechende Nacht sie zu einer weiteren Pause zwang. Früh am nächsten Morgen setzten sich Malekei und Lester wieder in Marsch.

Drei Tage verstrichen, ohne dass Lester ihnen eine längere Pause gegönnt hätte, die nicht unbedingt nötig gewesen wäre. Je näher sie dem Palast Barios kamen, desto schneller trieb Lester seinen Begleiter an. Bald konnten sie das strahlende Haus der Könige Ariteas sehen. Lester musste seine Tränen unterdrücken. Nach so langer Zeit und so vielen Meilen war er nun endlich wieder zu Hause. Freude und Hoffnung umspülten sein Herz, auch wenn er mit schlechten Nachrichten heimkehrte.

Erst als Lester direkt vor dem Tor stand, erkannten ihn die Wachen in seinen schmutzigen Kleidern und ließen ihn und seinen Begleiter passieren. Lester fiel auf, dass mehr Wachen als gewöhnlich um den Palast patrouillierten und dass sich ihm fremde Soldaten unter ihnen befanden.

Ohne sich zu waschen oder andere Kleider anzuziehen marschierte er direkt auf den Thronsaal zu. Unsanft wurde er von zwei Soldaten in fremder Uniform aufgehalten. Erst jetzt erkannte er das Wappen darauf. Diese Männer stammten aus Maristat. Ein Land, mit dem der damals noch junge König Bario einen fürchterlichen Krieg geführt hatte. Doch so lange der Krieg auch schon her war, die Verfehlungen und Gräueltaten der Soldaten aus Maristat waren noch lange nicht vergessen. „Nehmt eure Hände weg ihr Halunken oder es wird euch schlecht bekommen." fauchte Lester die beiden Soldaten mit finsterer Miene an. Aufgeschreckt von dem Aufruhr kamen Soldaten aus allen Gängen und Türen und zogen ihre Schwerter. Die herbeigeeilten Soldaten aus Aritea erkannten ihren Waffenbruder sofort und begrüßten ihn freundlich, während sie ihre Schwerter wieder wegsteckten. Nur die

Männer aus Maristat blieben misstrauisch und behielten ihre Waffen fest im Griff. Schließlich bahnte sich eine zierliche in feinste Seide gekleidete Gestalt ihren Weg durch die Traube aus Rüstungen und Schilden. Lester verneigte sich tief, als Prinzessin Melest vor ihm stand. Mit Tränen in den Augen sah sie sich um. „Ihr seid hier Schwertmeister, doch wo ist mein geliebter Bruder? Sagt es mir." verlangte Melest zu wissen. Sie versuchte so viel Stärke und Würde wie möglich in ihre Stimme zu legen, doch konnte sie den Schmerz über einen möglichen Verlust ihres Bruders nicht verheimlichen. „Meine Prinzessin, ich bringe schlimme Kunde in diesen dunklen Tagen. Euer Bruder schickte mich mit Nachricht zu unserem König und blieb selbst im Norden, um gegen die schwarzen Horden zu kämpfen. Ich werde euch ausführlich von unserer Fahrt berichten, doch muss ich zuerst mit dem König sprechen." sagte Lester mit gesenktem Kopf. Er wagte nicht, seiner Prinzessin in die Augen zu sehen. „So dann Schwertmeister, ich bringe euch zu meinem Vater." Sie hatte ihre Stimme jetzt wieder ganz unter Kontrolle. Sie befahl den Soldaten beiseite zu treten und die Tür zu öffnen. Als Lester und Malekei angeführt von Prinzessin Melest den Thronsaal betraten, herrschte nur schwaches Licht und stickige Luft in dem einst so sonnendurchfluteten Saal. König Bario saß auf seinem Thron. Neben ihm seine Königin und seine zwei ältesten Söhne. Vor ihm an einer langen Tafel saßen Bentes der König von Maristat, sein Sohn Gwistor sowie einige hohe Offiziere aus Maristat. König Bario hörte sich an, was König Bentes ihm lautstark berichtete. Als Melest sich ihrem Vater näherte, bemerkte er Lester und Malekei in einer Ecke des Saales. Augenblicklich suchten seine Augen den Saal nach seinem Sohn ab, doch leider vergebens. Er ließ König Bentes erst ausreden, bevor er seiner Tochter gestattete, ihm ihre Nachricht ins Ohr zu flüstern.

„Mein Herr Bentes, ich bitte euch um Verzeihung, doch ich muss unsere Verhandlung über die Kornpreise und den Fischfang unterbrechen. Ich habe wichtige Kunde aus dem Norden. Ich möchte euch diese Nachricht nicht vorenthalten, denn wenn sich unsere Befürchtungen bewahrheiten, ist Maristat ebenso betroffen wie Aritea." sagte Bario. „Ich danke euch weiser König Bario, doch um was genau geht es? Wenn die Frage gestattet ist?" antwortete König Bentes. „Das soll uns der Überbringer der Nachricht sagen. Lester tritt vor und berichte dem König." befahl Bario. Lester trat vor seinen König und verneigte sich. Ebenso begrüßte er König Bentes und sein Gefolge. Malekei blieb im Hintergrund und hörte zu.

Lester berichtete von den Gefahren der Reise sowie von ihren Begleitern Mortim und Astritt. Er erzählte alles bis zur Begegnung mit Lord Korto und der bevorstehenden Schlacht. Bario sowie alle Anwesenden hörten geduldig und aufmerksam zu. Als Lester geendet, legte sich Stille über den Thronsaal. Bario war auf seinem Thron sichtlich zusammengesunken und eine sorgenvolle Mine hatte sich über ihn gelegt. Er dachte einen Moment nach, ehe er als erster das Wort ergriff. „Lester, wie schätzt ihr die Lage im Norden ein? Wie glaubt ihr ist die Schlacht ausgegangen?" „Über den Ausgang der Schlacht kann ich nichts sagen, denn euer Sohn entsandte mich, ehe ich etwas über den Feind und seine Waffenstärke in Erfahrung bringen konnte. Doch sollte die Schlacht verloren sein, gibt es niemanden mehr, der den Orks die Stirn bieten könnte und sie können ohne Widerstand nach Aragatt marschieren." Wieder versank Bario in seinen eigenen Gedanken. Schließlich ergriff König Bentes das Wort. „Auch wir bekamen Besuch von einem Booten aus dem Norden. Wir schenkten ihm zuerst keine Beachtung. Doch die Gerüchte über den Krieg im Norden häuften sich und so stellten wir eigene Nachforschungen an. Was euer Bote sagt stimmt. Es herrscht Krieg im Norden. Meine Kundschafter berichten von tausenden von Orks, die am Fuß der Berge ihr Lager aufgeschlagen haben, doch über den Ausgang der Schlacht kann auch ich nichts berichten."

„Wir müssen vom Schlimmsten ausgehen." sagte Bario. "Auch wenn das heißt, dass mein geliebter Sohn Antario gefallen ist und müssen uns auf den Weg nach Nordwesten machen, um König Rotar in Aragatt beizustehen, auch wenn dieser Marsch umsonst sei. Wenn sich unsere schlimmsten Befürchtungen nicht bewahrheiten sollten, haben wir eben nur unsere Pferde ausgeritten. Sollte der Feind bereits vor den Toren Alkatis stehen, ist es unsere Plicht, ihnen beizustehen. Sonst werden sich die Orks über kurz oder lang uns zuwenden und dann stehen wir allein da. Unsere Truppen sollen sich sammeln und so schnell wie möglich abmarschbereit machen. In drei Tagen reiten wir nach Alkatis." befahl Bario. Gwistor neigte seinen Kopf und flüsterte seinem Vater etwas ins Ohr. Urplötzlich sprang dieser auf und schlug seinem Sohn mit der flachen Hand ins Gesicht. Sofort ging Gwistor mit einem kurzen Aufschrei des Schmerzens zu Boden. König Bentes wandt sich sofort König Bario zu. „Ich bitte euch um Verzeihung, hoher König Bario. Mein Sohn hat für kurze Zeit seine gute Kinderstube vergessen. Um euch zu ehren und als Zeichen meiner

Loyalität will ich euch auch den Grund für meinen Ausfall nennen. Mein Sohn schlug vor, euch und eure Soldaten in den Krieg ziehen zu lassen, um euch dann hinterrücks anzugreifen. Ich versichere euch dieser Anflug von Ehrlosigkeit und Feigheit entspricht nicht seinem wahren Charakter. Ich bitte euch in aller Form um Entschuldigung und Nachsicht mit dem jungen Prinzen zu haben." sagte Bentes und verneigte sich tief und lang vor König Bario. Dieser blickte finster auf Bentes und dann auf dessen Sohn. „Ihr seid ein weiser und gerechter Mann, König Bentes und mir bleibt nichts anderes übrig, als eurem Sohn zu vergeben." antwortete Bario. „Also kann ich auf eure Teilnahme am Krieg gegen die Orks zählen?" „Das könnt ihr mein Herr. Wir kommen mit jedem Soldat, jedem Knappen und jedem Ritter, den ich aufbieten kann. Ich selbst werde unser Heer anführen. Mein Wort darauf." mit diesen Worten verneigte sich der König vor Bario und verließ mit samt seinem Gefolge den Thronsaal. Auch Bario verließ den Thronsaal, um in seinem Gemach nachzudenken, während seine Generäle und Offiziere begannen, die Vorbereitungen für den Abmarsch zu treffen.

In den nächsten drei Tagen herrschte im Palast ein heilloses Durcheinander. Booten kamen und gingen, um Befehle zu überbringen. Material und Waffen wurden in gewaltigen Mengen herangeschafft und auf Wagen verladen. Letzte Reparaturen an Rüstungen wurden durchgeführt und alle Klingen der Soldaten nochmal nachgeschliffen. Ständiges Hämmern und das Gebrüll der Offiziere erfüllte den ganzen Palast. Erst in der dritten Nacht nach dem Eintreffen Lesters schwiegen die Hämmer und alle Soldaten schliefen. Lester und Malekei wurde in den letzten drei Tagen jeder Komfort zuteil, den Barios Palast zu bieten hatte. Die beiden wurden massiert und gebadet. Sie bekamen das beste Essen und erfrischende Getränke. Bario brachte Lester und seinem neuen Freund jeden nur denkbaren Respekt entgegen. Für Malekei war das alles fast zu viel. Nie hätte er sich träumen lassen, jemals einen König in seinem Palast zu besuchen und dann auch noch so behandelt zu werden.

Am Morgen des dritten Tages, nach ihrer Ankunft im Palast klopfte Lester an Malekeis Tür. Dieser öffnete gekleidet in die Rüstung, welche man ihm gegeben hatte. Es war noch sehr früh. Die Sonne stand noch tief hinterm Horizont. Lester begutachtete Malekei von Kopf bis Fuß. „Sie steht euch hervorragend, mein Freund. Ein echter Soldat Ariteas." lobte Lester ihn. Malekei sagte nichts dazu. Er hatte immer noch ein mulmiges Gefühl, was die bevorstehende Reise und die eventuell darauf folgende Schlacht betraf. Doch hatte er Lester versprochen, ihn zu begleiten und er wollte zu seinem Wort stehen, egal was kommen mag. Er begrüßte seinen Freund herzlich und bedankte sich für die netten Worte. Beide machten sich auf den Weg zum Burghof. Als die beiden an einem Fenster zum Burghof vorbeischritten, blieb Malekei plötzlich stehen. Ungläubig sah er aus dem Fenster. Der komplette Hof vor dem Palast stand voll mit Pferden, auf deren Rücken stolze Krieger in glänzenden Rüstungen saßen. Vor den Toren der Burg warteten die unberittenen Soldaten zu tausenden auf ihren König. Ihre Banner und Fahnen wehten im Wind. Trotz des spärlichen Lichtes blitzten und blinkten die Rüstungen und Speerspitzen in der Morgendämmerung. Malekei traute seinen Augen nicht. Hätte Lester ihn nicht weitergezogen, wäre er wohl noch Stunden ungläubig am Fenster gestanden, bis auch der letzte

Soldat abmarschiert wäre. Lester und Malekei betraten den Hof und stiegen auf zwei Pferde, welche für sie bereitstanden. Die Männer um sie herum begrüßten Lester freundlich und hochachtungsvoll.

Malekei sah sich immer noch mit vor Staunen aufgerissenen Augen um, als das Gemurmel und Stimmengewirr unter den Männern mit einem Mal erstarb. Der König hatte den Hof betreten. Stolz und aufrecht stand er vor seinem Palast und wartete darauf, dass man ihm sein Pferd brachte. Wie eine Statue aus alter Zeit stand er in seiner glänzenden Rüstung und ließ seinen Blick über die Soldaten schweifen. Als er schließlich auf seinem Pferd saß, ritt er in zügigem Trab aus der Burg heraus, während er seinen Soldat aufmunternd zunickte. Seine Miene war ausdruckslos und finster. Malekei lief ein Schauer über den Rücken, als der König an ihm vorbei auf das Tor zuritt. Mit dem König an der Spitze setzte sich langsam die gesamte Streitmacht in Bewegung. Trommeln wurden geschlagen und von Kompanie zu Kompanie abwechselnd ein Schlachtruf ausgestoßen. Die Streitmacht war jetzt auf dem Weg nach Norden.

31

Der beißende Gestank wurde immer schlimmer und unangenehmer, je näher die Gemeinschaft den schwarzen Stadtmauern kam. Die schlechte Luft hinterließ einen bitteren Geschmack nach jedem

Atemzug. Antario merkte, wie ihm übel wurde und sein Körper anfing sich gegen diesen Dunst, der ihn umgab zu wehren. Die schwarzgraue Stadtmauer war sehr hoch und dick. Auf ihr patrouillierten hunderte von Soldaten mit langen Lanzen und Schilden. Auf den schwarzen Schilden der Stadtwache war das Symbol der Schlange zu sehen. Antario fühlte sich unter den bedrohlichen Blicken der Soldaten unwohl. Es kam ihm so vor, als ob sie nur darauf warteten bis die Gruppe nah genug herangekommen war, um ihnen dann einen Hagel vergifteter Pfeile entgegen zu senden. Karatas schien seine Sorgen nicht zu teilen. Er marschierte schnurstracks auf das gewaltige Stadttor zu, durch das ständig Menschen in die Stadt herein und heraus gingen. Ohne den beißenden Dunst, der die Stadt einhüllte und die vielen Soldaten, hätte man sie für eine Stadt wie jede andere halten können.

Die Gemeinschaft hatte das riesige Stadttor erreicht. Die ganz in schwarz gekleideten Soldaten davor standen an ihr Wachhäuschen gelehnt und sahen den vorbeikommenden Menschen finster hinterher. Zu Antarios Erleichterung nahmen die Soldaten keinerlei Notiz von ihnen. Als die Gemeinschaft gerade unter dem großen Bogen herging löste sich eine der Wachen und ging auf eine Frau und ihren Mann zu. Beide trugen einen schweren Korb mit Rüben. Der Soldat pöbelte den Mann an und schlug ihn in den Magen. Grinsend lösten sich die restlichen Wachen, um dem Treiben ihres Kollegen zuzusehen. Der Mann ließ den schweren Korb fallen und ging mit schmerzverzehrtem Gesicht zu Boden. Der Soldat fasste die Frau am Arm. Auch sie ließ ihren Korb fallen und die Rüben verteilten sich auf der Straße. Die Frau wehrte sich, da schlug ihr der Soldat ins

Gesicht. Auch sie ging zu Boden. Lauthals lachten die Soldaten über ihre wehrlosen Opfer und bespuckten sie. Antario drehte sich um und sah das böse Spiel der Stadtwache. Er blieb stehen und seine Hand legte sich automatisch auf den Griff seines Schwertes. Unbeschreibliche Wut breitet sich in ihm aus, über ein solches Verhalten. Unter seinem Vater wären diese Männer ausgepeitscht worden und hätten ihre Anstellung bei der Stadtwache verloren.

Er machte gerade den ersten Schritt auf die Männer zu, die immer noch mit der Frau und dem Mann beschäftigt waren, da hielt ihn jemand am Arm fest. Es war Karatas. „Dein Mitgefühl und die Absicht einzuschreiten ehrt dich, doch in unserem Fall wäre das wohl das Dümmste was man tun kann. Wenn wir Ärger mit der Stadtwache bekommen, wird man uns in der ganzen Stadt suchen und wir gelangen niemals in den Palast. Verschließe deine Augen vor dieser Ungerechtigkeit, von der dir an diesem Ort noch mehrere begegnen werden, bis wir unser Ziel erreicht haben. Ich beschwöre dich." sagte der Zauberer eindringlich. Und sah danach zu Mortim, der wohl ebenfalls gerade im Begriff war, den Männern von der Stadtwache eine Lektion zu erteilen. Schweren Herzens setzten Antario und die anderen ihren Weg in die Stadt fort. Er fragte sich stets, was jetzt wohl mit dem Mann und seiner Frau geschehen wird, ob sich jemand anderes einmischt oder die Soldaten wohl irgendwann von ihren Opfern ablassen würden. Er zwang sich, seine Gedanken in eine andere Richtung zu lenken. Ganz gleich wohin er auch sah, überall war Not und Elend zu sehen. Antario hatte noch nie so viel Unrat an einem Ort gesehen. Die Straßen waren übersäht mit dem Inhalt aus zahlreichen Nachttöpfen, Essensresten und was die Menschen sonst noch wegwarfen. Man konnte keinen Schritt machen, ohne in etwas zu treten, das aufplatzte und einen unbeschreiblichen Gestank auslöste oder in etwas Glitschiges zu treten. Antario konnte kaum glauben, dass Menschen an einem solchen Ort freiwillig lebten, doch die Straßen waren voll von Menschen. Sie drängelten und schupsten sich von einem Ort der Stadt an einen anderen. Diese Stadt machte ihm Angst. Jede Faser seines Körpers wehrte sich dagegen, noch einen einzigen Schritt tiefer hinein zu gehen in die schwarze Stadt. Nur Karatas, der mit entschlossenem Schritt voran ging und Mortims Wachsamkeit hielten ihn davon ab, in Panik zu geraten und diesen Ort auf der Stelle zu verlassen, um nie wiederzukehren.

Die Stunden verstrichen und mit jedem vergangenen Moment verlor die ohnehin schon schwache Sonne an Kraft und verwandelte diese Stadt mehr und mehr in einen Ort des Schreckens. Antario hatte stets Astritt im Auge. Er rechnete jeden Augenblick damit, dass sie von einem zu aufdringlichen Halunken angesprochen würde, mit dem Antario sich dann hätte auseinandersetzen müssen. Er wusste, dass Karatas Recht hatte und jeder Ärger nur die Aufmerksamkeit der Stadtwache erregen würde, doch wenn sich Astritt einer dieser widerlichen Betrunkenen, von denen wohl tausende in dieser Stadt zu leben schienen, nähern würde, blieb ihm keine Wahl. An jeder Ecke und in den Nebengassen stritten Menschen, kämpften gegeneinander oder es wurde jemand überfallen. Der Ekel und die Wut, welche die Stadt und ihre Bewohner in Antario aufkochen ließen, trieben ihm die Tränen in die Augen. Er wusste, dass es nicht mehr lange dauern würde, bis er sich schreiend auf den nächst besten Strauchdieb stürzen würde, nur um seiner Wut

Luft zu verschaffen. Umso erleichterter war der junge Prinz, als Karatas vor einem heruntergekommenen Haus stehen blieb, das dem Schild nach zu urteilen, eine Herberge sein sollte.

Als die Gemeinschaft das Gebäude betrat, vertrieb ein nicht ganz so unangenehmer Geruch von Tabak und ranzigem Fett den ekelhaften Gestank der Straße. Sie standen in der Gaststätte, die zur Herberge dazugehörte. Antario sah sich in der kleinen Spelunke um. Die Gestalten, die hier ihr letztes Geld in einen Rausch investierten, unterschieden sich nicht von denen auf der Straße. An der Theke saßen zwei Soldaten der Stadtwache, die sich lauthals unterhielten. In einer Ecke saßen drei Männer vom Land und tranken Schnaps und an einem Tisch am Ende der Theke saß ein Mann und nippte an seinem Becher. Die Kneipe war ebenfalls in einem dreckigen und schlechten Zustand. Karatas sprach mit einem Mann der wohl der Besitzer dieser Herberge war und handelte einen Preis für die Nacht aus. Mortim hatte sich an das einzige Fenster gestellt, durch das man noch durchsehen konnte und beobachtet die Straße. Astritt versuchte sich so unauffällig wie möglich in eine Ecke zu verdrücken. Sie wollte auf keinen Fall die Aufmerksamkeit der beiden betrunkenen Soldaten erregen, denn sie wusste genau, dass Männer in diesem Zustand an einem Ort wie diesem, Ärger für sie bedeuteten. Antario sah sich weiter unauffällig im Raum um und bemerkte erst nach einer Weile, dass der Mann am Ende der Theke ihn von seinem Tisch aus ständig beobachtete, während er immer wieder an seinem Becher nippte. Antario gefiel das gar nicht und er versuchte, Blickkontakt mit Mortim herzustellen, doch der sah nur aus dem Fenster, um festzustellen, ob ihnen

jemand gefolgt war oder jemand vor der Herberge in Stellung gegangen war. Karatas schien mit dem Wirt ganz gut klar zu kommen, denn die beiden hatten schon jeder ein Glas Schnaps in der Hand, während sie um den Zimmerpreis feilschten. Der Mann starrte weiter Antario an. Der junge Prinz sah verlegen von einer Ecke der Kneipe in die andere und immer wieder huschte sein Blick zu dem Mann, der ihn anstarrte. Dann stand der Mann auf, warf dem Wirt etwas Geld auf die Theke und kam auf Antario zu. Antario trat nervös von einem Fuß auf den anderen. Dies bekam jetzt auch Mortim mit und löste sich vom Fenster. Der ganz in dunkel gekleidete Fremde machte seinen letzten Schritt auf Antario zu, als Mortim hinter seiner linken Schulter auftauchte und dem Mann finster ansah. Der Fremde blieb stehen und sah Antario tief in die Augen, ehe er ihm eine Hand auf die Schulter legte und dann die Kneipe verließ, ohne ein einziges Wort zu sagen. Jetzt sahen auch Karatas und der Wirt verwirrt zu Antario und Mortim herüber. Karatas kam zu ihnen herüber und fragte: „ Was wollte der Mann von dir und hast du ihm etwas gesagt?"
„Kein einziges Wort hat er gesagt, nur am Tisch gesessen und mich angestarrt, ehe er kam um mir die Hand auf die Schulter zu legen und zu gehen. Ich habe nicht die leiseste Ahnung wer der Mann war, geschweige denn was er wollte." gab Antario dem Zauberer zur Antwort. Karatas legte nachdenklich seine Stirn in Falten und nickte Mortim flüchtig zu. Mortim verließ daraufhin fluchtartig die Kneipe. „Wir bleiben heute Nacht hier." sagte Karatas. „Der Wirt hier ist ein geselliger Mensch und ich konnte mich auf einen angemessenen Preis mit ihm einigen."

Der Wirt war wirklich ein geselliger Mensch. Er redete ununterbrochen, während er seine neuen Gäste auf ihre Zimmer führte. Antario hörte ihm nicht zu, seine Gedanken waren bei dem Mann von eben. Sie kamen durch einen kleinen Hinterhof ehe sie eine steile, schiefe Treppe nach oben stiegen. Als Antario und seine Freunde das Zimmer betraten war sofort klar, dass hier schon länger keiner mehr übernachtet hatte. Das gesamte Mobiliar war von einer Staubschicht bedeckt und in den Zimmerecken hatten zahlreiche Spinnen ihr Tageswerk verrichtet. Der Wirt ging weiter redend zum ersten Bett und schlug die Decke aus. Sofort war der Raum mit umherwirbelndem Staub gefüllt. Karatas bedankte sich hastig bei dem Mann und sagte ihm, dass sie von nun an allein zurechtkämen. Als der aufdringliche Wirt endlich das Zimmer verlassen hatte, öffnete Astritt das einzige Fenster in dem Zimmer. In Höhe des zweiten Stockwerks war die Luft nicht ganz so schlecht. Ein erfrischender kühler Windzug vertrieb sofort den modrigen Duft im Zimmer. Vier kleine Betten und ein Kleiderschrank aus dunklem Holz waren die einzigen Möbel im Raum. Antario setzte sich auf eines der Betten und versuchte, sich etwas zu entspannen. Leider konnte er es nicht. Die Anspannung in seinem Körper war zu groß. Erst als Astritt sich zu ihm setzte und ihren Kopf auf seine Schulter legte, entspannte er sich etwas. Schmerzlich wurde ihm klar, dass er niemals so lange durchgehalten hätte, wäre sie nicht an seiner Seite. Er war auch immer wieder aufs Neue überrascht, wie gut diese junge Frau die Strapazen dieser Reise wegsteckte. *Sie beklagt sich nie oder fällt zurück, sie ist viel stärker als ich und dafür liebe ich sie.*

Während sie so dasaßen hörte Antario Astritts Magen knurren. Jetzt merkte auch er, wie stark sein eigener Hunger war. Es mussten Tage her sein, dass er und seine Freunde sich mal satt gegessenen haben. Auch Karatas hatte Astritts Magenknurren gehört und musste schmunzeln. „Euer Magen hat Recht meine Liebe. Es wird Zeit, sich mal wieder richtig satt zu essen. Mortim kann sich ja später dazugesellen."

Der redselige Wirt wollte einfach nicht recht in das Bild der Stadt passen, dass Antario sich gebildet hatte. Der Mann redete und redete ohne Punkt und Komma. Er ging Antario gehörig auf die Nerven. So viel er redete, so gut kochte er auch. Das Essen, das der Mann auftischte, war einfach grandios. Antario konnte sich nicht mehr daran erinnern, wann er das letzte Mal so gut gegessen hatte. Es gab Schweinebraten mit Kartoffeln und Möhren. Dazu leckeren Wein und Bier. Gegen Abend füllte sich das Lokal, was Antario auf Grund der Qualität der Speisen durchaus verstehen konnte, auch wenn der Wirt etwas seltsam war. Es war schon dunkel auf den Straßen, als Mortim das Lokal betrat und sich zu seinen Freunden setzte. Sofort brachte der Wirt ihm einen Becher Wein und einen Teller voll mit Essen. Dankbar nahm der Krieger beides an und begann genüsslich zu essen. Antarios Herz wurde etwas leichter, als er sah, wie zufrieden Mortim in diesem Moment war. Für die Dauer einer Mahlzeit waren keine Sorge in seinem Gesicht und keine Last auf seinen Schultern zu sehen. Als Mortim fertig war, erschien sofort der Wirt, um den Tisch abzuräumen. Er ließ es sich auch nicht nehmen seinen Gästen einen seiner selbstgebrannten Schnäpse anzudrehen.

Karatas schien die klare, bittere Flüssigkeit gut zu schmecken. Mortim verzog nur kurz den Mund, während der Schnaps seine Kehle herunter lief, Antario bekam von dem brennenden und bitteren Gebräu einen Hustenanfall und Astritt spuckte ihn unter den Tisch. Der Wirt lachte lauthals und goss sich einen Schnaps ein, den er, ohne mit der Wimper zu zucken, herunter schüttete. Antario drehte sich bei dem Anblick der Magen um. Karatas war gerade im Begriff, dem Wirt sein Glas hinzuhalten, um einen weiteren Schnaps zu trinken, als Mortim ihm einen ernsten Blick zuwarf. Der Zauberer stellte sein Glas wieder ab. Der Wirt bemerkte das und war etwas beleidigt, dass Mortim seinen Freund vom Trinken abhielt. Er überspielte seinen Unmut aber mit einer lustigen Bemerkung und verzog sich dann lachend wieder hinter seine Theke.

Als der Wirt außer Hörweite war, vergewisserte sich Mortim ob sonst noch jemand zuhörte, ehe er sich an seine Freunde wandte. „Ich habe den Mann bis zu einem gewöhnlichen Wohnhaus am Stadtrand verfolgt. Er scheint hier zu wohnen. Ich denke, wir sollten dem Vorfall nicht zu viel Beachtung schenken und uns auf unsere Aufgabe konzentrieren. Morgen also werden wir in den Palast eindringen. Stellt sich die Frage, wie wir das anstellen?"

„In den Palast kommen nur Adlige und Mitglieder des Hofstaates oder Soldaten der Stadtwache. Wenn sich auch nur einer unserer beiden Blaublütigen hier zu erkennen gibt, können wir uns auch gleich selbst beim Kerkermeister melden. Einen alten Mann und eine Frau bei der Stadtwache, wird uns wohl keiner abnehmen. Scheint wohl, wir stecken in einer Sackgasse." sagte Karatas und sah von einem zum anderen.

„Was ist mit dem Weg, den uns die Hexe Nanka vorgeschlagen hat." warf Astritt in die Runde. Karatas verdrehte die Augen im Kopf. Ihm war klar, dass die Gemeinschaft sich bereits für diesen Weg entschieden hatte , doch wollte er nochmal die Möglichkeiten abwägen. Er wollte der Hexe immer noch nicht recht vertrauen.

„Tränke und Mixturen aller Art, kann dieses Frauenzimmer zusammenbrauen, doch hier steht das Schicksal der Welt auf dem Spiel." maulte der Zauberer.

„Karatas hat Recht. Dies ist keine Entscheidung, die leichtfertig zu treffen ist, und doch müssen wir sie treffen. Der Weg, den uns die Hexe genannt hat, führt unter die Erde. Ich nehme an, dass es sich dabei um die alte Kanalisation handelt. Kein Ort, an dem man sein will, aber wohl der einzige, an dem uns die Stadtwache nicht dazwischen kommen könnte. Von dort heißt es unbemerkt in den Thronsaal und somit zu unserem Ziel zu gelangen. Das wird bei leibe nicht einfach, so viel ist sicher." sagte Mortim.

„Und wenn wir warten, bis der verfluchte König den Palast verlässt, um ihm dann aufzulauern?" fragte Antario.

„Das kann Wochen dauern, bis sich der Halunke zeigt. Soviel Zeit haben wir nicht. Die schwarze Horde könnte schon vor den Toren Aragatts stehen. Es würde zu viele Leben kosten, wenn wir warten." gab Karatas zu bedenken.

„Da wir schlecht über die Mauern des Palastes klettern können, haben wir wohl keine Wahl. Wir müssen unter die Erde." sagte Mortim. Astritt und Antario pflichteten ihm bei. Karatas schien nicht sonderlich von dem Plan begeistert zu sein. Ob das nun daran lag, dass sie in die

Kanalisation herabsteigen mussten oder dass der Plan von der Hexe Nanka stammte, sagte er nicht. Nach langem Überlegen willigte er dann schließlich ein. Er könne seine Freunde ja schließlich nicht kurz vor dem Ende im Stich lassen, sagte er. „Bleib nur noch das Rätsel zu lösen, das uns diese Hexe gestellt hat." sagte Mortim. Die Gemeinschafft saß noch eine Weile in der Gaststätte und dachte über den Brief der Hexe nach, ehe die Müdigkeit bei allen ihren Tribut forderte und sie sich auf ihr Zimmer zurückzogen, um zu schlafen.

32

Zunächst hatte Antario sich in dem durchgelegenen Bett nicht sonderlich wohl gefühlt, doch am nächsten Morgen war er umso dankbarer, endlich mal wieder eine Nacht in einem richtigen Bett geschlafen zu haben. Nach den vielen Nächten des Kampierens auf harten Boden, konnten sein Rücken und seine steifen Glieder mal wieder richtig entspannen. Den anderen schien es ebenso zu gehen. Besonders Karatas hatte die Nacht, auf gefedertem Untergrund, neue Kraft verliehen. Er hatte ein fröhliches Lied auf den Lippen, während er seine Sachen zusammenpackte und sich fertig machte. Trotz der Aufgabe, die es zu bewältigen galt, war die Stimmung allgemein sehr gut.
Die Gemeinschaft saß gerade beim Frühstück, als Mortim der ausgelassenen Stimmung einen Dämpfer verpasste. „Hat sich mal jemand Gedanken darüber gemacht, wie wir in die Kanalisation gelangen sollen?

Ich werde aus dem, was Nanka geschrieben hat leider nicht schlau." sagte Mortim.

„Der Adler der Weisheit bewacht den Eingang in die Dunkelheit. Fünf Wege, betrachte sie gut, auf dem richtigen zur Mittagsstunde der Kopf der Weisheit ruht. Dann geht nach Westen hinein in den Schacht, bis das Licht der Sonne die Flammen entfacht. Das Geheimnis liegt in dem Steine, geh auf die Knie und sieh was ich meine. Was soll das bedeuten?" fragte Astritt.

„Hexen eben. Sie sind nicht in der Lage, einem eine klare Anweisung zu geben. Es liegt in ihrer Natur diese elenden Verse zu dichten. Eine unangenehme Angewohnheit. Aber ich denke, ich weiß wo wir beginnen sollten." sagte Karatas.

„Und hättest du wohl die Güte uns aufzuklären." maulte Mortim, der für derartige Rätsel wohl gar nichts übrig hatte.

„Aber gewiss doch. Der *Adler der Weisheit,* das kann nur der sein, der über dem Tor der großen Bibliothek thront. Dort werden wir den Eingang suchen. Eine andere Lösung fällt mir zumindest nicht ein." antwortete der Zauberer.

„Worauf warten wir dann noch? Um bis Mittag dort zu sein, müssen wir uns sputen." sagte Antario und stand auf. „Immer mit der Ruhe junger Hitzkopf. Unsere Rucksäcke werden wir da, wo wir hingehen, nicht brauchen. Ich frage den Wirt, ob er sie für uns solange verwahrt." bremste Karatas Antarios Tatendrang. Gegen ein kleines Entgelt willigte der Wirt, dessen Laune wohl morgens nicht ganz so gut ist wie abends ein, auf die Rucksäcke aufzupassen.

Ohne den schweren Rucksack auf seinem Rücken, empfand Antario den Weg durch die Stadt, trotz des

Mülls und der vielen Menschen geradezu als Entspannung. Die Sonne schien und es hatten sich sogar vereinzelt Vögel in die schmutzige Stadt verirrt. Antario dachte daran, wie schön dieser Ort gewesen sein musste, ehe Zergeron dieser Stadt seinen widerlichen Stempel aufgedrückt hatte. Die Brunnen waren versiegt, die Fassaden der Häuser zerbröckelt und die Straßen voll Müll. Wenn man all dies aus seinen Gedanken verdrängte, war dies eine der schönsten Städte in Athgarat.

Obwohl Karatas einst hier gelebt hatte, musste er doch zweimal nachfragen, bevor sie die Bibliothek mit ihrem großen Vorplatz fanden. „ Die Bibliothek ist seit langem geschlossen. Der König weiß, dass sie ein Ort des Wissens ist. Dieses Wissen will er für sich allein. Zudem fürchtet er, dass jemand es gegen ihn verwenden könnte. Es ist traurig mitanzusehen, dass die Tore heute geschlossen sind." sagte Karatas etwas wehmütig. Der Vorplatz der Bibliothek war gewaltig, genauso wie das Gebäude selbst. Die Bibliothek war so breit, dass man die Enden kaum sehen konnte. Riesige Fenster waren in die Mauern eingelassen, um so viel Tageslicht wie möglich in das Gebäude zu lassen. Heute waren diese Fenster von innen mit Vorhängen verschlossen. Das gewaltige Eingangstor war ganz aus Eisen und über und über mit Bildern alter Tage verziert. Über dem Tor thronte ein Adler aus Stein. Er hatte seine Flügel gespreizt und seinen Schnabel weit offen. Er war einschüchternd und edel zugleich. Er vermittelte einem das Gefühl, dass man diesen Ort betreten sollte, mit den Geheimnissen dieses Ortes aber weise umgehen sollte, da einem sonst etwas Schreckliches zustoßen würde. Der große Vorplatz der Bibliothek war nicht weniger beeindruckend. Er war ganz mit Mamor gepflastert und von zwei Türmen gesäumt. Trotzdem die Bibliothek geschlossen war, waren hunderte Menschen auf dem Platz unterwegs. Einige Bettler saßen auf dem glatten Boden und bettelten. Auf der anderen Seite des Platzes kam gerade eine Patrouille der Stadtwache des Weges, woraufhin sich die Bettler erhoben und in der nächsten Gasse verschwanden.

„Genau zur vollen Stunde werden auf den beiden Türmen die Glocken geläutet. Es gibt doch noch alte Traditionen, die nicht dem Wahnsinn des Königs zum Opfer gefallen sind. Dies kommt sehr zu Gute." sagte Karatas. Die Gemeinschaft bewegte sich schließlich langsam über den Vorplatz und suchte den Boden ab.

„Hier ist ein Loch im Boden, das mit einer Eisenplatte verschlossen ist. „rief Astritt, woraufhin Karatas zu ihr eilte, um sich das anzusehen. Im Boden war ein rundes Loch, auf dem eine bronzene Platte lag, auf der ebenfalls ein Adler zu sehen war. „Hier ist ebenfalls ein Loch." rief Antario nicht weit entfernt. „Hier auch." sagte Mortim. Nach einem kleinen Rundgang über den Platz stellte sich heraus, dass es insgesamt fünf identische Löcher gab.

„Wie soll der Kopf des Adlers auf einem der Eingänge ruhen?" fragte Antario in die Runde. „Der Schatten des Adlers, seht doch. Sein Kopf. Er ist kurz davor, sich auf den ersten Deckel zu legen." rief Astritt aufgeregt. „Das ist es. Der Schatten des Adlers ruht zur Mittagsstunde auf dem richtigen Eingang in die Kanalisation." sagte Karatas und sah in den Himmel, um in etwa die Tageszeit festzustellen. „Es kann nicht mehr lange dauern bis Mittag. Verteilt euch auf dem Platz. Wir

müssen genau sehen wo der Schatten ist, wenn die Glocke schlägt."
Die Gemeinschaft verteilte sich auf dem Hof. Einige Passanten beäugten die Fremden und ihr komisches Verhalten misstrauisch, kümmerten sich aber nicht weiter darum. Die Sonne stieg höher und die Zeit verstrich quälend langsam, bis dann schließlich die Glocke zur Mittagsstunde schlug. Aufgeregt sah Antario sich um, wo der Kopf des mächtigen Adlers seinen Schatten hinwarf. Karatas ging auf einen der Eingänge zu und blieb stehen. Er rief seine Freunde zu sich. Der Schnabel des Adlers ragte leicht über den Rand des Deckels heraus, aber der Rest des Kopfes war genau über dem Eingang.
„Das muss es sein. Der Eingang in die Kanalisation unter der Stadt. Wohl kein Ort zum Verweilen, aber unsere einzige Möglichkeit." sagte er.
Während die Gemeinschaft auf die Mittagsstunde gewartet hatte, hat sich der Vorplatz der Bibliothek stetig mit Menschen gefüllt. Zudem hatte sich auch eine Gruppe der Stadtwache eingefunden, um den Platz im Auge zu behalten. Denn es bestand zumindest die Möglichkeit, dass sich jemand unbefugt Zugang zur Bibliothek verschaffen könnte. Mortim zog einen Dolch aus der Scheide an seinem Gürtel und begann damit, den Deckel von Schmutz in den Fugen zu befreien, um ihn anschließend aufzuhebeln. Die Stadtwache konnte nicht genau sehen was vor sich ging, doch die kleine Gruppe, die im Kreis stand und jemandem am Boden zu sah, fiel den Soldaten doch auf. Der Kommandant der Gruppe gab einen Befehl und die Gruppe setzte sich langsam in Bewegung. Die Soldaten mussten sich immer wieder an vorbeigehenden Menschen entlangschieben, was sie

immer wieder aufhielt. „Beeil dich. Wir bekommen Besuch." maulte Karatas. Mortim knurrte nur. Man merkte, dass er alles versuchte, aber der Deckel bewegte sich nicht.

„Hey. Was macht ihr da?" rief einer der Soldaten aus einiger Entfernung. Antario wusste, wenn die Soldaten sie beim Öffnen des Deckels erwischen, würde man sie verhaften. Die Soldaten waren fast da. Der erste Soldat sah etwas verwundert aus, als er Mortim mit dem Dolch in der Hand an dem Deckel herumwerkeln sah. Der Ausdruck der Verwunderung wich schnell einem der Verärgerung, während er seine Schritte beschleunigte. *Jetzt ist es aus. Wir müssen ins Gefängnis.* Antario wusste nicht recht, ob er kämpfen sollte oder sich ergeben und auf ein mildes Urteil der Soldaten hoffen sollte. Keiner seiner Gefährten machte Anstalten, sich für einen Kampf bereit zu machen. Der Griff des ersten Soldaten und schließlich auch der seiner Kameraden legte sich um die Hefte ihrer Schwerter, während sie die letzten Meter zurücklegten. Plötzlich stand ein Mann neben Antario und legte ihm eine Hand auf die Schulter. Der junge Prinz erkannte den Fremden zunächst nicht. Erst beim zweiten Mal hinsehen erkannte er den Mann, als den Mann aus der Kneipe vom Vortag. Er nickte Antario kurz mit einem aufmunternden Lächeln im Gesicht zu. Dann ging alles sehr schnell. Der Fremde ging auf die Soldaten zu. Unter seinem langen schwarzen Mantel zog er einen langen Holzknüppel hervor und schlug dem ersten Soldaten mitten ins Gesicht. Ein dumpfer, durch Mark und Bein ziehender Ton, ließ Antario zusammenfahren. Der getroffene Soldat ging geräuschlos zu Boden. Die anderen Soldaten hatten den Mann zunächst gar nicht beachtet. So konnte der Mann noch einen zweiten Soldaten niederstrecken. Erst jetzt hatte er die volle Aufmerksamkeit der restlichen Soldaten. Blitzschnell waren die Schwerter gezogen und sechs Soldaten standen dem Fremden kampfbereit gegenüber. Der Mann machte jedoch keine Anstalten, sich den Soldaten zu stellen. Er ließ den Knüppel fallen und lief los, in östlicher Richtung weg von der Bibliothek. Die Soldaten hatten sich auf einen Kampf eingestellt und brauchten so einige Zeit, ehe sie die Verfolgung aufnahmen. Die Soldaten ließen ihre verwundeten Kammeraden einfach zurück. Antario verstand die Welt nicht mehr. Er dachte schon, es wäre aus und vorbei gewesen. Er konnte sich beim besten Willen aber auch nicht vorstellen, warum ein Fremder ihnen helfen sollte? Klar war, hätte er das nicht getan, wäre alles aus gewesen. Die im Kreis stehenden Freunde sahen sich verwundert an. Die beiden Soldaten am Boden bluteten stark aus großen Wunden am Kopf, hatten aber beide das Bewusstsein verloren. Karatas wollte sich gerade auf machen, den beiden zu helfen, als Mortim verkündete, dass er den Deckel geöffnet habe. Karatas war hin und hergerissen. Er wollte den beiden Soldaten helfen, weil sie ohne seine Hilfe ganz sicher verbluteten, andererseits war jetzt die Gelegenheit unbemerkt in der Kanalisation zu verschwinden. Mortim hatte den schweren Bronzedeckel ganz von dem Loch im Boden entfernt und begann damit, in die Dunkelheit zu steigen. Antario folgte ihm so schnell er konnte und auch Astritt setzte an, in den Untergrund zu verschwinden. Es widerstrebte dem Zauberer zutiefst, die Soldaten ihrem Schicksal zu überlassen. Er entschied sich aber doch dafür, den anderen zu folgen. Sein langer Zauberstab behinderte ihn beim Abstieg, also ließ er ihn fallen, in der Hoffnung, dass der Schacht nicht allzu tief war. Karatas musste all seine Kraft aufbringen, um den Deckel wieder in seine ursprüngliche Lage zu bringen, um seinen Freunden in die Dunkelheit zu folgen.

Am Ende der rostigen, alten Leiter erwartete die Gemeinschaft eine eigene Welt unter der Stadt. Eine feuchte und dunkle Welt, in die schon seit vielen Jahren kein Mensch mehr einen Fuß gesetzt hatte. Als Zergeron den Thron bestiegen hatte, wurde an der Kanalisation nicht mehr gearbeitet. Sie verstopfte und die Menschen konnten ihren Unrat nicht mehr darin verschwinden lassen, also warfen sie alles auf die Straße. Die Kanalisation geriet mehr und mehr in Vergessenheit und verwahrloste, um schließlich zu dem zu werden was Antario und seine Freunde sahen. Zahllose unbekannte Tiere hatten sich in dem schier unendlichen Labyrinth unter der Stadt eingenistet. Je mehr Licht Karatas mit seinem Zauberstab machte, desto mehr Käfer und kleine Echsen verschwanden in den Nischen zwischen den Mauersteinen oder um die nächste Ecke. Die Gemeinschaft stand knietief in alten stinkendem Wasser und der Boden darunter war glitschig. Man musste bei jedem Schritt aufpassen, nicht wegzurutschen. Der Gestank hier unten war noch um einiges schlimmer, als der auf der Straße. Antario kämpfte gegen die Übelkeit an, um sich nicht gleich nach Betreten der Kanalisation übergeben zu müssen. Astritt war schlauer, sie hatte sich vor dem etreten der Kanalisation ein Tuch über Mund und Nase gebunden, welches den schlimmsten Gestank abhielt.

Langsam setzt sich die Gruppe in Bewegung, Richtung Westen, ganz so wie es in Nankas Brief stand. Antario war schleierhaft was es mit den Flammen und dem

Sonnenlicht auf sich hatte. Hier unten kam bis auf einige wenige Öffnungen zur Straße hin, nur wenig Sonnenlicht hinein.

Nach einiger kurzen Weile blieb Karatas stehen und sah nach oben. „Seht ein Schacht nach oben. Wir müssten jetzt genau unter der Bibliothek sein. Ob man sich von hier aus wohl Zutritt verschaffen kann?" sagte er leise. „Dafür haben wir keine Zeit. Geh weiter." sagte Mortim leicht gereizt. Etwas machte ihm zu schaffen und Antario wusste auch genau was das war. Der Schwur, den er einst seinen Waffenbrüdern gegenüber geleistet hatte. Er musste ihn brechen, um die Welt zu retten und den Krieg zu beenden.

Karatas warf noch einen wehmütigen Blick in den Schacht und setzte seinen Weg fort. Lange führte sie ihr Weg immer schnurgeradeaus, bis sie zu einer langegezogenen Biegung kamen. Hinter der Biegung teilte sich der Weg. Karatas blieb stehen und dachte nach. Offensichtlich konnte er sich für keinen der Wege entscheiden.

„Wenn wir eine schlechte Wahl treffen, könnten wir noch Stunden, gar Tage hier unten umherirren und den Zugang zum Palast trotzdem nicht finden." sagte der Zauberer. Die Zeit verstrich und Karatas machte keine Anstalten, sich für einen der beiden Wege zu entscheiden. Mortim begann nervös von einem Fuß auf den anderen zu treten. „Uns läuft die Zeit davon. Der Tag entschwindet und mit ihm das Sonnenlicht. Und bei meiner Ehre, ich werde hier unten nicht die Nacht verbringen, eher nehme ich es mit der ganzen Stadtwache auf." maulte er. Karatas warf ihm einen finsteren Blick zu, der wohl nichts anderes sagen sollte, als dass er ihm die Entscheidung gerne abnehmen könne.

Weitere wertvolle Zeit verstrich, bis Antario eine Idee hatte.

„Lösch das Licht." sagte er. Ungläubig sah ihn der alte Zauberer an. „Und was soll das bringen? Sollen sich die Kreaturen dieser Kloake etwa auf uns stürzen?" fragte Karatas mit gereizter Stimme.

„Nur ganz kurz. Tu was ich sage." beharrte Antario. Karatas verdrehte kurz die Augen, tat wie ihm geheißen und löschte das Licht seines Zauberstabes. Es dauerte, bis sich die Augen der Gemeinschaft an die Dunkelheit gewöhnt hatten, doch dann war es allen klar. Aus dem rechten Gang schien ein ganz schwacher, aber doch gut zu erkennender Lichtschein. „Du bist ein schlaues Kerlchen, mein Junge. Das ich selbst nicht darauf gekommen bin. Also ist der rechte unser Weg." sagte Karatas und ging wieder voran.

Eine Stunde wateten die Gefährten durch das dreckige Wasser, ehe ein schwacher Lichtschein schräg von der Decke an die Wand fiel. Es sah so aus, als wolle ihnen die Sonne den Weg versperren. Karatas blieb davor stehen und betrachtete das Ganze. An der Wand war jedoch nur schemenhaft etwas zu erkennen. Eine Wolke hatte sich vor die scheidende Sonne geschoben. „Nur das Sonnenlicht vermag dieses Geheimnis preiszugeben. Wir müssen wieder warten." sagte Karatas und stützte sich auf seinen Stab. Antario befürchtete schon, dass der Himmel sich während ihres Marsches durch die Kanalisation zugezogen hätte und sie vergeblich auf einen direkten Sonnenstrahl warteten. Doch dann kam der ersehnte Sonnenstrahl. Sofort wurde es taghell in dem Schacht. Das Licht schien aus einer kleinen Öffnung in der Decke. Antario vermutete, dass es sich um einen Abfluss in der Straße handelte. An der Wand auf die der Strahl fiel, erschien langsam ein Bild. Wie in dem Brief beschrieben, erschienen Flammen auf der Mauer. Es sah fast so aus, als ob die Mauer brennen würde.

„Hexenzauber aus alter Zeit." sagte Karatas verächtlich. „Jemand muss auf die Knie, um des Rätsels Lösung zu finden. Ich bin zu alt, um mich im Dreck zu wälzen." „Ich bin eine Dame. Von mir könnt ihr das unmöglich verlangen." sagte Astritt. Alle Augen ruhten auf Antario. Mortim sagte nichts dazu, doch Antario wusste, dass auch Mortim sich weigern würde. Also blieb nur noch er übrig.

Langsam beugte er sich vor, um von unten an dem Bild an der Wand hoch zu sehen, doch er kam nicht tief genug. Es blieb ihm keine Wahl, er musste in die Knie. Als er das erste Knie in das Brackwasser tauchte, wurde ihm speiübel. Seine Hose saugte sich mit der übelriechenden Flüssigkeit voll. Leise stieß er ein paar Flüche in Richtung seiner Freunde aus. Astritt stand da und grinste. Ihr schien der Anblick offenbar enorme Freude zu bereiten. Antario überwand die Übelkeit und ging mit dem Kopf noch tiefer, bis fast runter zur Wasseroberfläche. Als er seinen Kopf so nah wie er konnte an die glitschige Wand drückte, hätte er fast das Gleichgewicht verloren. Er blickte auf die Unterkannten der Steine, von denen der obere immer ein kleines Stück über dem unteren hervorragte. Der Abstand von Stein zu Stein war minimal, doch bei der Vielzahl der Steine in der Mauer entstand eine recht große Fläche von unten betrachtet. Die Steine waren so bearbeitet, dass aus dem richtigen Winkel betrachtet, ein Bild entstand. Es waren viele dünne Linien zu sehen, die wild durcheinander liefen. Antario musste etwas zur Seite rücken, ehe sich die Linien zu etwas Ganzem zusammenfügten. Die Linien verliefen kreuz und quer über die Fläche, schnitten sich aber alle in einem einzigen Punkt. Antario hob den Arm und legte seine Hand auf den Stein, in dem sich die Linien kreuzten. Antario versuchte aufzustehen und übte dabei etwas Druck auf den Stein aus. Der gab sofort nach und die Wand bewegte sich nach hinten weg. Antario war so überrascht, dass er das Gleichgewicht nicht mehr halten konnte und der Länge nach ins Wasser fiel. Er spuckte und fluchte während die anderen an ihm vorbei in den Gang hinter der Mauer schritten.

„Keine Zeit für ein Bad, junger Prinz. Steht auf, wir haben eine Welt zu retten." sagte Karatas und gab ihm einen kleinen Stoß mit dem Zauberstab.

„Verflucht sollt ihr sein, Meister Karatas." rief Antario voller Zorn. Selbst Mortim lachte über Antario, der klatsch nass im Wasser saß und sich den Dreck aus dem Gesicht wischte.

„Steht auf mein tapferer Prinz." sagte Mortim schließlich und half ihm wieder auf die Beine. Astritt sah ihn mit einer Mischung aus Mitleid und Schadenfreude an.

„Sag jetzt lieber nichts." maulte Antario sie an und ging hinter Karatas her den Gang entlang. Der Gang stieg etwas an und sie kamen aus dem Wasser heraus. Nach einer langen Biegung standen sie vor einer langen Treppe. Auch mit Karatas starkem Licht, konnte man nicht das Ende der Treppe sehen.

Der Aufstieg dauerte lange, zum einen, weil die Treppenstufen sehr unterschiedlich waren, zum anderen, weil sie alle sehr erschöpft waren. *Die Sonne ist wohl schon längst untergegangen.* Am Ende der Treppe löschte Karatas sein Licht. Aus einem schmalen Spalt drangen warme goldene Lichtstrahlen. Karatas trat durch den Spalt und stand zwischen zwei eng stehenden riesigen Säulen in einem gewaltigen Saal.

33

Es war unschwer zu erkennen, in was für einem Raum sich die Gemeinschaft befand. Der Thronsaal. Ganz vorsichtig wagte Mortim einen Blick an den beiden Säulen vorbei in den großen Thronsaal. Links von ihnen war eine große Tür, wohl der Eingang zum Thronsaal. Rechts war der Thron auf einer Empore. Der ganze Saal bestand aus schneeweißem Marmor. Ein unwirklich anmutender Ort, wenn man aus der rußgeschwärzten Stadt kam. Auf dem Thron saß ein Mann. Der König Zergeron. Er schien in seinen Gedanken versunken. Zergeron trug eine Rüstung, ganz in Gold, mit einem weißen Umhang. Seine Haare waren ebenfalls schneeweiß und sein Gesicht glatt und makellos. An der Tür standen vier Soldaten. Alle in schwarzer Rüstung. „Was tun wir jetzt?" fragte Antario und sah in die Runde. Karatas war fast zusammengesunken und Schweiß stand ihm auf der Stirn. „Was ist denn los." fragte Antario aufgeregt. „Die schwarzen Magier des Königs, sie sind hier. Ihre Macht stemmt sich gegen die meine. Ich kann ihnen nicht mehr lange standhalten. Wenn meine Verteidigung gegen die Dunkelheit fällt, ist unsere Sache verloren. Ihr müsst euch beeilen." keuchte der Zauberer und sackte noch ein bisschen mehr in sich zusammen. „Also gut, Antario und Astritt ihr stellt euch den Wachen an der Tür und verbarrikadiert sie. Ich stelle mich Zergeron, damit dieser Wahnsinn ein Ende hat." sagte Mortim entschlossen. „Und der Schwur?" wollte Astritt wissen. Alle sahen den Krieger erwartungsvoll an. „Ich werde ihn brechen müssen, um das Schicksal dieser Welt zu einem besseren zu führen. Eine Bürde, die ich den Rest meines Lebens zu tragen habe." antwortet Mortim. Es lag viel Trauer in seiner Stimme. Er sah nochmal allen einzeln in die Augen. Dann trat er in den Saal hinaus. Die Wachen bemerkten ihn sofort und reagierten schnell. Einer der Soldaten wollte die Tür aufreißen, um Verstärkung zu holen, doch dazu kam er nicht. Ein schnell abgeschossener Pfeil von Astritt traf ihn direkt in den Nacken. Der Soldat stürzte ungünstig und versperrte so die Tür. Antario lief so schnell er konnte auf die drei verbliebenen Soldaten zu. Im vollen Lauf zog er sein Schwert und machte sich kampfbereit. Doch auch die drei Soldaten hatten Zeit, sich vorzubereiten. Sie nahmen ihre Angriffspositionen ein. Man konnte ihren Bewegungen ansehen, dass sie kampferprobt waren. Antario wusste sofort, dass dies sein schwerster Kampf werden würde. Astritt lief ihm nach. Sie konnte keinen weiteren Pfeil mehr auf die Soldaten abfeuern, ohne Gefahr zu laufen, Antario zu treffen. Antario geriet mit zwei Soldaten in einen heftigen Schlagabtausch. Der junge Prinz hatte seine eigenen Fähigkeiten zu hoch und die seiner Gegner zu gering eingeschätzt. Diesen Irrtum bezahlte er teuer. Einer der Soldaten fügte ihm eine lange Wunde auf dem Rücken zu. Er schrie auf. Astritt sah sich dem dritten Soldaten gegenüber, der mit gezogenem Schwert vor ihr stand. Sie hatte nur ihren langen Dolch in der Hand. Astritt wich einigen wuchtigen Hieben des Soldaten aus. Dieser stellte schnell fest, dass seine Gegnerin auf Grund der geringen Reichweite ihres Dolches, keine Chance gegen ihn hatte. Er lachte laut auf, während er Astritt vor sich her in den Saal trieb. Mit einem schnellen und starken Schwerthieb schlug er ihr den Dolch aus der Hand. Ein metallisches Klirren durchzuckte den Raum, während die Klinge über den Mamorboden davonrutschte. Siegesgewiss drehte der Soldat sich kurz um, um sich zu vergewissern, ob seine Kameraden mit Antario zurechtkamen. Ein kurzer Augenblick, der Astritt reichte, um ihren Bogen vom Rücken zu ziehen und einen Pfeil auf die Sehne zu legen. Als der Mann sich wieder ihr zuwandte, sah er im letzten Moment noch wie der Pfeil von der Sehne schnellte und in seinen Hals bohrte. Röchelnd und qualvoll starb der Soldat. Das Blut schien auf dem weißen Mamorboden zu leuchten, während es sich immer weiter ausbreitete.

Antario hatte in der Zwischenzeit einem seiner Widersacher eine ähnlich tiefe Wunde zufügen können, war daraufhin aber immer weiter ins Hintertreffen geraten. Erst als Astritt in den Kampf eingriff, wendete sich das Blatt. Antario konnte einen der beiden Soldaten im Zweikampf mit einer gekonnten Finte töten. Als der letzte Soldat erkannte, dass er keine Chance gegen zwei Gegner hatte, versuchte er zu fliehen. Er lief auf die immer noch versperrte Tür zu. Auf halber Strecke fiel er mit einem Pfeil im Rücken zu Boden und starb. Antario zog die Leiche von der Tür weg und versperrte die Tür mit einer Fahnenstange, die er von der Wand riss.

Antario und Astritt standen keuchend vor der Tür und sahen wie Mortim mit dem Schwert in der Hand vor den Thron schritt. Das Brennen in Antarios Rücken hätte ihn fast in die Knie gezwungen, wenn Astritt sich nicht seinen linken Arm um die Schulter gelegt hätte und ihm so den nötigen Halt gab, um sich auf den Beinen zu halten. Die Zeit drängte ein kurzer Blick durch den Saal zu Karatas, der sich mit letzter Kraft auf seinen Stab gestützt aufrecht hielt, reichte um zu wissen, dass er den Mächten, denen er sich gegenüber sah nicht mehr lange standhalten kann. Der Mann auf dem Thron saß ganz ruhig da und sah zu wie Mortim vor ihm in Stellung ging. Als Mortim ihm die blanke Schwertspitze entgegen hielt, stand er auf und ging die wenigen Stufen zu seinem Gegenüber hinunter.

„Da steht er nun leibhaftig vor mir, der große Artis." sagte der Mann. Seine Rüstung strahlte im Licht der unzähligen Fackeln im Thronsaal. „Jetzt bin ich schon so lange auf der Suche nach dir, mein Bruder und dann kommst du zu mir, ganz von selbst." Mortim sagte nichts. Er sah dem Mann einfach nur zu wie er die Stufen herunter kam und sich vor ihn stellte. Die Gesichtszüge des Mannes waren freundlich. Er wirkte keineswegs ängstlich oder beunruhigt, weder wegen der vier toten Soldaten noch weil er sich Mortim gegenüber sah. Der König trat vor und blieb eine Armlänge vor Mortim stehen. Er trug keine Waffe. Er wollte gerade weiterreden, als Mortim ihn mit dem Schwertgriff einen heftigen Schlag ins Gesicht verpasste. Der König ging zu Boden und blutete stark aus einer Wunde über dem rechten Auge.

„Zeig dich Bruder. Schick nicht deine Schergen vor um deinen Kampf für dich auszufechten." schrie Mortim in den Saal hinein. Karatas kam währenddessen aus seiner Ecke. Er war wie in Trance. Der Kampf mit den Zauberern Zergerons raubte ihm die letzten Kräfte. Der getroffene Mann lag immer noch am Boden und sah sein Gegenüber finster an.

„Es freut mich zu sehen, dass du deinen Scharfsinn nach all den Jahren nicht verloren hast." hallte eine helle Stimme durch den Saal. Aus einer Nische in der Wand hinter dem Thron trat ein weiterer Mann hervor. Er glich dem Mann auf dem Boden wie ein Zwilling dem anderen. Das lange schneeweiße Haar sowie das Gesicht und die Größe waren genau gleich. Der Mann aus der Nische bewegte sich lediglich etwas eleganter. Seine Bewegungen waren fließend, fast wie ein Tanz. „Du kannst dir nicht vorstellen, wie schwer es war einen so perfekten Doppelgänger zu finden und jetzt ist er nutzlos mit der Macke am Auge." sagte Zergeron und warf dem Mann am Boden einen finsteren Blick zu. „Es ist lange her, mein Bruder. Du hast dich gut vor mir versteckt. Aber jetzt bist du ja da. Und nicht allein wie ich sehe. Tretet ruhig näher Prinz Antario und Prinzessin Astritt. Und der alte Mann in der Ecke ist wohl Meister Karatas. Auch wenn er mich nicht versteht. Meine Magier verlangen ihm wohl einiges ab." sagte Zergeron und schmunzelte in sich hinein. Dann fiel sein Blick auf Mortims Hand mit dem Schwert. „Und du hast es mitgebracht. Das letzte der Sieben. Ich muss sagen, ich hatte wirklich ernsthafte Zweifel, dass ich es je wieder zu Gesicht bekomme. Obwohl ich weiß, dass du es mir nicht kampflos geben wirst." Zergerons Hand legte sich auf den Griff seines Schwertes.

„Du kannst diesen Wahnsinn hier beenden und kein weiteres Leben muss mehr geopfert werden. Beende den

Krieg, schick deine schwarzen Horden wieder über die Berge und schenk der Welt den Frieden, wie wir es einst taten." sagte Mortim flehend.

„Frieden. Ja Frieden wird es geben, wenn ich allein der Herrscher dieser Welt bin. Keine Grenzkämpfe mehr unter den Völkern, keine politischen Intrigen oder blockierte Handelsrouten mehr. Wenn ich diese Welt unter meinem Banner vereint habe, wird es auf ewig Frieden geben."

„Es sind schon Tausende gestorben und Tausende werden folgen, wenn du nicht einlenkst."

„Unbedeutende Opfer für ein höheres Ziel." unterbrach in Zergeron.

„Die Menschen könnten niemals mit den Orks zusammen leben." rief Antario von hinten. Er musste sich auf sein Schwert stützen. Die Wunde auf seinem Rücken war schlimmer, als er zuerst angenommen hatte. Astritt hatte sie bereits notdürftig verbunden.

„Orks, ein Bande von blutrünstigen, hirnlosen Schlächtern. Die schwarzen Horden sind nur ein Werkzeug. Es liegt in ihrer Natur sich gegenseitig umzubringen. Wenn mein Zauber sie nicht mehr daran hindert, werden sie sich selbst vom Angesicht dieser Welt tilgen. Sobald das magische Band zwischen den Orks und meinen Zauberern abreißt, gehen sie aufeinander los wie die wilden Tiere. Und dann werde ich diese Welt neu formen."

Astritt hatte genug gehört. Blitzschnell legte sie einen Pfeil auf und schoss ihn auf Zergeron ab. Das Geschoss suchte und fand sein Ziel. Der Pfeil traf Zergeron an der Schulter, doch außer einem Loch in seiner Kleidung zu hinterlassen, hatte der Pfeil keinerlei Wirkung. Zergeron funkelte sie finster an. „Spar dir deine Kräfte meine

Liebe. Wenn du in meinem Verließ auf den Tod wartest, wirst du sie noch brauchen." sagte er. „Ihr wisst genau, dass unser Freund hier der einzige ist der mir beikommen kann. Und doch wird er es nicht tun. Sein Ehrgefühl hält ihn davon ab. Wegen eines Schwures aus uralten Tagen habt ihr all die Strapazen ganz umsonst auf euch genommen. Du wärest wohl besser im Palast deines Vaters geblieben, junger Prinz. Dort hättest du noch einige schöne Tage verleben können, bis ich zu euch gekommen wäre. Ihr alle aber habt euch für das Leid und die Entbehrungen entschieden. Nun, ganz wie ihr wollt." sagte Zergeron und zog sein Schwert. Mit einer eleganten Bewegung war er um Mortim herum, auf Antario zugelaufen. Der junge Prinz konnte dem Schwerthieb nur im letzten Augenblick ausweichen. Rücklinks fiel Antario zu Boden. Seine Wunde bereitete ihm schlimme Schmerzen und er konnte kaum noch atmen. Astritt wollte ihm helfen und fing sich einen schweren Faustschlag ins Gesicht ein. Karatas sah was geschah, konnte aber nicht eingreifen. Wenn er den magischen Schild, der ihn und seine Freunde umgab, hätte zusammenbrechen lassen, wären sie ungeschützt gegenüber den schwarzen Zauberern gewesen. Tränen traten dem Zauberer in die Augen, als er sah, wie ihre lange Reise, nach all den überstandenen Gefahren, dann doch noch ein schlechtes Ende nahm.
„Du musst sie retten. Es ist nichts ehrenhaftes daran, seine Freunde sterben zu lassen." rief Karatas Mortim mit letzter Kraft zu. Zergeron stand über Antario und hob sein Schwert. An der Tür bollerte es von außen. Die Soldaten waren gekommen. Antario war klar, dass dies das Ende war. Die Fahnenstange an der Tür zerbrach und zwanzig Soldaten stürmten in den Saal. Zergeron

wollte gerade zum tödlichen Schlag ausholen, als er
hinter sich eine Bewegung wahrnahm und sich
umdrehte, ehe Mortims Hieb ihn treffen konnte. Der alte
Krieger hatte sich entschieden. Ein Schwertkampf, wie
diese Welt ihn noch nicht gesehen hatte, entbrannte.
Jedes Mal, wenn die Schwerter sich trafen, gab es einen
Knall. Man glaubte, der Saal wurde einstürzen. Die
beiden Krieger bewegten sich so schnell und elegant,
dass man ihnen mit den Augen kaum folgen konnte.
Mortims Wut entfachte in ihm einen unbändigen
Kampfeswillen, dem Zergeron nicht gewachsen war. So
geriet er immer mehr in Bedrängnis.
„Wir könnten gemeinsam über diese Welt gebieten."
keuchte Zergeron.
„Niemand wird alleine über diese Welt gebieten, solange
ich noch Kraft habe." antwortet Mortim. Mit einer
schnellen Schlagfolge schlug Mortim seinem Gegner das
Schwert aus der Hand. Es rutschte über den Mamor bis
zu Antario. Der betrachtet die wunderschöne schlanke
Waffe.
„Wag es nicht dieses Schwert zu berühren du Wurm."
zischte Zergeron und wollte gerade auf Antario zulaufen,
als Mortim sich zwischen ihn und Antario stellte.
Zergeron stand der Schweiß auf der Stirn und sein Haar
war zerzaust. Von seiner einst so stolzen und Ehrfurcht
einflößenden Erscheinung war nichts geblieben. Die
Soldaten des Königs sahen was geschah und wagten
nicht sich einzumischen. Sie hielten lediglich Astritt und
Antario in Schach, um zu verhindern, dass die beiden
sich in den Kampf einmischen konnten.
Mortim stieß ihn mit einem harten Stoß zurück und
Zergeron ging auf die Knie.

Zergeron sah Mortim an. In seinem Gesicht stand Furcht und die Erkenntnis, dass sein Ende gekommen war. Er kannte seinen alten Waffenbruder und wusste genau, wenn Artis seine Wahl getroffen hatte, war es töricht an seiner Entschlossenheit zu zweifeln. Für einen kurzen Moment glaubte Antario Reue in dem Ausdruck in Zergerons Augen zu sehen, ehe Mortim seinem Dasein mit einem letzten Schwerthieb ein Ende machte.

Die Schlange war tot, ihr Kopf war ab.

Mit dem Ableben Zergerons lösten sich auch die dunklen Zauber auf, mit denen er die Magier zwang, seine Orkhorden unter Kontrolle zu bringen. Auch der Zauber, dem Karatas sich zu stellen hatte ließ nach, bis er ganz verschwand. Die Orkverbände in ganz Athgarat lösten sich auf, richteten sich gegen ihre menschlichen Anführer und schließlich wie Zergeron es vorhergesehen hatte, gegen einander. Es würde noch Monate dauern, aber die Orks würden wieder in ihre Heimat im Norden zurückkehren. Die Soldaten im Thronsaal wussten nicht, was sie jetzt tun sollten. Ihr gehasster und grausamer König war tot. Der Hauptmann der Leibwache des Königs gab schließlich den Befehl, Mortim und seine Freunde festzunehmen. Dazu kam es aber nicht. Mortim streckte den Hauptmann mit einem Faustschlag nieder, woraufhin die Leibwache, auf Mortims Befehl hin, den Hauptmann in den Kerker warf. Antario bekam von all dem nichts mehr mit. Er hatte das Bewusstsein verloren, kurz nachdem Zergeron gefallen war.

Als Antario die Augen wieder öffnete, spürte er jeden Muskel und jeden Knochen in seinem Körper. Eine Frau in einer weißen Robe trat an sein Bett und sagte ihm, dass er im Haus der Heiler sei und er sich keine Sorgen mehr zu machen brauche. Astritt lag neben ihm und schlief tief und fest. Antario stand unter Schmerzen auf und sah, dass Karatas ebenfalls in einem Bett neben seinem lag. Der Zauberer sah ihn an und nickte ihm aufmunternd zu. Als Antario mit den Heilern sprach, erfuhr er, dass Mortim die Geschäfte in der Stadt führte und alle Soldaten dazu eingeteilt hatte, die Stadt zu säubern und die Kanalisation wieder frei zu machen. Antario und Astritt verbrachten noch eine Woche im Haus der Heiler, ehe sie in die Stadt gingen. Sie machten lange Spaziergänge durch die Straßen, die von Tag zu Tag von ihrer alten Schönheit zurückgewannen. Die Stimmung in den Straßen und unter den Menschen war ausgelassen. An jeder Ecke wurde gefeiert und gesungen. Brunnen wurden repariert, Plätze von Müll und Unrat befreit und die Bibliothek war wieder geöffnet. Zu Antarios Verwunderung hatte man ihm Zergerons Schwert nicht wieder weggenommen, sondern es ihm neben sein Bett im Haus der Heiler gelegt. Mortim hatte gesagt, dass es ihm das Schicksal zugesprochen habe und er so der einzige sei, der Anspruch auf diese Waffe habe. Er hatte es daraufhin behalten.

Drei Wochen waren vergangen, als sich die Gefährten wieder mit Reisegepäck und frischen Kräften vor den Toren der Stadt trafen. Mortim hatte Vertreter aus dem Volk wählen lassen, welche sich nun um die Belange der Stadt und des Landes kümmern sollten. Und so kam es, dass die Vier die Stadt Norat Anor an einem sonnigen Tag im Herbst wieder verließen.

Die vier Gefährten standen vor den Toren der Stadt und sahen in eine golden glänzende Ferne. Eine ganze Weile sagte keiner ein Wort. Sie genossen den Frieden und die

Stille. Es schien, als würde für diesen einen Moment die Zeit still stehen.

Mortim ging schließlich zu Astritt und nahm sie innig in die Arme. „Du bist die tapferste aller Frauen und deine Heldentaten werden niemals vergessen werden. Ich wünsche dir alles Glück dieser Welt auf all deinen Wegen." sagte er. Astritt weinte Tränen der Trauer und des Glücks zugleich. Dann ging er zu Karatas und reichte ihm die Hand. „Auf bald, mein alter Freund, ich hoffe doch, dass sich unsere Wege eines fernen Tages wieder kreuzen." „Dann aber in Zeiten des Friedens." antwortete der Zauberer.

„Leb wohl und wache über die Menschen hier. Der Hass und die Bosheit der Vergangenheit, sind nicht in so kurzer Zeit zu vertreiben."

„Das werde ich."

Dann ging Mortim zu Antario und nahm auch ihn in die Arme.

„Mut, Gerechtigkeit, Liebe und Verstand sind die Begleiter eines Ritters. Du vereinst sie alle in dir. Es war mir eine Ehre, an deiner Seite zu kämpfen, mein Freund. Auch deine Tapferkeit wird niemals vergessen werden. Ich wünsche dir nur Frieden für deine Zukunft, denn Liebe hast du schon gefunden. Leb wohl junger Prinz Antario." sagte Mortim und eine einzelne Träne rollte über sein Gesicht. Dann drehte er sich um, nahm sein Pferd am Zügel und ging Richtung Westen davon.

Antario hatte einen Kloß im Hals und brachte kein Wort heraus. Das war auch nicht nötig. Mortim verstand ihn auch so. Lange sahen die Drei ihrem Freund und Gefährten nach, ehe er hinter dem nächsten Hügel verschwand.

„Was wird jetzt aus ihm?" fragte Astritt.

„Er wird sein Dasein fristen und weiter im Verborgenen für die Schwachen kämpfen, bis die Welt wieder in Not ist und er sein Schwert wieder für den Frieden führt." sagte Karatas.

„Was wirst du jetzt tun? Gehst du zurück zum Rat?" fragte Antario. Karatas lachte kurz auf.

„Wohl kaum. Dort bin ich von nun an unerwünscht. Aber es gibt hier für mich genug Arbeit. Ich werde viel Zeit in der Bibliothek verbringen und dann gilt es Gericht zu halten über jene, welche sich gegenüber den Menschen versündigt haben."

Daraufhin legte Karatas Astritt und Antario jeweils eine Hand auf die Schulter.

„An dieser Stelle heißt es auch für mich Lebe wohl zu sagen. Mein Dank und meine Liebe begleiten euch. Und vielleicht verschlägt es euch ja nochmal in diesen Teil der Welt. Lebt Wohl meine Freunde." sagte der Zauberer mit einem leichten Schluchzer in seiner Stimme.

„Lebt wohl Meister Karatas. Und auch dir alles Gute." sagte Antario. Astritt drückte dem Zauberer einen sanften Kuss auf die Wange. Dann drehte auch Karatas sich um und verschwand in der Stadt.

Antario und Astritt sahen sich in die Augen, lächelten und küssten sich. Dann nahmen sie ihre Pferde am Zügel und machten sich auf den Heimweg.

<u>34</u>

Fünf lange Tage und kurze Nächte lagen hinter Ihnen, als die Streitmacht aus Aritea mit ihren Verbündeten aus Maristat zusammentraf. Aus Maristat waren nicht annähernd so viele berittene Soldaten gekommen, dafür aber fast doppelt so viele Fußsoldaten. Nach einer kurzen, aber recht herzlichen Begrüßung ihrer beiden Könige, setzten sich die beiden Armeen langsam in Bewegung, um die letzten Stunden Tageslicht zu nutzen, noch einige Meilen zurückzulegen. Am Abend saßen Lester und Malekei mit einigen Soldaten aus Aritea zusammen am Lagerfeuer. Die Männer waren schweigsam. Am nächsten Tag würden sie die goldene Stadt Alkatis erreichen. Was dies zu bedeuten hatte, hatte sich unter den Männern schnell herumgesprochen. Wenn der letzte Widerstand im Norden gebrochen war, stand ihnen am nächsten Morgen eine Schlacht bevor. Malekei starrte ins Feuer und hing seinen trüben Gedanken nach. Noch nie hatte er auf Leben und Tod gekämpft, geschweige denn in einer Schlacht. Er fragte sich, ob er nicht eine folgenschwere Entscheidung getroffen hatte, weiter an Lesters Seite zu bleiben.

„Morgen wird sich unser Schicksal entscheiden, mein Freund. Mit etwas Glück haben die Männer im Norden Stand gehalten und wir schicken nur einige Bataillone zu ihrer Unterstützung und können uns für den Heimweg Zeit lassen. Ich zeige dir, was unser Land zu bieten hat." sagte Lester mit bewusst sanfter Stimme.

„Und wenn Saratan schon längst gefallen ist und die Orks ungehindert über die Berge kommen können? Was passiert dann?" wollte Malekei wissen, obwohl er die Antwort schon kannte.

„Dann, mein Freund, liegt es an uns zu beweisen, was für Männer wir sind und uns dem Feind mutig

entgegenzustellen, ganz gleich was daraus wird. Denn wir sind dann die letzten freien Krieger in Athgarat."
Von nun an sprach keiner mehr ein Wort. Jeder der Soldaten saß einfach nur da und dachte über Lesters Worte nach, bis sie sich zum Schlafen hinlegten. Die Nacht war noch nicht ganz vorüber, als die Offiziere damit begannen, ihre Soldaten zu wecken. Langsam aber sicher erwachte das Leben im ganzen Lager. Zelte wurden abgebaut, das Frühstück zubereitet und Rüstungen angelegt. Hier und da entstanden kleine Streitigkeiten zwischen Männern, die so früh am Morgen noch nicht ganz so guter Laune waren. Doch über allem lag eine gewisse Schwere, eine dunkle Wolke der Ungewissheit. Jeder hier wusste, was der Tag ihnen bringen könnte. Eine Stunde vor Tagesanbruch setzte sich die Streitmacht wieder in Bewegung und hinterließ eine riesige Wiese mit platt gelegenem Gras und unzähligen Feuerstellen.

Als der Tag gänzlich erwachte, konnte Lester den Gorwald weit im Westen erkennen und musste an Antario und Mortim denken und wie sie dort nur knapp einem grausamen Ende entgangen waren. Er hoffte so sehr, dass es seinem Freund gut ging. Wenn sie heute auf die Orks treffen sollten, wusste er, dass es keine Hoffnung mehr auf eine Rückkehr Antarios gab. Die Stunden verstrichen und die Meilen flossen dahin. Keiner der Soldaten sprach noch ein Wort, nicht einmal die, die immer einen Spaß auf der Zunge hatten. Gegen Mittag stieg dann dichter schwarzer Rauch einige Meilen vor ihnen auf. Lesters Herz fing wie wild an zu schlagen. Das war kein gutes Zeichen und doch hoffte er, dass nur die unzähligen Schlote der goldenen Stadt für den Rauch verantwortlich waren. Doch als sie begannen, den vor ihnen liegenden Hügel zu erklimmen, wurde Lesters schlimmste Befürchtung Gewissheit. Die Soldaten an der Spitze des Zuges, eine viertel Meile vor ihm, hatten damit begonnen, eine Schlachtreihe zu bilden. Er konnte sehen, wie ihre Pferde unruhig mit den Hufen scharten und tänzelten. Als er sich schließlich mit Malekei an seiner Seite in die Formation einreihte, konnte er es sehen.

Die Ebene vor ihm waberte und bewegte sich vor schwarzen Leibern, welche auf die Stadtmauer zudrängten. Mit mächtigen Katapulten schossen die Orks in die Stadt hinein. Das Donnern, mit dem die Geschosse in der Stadt einschlugen, war ohrenbetäubend und ließ die Erde erzittern. Überall in Alkatis war Feuer ausgebrochen. Die Menschen versuchten verzweifelt, die Brände zu löschen, doch an immer neuer Stelle loderten Flammen auf. Das Stadttor stand in Flammen und würde nicht mehr lange halten. Das wussten auch die Belagerer und machten sich bereit, in die Stadt einzufallen. Lester wollte sich nicht vorstellen wie verängstigt und verzweifelt die Menschen in Alkatis in ihren Häusern sitzen und auf das Ende warten. Es verging einige Zeit, ehe die Armeen aus Aritea und Maristat bemerkt wurden. Genug, dass sich die beiden Streitmächte in Stellung bringen konnten. König Bario und König Bentes berieten sich kurz, um dann zu ihren Soldaten zurückzukehren und weitere Befehle zu geben. Jetzt eilten die Offiziere zu ihren Soldaten, um die Befehle weiterzugeben. König Bario reihte sich ganz in Lesters Nähe ein. Sein Blick traf den von Lester. Eine Träne stand dem König im Auge. Sie beide wussten, was es für Antario bedeutete, dass die Orks hier sind. Sie konnten nicht ahnen, dass ihr geliebter Sohn und Freund in diesem Moment im Begriff war, in den Palast von Zergeron einzudringen. Nach einer gefühlten Ewigkeit fasste sich der König wieder und sagte mit lauter Stimme „Es ist so weit, nun ist es an uns, diese Welt zu verteidigen. Männer, nehmt all euren Mut und macht ihn zur Waffe. Wir kämpfen bis zum letzten Mann." Die Soldaten ließen einen lauten Schlachtruf über die Ebene donnern. Die Orks waren noch im Begriff, sich neu zu ordnen, als der König und seine Leibwache lospreschten. Alle berittenen Soldaten folgten ihnen in einer donnernden und schnaubenden Reihe. Auch die Fußsoldaten hatten sich in Bewegung gesetzt, um sich in die Schlacht zu stürzen. Die Orks hatten es nicht geschafft eine Verteidigungslinie zu bilden, als die gut fünfhundert Pferde über sie hinwegritten. Nach einigen Metern kamen die Pferde zum Stehen. Sofort scharten sich ihre Feinde um die Soldaten. Lester schlug und stach auf jeden, der in seine Reichweite gelangte. Malekei hatte nicht das nötige Können, weder beim Reiten noch mit dem Schwert. Er war vom Pferd gefallen und sah nun drei wild schreiende Orks, welche gerade über ihn herfallen wollten, als Lester dazwischen ging. Er sprang vom Pferd und nahm sich den ersten der drei Orks vor. Ein gezielter Schlag, und sein Widersacher brach schreiend zusammen. Jetzt griffen ihn die anderen beiden an. Jeder von einer Seite. Lester jedoch war zu erfahren, um sich dadurch aus der Ruhe bringen zu lassen. Mit gekonnten Manövern und Finten hatte er es geschafft, dass der eine der beiden Orks sterbend im Gras lag und der andere so schwer verletzt war, dass er kampfunfähig im Gedränge das Weite suchte, um schließlich dann zusammenzubrechen. Lesters Blick viel auf Malekei, der völlig aus Atem und mit Panik in seinen Augen wild von links nach rechts sah. Der Lärm der aufeinander prallenden Schwerter und Schilde war allumfassend und kaum zu übertönen. Jetzt hatten auch die Fußsoldaten die Orks erreicht und ein gewaltiger Ruck durchfuhr die Reihen der Orks, als sich die Menschen in ihren schweren Rüstungen gegen ihre Verteidigung warfen. Lester schrie so laut er konnte: „Bleib an meiner Seite und ich werde alles tun, dass dir nichts passiert." Malekei wusste weder aus noch ein. Wie konnte er nur so töricht gewesen sein und freiwillig in einen Krieg ziehen. Jetzt heißt es Kopf einziehen und warten bis alles vorbei ist.

Doch noch während dieser Gedanke durch seinen Kopf schwirrte, stürzte eine Gruppe von mindestens zehn Orks auf ihn zu. Sie waren schon ganz nah. Malekei hob sein Schwert und auch Lester hatte ihre Gegner bemerkt und nahm seine Kampfstellung ein. „Das schaffen wir nicht. Es sind zu viele." schrie Malekei mit panischer Stimme. Lester wusste nicht, was er darauf sagen sollte, schließlich hatte sein Freund Recht. Gegen Zehn dieser Wesen konnte selbst Lester mit seiner geübten Hand und Erfahrung nicht bestehen. Erst im letzten Moment hielten die Orks einen Moment inne und stoppten ihren Ansturm auf die beiden. Lester bemerkte, wie er an seiner linken Schulter angerempelt wurde. Er sah sich um und ein Soldat aus Maristat stand neben ihm mit blutiger Klinge. Sein Blick war finster und ernst auf die Orks gerichtet, zu denen sich, zu Lesters Bestürzung, noch etliche weitere gesellt hatte. Doch auch der Soldat war nicht allein gekommen. An seiner Seite reihten sich immer mehr Soldaten aneinander. Jetzt verstand Lester. Die Kampflinie hatte sich verschoben. Die Fußsoldaten hatte den Feind bis zu Lester und Malekei verschoben und nun standen sie mitten drin. In Kürze wird hier ein Sturm losbrechen.

Die Orks kamen näher. Klingen schlugen gegen Schilde, Speere zerbarsten und Menschen wie Orks brachen schreien und sterbend zusammen. Lester fühlte sich in einen Traum versetzt. Der Schlachtenlärm war in seinen Ohren verstummt und er hörte nur noch seinen eigenen Atem. Wie von Sinnen schlug er auf seine Feinde ein. Doch anstelle jedes erschlagenen Feindes, trat sofort ein neuer. Schweiß tropfte ihm in die Augen und eine Orkklinge hatte ihn am linken Arm erwischt und eine tiefe Wunde zurückgelassen. Die Minuten verstrichen, doch Lester kamen sie wie Stunden vor, als er sich zu seinem Freund umdrehte. Lester ließ sein Schwert sinken und sah wie Malekei im blutigen Schlamm kniete und nach Atem rang. Sein Schwert hatte er fallengelassen und hielt sich mit beiden Händen den Hals. Das Blut quoll in Strömen zwischen seinen Fingern hervor. Die blanke Panik war in seinen Augen zu lesen. Lester steckte gekonnt sein Schwert zurück in die Scheide und packte seinen Freund unter den Armen und zog ihn weg von der Schlacht. Er kniete neben seinem Freund und legte ihm die blutverschmierte Hand auf die Brust. Malekei der Mann, der ihn durch die Sümpfe und durch unzählige Gefahren begleitet hatte, war tot. Tränen der Trauer und der Wut traten in Lesters Augen. Es war alles nur seine Schuld. Er hätte ihn niemals dazu überreden dürfen, ihn hierher zu begleiten. Hierher, vor die Tore der goldenen Stadt, wo die letzten Menschen einen aussichtslosen Kämpf gegen die entfesselten Mächte von jenseits der Berge führten. An einen Ort, wo alle Hoffnung ihr elendes Ende findet. Lester legte Malekei sanft im blutigen Gras ab und erhob sich. „Es tut mir so leid, mein Freund. Du hättest deine letzten Jahre in Frieden und Ruhe vor dem Krieg im Kreise deiner Lieben verbringen sollen, und mir niemals hierher folgen dürfen. Ich werde dir schon bald folgen, mein Freund. Wir sehen uns auf der anderen Seite." Lester zog sein Schwert und ging langsam aber bestimmt auf das Kampfgetümmel zu. Zu seinen Füßen lagen tote Menschen und Orks. Als er sich gerade wieder in den Kampf stürzen wollte, um bis zum bitteren Tod mit seinen Kameraden zu kämpfen, war der Kampfeslärm weitgehend verstummt. Die Soldaten hatten sich einige Meter von ihren Widersachern entfernt und betrachteten verwundert das Geschehen. Die Orks kämpften zwar noch, aber nicht mehr gegen die Soldaten aus Aritea und Maristat, sondern gegen ihre Peitschen schwingenden Herren und gegeneinander. Sie schrien und sahen sich verwundert um. Die unheimlichen Wesen aus dem Norden wirkten wie verträumte Kinder, die des Nachts durch den Wald geirrt waren und nun nicht mehr wussten, wo sie sich befanden. Sie beschimpften sich gegenseitig in ihrer Sprache und gingen brutal aufeinander los. Ihre Herren hatten nicht die geringste Chance zu entkommen. Keiner von ihnen überlebte diesen Tag. Einige wenige Orks griffen weiterhin die Soldaten an, weil sie ihnen scheinbar ebenfalls die Schuld an ihrer Lage gaben, doch die meisten liefen verwirrt umher und schlossen sich zu kleinen Gruppen zusammen, um sie wieder auf den Weg nach Norden zu machen. Noch bevor die Abenddämmerung einsetzte, hatten alle Orks das Feld geräumt und waren verschwunden. König Bario stellte berittene Stoßtrupps zusammen, welche den Orks folgten, um sie im Auge zu behalten. Sie hatten jedoch die Order, keinesfalls die

Orks zu provozieren und nur im Notfall Gewalt anzuwenden. Keiner der Soldaten, selbst der König verstand nicht, was gerade passiert war. Niemand wusste, warum die Orks wie vom Blitz gerührt das Feld räumten, obwohl der Sieg nahe war. Die Menschen aus der Stadt kamen herausgelaufen und jubelten und lachten. Die brachten Verbandszeug für die Verwundeten und Wasser und Essen für ihre tapferen Retter, auch wenn diese den Grund für ihren plötzlichen Sieg nicht kannten. Niemand ahnte, dass Mortim Zergeron im Kampf besiegt hatte und somit seine dunklen Zauberer nicht mehr an ihren Schwur gebunden waren und die Kontrolle über die Orks aufgaben. Es dauerte die ganze Nacht, die Toten zu vergraben und ihnen die letzte Ehre zuteilwerden zu lassen. Lester hatte tatkräftig dabei geholfen, obwohl er als Waffenmeister andere Aufgaben hatte. Er wollte ursprünglich nur helfen, Malekei zu vergraben, doch dann hatte er mit den Soldaten die ganze Nacht Gräber ausgehoben und Lieder über die Tapferkeit und den Heldenmut der Gefallenen gesungen. Als die Sonne am nächsten Morgen wieder ihr goldenes Antlitz über dem Rand der Welt zeigte, nahm Lester ein letztes Mal Abschied an Malekeis Grab, von seinem Freund und Weggefährten. Schließlich begab Lester sich in die Stadt und ließ seinen Arm behandeln. Er suchte sich eine kleine Taverne, wo er sich für einige Tage ein Zimmer nahm, um auf seine Weise um seine Freunde zu trauern.

Traurig machte sich der Waffenmeister wieder auf den Weg zum Palast seines Königs. Sicher würde man ihn dort schon vermissen. Er ließ sich Zeit mit dem Rückweg. Als er nach zehn Tagen wieder vor den Toren seines Königs stand, sah er sich ein letztes Mal um. Fast so als warte er auf seinen Freund Malekei. Da fielen ihm zwei Wanderer auf, welche sich aus Nordosten näherten. Ein Mann und eine Frau, beide führten ihre Pferde am Zügel, ganz so, als hätten sie alle Zeit dieser Welt. Lester schirmte seine Augen gegen die Sonne ab und verengte seine Augen zu Schlitzen. Jetzt erkannte er die beiden Wanderer und eine einzelne Träne der Freude rann über seine Wange.

Ende.